GIER IST DICKER ALS BLUT

USCHI GASSLER

GIER IST DICKER ALS BLUT

Psychothriller aus Karlsruhe

FSC
www.fsc.org
MIX
Papier aus verantwortungsvollen Quellen
Paper from responsible sources
FSC® C105338

Bibliografische Information der Deutschen Nationalbibliothek: Die Deutsche Nationalbibliothek verzeichnet diese Publikation in der Deutschen Nationalbibliografie; detaillierte bibliografische Daten sind im Internet über http://dnb.dnb.de abrufbar.

Die Handlung des Romans ist frei erfunden. Ähnlichkeiten mit lebenden oder toten Personen sowie realen Geschehnissen sind rein zufällig und nicht beabsichtigt.

Überarbeitete Neuausgabe nach Rückübertragung aller Rechte 2024 an die Autorin.
Erstausgabe: Der Kleine Buch Verlag (Nachfolger: Lauinger Verlag), Karlsruhe, 2015
Nachlektorat 2024: Uwe Wittenfeld (Ruhrkrimi-Verlag), Mülheim/Ruhr
Endkorrektorat, Satz und Layout 2025: Ursula Gassler, Königsbach-Stein
Titelbild: KI-generiert mit Hilfe von sora.openai.com – Public Domain Mark
Umschlagerstellung: Simon Fik
Verlag: BoD · Books on Demand GmbH, Überseering 33, 22297 Hamburg, bod@bod.de
Druck: Libri Plureos GmbH, Friedensallee 273, 22763 Hamburg

ISBN 978-3-7693-5857-5

Dieser Titel erscheint auch als E-Book (Neuausgabe 2025).

VERLEUGNEST DU
DEINE VERGANGENHEIT,
TÖTEST DU
DEINE ZUKUNFT.

INTRO

Trauma

Der Vater ein Mörder, die Mutter eine Schlampe – das Leben ist so ungerecht. Dieses niederschmetternde Wissen raubt ihm alle Kraft.

Er will damit nicht leben, will sterben.

Alles tut so weh.

Gesichter erscheinen vor seinen Augen, verbreiten Hektik, verschwimmen, verschwinden.

Die Schmerzen versiegen, er kann sich entspannen, sich erfreuen. Am vielen Geld – die Entschädigung für eine schicksalhafte Ungerechtigkeit. Das Geld, mit dem er sich alles kaufen kann, nur nicht seine Herkunft.

Stimmen wollen Zugang finden, zu ihm, zu seinen Gedanken. Wollen ihn herausholen aus seinem Kokon. Er lässt es nicht zu.

Er will heim, sein Haus wartet auf ihn.

Einsam, verwaist, so wie er.

Er braucht seine Höhle, wo er sich verkriechen kann, wo er sein kann, wie er ist.

Da steht jemand vor dem Tor, grinst, lehnt lässig am Heck eines roten Mustangs, raucht.

»Was willst du?«, schreit er den Eindringling an.

»Mit dir reden«, sagt der. Als wolle er um die verlorene Freundschaft buhlen, ihm Geld abluchsen.

Nicht mit ihm, nicht jetzt, zu spät.

»Komm rein«, sagt er dann. Es ist an der Zeit zu zeigen, was dem anderen niemals gehören wird.

Gier begleitet sie auf ihrem Rundgang. Eine unsägliche Gier.

Am Ende jagt er ihn fort, weidet sich an der Enttäuschung, der Bitterkeit, ja, dem Hass im Gesicht des anderen.

Er ist berauscht von dem Wissen: *Der* wird niemals über diese Niederlage hinwegkommen.

Ihm egal.

Er will schlafen.

Nur noch schlafen.

Die Dunkelheit fängt ihn wieder ein.

1

Samstag, 3. August

Nichts ist vollkommen.

Nicht einmal das Paradies. Denn dazu bedürfte es des strikten Verbots, Zeitungen aus der westlichen Wirtschaftswelt zu importieren.

Die hochstehende Sonne zeigte sich, wie sie in diesen Breitengraden nun einmal den Anstand hatte, von ihrer freundlichsten Seite. Eine zaghafte Brise wehte sanft vom Meer her durch die hochragenden Palmwipfel.

Von der Terrasse des kleinen Strandbungalows aus bot sich ein bezaubernder Blick auf das türkisblaue Meer.

Anton Romberg genoss diese Aussicht bereits viele Jahre. Sie war für ihn zur Selbstverständlichkeit geworden.

Der freischaffende Handwerker hatte damals, als er ausgewandert war, noch beste Chancen gehabt, sich mit Energie und Ausdauer ein gutes Auskommen zu erarbeiten. Er hatte sich auf Barbados als Landschaftskultivator selbstständig gemacht. Hotels und Parkanlagen gab es reichlich, jeder war froh, einem kreativen Deutschen die Hege und Pflege des satten Grüns und der bunten Rabatten anvertrauen zu dürfen. Der Dollar rollte, Romberg konnte sich schon bald mitten im Karibikparadies den kleinen Bungalow bauen und selbst auf der faulen Haut liegen.

Was seine Chancen bei den hiesigen Damen ungemein erhöhte und er weidlich ausnutzte.

Auch an diesem Samstagmorgen räkelte er sich im wohltuenden Schatten des riesigen Sonnenschirms, flankiert von zwei exotischen Schönheiten, die selbstverständlich irgendwann, wie schon so viele vor ihnen, ausgetauscht werden würden. Er warf einen Blick auf seine wasserdichte Timex-Armbanduhr aus Edelstahl, mit Zifferblattbeleuchtung und ewigem Kalender, in Deutschland entwickelt und über zweihundert Dollar wert – verärgert runzelte er die Stirn.

Miguel war schon wieder einen Tag überfällig.

Angestrengt lauschte er gegen die Geräuschkulisse der Natur an. Das Tuckern von Miguels altersschwachem Pick-up konnte er trotzdem nicht hören. Der stets müde wirkende, dickliche Postbote brachte es einfach nicht fertig, die Zeitungen aus dem fernen Deutschland pünktlich zu liefern. Romberg verachtete Miguels Übertreibungen, ständig redete er davon, wie überarbeitet er sei.

Am späten Vormittag erschien er schließlich und strahlte breit über das rotbackige Gesicht.

Ungeduldig bedankte sich Romberg, hastig überreichte er ein Trinkgeld. Es trieb ihn zurück auf die Terrasse, und er versank in der Nachrichtenwelt seiner alten Heimat. Sog die Informationen und Berichte in sich hinein wie frische Brause.

Der Himmel war blau, die Sonne gleißend, die Hände an seinen Wangen und Schultern zart. Er schnippte mit den Fingern und ihm wurde ein fruchtiger Drink gereicht, er brauchte lediglich an dem Röhrchen zu ziehen. Kälte drang an seine empfindlichen Zähne, ein kurzes Fuchteln mit der rechten Hand und das Glas verschwand wieder. Besser konnte es einem Mann nahe dem Rentenalter überhaupt nicht gehen.

Aber von einer Sekunde zur anderen schenkte er dem famosen Arrangement um sich herum keine Aufmerksamkeit mehr. Seine Augen hatten sich an den ausgeblichenen Lettern des bereits zwei Monate alten *EUROPÄISCHEN WIRTSCHAFTSANZEIGERS* festgesaugt. Er umkrallte das Papier, als wolle er jemanden mit bloßen Fingern erwürgen.

Junges Mathematikgenie aus dem badischen Karlsruhe endgültig in Millionärskreisen etabliert. Näheres Seite 10.

Energisch warf er die Zeitung zur Seite. Er zerrte sich die exklusive Armani-Sonnenbrille von der Nase, schmiss sie achtlos auf die Ablage, richtete sich auf und schubste mit den Ellbogen rücksichtslos die jungen Frauen von der Kante.

Er ignorierte ihre fragenden Blicke, riss die Zeitung wieder an sich und Seite um Seite hektisch herum, stockte und begann, den gesuchten Artikel Zeile für Zeile zu verschlingen.

Wie ein Märchen mutet der plötzliche Reichtum des 23-jährigen Jonathan F. an. Gerade 18 geworden, spielte er zum ersten Mal Lotto und gewann den Jackpot in Höhe von 7,4 Millionen Euro. Dem mathematikbegeisterten damaligen Abiturienten war das nicht genug. Er legte das Geld in gewinnbringenden Aktien an. Die wundersame Geldvermehrung nahm ihren Lauf.

Wie viel genau er heute besitzt, verrät der gut aussehende, scheue Student wohlweislich nicht. Dennoch ist sicher, er hat sich einen respektablen Platz in der Rangliste der deutschen Millionäre ergattert. Er schenkte seinen Eltern, einem Busfahrer und einer Schneiderin, eine komfortable Wohnung und ein neues Auto. Sich selbst gönnte er, neben zwei luxuriösen Fahrzeugen, eine extravagante Villa.

Der Suizid eines angeblichen Mitspielers, dessen Anteil er unterschlagen haben soll, ist für den jungen Millionär kein Thema. Er verweist lediglich auf das im Februar 2010 ergangene Gerichtsurteil, das ihn als alleinigen Gewinner bestätigt.

Auf die Frage nach seinen Zukunftsplänen gibt der medienscheue Jungaktionär keine Auskunft.

Romberg starrte auf das schwarzweiße Foto der Villa. Eine viel zu lange Zeit schon hatte er den kleinen Scheißer im Visier. Dabei wäre er froh, wenn er es schaffen würde, ihn zu vergessen, ihn samt seiner ach so fabelhaften Bilderbucheltern vollständig aus dem Gedächtnis zu tilgen.

Aber das, was er jetzt las, wühlte alles wieder auf.

Auch den Neid. Vor allem den Neid.

Bereits der damalige Bericht über die Klage des Arztsohns auf Beteiligung an den Millionen und das überraschend abschlägige Urteil hatte ihn aufgeschreckt, dennoch auch auf ein baldiges Ende dieses Märchens hoffen lassen. Gleichgültig, ob durch Verschwendungssucht oder Börsencrash. Dem war anscheinend nicht so, und er hatte weiß Gott nicht damit gerechnet.

Schlagartig verging ihm die Lust auf sein wunderbares Leben am prächtigen Meeresstrand, die zärtlich massierenden Hände der blutjungen Mädchen und die ganze Idylle der Karibikinsel, die er seit vielen Jahren so innig liebte.

Er musste handeln und zwar unverzüglich. Sonst würde er niemals Ruhe finden. Er musste nach Deutschland zurückkehren, obwohl er sich vor vielen Jahren geschworen hatte, dieses Land nie wieder zu betreten.

Energisch knüllte er die Zeitung zusammen, sprang auf und verschwand im Inneren des Bungalows.

Sonntag, 4. August

Das Kind schläft tief und fest.

Eingekuschelt in einen dunkelblauen, dicken Winteroverall, die Kapuze über das Köpfchen gezogen, lose zugedeckt mit einer gelben Fleecedecke, die mit kleinen braunen Bärchen bedruckt ist, lächelt es, als schwebe es durch einen süßen Traum. Es hält ein weißes Stoffentchen an sich gedrückt und lutscht an seinem Daumen.

So findet er das Kind.

Verlassen liegt es auf der hintersten Bank seines Busses, als er ihn nach der letzten Tour pünktlich eine Viertelstunde vor Mitternacht auf dem Parkplatz der Städtischen Verkehrsbetriebe abstellt.

Er wundert sich schon lange nicht mehr darüber, was die Leute so alles liegenlassen, gleichgültig, ob wertvoll oder nicht.

Aber ein Kind … Stocksteif steht er davor, denn er bezweifelt, dass dieses Kind einem Versehen zum Opfer gefallen ist.

Angestrengt versucht er, den Fahrgästen, die zuletzt aus dem Bus gestiegen sind, ein Gesicht zu geben. Versucht, sich an eine Frau zu erinnern, die möglicherweise ganz hinten gesessen hat und in Betracht kommen würde. Vergebens. Es hat nur eine trampelnde Horde lärmender Jugendlicher gegeben.

Das Kind liegt hier also schon länger. Unbeachtet. Wie alt das Kleine wohl ist? Vielleicht zwei, drei Monate? Er ist nicht in der Lage, das Alter des Kindes einzuschätzen, denn er hat mit Heranwachsenden nur dann zu tun, wenn er lärmende Schüler oder quengelnde Kleinkinder und deren genervte Mütter in seinem Bus herumkutschiert.

Seine Ehe ist kinderlos geblieben und sie haben einigermaßen gelernt, damit zu leben, sie haben fast alles im Griff. Aber nun steht er hilflos vor dem schlafenden Kind.

So oft er auch über das Schicksal ausgesetzter Kinder gelesen hat, begreifen wird er niemals, was Menschen dazu treibt.

Reglos starrt er auf das kleine Bündel, und seine herumirrenden Gedanken suchen fieberhaft nach Möglichkeiten des richtigen Handelns. Zuerst muss das Kleine raus aus dem Bus. Die Heizung ist abgestellt und allmählich breitet sich Kälte aus. Außerdem kann das Kind jeden Moment aufwachen und losschreien. Wie soll er es dann beruhigen?

Er gibt sich einen Ruck und nimmt beherzt den kleinen Jungen hoch – irgendwie ist er sich sicher, einen Jungen vor sich zu haben –, trägt ihn hinaus in die kalte Nacht, verschließt den Bus umständlich, auf keinen Fall darf der Kleine ihm vom Arm rutschen, und stapft quer über den Parkplatz.

Eisiger Wind zerrt an seinen Ohren, womöglich ist es unter null Grad. Er drückt das Kind an sich, fummelt mit der freien Hand den privaten Schlüsselbund aus der Jackentasche und öffnet den von einer glitzernden Eisschicht überzogenen Golf Cabrio GT.

Behutsam legt er das Kind auf den Rücksitz. Hoffentlich erbricht es sich nicht auf die edlen Sportledersitze, huscht es ihm durch den Kopf.

Das Auto ist sein ganzer Stolz, schließlich gehört es zur neuesten Generation seiner Art, bietet nicht nur 98 PS, sondern auch ein wenig Luxus wie Servolenkung, Bordcomputer und Radio mit CD-Player.

Er schnallt das Kleine an, so gut es eben geht, es wacht immer noch nicht auf. Ist ein Kind tatsächlich fähig, in solch einen tiefen Schlaf zu fallen? Hoffentlich fehlt dem Kleinen nichts, hoffentlich ist es nicht mit irgendwelchen Mitteln ruhiggestellt worden.

Hastig sucht er nach dem Eiskratzer.

Der unvermittelt zurückgekehrte Winter hat das Land fest in den Griff genommen, glatte Straßen beschert und die Leute, die voreilig ihre neue Frühjahrskollektion zur Schau gestellt hatten, im wahrsten Sinne eiskalt erwischt.

Endlich sind die Scheiben einigermaßen sauber, er steigt ein und atmet den unverkennbaren Geruch ein, den nur ein Neuwagen auszudünsten vermag. Er startet den Motor, dreht die Heizung voll auf, legt den ersten Gang ein, umfasst das griffige Lederlenkrad.

Aber wohin soll er fahren? Nach Hause?

Dorthin zieht es ihn zwar unweigerlich, aber er darf das Kind wohl kaum einfach mit nach Hause nehmen. Nicht mal für eine Nacht.

Dann zur Polizei? Er denkt an die vielen Fragen, spürt seine bleierne Müdigkeit und verwirft die Idee. Es bleibt nur das Krankenhaus. Dort wird man sich um das Kind kümmern. Er wird seine Adresse hinterlassen und dann heimfahren.

Ja, so wird er es machen.

Er gibt Gas, der Motor röhrt auf, und er steuert quer durch die nächtlich ruhige Stadt hinüber zur Kinderklinik.

Markus schrak auf.

Nur einmal kurz eingenickt und schon hatte ihn die Erinnerung im Tagtraum vereinnahmt. Von jetzt auf nachher hatte sie ihn gepackt und zurückkatapultiert in den Moment, der ein neues Lebensglück eingeläutet und einen Schlussstrich gezogen hatte unter viele zermürbende Jahre voller quälender Hoffnungen, unerfüllter Wünsche und zweifelnder Gedanken. Es war dieser Moment, der Markus und Emma verholfen hatte, zu einer glücklichen Familie zu werden – mit all ihren Höhen und Tiefen. Vor allem Tiefen.

Markus hielt die Lider geschlossen, seufzte. Egal, er erinnerte sich immer gerne an jene eiskalte Aprilnacht.

Er atmete durch, öffnete die Augen und genoss die Stille, das satte Grün, das ihn umgab, und das stählerne Blau des wolkenlosen Himmels. Sie hatten es sich auf der kleinen Veranda ihres Schrebergartens im Süden der ehemaligen badischen Residenzstadt gemütlich gemacht. Er war rundum zufrieden und glücklich. Vor allem über die Fügung, endlich der etwas betuchteren Einwohnerschicht von Karlsruhe anzugehören. Das verdankten sie ihrem Sohn, den Emma geradezu vergötterte und der ihn überaus stolz machte.

Markus gönnte sich einen großen Schluck von der eiskalten Traubensaftschorle, das tat gut. Natürlich wäre jetzt auch ein kühles Pils nicht zu verachten, aber er musste ja noch fahren. Und gleich morgen früh hatte er wieder Schicht. Er war Busfahrer und brachte seit über dreißig Jahren Menschen sicher an ihr Ziel.

Sein Blick schweifte hinüber zum Gartentor, wo der neue Passat Variant parkte. Mit allem Schnickschnack, den VW zu bieten vermochte, und in einem dunklen Metallicgrün – so wie er ihn sich immer erträumt hatte. Trotz des Angebots, sich ein Auto nahezu ohne Preislimit aussuchen zu dürfen und trotz Jonathans unverständlichem Blick angesichts seines Wunsches nach einem Steilheck blieb er bei seiner Entscheidung. Zwar hätte ein Coupé wesentlich schneidiger gewirkt, aber Markus brauchte den Kombi, immerhin galt es, den Garten zu bewirtschaften.

»Markus, träumst du?« Emmas Frage riss ihn unsanft aus seinen Gedanken.

»Hm, ich dachte gerade an unser Glück. Alles ist gut geworden.«

Nach dem ganzen Zirkus, dachte er für sich weiter. Er wollte seine Frau nicht unnötig reizen, die schweigend in ihrem Schaukelstuhl vor und zurück wippte. Er drehte das Radio lauter, das bisher leise im Hintergrund gelaufen war, und konzentrierte sich auf den Spielbericht des KSC.

Bis Emma unvermittelt von sich gab: »Glück – ja, wir hatten Glück. Und er? Ist er auch so glücklich wie wir? Manchmal zweifle ich daran.«

»Was redest du da!«

Mit einer energischen Handbewegung wischte Markus ihre Worte weg, er wollte sich jetzt den Fußballergebnissen zuwenden.

Erst als der Reporter fertig war, knüpfte er an Emmas Gedanken an.

»Man kann es niemals jedem immerzu recht machen. Wir haben alles getan, damit er es gut hat. Und ich bin mir sicher, er weiß das zu schätzen. Sonst hätte er uns nicht so großzügig bedacht. Er hätte das Geld ja auch anders anlegen können.«

Emma beugte sich vor, stoppte ihre Schaukelei.

»Markus, jetzt mal im Ernst. Würdest du dich glücklich fühlen, so wie er zurzeit lebt? So einsam in dem großem Haus? Ich habe das Gefühl, er hat sich das Haus nur gebaut, um sich zurückziehen und seiner Schwermut nachgeben zu können.«

»Ich bitte dich! Er ist dreiundzwanzig. Da ziehen die Kinder schon mal aus und bauen sich ihr eigenes Heim. Und mit seinem Geld konnte er sich eben diesen Kasten leisten. Er wird zur passenden Zeit eine passende Freundin finden. In der Uni laufen ja genug herum. Hab ein bisschen Geduld.«

»Hmm«, meinte Emma und begann wieder zu wippen. »Wie geht's Albert?«, wechselte sie das Thema. »Du warst doch gestern bei ihm?«

Markus schnaufte hart durch. Ja, der gute Klingenstein. Ein pensionierter Gärtner und alter Freund.

»Die Operation ist gut verlaufen. Sie haben ihm einen Bypass gelegt. Er ist zuversichtlich, aber er wird eine Zeitlang ausfallen.«

Emma machte ein besorgtes Gesicht. »Der arme Albert. Ob er überhaupt wiederkommen kann?«

»Keine Ahnung. Aber ich werde mir etwas einfallen lassen. Jonathan wird seinen Park kaum alleine in den Griff bekommen.«

»Vielleicht sollten wir eine Firma beauftragen?«

»Schatz, du weißt, das wird er nicht wollen. Ich werde mich um einen Ersatz für Albert kümmern. Versprochen. Sollen wir nicht lieber unseren nächsten Urlaub planen? Wir könnten zwischen Weihnachten und Silvester wieder auf Tour gehen. Vielleicht auf die Malediven. Schließlich gehe ich nächstes Jahr in Rente und muss anfangen, mich darauf einzustellen.« Markus grinste.

Das war ihm eben spontan eingefallen. Auf Emmas Reaktion war er nicht gefasst.

»Sag mal, geht's dir zu gut? Wir sind gerade von unserer Mittelmeerkreuzfahrt zurückgekommen. Die Leute denken ja, wir wären größenwahnsinnig geworden.«

Beleidigt drehte Markus das Radio lauter. Er verstand überhaupt nicht, weshalb Emma immer noch so tat, als hätte es den Geldsegen nicht gegeben.

Seiner Meinung nach musste man das Leben auskosten, solange es einem etwas bot. Wer wusste denn schon, wie lange man noch fit genug war, um reisen zu können?

So viele Jahre hatten sie an allen Ecken und Enden gespart, jetzt durften sie genießen. Jonathan sah das genauso, denn die Fahrt auf der *AIDA* war ja schließlich eines seiner Geschenke an sie gewesen. Er erinnerte sich noch gut an die Zeit, als sie jeden Pfennig dreimal umdrehen mussten, bevor sie ihn in etwas genau Geplantes investieren konnten. Denn unmittelbar nach der Adoption waren sie in eine größere Wohnung umgezogen, obwohl Emmas Einkommen wegfiel. Dem Jungen sollte es gut gehen, er sollte ein schönes Zimmer bekommen und sich nicht vor den anderen Kindern blamieren müssen. Die Wohnung war nicht billig gewesen und Emma hatte der riesige rote Klinkerbau in der Stuttgarter Straße überhaupt nicht gefallen. Aber es gab einen kleinen, nach hinten gelegenen Balkon, einen akzeptablen Kellerraum und einen Wäschetrockenplatz auf dem Dachboden.

*

Emma atmete tief durch.

Sie warf einen Blick hinüber zu dem auffälligen Bau. Sie konnte ihn von ihrem Garten aus sehen. Deshalb hatten sie damals auch die Gelegenheit beim Schopf gepackt und dieses Stückchen Land erworben, nachdem Jonie eingeschult und sie wieder arbeiten gegangen war.

Sie entspannte sich, lehnte sich zurück, fügte sich aufs Neue in die Rundung des Schaukelstuhls ein und reckte ihr Gesicht in die Sonne.

Selbstverständlich hatte sie sich mit einem Schlag wie im siebten Himmel gefühlt, als Jonie im Lotto gewann. Am liebsten hätte sie die ganze Welt umarmt, als er ihnen die neue Eigentumswohnung mit hundertzwanzig Quadratmetern kaufte. Es war ihr, als habe jemand ihr Herz von einem Betonklotz befreit, nachdem sie ihre Schulden tilgen und endlich ohne Geldsorgen zu leben beginnen konnten.

Aber damals wie heute war ihr bewusst, jeder Reichtum findet sein Ende, sobald man unvernünftig wurde. Und deshalb warf sie niemals unnütz mit Geld um sich. Markus verstand das nicht.

Als Jonie weiterspekuliert und sich von heute auf morgen die Grundstücke gekauft hatte, war sie aus allen Wolken gefallen. Jetzt hingegen, wenn sie in die Villa kam, war sie unglaublich stolz auf ihren Sohn.

Freilich mutete es seltsam an, wie er sich sein Leben gestaltete, aber Markus hatte wohl Recht, es war jetzt sein Leben, und Jonie musste lernen, Verantwortung für sich selbst zu tragen. Ob er jedoch mit seiner derzeitigen Lebenseinstellung die richtige Partnerin finden würde, blieb dahingestellt. Emma konnte nur hoffen, dass er nicht auf eine hereinfiel, die es lediglich auf sein Vermögen abgesehen hatte.

»Ach ja«, seufzte sie vor sich hin. Die Gedanken prasselten wie ein Platzregen auf sie ein.

Im Großen und Ganzen hatte es das Leben durchaus gut mit ihnen gemeint. Klar, es hatte ein paar wirklich schwere Jahre gegeben. Sogar ihre Ehe hatte einmal auf der Kippe gestanden. Das war eine harte Zeit gewesen.

Damals hatten Markus und sie auf Kinder gehofft. Medizinische Eingriffe samt zermürbenden Untersuchungen und aufwendigen Therapien lehnten sie aber beide ab. Von den Kosten ganz zu schweigen.

Somit war nur noch der Gedanke an eine Adoption übrig geblieben. Leider hatte Markus dahingehenden Plänen überhaupt nichts Positives abgewinnen können, obwohl sie diese Art, an ein Kind zu kommen, wie eine Xanthippe verteidigte. Die Nerven hatten bei ihnen beiden blank gelegen und Emma hatte kaum bemerkt, wie sie mit ihrem Starrsinn fast ihre Ehe aufs Spiel gesetzt hätte. Nach einer wirklich harten Aussprache überwanden sie die Krise und konzentrierten sich wie besessen auf eine Zukunft ohne Kinder. Markus stürzte sich in sämtliche Schichten, die sich ihm anboten, um sein Gehalt mit Sonderzuschlägen gehörig aufzubessern, und Emma arbeitete den ganzen Tag als Näherin bei einem Ettlinger Sportbekleidungshersteller und brachte ebenfalls gutes Geld nach Hause. Sie leisteten sich regelmäßig einen Urlaub im Bayerischen Wald oder in Kärnten.

Sie hatten alles getan, um aus der Not eine Tugend zu machen.

Bis der liebe Gott ihnen eines Nachts ein Geschenk vor die Füße gelegt hatte. Bis sie finanzielle Sicherheit und planbare Freizeit gegen schlaflose Nächte und ein nicht kalkulierbares Abenteuer eingetauscht hatten.

Emma warf ihrem Mann einen heimlichen Blick zu, betrachtete verstohlen sein markantes Profil. Selten war er glatt rasiert, meist beherrschte ein gepflegter Dreitagebart sein volles, freundliches Gesicht. Sein dichtes Haar trug er nackenlang, und ihr gefiel seine Eitelkeit, die sich darin ausdrückte, Shampoos zu benutzen, die das aufkommende Grau unterdrückten. Warum nicht ein wenig Jugendlichkeit bewahren? Ja, ihr Markus war durchaus ein immer noch gut aussehender Mann. Zwar kein durchtrainierter Sportler und nicht übermäßig groß, aber mit viel Größe im Herzen. Und immer mit einer gewissen Melancholie in seinen dunkelblauen Augen.

Emma lächelte, griff nach ihrem Glas und nahm einen Schluck. Der Saft war schal vor Wärme, sie trank ihn artig leer und stieß erneut einen tiefen Seufzer aus. Schluss mit dem Grübeln und Sinnieren.

Es wurde allmählich Zeit, zusammenzupacken.

***

Lisa und Natalie waren waschechte Karlsruherinnen und seit dem Kindergarten beste Freundinnen.

Schon ihre Eltern hatten viel Freizeit miteinander verbracht, und so war es ganz selbstverständlich geworden, dass die beiden Mädchen wie Kletten aneinanderhingen.

Als Natalies Eltern die Karlsruher Innenstadt verließen und in den eher ländlich gelegenen Stadtteil Stutensee zogen, besuchten die Mädchen zwar verschiedene Grundschulen, aber es war klar, dass sie zusammen auf dasselbe Gymnasium gehen würden. Nach dem Abitur zogen sie zum Studium nach München. Lisa studierte Jura, Natalie Medizin.

Lisas langjährige intensive Beziehung zu Natalie hatte zu Schulzeiten bei einigen Mitschülern gehörig für Spott gesorgt, zumal Natalie aufgrund der Sorge um ihren leukämiekranken Bruder unmäßig zu naschen anfing und immer dicker wurde.

Nur ein Junge aus ihrer Klasse hatte niemals verletzende Worte über die Lippen gebracht und stand immer bereit, ihnen Mathematik und Physik zu erklären.

Und in diesen Jungen hatte sich Lisa verknallt. Hoffnungslos.

Damals schon überaus gut aussehend, hatte er sie mit seinen charmant klaren Augen, bei denen sie nie genau wusste, ob sie nun blau oder eher grün schimmerten, und seinem unergründlichen Blick, immer durchzogen mit einer Andeutung von Misstrauen, vom ersten Augenblick an vereinnahmt. Und mit seinen braunen Haaren, die er entgegen jeglichen Trends stets verwegen länger trug als die anderen, wurde es ihr maßlos erschwert, sich all die Jahre für andere Jungs zu interessieren.

Aber bei ihm hatte sie auch nicht landen können. Zumindest nicht so, wie sie es sich erhoffte. Er war verschlossen, absolut introvertiert und brachte kaum ein Wort heraus, wenn sie ein Thema wählte, das nichts mit dem Schulstoff zu tun hatte. Im Abschlussjahr hätte sie auf einige Stunden verzichten können, wenn sie nicht dem Ehrgeiz verfallen wäre, dieselben Leistungskurse wie er zu besuchen. Aber nur so hatte sie es fertiggebracht, ihre Freundschaft zu festigen, damit sie bis heute anhielt. Zu mehr hatte es jedoch leider nicht gereicht.

Lisa saß in der Küche, löffelte ihren Joghurt und schaute verklärt durchs großzügige Dachfenster hinauf zum blassblauen Himmel. Sie hatte Jonathan schon seit dem Frühjahr nicht mehr gesehen, zu sehr war sie mit sich beschäftigt gewesen.

Ob es ihm gut ging?

Natalie sagte etwas, aber Lisa nahm es gar nicht wahr.

»Hallo, Träumerin, aufwachen! Du schläfst ja mit offenen Augen.«

»Ich habe nicht geschlafen, ich esse!«

»Ja, ja, das sehe ich, der Becher ist schon lange leer, musst aufpassen, damit du nicht das Plastik ankratzt! Wenn du so dasitzt, gibt's nur eine Erklärung: Hast mal wieder deine Gedanken an deinen Traumboy verschwendet! Wenn der nur mal 'ne Ahnung davon hätte!«

»Hat er doch – eigentlich ...«

Lisa versank in Unsicherheit.

»Du solltest mal Klartext mit ihm reden, sonst könnt ihr eure Hochzeit in den Wind schreiben.«

»Natalie! Schluss jetzt! Das wird schon noch, er überstürzt halt nichts. Vielleicht bin ich einmal froh darüber, dass er kein Weiberheld ist, trotz seines guten Aussehens.«

»Diesbezüglich würde ich mir ohnehin mal Gedanken machen.«

Lisa kannte Natalies Einstellung zu gut. Für die Freundin tickte ein junger Mann nicht normal, wenn er nicht regelmäßig ein Mädchen abschleppte. Erfahrungen sammeln, nannte sie das. Natalie wünschte sich einen Mann mit Erfahrung, einen Mann, der wusste, was eine Frau von ihm erwartete. Lisa war gänzlich anderer Meinung und wollte sich darüber auch auf keine Diskussionen mehr einlassen.

Aber Natalie gab keine Ruhe. »Ich verzichte gern auf gutes Aussehen. Aber so einen Lahmarsch würde ich vermutlich wegjagen, wenn er mir den Hof machen würde.«

»Oh, Natalie! Wetten, du würdest das nicht? Du wärst froh, wenn dir überhaupt mal einer –«

Nur ihrer schnellen Reaktion verdankte es Lisa, dass sie den patschnassen Lappen der Freundin nicht ins Gesicht geklatscht bekam, mit dem diese soeben noch am Herd herumgeschrubbt hatte.

»Ich warte eben auf den Richtigen!«, mokierte sich Natalie. »Vermögend, klug und Akademiker ist das Mindeste, was ich verlange. Aber auf keinen Fall einen Mathefreak, der ständig am Zählen ist. Ich kann mir lauschigere Stunden vorstellen.«

Lisa bückte sich nach dem Lappen, legte ihn vor sich auf den Tisch. »Bin ich froh, dass Jonies Zähltick dich derart abschreckt. Eine Konkurrentin weniger. Außerdem macht er das heute nicht mehr. Zumindest nicht in meiner Gegenwart.«

Natalie kam an den Tisch, setzte sich.

»Also, ich fand es damals schon beängstigend, wie er bei deiner sechzehner Party ständig beim Kartenspiel gewonnen hat.«

»Hat mir aber gefallen, und die anderen haben ganz schön dumm geguckt!«

Wie so oft wurde Lisa wieder einmal in die Verteidigerrolle gedrängt. Ständig gaben ihr andere das Gefühl, für Jonie eintreten zu müssen. Na ja, bald würde sie ihre Rolle beruflich ausleben und konnte wenigstens Kapital daraus schlagen. Aber das war noch Zukunftsmusik. Jetzt musste sie sich mit Natalie auseinandersetzen, die bereits weiterstichelte.

»Und warum hast du ihm dann vor zwei Jahren nicht den Gefallen getan und bist mit ihm nach Baden-Baden ins Casino, als er dich eingeladen hatte?«

Lisa kniff die Lippen zusammen.

»Du warst zu feige! Stimmt's?«, bohrte Natalie.

»Ja, weil ich vorausgeahnt hatte, was kommt. Karten zählen unter den Röntgenaugen von Aufpassern ist etwas anderes, als Partygäste zu bescheißen.«

»Das war dein Glück. Immerhin haben sie ihn erwischt. Mann, da hätte ich gerne Mäuschen sein wollen.«

»Sei nicht so gemein. Er hat halt wissen wollen, ob es funktioniert. Immerhin hat er einiges abgeräumt. Dennoch war es eine gute Abschreckung, wer weiß, wohin ihn dieser Tick noch gebracht hätte.«

Natalie lachte schadenfroh auf. »Sie haben ihn einfach rausgeschmissen!«

Montag, 5. August

Der Montagmorgen bescherte trockene Saharawärme und versprach Freude all denen, die das Glück hatten, sich im Freibad abkühlen zu dürfen.

Thomas Anger lag nichts am faulen Herumliegen oder gar daran, seine empfindliche helle Haut schädlichen UV-Strahlen auszusetzen.

Er hatte im Oktober einen Wanderurlaub in den Bergen samt Fotoseminar geplant. Darauf freute er sich bereits jetzt, das machte es ihm leichter, seinen Job im *Autohaus Vollmer* bei über dreißig Grad im Schatten durchzustehen.

Er schloss die Tür zum Verkaufsraum der Tankstelle auf, sah drüben in der Werkstatt und im Ausstellungsraum bereits eifriges Leben und bereitete sich auf den Tag vor.

Anger war ein typischer Junggeselle. Nächstes Jahr würde er vierzig werden, und er hatte sich jetzt schon vorgenommen, groß zu feiern. Das Gejammer der anderen fast Vierzigjährigen ließ ihn kalt. Zu seinem Geburtstag würde er seine ganzen Freunde und Bekannten einladen.

Er arbeitete nun schon einige Zeit in der Tankstelle des renommierten Autohauses im Karlsruher Stadtteil Rüppurr. Eigentlich hatte er einst seine Mitmenschen als Konditor und Bäcker beglücken wollen, aber eine Mehlstauballergie ließ seinen Traum gleich nach der Ausbildung platzen. Also war er zu seinem Onkel gezogen, der in Westfalen eine Maschinenfabrik besaß. Dort sattelte er um auf Maschinenbauer und erhielt einen festen Arbeitsplatz. Als sein Onkel vor acht Jahren seinen wohlverdienten Ruhestand antrat und das Unternehmen in fremde Hände fiel, entschied Anger, in seine alte Heimat zurückzukehren. Lutz Vollmer hatte zu der Zeit expandiert und eine zuverlässige Hilfskraft für die Tankstelle gesucht. Anger hatte nicht lange gezögert und seinen Entschluss bis heute nicht bereut.

Sein Boss zeigte seine Zufriedenheit, indem er ihm die Pflege der hochkarätigen Fahruntersätze seiner betuchten Kunden anvertraute. Bei diesem Service flossen reichliche Trinkgelder.

Die waren auch bitter nötig. Seit dem Erwerb einer Eigentumswohnung in der Nähe seiner Arbeitsstelle kam er schon mal in finanzielle Engpässe. Ein neues Auto war auch fällig.

Vor geraumer Zeit hatte Anger das Vertrauen eines jungen Neureichen gewonnen, der regelmäßig seine beiden fahrbaren Untersätze nicht nur zum Auftanken, sondern ebenfalls zur Wartung vorbeibrachte.

Der Boss hatte erklärt, der junge Falkner würde beinahe neurotische Angst davor haben, plötzlich neben einem Auto stehen zu müssen, dessen Motor mitten in der Pampa seinen Geist aufgibt. Da sein Boss außerdem den Vater des Jungen persönlich kannte, durfte Falkner junior ihn zu jeder Zeit bei einem eventuellen Versagen der Autos zu Hilfe holen.

Deshalb wurde auch Anger zu Bereitschaftsschichten eingeteilt. Aber bisher hatte weder der Jeep noch der Porsche seinen Dienst versagt. Bei der exzellenten Wartung war das gewissermaßen selbstverständlich.

Ein wenig Neid kam bei Anger schon auf, wenn er sich vor Augen hielt, wie das Ausfüllen eines läppischen Zettels mit noch läppischeren Zahlen ein Leben dermaßen veränderte. Ja, Glück musste man haben. Ohne Glück kam man zu nichts. Er füllte ja auch wöchentlich den Tippschein aus und was geschah? Ab und zu gab's einen Dreier, sonst nichts. Aber er durfte die Hoffnung nicht aufgeben, vielleicht zeigte sich das Glück auch ihm eines Tages gnädig und dann würde er dem reichen Spund *seinen* Traum von Auto vorstellen: Einen feuerroten Ferrari! Und nicht solch eine plumpe Karosse wie dieser schwarze Cherokee, den er nachher gleich als Erstes unter seiner Fuchtel haben würde. Blitzblank sollte er den Jeep polieren, ohne dass ein Kratzer zurückblieb.

Was gab man nicht alles für eine zusätzliche Belohnung.

Manchmal kam er sich vor wie ein dressierter Hund, dem zur Honorierung einer guten Leistung ein Nascherle vor die Schnauze geworfen wurde. Der dann am Boden herumschnüffeln durfte, um nach der Belohnung zu suchen.

Aber die Hoffnung durfte niemals sterben.

II

Samstag, 10. August

Im Klassenzimmer herrscht Stille.

Der Mathelehrer hat vor zwei Minuten den Raum verlassen und eine Horde halbstarker Abituranwärter ist eine ganze Pause lang sich selbst überlassen.

Trotzdem herrscht Stille. Ungewohnte Stille.

»Also, was ist?«, durchschneidet Robert Melchers vom Stimmbruch immer noch verschont gebliebene Stimme penetrant die gespannte Atmosphäre. Sein verächtlicher Blick klebt auf Jonathan.

Und mit ihm ein weiteres Dutzend Paar Augen. Ihre Besitzer umringen Jonathan und warten begierig auf seine Reaktion.

»Ich glaube«, sagt er, »die Zahlen kann man vorausberechnen.«

Sein Blick wandert unsicher über die fiesen Visagen seiner Klassenkameraden. Es haben sich nur die Jungs aufgebaut.

»Dr. Holder ist aber überhaupt nicht dieser Meinung. Und er hat wohl die fachlich höhere Kompetenz«, lästert Robert.

»Und unser Jona ist das Mathegenie«, meckert der schwabbelige Oskar Bohl dazwischen.

»Deshalb möchten wir jetzt wissen, wer Recht hat«, fordert Max, der seine lange Haarmähne stets im Nacken zusammengebunden trägt.

»Also, um die Diskussion endlich zum Abschluss zu bringen«, sagt Robert gedehnt und mit wichtigtuerischem Mienenspiel, »ich wette, dass die Zahlen nicht vorausberechnet werden können. Wer setzt dagegen?« Stille.

»Was ist mir dir, Genie?«, höhnt Robert und gibt Jonathan einen Stoß in die Rippen.

»Ich wette nie.«

»Nicht mal, wenn du glaubst, du bist im Recht?«, fragt Max.

»Feigling!«, blafft Oskar.

Lisa steht im Türrahmen. Die Fröhlichkeit ihrer sanften Rehaugen trifft Jonathan mitten ins Herz.

»Also gut«, gibt er nach, während er seinen Blick kaum von dem Mädchen lösen kann. »Ich wette, dass ich die Zahlen für die nächste Lottoziehung vorausberechnen kann.«

»Was ist euer Einsatz?« Oskar stampft aufgeregt von einem Fuß auf den anderen.

»Nun«, überlegt Robert, »das Genie und ich zahlen jeder den halben Anteil am Schein, den wir bis aufs Äußerste ausreizen, und lassen uns überraschen, was dabei herauskommt.«

»Nein, nein! So geht das nicht«, mault Oskar. »Was bietet ihr uns?«

»Gut! Wenn ich verliere, gewinnt logischerweise der Schein. Dann flattert dem Genius und mir 'ne Menge Geld in den Schoß und ich lade euch zu einem heißen Wochenende auf Mallorca ein, das ihr so schnell nicht vergessen werdet. Und was bietest du, Superhirn?«, wendet sich Robert herablassend an Jonathan.

»Ich verliere nicht.«

Warum er sich seiner Sache so sicher ist, vermag er nicht zu erklären. Vielleicht nur deshalb, weil er gewinnen muss. Alle wissen, dass er sich schon eine halbe Ewigkeit mit Analysen über die Zahlenreihen der Ziehungen beschäftigt. Er darf es sich nicht leisten, zu verlieren.

Aber das ist bei einem Glücksspiel leicht gesagt.

»Ha! Höre sich das einer an. Ganz schön von sich eingenommen!«, höhnt Robert. »Trotzdem musst du uns deinen Einsatz sagen! Los!«

Jonathan will sich kurzerhand abwenden und der Meute keine Möglichkeit geben, aus ihm noch mehr herauszuquetschen. Er hat sich ohnehin schon zu weit in diese Sache pressen lassen.

Aber so leicht lassen sie ihn nicht davonkommen. Roberts Klaue krallt sich in Jonathans Schulter fest. »Dein Einsatz!«, knurrt er scharf.

»Also gut«, sagt Jonathan, »falls ich verliere, mache ich euch jedem bis zu den Prüfungen die Matheaufgaben.«

»Na, das ist doch ein Angebot«, grölt Oskar, und die anderen lachen und klatschen sich vor Freude auf die Schenkel.

Drei Tage und drei Nächte brütet er über seinen Daten, die er in jahrelanger mühevoller Sisyphusarbeit zusammengetragen hat. Seit der Kindheit schon plagt ihn die Neugier, ob beim Glücksspiel nicht doch nachgeholfen werden kann, zumal er jede Woche das enttäuschte Gesicht seines Vaters sieht, wenn der aufs Neue einen Tippschein zerknüllt. Daher beginnt er, sich Auswertungen über die gezogenen Tippreihen zu besorgen und sich in Korrelationsanalysen zu vertiefen. Als er einen ausrangierten PC aus der Kanzlei seines Onkels bekommt, packt ihn das Fieber, selbst Programme zu entwickeln, bis er schließlich in der Lage ist, sein eigenes Optimierungsprogramm für die Suche nach den bestmöglichen Zahlen fertigzustellen. Eingesetzt hat er es noch nicht – bis heute.

Und es spuckt sechs Zahlen aus. Sechs, elf, neununddreißig, vierzig, vierundvierzig und achtundvierzig. Seine Glückszahlen.

Hundertprozentige Sicherheit gibt es nicht, ist ja klar, aber er lässt sich das nicht anmerken.

Weil er nur ein Kästchen ausfüllt, freut sich Robert umso mehr, seine vielen Zahlenreihen einsetzen zu können. Er überreicht ihm ein Blatt, auf dem sie stehen und überlässt ihm den Rest.

Robert vergisst aber, trotz mehrfacher Aufforderung, seinen Anteil zu begleichen. Solche Sachen vergisst er überhaupt immer sehr gerne. Letztendlich lässt er über Oskar ausrichten, das Geld am Montag zu zahlen.

Am Montag ist's jedoch zu spät. Jonathan verweigert die Annahme von Roberts Einsatz. Denn am Samstagabend hat es in Strömen geregnet. Geldscheine.

Sieben Millionen und vierhunderttausend Euro.

Die Scheine fallen vom Himmel. Zu Tausenden. Sie beginnen zu glänzen und verwandeln sich zu seinen Füßen in goldene Münzen. Stolz wie Dagobert Duck steht er mitten in einem Silo voll Gold.

Da hört er ein Jammern, ein Stöhnen. Dumpf aus der Tiefe.

Er sieht eine Hand vor seinen Füßen herausragen, sucht eine Schaufel. Es gibt keine. Nur Gold.

Glänzend. Geschmeidig. Kalt.

Und es regnet weiter, immer weiter.

Es klirrt, prasselt, scheppert. Ein Höllenlärm. Goldstücke platschen dumpf auf seinen Schädel.

Er fällt auf seine Knie und beginnt, mit bloßen Händen zu schaufeln. Er befreit einen Arm, eine Schulter und einen Kopf.

Es taucht Roberts schmerzverzerrte Fratze auf. Er hört seine Hilfeschreie, doch kommen sie nicht über dessen Lippen. Sie öffnen sich nicht einmal.

Gleich erstickt er. Erdrückt von unzähligen Münzen. Dieser geldgeile Scheißkerl.

Er hört ihn heiser und mit ungewohnt tiefer Stimme »Arschloch!« rufen und plötzlich ist es ihm egal. Soll Robert doch verrecken – einfach verrecken. Dieser gierige Scheißer wird niemanden mehr übers Ohr hauen oder sich an Problemen anderer aufgeilen.

Ein Schwall enormer Hitze fängt ihn ein. Das Gold schmilzt über ihm, schmilzt unter ihm, es wird heißer und heißer. Er strampelt, schlägt um sich und macht panische Hüpfer, um der breiigen Masse zu entkommen, die ihn unerbittlich aufsaugt wie kochender Morast.

Er fühlt das Glühen seines brennenden Körpers, den erstickenden Druck auf seiner Lunge, kann kaum noch atmen.

Hustet.

Bevor er starb, wachte er auf.

»Shit!«, fluchte Jonathan.

Die Stimme rau, die Kehle verdorrt.

Eigentlich wollte er nur ein bisschen meditieren, in angenehmen Gedanken schwelgen, schon war er wieder in ein teuflisches Loch gestürzt.

Deep Purples *Child in Time* hämmerte rhythmisch und wild jaulend auf ihn ein. Was für ein Song. Uralt für seine Begriffe, trotzdem immer noch packend. Die Anlage war jedoch zu laut gestellt.

Jonathan badete regelrecht in Schweiß, war patschnass auf Stirn, Schläfen, im Nacken, am Rücken, er zwang sich, die Augen zu öffnen, brachte aber nur ein schwächliches Blinzeln zustande. Die Nachwehen des Albtraums hatten ihn weiter in der Gewalt, sein Puls raste.

Er lag rücklings im Zentrum seines quadratischen Glaspavillons, exakt auf dessen Längsachse, die Stirn nach Südosten gerichtet, die Arme und Beine ausgebreitet.

Er zwang sich, seine Lider zu öffnen, starrte auf die rubinroten Deckenlamellen und stieß hart die verbrauchte Luft aus seinem Körper. Sein Puls beruhigte sich, er fand sich endlich wohlbehalten und weich gebettet auf dem flauschigen, feuerroten Teppichboden wieder.

Der gläserne Pavillon war direkt an die Villa angebaut. Er enthielt keine Möbelstücke, hier befand sich Jonathans Meditationsbereich. Die blutroten, schweren Samtvorhänge hatte er meist zugezogen, ebenfalls die schützenden Lamellen an der Decke. Nur selten öffnete er das eine oder das andere, lediglich, wenn der Sternenhimmel prangte oder wenn er Lust bekam, das Grün seines Gartens zu genießen. Dabei war er der Natur gleichzeitig nah und blieb ihr doch fern. Das Klima in diesem Glasbau regulierte eine ausgefeilte Anlage.

Regelmäßig hielten ihm seine Eltern sein Einsiedlerleben vor. Sein Vater hatte ihm einmal sogar vorgeworfen, er wäre ein Gefangener seiner eigenen Lethargie, unfähig zu bemerken, wie sie ihn allmählich in die Tiefe riss. Jonathan ließ sich niemals reizen, gab seinem Vater keinen Anlass, weiterzubohren oder gar einen Besuch beim Psychiater vorzuschlagen. Nein, er ließ seine Eltern eben reden.

Hauptsache er fand, eingehüllt in die Farbe der Liebe, wohltuende Geborgenheit. Sie trug seine Seele in angenehme Gefilde.

Meistens.

Manchmal ging es auch schief, so wie eben. Dann verwandelten sich seine Träume in Albträume.

Laut Therapeuten trug das Unterbewusstsein daran die Schuld, Jonathan hatte bereits viele lehrreiche Sitzungen diesbezüglich über sich ergehen lassen müssen. Dennoch hatte er bis heute nicht herausgefunden, mit welchen Mitteln sein Unterbewusstsein zu lenken wäre. Vielleicht würde er das ohnehin niemals fertigbringen, würde sich bis in alle Ewigkeit von ihm schikanieren lassen müssen.

Nein, er brauchte sich nichts vorwerfen, auch kein schlechtes Gewissen haben. Das Schicksal wusste schon, was es mit jedem Einzelnen trieb. So hatte es ihn gewinnen lassen und den anderen verlieren. Das war lange fällig gewesen und vor allem gerecht. Und dafür, dass dieser feige Arsch sich zugedröhnt mit einem Drogencocktail von der Autobahnbrücke gestürzt hatte, trug Jonathan keine Verantwortung. Jeder ist für seine Entscheidungen selbst verantwortlich.

Jahrelang hatten die Jungs aus der Klasse ihn immer wieder drangsaliert – allen voran Robert, dicht gefolgt von dessen Lakai Oskar. Als Nachwuchs sogenannter gehobener Kreise fühlten sie sich als etwas Besseres, sahen je nach Lust und Laune hämisch auf andere herab oder verhöhnten sie. Dummerweise kannte Jonathan diese beiden Aufwiegler bereits seit der Grundschule, wo er eigentlich ganz gut mit ihnen klargekommen war. Seit er jedoch seinen angeblichen Freunden sein Geheimnis preisgegeben hatte, zeigten sie ihm offen ihre Abneigung, demonstrierten ihm seine Minderwertigkeit.

Denn im Gegensatz zu ihnen war er *adoptiert*.

Was bedeutete, keiner – nicht einmal er selbst – wusste, woher er kam, welcher Abstammung er war, welch ein Pack sich womöglich unter seine Vorfahren gemischt hatte.

Der blanke Neid auf seine Intelligenz und seine wohlgeratene körperliche Ausstrahlung, wie seine Mutter zu sagen pflegte, kamen noch hinzu.

Jonathan schloss seine Augen. Vor sich sah er die Szene, die seine unbeschwerte Kindheit so drastisch beendet hatte.

Die Mama und ich – wir haben dich adoptiert.

Wie schlicht die Worte seines Vaters klangen. Worte, mit denen er versuchte, seine Liebe auszudrücken, die er einem fremden Kind geschenkt hatte. Eine Liebe, die ermöglichte, alles zu opfern, um das Kind anderer Leute aufzuziehen, es als sein eigen Fleisch und Blut anzuerkennen und in seine Familie zu integrieren. Ohne Rücksicht darauf, aus welchen Verhältnissen es stammte, welche Erbanlagen es in sich barg oder welche Umstände zu seiner Entstehung beitrugen. Adoptiveltern nehmen ein Kind in ihre Obhut und bieten ihm die Chance auf ein normales Leben.

Jonathan war zwölf gewesen, als er es erfuhr.

»Du bist nicht meine Mutter?«, hörte er seine zittrige Stimme fragen.

Seine Eltern saßen schweigend vor ihm, warteten mit feuchten Augen auf seine Reaktion.

Auf eine Reaktion, die ihn selbst überforderte.

Er erinnerte sich zu gut, wie seine Gedanken herumgeirrt waren, um sich der Tragweite dieses neuen, einschneidenden Wissens bewusst zu werden, bis er schließlich aufgeschaut, seiner Mutter tief in die erwartungsvollen Augen geblickt und gesagt hatte: »Aber nur du bist meine Mutter, meine eigene und richtige Mutter!« Und wie er ihr um den Hals gefallen und wie sogar sein Vater nähergekommen war und die kleine Familie umarmt hatte. Es waren Sekunden gewesen, wie sie in einem kitschigen Film nicht besser hätten dargestellt werden können.

Ein paar Tage später sah alles ganz anders aus. Neues hatte ja bekanntlich immer gewisse Reize, und so posaunte Jonathan nicht ohne gewissen Stolz diese Neuigkeit herum, ohne annähernd die Folgen erahnend, die ihn seine Vertrauensseligkeit kosten würden.

Was folgte, war eine schlimme Zeit. Überall sah er nur noch Mütter und Kinder – glücklich lachende und schäkernde Mütter mit ihren garantiert leiblichen Kindern –, sei es nach der Schule beim Abholen, auf der Straße, beim Spazierengehen oder im Fernsehen. Womöglich war er der einzige Adoptierte weit und breit.

Seine Freunde begannen, hinter seinem Rücken herumzutuscheln und die Mädchen kicherten albern. Seine Mutter tröstete ihn zwar und meinte, das wäre normal und ginge bald vorüber. Er glaubte jedoch nicht daran, schloss mit seinen sogenannten Freunden ab und widmete sich anderen Interessen.

Seit dieser Zeit fühlte er sich anomal und war nicht mehr bereit, seine Empfindungen mit anderen zu teilen.

Jonathan hatte jegliches Zeitgefühl verloren. Wieder startete er den Versuch, sich aus seinen Gedanken zu befreien, blinzelte mit den Lidern, um die Schläfrigkeit zu verjagen, brachte behutsam Muskel um Muskel in Bewegung, schielte auf seine Armbanduhr. Erschrocken stellte er fest, dass er bereits mehr als zwei Stunden herumlag.

Ärgerlich verscheuchte er die enervierenden Tagträume, schüttelte energisch die zermürbenden Erinnerungen ab wie ein Hund, der sein triefnasses Fell von brackig stinkendem Wasser zu befreien versucht, und fand allmählich wieder zu sich selbst.

Wasser, ja, Wasser! Er fühlte Trockenheit im Hals, auf seiner Seele und bekam Sehnsucht nach klarem sauberen Wasser. Es war Zeit, schwimmen zu gehen. Er rappelte sich auf, leichter Schwindel übermannte ihn, doch nur kurz, er ging ins Haus und stieg hinab, drei Etagen in die Tiefe.

Sein Reich lag über ihm, ein schützender Bunker über dem rechtwinklig angelegten Pool, der mehr als die Hälfte des untersten Geschosses beanspruchte. Hier konnte er in das erfrischende

Nass springen, so oft er wollte, konnte schwimmen und tauchen, keiner kam ihm in die Quere, keinem musste er Rechenschaft ablegen. Mit keinem seine Einsamkeit teilen.

Heute trieb ihn Griegs *Peer Gynt* durchs Wasser, morgen würde er vielleicht ein Livekonzert von Rammstein auflegen. Je nach Lust und Laune wechselte er das Musikstück, wählte spontan zwischen Rock, Pop und Klassik.

So begann er meist seine Tage und so ließ er sie auch ausklingen. Sofern er abends nicht noch eine Joggingrunde drehte. Aber dazu musste sich vorzugsweise ein klarer Vollmond zeigen. Ihm gefielen die vom Mond beschienenen Straßen und Häuser, sie leuchteten dann, als hätte ein übermütiges Heinzelmännchen alles mit Phosphor übersprüht.

Die CD war am Ende, Stille füllte die Halle aus. Jonathans Gedanken hatten ihn schon wieder entführt und ließen ihn vergessen, rechtzeitig aus dem Wasser zu steigen. Er kannte jedes Musikstück auswendig und wusste, wann er seine Schwimmstunde beenden musste, um mit den Abschlussklängen fertig zu sein.

Er tauchte ein letztes Mal quer durch das Becken, zog sich an der Leiter empor und ging in den Umkleideraum. Kaum hatte er sich angezogen und den CD-Player und das Licht in der Halle ausgestellt, gellte der Rufton seiner Telefonanlage durchs ganze Haus.

»Zum Teufel, wer ist das denn?«, schimpfte er vor sich hin.

Es war Samstag, inzwischen später Vormittag, er brauchte keine Termine einhalten und konnte ungezwungen den Tag verbringen, trotzdem fühlte er sich gestört, wenn das Telefon läutete. Es einfach abzustellen, brachte er auch nicht fertig.

In jeder Etage war in der Nähe des Treppenaufgangs eine Ladeschale für ein Funktelefon fest installiert. Dazu gab es jeweils einen Handapparat, den Jonathan sich immer leicht zugänglich bereitlegte. Auf dem Display zeigte sich eine ihm bekannte Nummer, seine Laune stieg beträchtlich.

»Lisa, hallo!«

»Hi, Jonie. Sorry, dass du mich gestern Abend nicht erreichen konntest. Warum hast du keine Nachricht hinterlassen? Was gibt's?«

Ihre heitere Verfassung riss ihn mit, und am liebsten hätte er gesagt: »Ich hatte Sehnsucht nach deiner Stimme.« Aber er sagte nur: »Ich wollte wissen, was deine neue Wohnung macht, ob dein Umzug inzwischen geklappt hat und – an welchem Wochenende du wieder nach Hause kommst. Vielleicht könnten wir uns treffen. Ist schon lange her …«

»Das stimmt! Die Zeit rast, es sind schon wieder drei Monate vergangen. Aber ich war wirklich ziemlich beschäftigt. Ich habe nicht nur mit dem Umzug zu tun gehabt, sondern auch einen Job in einer großen Anwaltskanzlei bekommen. Auch hat es eine Weile gedauert, bis der neue Telefonanschluss funktioniert hat, dann ist auch noch mein Handy kaputt gegangen. Aber jetzt ist alles wieder im Lot.«

Lisas Redefluss störte Jonathan nicht, im Gegenteil, er hörte ihr einfach zu. Er hörte sie gerne reden, hatte richtig Nachholbedarf. Leider hatte sie sich angewöhnt, die wichtigsten Neuigkeiten mittels knapper SMS zu schicken, denen Jonathan überhaupt nichts abgewinnen konnte. Sicher, er war im Groben über ihre Aktivitäten informiert, das war aber schon alles. Deshalb wusste er auch von ihrem Plan, aus dem Studentenwohnheim auszuziehen, hätte aber nicht gedacht, dass sie so schnell eine passende Wohnung finden würde.

»Freut mich für dich, Lisa! Ich hoffe, die Wohnung ist okay und deine Anwaltskollegen sind freundlich?«

»Ja, ich arbeite wirklich gern in der Kanzlei. Und stell dir vor, Natalie hat beschlossen, mit mir die Wohnung zu teilen, was für uns beide natürlich finanziell günstiger ist.«

»Natalie?«, vergewisserte sich Jonathan, womöglich hatte er sie falsch verstanden.

»Ja, Natalie, meine Freundin. Du weißt doch, sie studiert Medizin.«

Natalie Böringer! Fett, plump, aufdringlich. Das einzig Sehenswerte an ihr war das schwarze naturgelockte Haar.

»Oh … ähm … ja«, stammelte er.

Dass sich dieses Mädchen wieder in Lisas unmittelbarer Nähe aufhielt, gefiel ihm nicht. Dennoch versuchte er, sich nichts anmerken zu lassen.

»Das ist günstiger für euch, ist klar.«

Leider gelang es ihm nicht ganz, die Bitterkeit zu unterdrücken. Wie gern hätte er ihr die Wohnung finanziert, damit sie in der Lage gewesen wäre, diese allein zu nutzen.

»Ach!«, stieß Lisa plötzlich aus. »Natalie kommt, ich muss Schluss machen. Vielleicht fahre ich an einem der nächsten Wochenenden nach Hause. Ich melde mich dann. Okay?«

»Klar, bis dann.«

Jonathan schnaubte verärgert. Lisa beendete das Telefongespräch mit ihm, nur weil Natalie kam?

Er schüttelte sich angewidert, trabte hinauf zur Garderobe, zog sich eine leichte Sportjacke über und holte den Porsche aus der Garage.

Ein bisschen herumkurven, Gedanken sammeln.

*

»Was war das denn?«, fragte Natalie, warf ihre Tasche ins Eck und setzte sich zu Lisa an den Esstisch. »Hat sich grad so angehört, als ob du wegen mir aufgelegt hättest.«

»Nein, nein! Die Waschmaschine ist fertig, der Trockner schreit und die Kartons warten auch noch darauf, dass ich sie ausräume. Der Umzug macht mich echt fertig!«

Lisa fuhr sich durchs Haar und stöhnte laut auf, als läge die ganze Last der Welt auf ihren Schultern.

Natalie hingegen hatte stets die Ruhe weg. Und sie besaß die wundervolle Gabe, ihre innere Ruhe auch auf andere zu übertragen.

»Ja, ja, man glaubt gar nicht, was sich so alles ansammelt. Ich habe uns etwas zu Essen geholt, ein paar deftige Weißwürste und frische Semmeln.«

Lisa schnaufte nochmals hart durch.

»Essen klingt gut.« Wie auf Befehl knurrte ihr Magen.

»Mit wem hast du vorhin telefoniert?«

Extreme Neugierde gehörte zu Natalies größten Schwächen. Auch damit hatte sich Lisa schon lange abgefunden.

»Mit Jonie. Er rief gestern an, hat aber nicht auf den AB gesprochen.«

»Und – schmachtet er schon sehnsüchtig nach dir?«

»Er hat wegen des Umzugs nachgefragt und wann ich wieder komme.«

»Also doch schmachtende Sehnsucht.«

»Ach Quatsch, er braucht halt mal wieder jemanden zum Reden.«

»Und …?«, bohrte Natalie, die sehr gut darin war, Lisas Gedanken zu lesen.

»Ich glaube, ich hab tatsächlich zu abrupt das Gespräch beendet, hoffentlich nimmt er's nicht persönlich. Aber ich habe jetzt echt Hunger.«

»Mach dir keine Gedanken, für den ist doch alles heilig, was du tust und sagst.«

»Eifersüchtig?«, hänselte Lisa.

»Ganz sicher!« Natalie zog die Stirn kraus. »Ich versteh dich nicht. Was hat der Typ nur an sich, was andere nicht auch haben – vom Geld abgesehen?«

»Was er hat, was andere nicht haben – niemals haben werden? Mein Herz! Egal, wie du darüber denkst, egal, ob er's jemals entdecken wird.«

***

Die Stadt hatte sich verändert.

Anton Romberg stand unschlüssig vor der Fassade des Hotels, das er als ein gut gehendes renommiertes Familienunternehmen in Erinnerung hatte. Obwohl es schon immer mit der Konkurrenz der beiden Luxushotels direkt am Bahnhof zu kämpfen hatte. Aber die Zeiten wandeln sich – leider nicht immer zum Vorteil. Auch mit diesem Gebäude hatte die Zeit kein Erbarmen gezeigt. Lechzend nach einem auffrischenden Anstrich und neuen Fenstern fristete es zwischen den anderen, noch armseliger dastehenden Jugendstilgebäuden sein Dasein. Einst prangte die Aufschrift *Hotel Tiergartenblick* in goldglänzenden Lettern über der breiten Eingangstüre, jetzt waren sie ausgebleicht und fast nicht mehr zu erkennen.

»Ist das wirklich noch ein Hotel?«, fragte Romberg den Taxifahrer, und als dieser nickte, zahlte er, packte beherzt seine Koffer und marschierte durch die marode Eingangstür auf den verwaisten Empfang zu.

Drinnen stellte er die Koffer ab, nahm die Sonnenbrille von der Nase und sah sich in der Lounge um.

Das einstmals pompöse Mobiliar wirkte verschlissen, es roch staubig. Dem Parkettboden sah man seine edle Herstellung nicht mehr an.

Er beschloss, nach einer neuen Bleibe zu suchen.

Der blassrosa Vorhang hinter der Anmeldung bewegte sich und eine Frau tauchte auf, hochgewachsen und stocksteif. Bereits völlig ergraut und mit einer altmodischen Brille auf der Nase. Ihre flinken dunklen Augen musterten ihn streng von Kopf bis Fuß.

»Herzlich willkommen, mein Herr. Ich bin Josepha Manns. Sie möchten sicher ein Einzelzimmer mit Blick auf den Park? Es ist noch ein sehr schönes frei. Für Sie mache ich einen Sonderpreis.«

Er zögerte. Das einzige Argument, das ihn dazu bewegte, sich näher mit diesem Hotel zu befassen, war die bleierne Müdigkeit, die ihm nach dem langen Flug und der ätzenden Zugfahrt von Frankfurt bis hierher in den Gliedern steckte.

»Bevor ich mich entscheide, würde ich das Zimmer gerne sehen«, sagte er und entzog sich einer voreiligen Zusage.

Er war angenehm überrascht, als sie im dritten Obergeschoss die lichtdurchflutete Suite betraten. Zwar herrschte auch hier veraltetes Flair, dennoch war die Luft frisch, es roch leicht nach Desinfektionsmitteln.

Romberg schürzte zufrieden die Lippen.

»Okay, ich nehme das Zimmer. Ich werde vorerst auf unbestimmte Zeit bleiben. Zum Frühstück wäre es mir recht, wenn ich die wichtigsten aktuellen Tageszeitungen auf dem Tisch liegen hätte. Ansonsten werde ich Ihnen ein ruhiger Gast sein.«

Sonntag, 11. August

Es war Sonntagvormittag, und er hatte sich in Schale geschmissen. Das Tor schloss sich hinter dem Porsche, Jonathan verließ sein Haus, sein Anwesen und bog nach links auf die B 3 ein.

Sein Haus! Wie angenehm das klang.

Erhaben thronte der strahlendweiße Kubus auf der sanften Anhöhe, die einen weitreichenden Blick auf Karlsruhe gewährte.

Schon vor Jahren hatte Jonathan begonnen, nach einem Grundstück zu suchen, das seinen kritischen Anforderungen entsprach: Abgelegen sollte es sein und trotzdem einen direkten Straßenanschluss zur Stadt vorweisen, über einen alten Baumbestand verfügen als Basis für einen Park, ausreichende Weitläufigkeit besitzen, um absolute Einsamkeit zu gewährleisten, und es durfte nicht auf gleicher Ebene liegen wie die flache Fächerstadt.

Das Gebiet zwischen Durlach und Wolfartsweier war in sein

Visier geraten, da hatte er noch nicht mal im Traum daran gedacht, mit achtzehn Jahren Lottomillionär zu werden. Aber die sieben Millionen und vierhunderttausend Euro genügten dennoch nicht, sein Traumhaus Realität werden zu lassen, den Lebensstandard der Eltern aufzupolieren und dann auch noch alles auf Dauer zu finanzieren. Also hatte er sich den Aktienmarkt vorgeknöpft, gewinnbringend spekuliert und dadurch tatsächlich eine sichere Basis schaffen können. Was wohl niemanden mehr überraschte, denn mittlerweile kannte ihn jeder aus seiner nächsten Umgebung als verschrobenen Zahlenfanatiker.

Mathematik und Geld bildeten fortan Jonathans unumstößliche Säulen, auf denen er sein Leben begründete. Der Ausspruch des Astronomen Johannes Kepler »Die Mathematik allein befriedigt den Geist durch ihre außerordentliche Gewissheit.« wurde zu seinem Leitmotiv.

Und dass mit Geld alles erreicht werden konnte, war ihm nicht erst bewusst geworden, als er den Stadtrat auf seine Seite zog, sondern bereits in jüngeren Jahren.

»Geld regiert d'Welt, mein lieber Junge«, hatte ihm einst Großvater Karl eingebläut. Er war Uhrmachermeister und damals bereits ziemlich betagt gewesen, hatte aber dennoch einen kleinen Laden in Pforzheim geführt und nicht nur Uhren, sondern auch allerlei Antiquitäten verhökert. Jonathan durfte ihm schon mit sieben in den Ferien und an den Wochenenden helfen. Großvater hatte stets darauf bestanden, ihm ein paar Mark zu geben, denn »nix isch umsonscht, nur der Tod, aber der koschtet's Leben«, wie er zu belehren pflegte.

Jonathan fand es zunächst peinlich, Geld anzunehmen für etwas, das ihm Spaß machte. Was sich jedoch legte, als er die angenehmen Seiten des Geldbesitzes kennenlernte. Als er mit siebzehn begann, selbst entwickelte Programme an eine Security-Firma teuer zu verkaufen, empfand er gar keine Skrupel mehr, die Hand aufzuhalten.

Leider war der Großvater gestorben, kurz bevor Jonathan seinen Geldsegen einsackte.

Nachdem er die Riege der Millionäre erklommen hatte, war es ein Leichtes gewesen, sich seinen Traum zu erfüllen. Ohne größere Anstrengungen überzeugte er den Stadtrat, dass genau diese brachliegende Grünfläche im Kreuzungsbereich der Badener Straße und der Tiefentalstraße am besten für seine Kubusvilla geeignet sei. Dass das Gelände an zwei stark befahrenen Straßen lag und aus vielen, teilweise verwilderten Grundstücken bestand, die zudem noch unterschiedlichen Eigentümern gehörten, war ihm gleichgültig. Er hatte sich in den Kopf gesetzt, dieses Gebiet unterhalb des Bergwaldes besitzen zu wollen. Und das schmackhafte Gebräu aus fließendem Geld und hartnäckigem Starrsinn hatte seinem Willen schließlich den Weg dazu geebnet.

Als er sein Traumhaus bezog, freute sich vor allem seine Mutter. Denn Jonathan war ein Fanatiker im Sammeln alter Dinge. Das, was andere froh waren, los zu sein, schleppte er nach Hause. Seine Mutter war oftmals am Verzweifeln gewesen und hatte ihm ans Herz gelegt, den Krempel fortzuschmeißen.

Jetzt lebte er bereits seit über drei Jahren in dem von ihm selbst konzipierten Haus. Der beteiligte Architekt hatte bald seine Einwände aufgegeben und mit einer gehörigen Portion Skepsis den wahnwitzigen Villenbau mit sechs Geschossen realisiert.

Jonathans abgöttische Liebe zu symmetrisch geometrischen Figuren setzte sich auch bei der Gestaltung des Gartens in Form eines riesigen Mühlespielbretts durch.

Trotz der unregelmäßigen Grundstücksfläche ließ er eine perfekt kreisförmige, dicht umschließende Hecke um die quadratisch angelegten Wege pflanzen und dahinter einen stählernen Zaun mit Alarmsensoren errichten. Als äußerste Begrenzung umgab eine Sträucherhecke als ein exaktes Quadrat das Areal.

Den Leuten sollte der Einblick verwehrt werden auf das Paradies dahinter, auf seinen Garten Eden.

Natürlich benötigte solch ein Garten auch einen fähigen Kultivator. Deshalb hatte ihm sein Vater einen ehemaligen Kollegen aus der Stadtgärtnerei vermittelt, der sich das Rentendasein mit dieser herausfordernden Tätigkeit füllte. Zumindest bis vor zwei Wochen. Dann hatte er wegen einer Herz-OP das Krankenhaus aufsuchen müssen.

Nun saß Jonathan im diamantblauen Porsche, den er sich unmittelbar nach der Gewinnauszahlung gekauft hatte, drückte aufs Gas und lockte die nahezu vierhundert PS aus ihrer Reserve. Harte Rockmusik dröhnte aus den Boxen, jagte im Takt mit den Nockenwellen des Motors um die Wette. Wohlig presste sich Jonathan in den hellgrauen Schalensitz aus feinstem Leder.

Seine Mutter hatte ihn zum Mittagessen eingeladen. Allerdings fuhr er nicht auf direktem Weg dorthin, sondern scheuchte den Wagen über die Autobahn in Richtung Baden-Baden, sonntagmorgens herrschte wenig Verkehr. Ideal, um Dampf abzulassen. Im Rausch der Geschwindigkeit fiel es ihm leichter, dem Grübeln zu entkommen.

Seine Eltern wären entsetzt, würden sie von dieser Leidenschaft erfahren, auch wenn er sich ihr nicht sehr häufig hingab.

Denn meist verausgabte er sich beim Joggen oder beim regelmäßigen Kraftsport. Er verfügte über einen komplett eingerichteten Fitnessraum, auf den jedes Sportcenter neidisch sein könnte. Diese Leidenschaft war geweckt worden, als sein Vater ihn auf Anraten eines Psychotherapeuten zum Judo angemeldet hatte. Zu seiner eigenen Überraschung hatte ihm das viel Spaß bereitet. Bald sattelte er auf Taekwon-Do um. Als er die erste Dan-Prüfung in der Tasche hatte, verließ er den Verein, obwohl es ihm schwerfiel. Aber der Drang zur Einsamkeit war stärker.

Der lichte Verkehr ermöglichte es ihm, den Sportflitzer bis Baden-Baden nahezu ungebremst durchzutreiben, wo er auf die andere Seite der Autobahn wechselte.

Auf dem Rückweg hatte er weniger Glück. Rücksichtslose LKW-Fahrer und aufmüpfige PKW-Lenker ohne Respekt vor seinem Kraftpaket blockierten den mittleren und linken Fahrstreifen. Jonathan führte etliche Brems- und Ausweichmanöver durch. Er setzte sein Fernlicht ein, um andere in ihre Grenzen zu weisen. Oftmals reckte sich der Stinkefinger eines Neidhammels in die Höhe, den er hinter sich gelassen hatte, was ihn überhaupt nicht berührte.

Seine Mutter hatte wieder einmal viel zu viel aufgetischt.

Sie verstaute die Reste in Tupper-Schüsseln, von denen sie einen schier unerschöpflichen Vorrat besaß, und bestand darauf, dass er alles mitnahm. Es war ihr wichtig, dass sein Gefrierschrank niemals leer wurde.

Dabei machte es Jonathan überhaupt nichts aus, abends mal gar nichts zu essen oder nur Obst. Aber mit seiner Mutter diskutierte er nicht über dieses Gluckenverhalten.

Sie hatten soeben gemeinsam den Tisch abgeräumt. Seine Mutter werkelte noch in der Küche herum, während er sich zurück an den Tisch zu seinem Vater gesetzt hatte.

»Na, Junge, was treibst du heute noch, an diesem herrlichen Tag?«, eröffnete sein Vater die übliche Gesprächsrunde. Bedächtig schenkte er sich Bier nach. Dieses Wochenende hatte er frei, da gönnte er sich nach dem Mittagessen gerne ein oder zwei Fläschchen. Der nährstoffreiche Gerstensaft war in seinen Augen besser als Medizin.

»Lernen. Das nächste Semester beginnt bald, dann muss ich fit sein, im Winter will ich Physik abschließen.«

Seine Dissertation, die er gerade begonnen hatte, erwähnte er nicht. Das sollte eine Überraschung werden. Nicht gewonnen, sondern erarbeitet.

»Oh, Jonie, übertreib' nur nicht«, rief seine Mutter aus der Küche herüber. »Wenn nicht du, wer sollte dann fit sein?«, flachste sie.

»Kann ich dir helfen, Mama?«

»Ach was, ich räume nur den Geschirrspüler ein, der Rest macht sich von allein. Unterhalte dich ruhig mit Papa.«

Am Esszimmertisch breitete sich verlegenes Schweigen aus. Was sollte er so auf Kommando reden? Sein Vater kannte zurzeit ohnehin nur dieselben Themen. Themen, die Jonathan satt hatte. Zu seiner beruflichen Zukunft sollte er Stellung nehmen. Aber das interessierte ihn nicht. Das einzige Thema, das ihn wirklich interessiert hätte, wäre sein biologischer Vater gewesen. Aber das blieb ihm wohl verwehrt, denn ein Barmädchen hatte garantiert viele Verehrer. Sein Vater war da wohl nicht auszumachen. Vielleicht war er ein bekannter Politiker, ein einflussreicher Großindustrieller oder auch ganz einfach ein heruntergekommener Junkie oder brutaler Zuhälter.

Ein Räuspern riss ihn aus seinen trüben Gedanken.

»Na, mein Junge, weißt du inzwischen, wohin dich deine Studiererei führen soll? Versteh mich nicht falsch. Aber was strebst du beruflich an?«

Das gleiche Gewäsch wie immer. Jonathan unterdrückte ein Gähnen.

»Ich bin gerade mit Mathe fertig geworden. Jetzt konzentriere ich mich auf Physik. Mehr kann ich dazu nicht sagen.«

»Aber irgendwelche Gedanken in irgendeine Richtung musst du dir doch gemacht haben.«

»Ich habe keine konkreten Berufsvorstellungen, kapier' das endlich. Die Wissenschaft und alle Wirtschaftszweige stehen mir offen. Vielleicht setze ich noch einen Master drauf, ich weiß es nicht.«

»Aber, Junge, ...«, begann Jonathans Vater aufs Neue.

»Kein Aber, ich werde entscheiden, wenn die Zeit gekommen ist. Themawechsel!«

Betretenes Schweigen.

Für seinen Vater ging jedes Mal die Welt unter, wenn Jonathan ein Gespräch verweigerte. Vermutlich dachte er gleich wieder, Jonathan sei reif für den Psychiater.

Aber diese Zeiten waren vorbei. Er würde sich niemals wieder in die Klauen eines Seelenklempners begeben. Er war nicht mehr der naive Siebzehnjährige, der weinend wie ein kleines Mädchen im Zimmer verschwand, nur weil er eine grausame Wahrheit nicht vertrug. Er brauchte keine Obhut von anderen. Er löste seine Probleme selbst, auf seine Art. Für einen bevormundenden Vater, eine gluckenhafte Mutter oder einen schleimigen Psychiater gab es keinen Platz mehr. Mit dem Studium hatte für ihn ein neues Leben begonnen, inmitten fremder Menschen. Kaum einer kannte oder interessierte sich für seine Vergangenheit, und das war gut so. Sie sahen in ihm den reichen Sonderling. Er war zufrieden mit dem, was er sich erschaffen hatte. Er trauerte keine Sekunde lang mehr seiner Jugend nach und vor allem nicht der Zeit nach seinem siebzehnten Geburtstag.

Sein Vater betrachtete die Unterhaltung wohl als beendet, er brachte das Bierglas und die leere Flasche in die Küche.

Jonathan lehnte sich zurück, das laute Ticken der antiken Wanduhr zog seinen Blick an. Er beobachtete das Pendel, wie es von links nach rechts und wieder zurück schwenkte, immer wieder, eine schöne alte Uhr, von seinem Opa gefertigt, sein Meisterstück, tick – tack – tick – tack … und es war fast, als säße sein Psychotherapeut ihm gegenüber, schwenkte das Pendel hin und her und versuchte, ihn zu hypnotisieren.

Er sitzt im Wohnzimmer, dem in der alten Wohnung, auf der alten Couch, auf der mit dem geflickten Riss an der Lehne, und sein Vater auf dem einen Sessel und seine Mutter auf dem anderen, dem ohne Rückenlehne, dem, der so gerne als Fußunterlage genutzt wird, und beide schauen ihn ernst an.

»Ist was passiert?«, fragt er, soeben von der Bücherei nach Hause gekommen und freut sich eigentlich aufs Abendessen.

»Nein, keine Angst«, sagt Mama, aber der Blick in ihren Augen versetzt ihn in Angst.

»Ist jemand von euch krank?« Jonathan rechnet mit allem.

Nur nicht mit dem, was kommt.

»Junge«, beginnt sein Vater, »es wird Zeit, dass wir einmal über deine leibliche Mutter reden.«

Er kratzt sich am Kopf, schaut seine Frau an, aber die schweigt und starrt auf ihre Fingernägel.

Jonathan ist, als ergieße sich eine kalte Dusche über ihn. »Sie ist doch tot, habt ihr gesagt – oder?«

Eine heimliche Hoffnung keimt in ihm auf, eine Hoffnung, dass sie vielleicht noch lebt, dass seine Eltern ihn angelogen haben. Doch die Hoffnung wird sofort zerstört.

»Ja, Jonie, sie ist tot.« Mutter quält sich diesen Satz ab und betrachtet weiter ihre Finger, als wären sie das Objekt dieses Gesprächs.

»Also, wenn sie tot ist, was wollt ihr dann von mir? Tot ist tot und fertig aus!« Ungehalten springt Jonathan auf und will fort.

Sein Vater ist überraschend schnell bei ihm, drückt ihn sanft auf die Couch zurück, setzt sich neben ihn. »Wir müssen dir etwas aus ihrem Leben erzählen.«

»Wie bitte? Ihr wisst über ihr Leben Bescheid?« Jonathan glaubt sich in einem bösen Traum.

»Ja, bitte denk nicht schlecht über uns, aber wir wissen über sie Bescheid. – Bitte lass mich jetzt reden, wer weiß, ob ich wieder den Mut dazu haben würde.«

»Mut?«

»Bitte, hör zu. Deine Mutter war eine Waise und lebte bis zu ihrer Volljährigkeit in einem Heim. Nach dem Schulabschluss begann sie eine Lehre als Verkäuferin. Als sich ihr Chef an sie heranmachen wollte, schmiss sie die Ausbildung. Danach kam sie bei einem Lokalbesitzer unter. Man entdeckte ihren Leichnam ein halbes Jahr nachdem du in meinem Bus ausgesetzt wurdest. Es gab zwar einen Verdächtigen, aber der hatte sich ins Ausland abgesetzt.«

Jonathan steht nicht mehr nur unter einer kalten Dusche, er taucht in Eiswasser unter. Die Luft bleibt ihm weg, die Haut ist gefroren.

»Wo, wo hat man sie gefunden?«

Sein Vater legt ihm den Arm um die Schulter.

»Am Rheinufer. Spaziergänger haben sie gefunden, sie wurde angeschwemmt.«

Jonathan treibt es Tränen in die Augen, so ein Scheiß, er heult doch nicht etwa um eine fremde Frau? Er wischt sich übers Gesicht, zieht den Rotz in der Nase hoch, steht auf.

»Lasst mich mit euren Schauergeschichten in Ruhe, ich will nie mehr was darüber hören, kapiert?«

Er schreit, er schreit zum ersten Mal seine Eltern oder Nichteltern an. Er will sie verletzen.

»Was soll das überhaupt«, schreit er weiter, »mir so eine Geschichte aufzutischen, zu was soll das gut sein, wem soll das nützen?«

Ihm ist es egal, wie und wo und warum die Frau krepiert ist, die ihn in diese Welt geworfen hat, ihr ist ja auch sein Leben egal gewesen, sonst hätte sie mehr aus ihrem gemacht, und ihm ist jetzt ihr Tod egal.

Er rennt in sein Zimmer, schließt sich ein, greift nach einem Buch, einem Thriller von Frank Schätzing, öffnet es und versinkt in den Tiefen des Ozeans.

Lässt dessen Probleme seine eigenen fortspülen.

*

»Jonathan, he, Junge, was ist?«

Jonathans Kopf war auf die Stuhllehne zurückgesackt, seine Augen flatterten unkontrolliert.

Wurde er immer noch von Tranceanfällen heimgesucht?

Markus beugte sich über seinen Sohn, schüttelte ihn sacht an der Schulter. »Geht's dir nicht gut?« Er geriet beinahe in Panik.

Da richtete Jonathan sich auf, wischte mit der Hand über sein Gesicht, sein Blick wurde wieder klar.

»Alles okay. Mir sind plötzlich die Augen zugefallen, sonst nichts.«

Markus blieb skeptisch. »Du weißt ja, wenn du Hilfe brauchst, wir können jederzeit Doktor –«

»Schluss jetzt, sonst bereue ich noch, dass ich gekommen bin.«

Markus wollte ihn keineswegs provozieren.

Er hatte Jonathan vom ersten Augenblick an geliebt, ohne Kompromisse. Auch wenn sie sich stritten. Streit war normal, das gab es überall, wichtig war nur, dass jeder Streit mit Versöhnung endete.

Aber Jonathan schien weder auf Streit noch auf Versöhnung aus zu sein. Er stand auf, lächelte verhalten und schenkte ihm einen kurzen, seltsamen Blick.

»Ciao, Papa, bis bald. Ich geh dann, muss noch einiges erledigen.«

Emma kam ins Zimmer, überrascht von der Aufbruchsstimmung.

»Bleib bitte noch ein wenig. Ich hab eine Schwarzwälder Kirschtorte gebacken. Die magst du doch so gerne.«

»Nein, Mama, heute nicht, danke. Ein andermal.«

»Hoffentlich dauert das ›andermal‹ nicht wieder fast einen Monat«, brummte Emma.

Aber die Tür schlug schon zu.

12. bis 24. August

Es war Montag. Er plante, überlegte und machte sich Notizen vom frühen Morgen bis spät in den Abend.

Die nachfolgenden Tage arteten in Stress aus.

Romberg arbeitete hart, so hart wie schon lange nicht mehr. Zunächst besorgte er sich Tageszeitungen, Boulevardzeitschriften, Finanzblätter. Dann suchte er verschiedene Zeitungsverlage im Karlsruher Stadtgebiet und im Umland auf, stöberte in ihren Archiven herum, wandte sich ans Einwohnermeldeamt, an Schulen und schließlich auch an den Karlsruher Verkehrsverbund, den Arbeitgeber für sämtliche Busfahrer. Nicht einmal das Arbeitsamt ließ er aus. Er gab sich entweder als Journalist aus, lockte mit Geld, setzte sonstige Überredungskünste ein oder hängte den Charmeur heraus, bis er endlich alles beisammen hatte.

Und immer wieder stand er vor dem gewaltigen Grundstück und beobachtete geduldig.

Nach zwei Wochen schließlich gönnte er sich eine Verschnaufpause und kaufte einen dunkelblauen gebrauchten Volvo Kombi. Er beklebte die hinteren Scheiben mit schwarzer Folie und suchte einen Baumarkt auf.

Dann war er bereit.

Samstag, 24. August

Endlich wieder eine klare, milde Vollmondnacht.

Die ganze Woche hindurch hatte es gewittert, gestürmt und geregnet. Aber rechtzeitig zum Wochenende meldete sich der Sommer zurück. Ein laues Lüftchen fuhr Jonathan angenehm durchs Haar. Er sog die frische Luft tief in seine Lunge und trabte neben der Bundesstraße auf dem hell beschienenen Gehweg nach Durlach. Nach etwa einem Kilometer erreichte er die Straße, die in die Siedlung hinaufführte.

Die Dächer der Häuser und Villen strahlten in einem fahlen Blau, als seien sie mit Leuchtfarbe behandelt worden. Ebenso deutlich konnte er Gartenzäune, Sträucher und sogar Blumen ausmachen.

Jonathan fühlte sich wohl inmitten dieser gespenstischen Atmosphäre. Keiner bemerkte ihn, aber er sah alles. Er hätte seine Joggingrunden über die halbe Nacht ausdehnen können, ohne mit jemandem reden zu müssen, denn falls er auf einsame Gestalten traf, waren dies meist Pärchen, die sich ohnehin nicht um ihn scherten, oder Leute, die schnell nach Hause strebten. Selbst die Gassigänger hatten um diese Zeit ihre Runden beendet. Sie gehörten zu der Kategorie Menschen, die Jonathan am meisten zu meiden versuchte. Hundebesitzer hatten anscheinend immer zu viel Zeit, redeten ständig vor sich hin, vermutlich in dem Glauben, ihre Köter verstünden alles, und hatten auch keine Scheu, andere Menschen grundlos anzuquatschen.

In dieser Siedlung hielten viele Anwohner Hunde. Oftmals bellte es entweder aus verborgenen Zwingern heraus oder hinter den Haustüren hervor. Er hatte großen Respekt vor Hunden und ging ihnen meist aus dem Weg. Elektronische Sicherheitsanlagen waren ihm weitaus sympathischer. Die hatte er unter Kontrolle, die mussten nicht pinkeln geführt werden, brauchten kein Futter und keinen Zuspruch. Und vor allen Dingen arbeiteten sie unauffällig im Hintergrund.

Die Lichtstrahlen eines Autos nahmen Jonathan von hinten ins Visier, tasteten sich heran, leckten eine Hauswand nach der anderen ab. Er wich nach links auf den Gehsteig aus. Das Taxi, das an ihm vorbeifuhr, hielt gleich nach ein paar Metern, direkt vor dem eisernen Tor einer gediegenen Villa. Dort wohnte ein Firmenchef, das wusste er.

Die rechte hintere Wagentür öffnete sich und eine elegante Blondine stieg aus. Wie sie sich bewegte, ihre Kleidung zurechtzupfte, wie sie ihr Haar nach hinten warf.

Ein Déjà-vu, als hätte er dies schon einmal erlebt. Es gelang ihm nicht, seine Augen von der Gestalt zu lösen, er verlangsamte seine Schritte.

Die Frau wandte sich um, ihr Blick traf ihn voll ins Gesicht. Da wusste er, sie war ihm nicht fremd.

Er blieb stehen und tat etwas, was er eigentlich niemals tat.

»Entschuldigung! Kennen wir uns nicht?«, fragte er, laut genug, um es nicht mehr rückgängig machen zu können. Er hätte sich am liebsten eine Ohrfeige versetzt oder hinter den Hecken versteckt. Seine Worte glichen einer blöden, naiven Anmache.

Und das Schlimmste: Die Frau reagierte. Sie hätte eigentlich weitergehen, ihn mit Missachtung strafen können.

»Vielleicht. Ich kenne viele Menschen«, sagte sie überraschend ruhig mit sonorer, wohlklingender Stimme.

Diese Stimme kannte er. Tatsächlich.

Den harten Akzent auch. Hundertprozentig.

Sie schlug die Tür zu, schritt um das Heck des Wagens und kam quer über die Straße, näherte sich langsam. Jeder ihrer graziösen Schritte fand in den hochhackigen Schuhen sicher seinen Weg. Trotz des Kopfsteinpflasters, das wohl aus einer unsinnig nostalgischen Laune heraus gelegt worden war.

»Wer bist du, einsamer Fremder?«

Ihr Akzent – ein eigenwilliger, interessanter Akzent.

Mein Gott, es war schon lange her.

Sie blieb stehen, mitten auf der Straße, und wirbelte ihren hauchdünnen Schal provokativ neckisch um das offenherzige Dekolleté. Ihr eng anliegendes Cocktailkleid betonte ihre verführerischen Formen und schimmerte unter dem Schein der gelben Straßenlampe. Garantiert war es rot, glutrot, was bei den herrschenden Lichtverhältnissen leider nicht zur Geltung kam.

Sie hatte schon damals gerne Rot getragen. Aufreizende, rote Klamotten. Alle waren verrückt nach ihr gewesen. Auch er. Sie entschied sich für ihn, da war er gerade fünfzehn geworden und sie sechzehn. Sie besuchten die zehnte Klasse. Sie tarnte ihre Einladung zu sich nach Hause raffiniert als eine Nachhilfestunde und hatte die Wohnung für sich allein. Bis dahin hatte er ihr immer im Klassenzimmer Nachhilfe gegeben. Doch an jenem Tag wurde es eine Nachhilfestunde im wahrsten Sinne des Wortes, und nicht er, sondern sie erteilte die Lektion. Wenn das seine Eltern geahnt hätten. Oder ihre. Es war der absolute Wahnsinn gewesen. Leider hatten sie es niemals wiederholt. Womöglich hatte sie es nicht so toll gefunden.

»Milla?«, stieß Jonathan aus. »Ludmilla Janković?«

»Ja, mein Lieber.«

Sie befand sich keine zwei Meter von ihm entfernt. Das Licht der Straßenlampen spiegelte sich in ihren Pupillen. Ihre hypnotisierenden Augen lagen auf gleicher Höhe mit seinen, ihre hochgewachsene Figur konnte ohne Weiteres mit jedem Mannequin konkurrieren. Ihre sinnlich vollen Lippen schimmerten wie poliertes Silber.

»Na, sieh mal einer an! Jona, unser Klassengenie. Hast mir mal Nachhilfe gegeben. Leider vergebliche Liebesmüh.«

Ihr Körper setzte sich in Bewegung, Schritt für Schritt kam sie ihm näher, bis sie direkt vor ihm stand. So nah, dass nur noch der Duft ihres wohlriechenden Parfums den Spalt zwischen ihnen ausfüllte.

Jonathan war verzaubert. Wie früher. Und es war irgendwie anders als bei Lisa.

»Du hast ganz schön Geld gescheffelt, wie ich gehört habe. Stimmt's?« Ihr Blick bohrte sich fest in seine Augen.

»Ein bisschen.« Jonathan bemerkte Verlegenheit hochkriechen, die Worte, die er sagen wollte, verschwanden im Nichts.

Genau wie früher.

»Ich hab immer gewusst, dass aus dir mal was Gescheites wird. Gut schaust du aus. Und – wie geht's meinem herzallerliebsten Nachhilfelehrer so als Neureichem?« Aus der dunklen Stimme der schönen Ludmilla schwang die reine Lust. »Bist du jetzt mit dieser bebrillten Streberin zusammen?«

»Mit Lisa? Ähm – nein. Eigentlich nicht.«

»Eigentlich nicht?« Sie verdrehte die Augen, spielte süffisant die Beleidigte. »Du hast mich wegen ihr abgewiesen und bist nicht mit ihr zusammen? Böser Junge!«

Sie lachte rau, reckte ihr Kinn in die Höhe und warf ihre goldene Lockenpracht gekonnt in den Nacken. Es war wie damals, nur war sie reifer, fraulicher und noch begehrenswerter.

Jonathan suchte nach Worten.

»Lisa und ich – wir treffen uns gelegentlich. Du weißt vielleicht, Lisa studiert in München. Aber sogar dort ist sie ständig mit ihrer Freundin zusammen.«

»Mit der Knubbeligen? Immer noch? Ich habe nie begriffen, was die beiden verbindet.« Sie lachte auf. »Wohl die Gegensätze, wie man so schön sagt. Rank und mopsig, bezaubernd und stillos, sportlich und lahmarschig, aber streberhaft waren sie beide. Und verknallt in dich waren wir alle! Aber das hast du ja nie kapiert!«

Jonathan hielt dem funkelnden Blick der grasgrünen Augen kaum noch stand, fragte schnell: »Was machst du eigentlich so spät hier draußen?«

Einen Atemzug lang sah es so aus, als ob die erhabene Ludmilla in sich zusammensackte, ihr Blick irrte über ihre Schulter hinweg zur hell erleuchteten Villa und sie stieß ein kurzes Lachen aus, einen Hauch zu verlegen, geziert, fast fremdartig.

»Tja, ich habe eine Verabredung.«

Sogleich hatte sie sich wieder unter Kontrolle und fixierte Jonathan. »Und was treibt meinen braven Jona so alleine durch die monderfüllte Nacht?« Wieder der sinnliche Unterton in ihrer Stimme, der ihm so zusetzte.

»Ich wohne in der Nähe und jogge eine Runde.«

»Hältst dich fit? Das ist gut. In Sport warst du früher schon klasse. Wie habe ich Sport gehasst.«

Sie warf einen schnellen Blick auf ihr linkes Handgelenk, auf etwas Glitzerndes, womöglich eine diamantbesetzte Uhr. Überhaupt glitzerte es nicht nur an ihrem Arm sündhaft teuer, sondern auch an ihren Fingern, Ohren und im Dekolleté.

»Oh, ich muss mich beeilen. Sonst kann ich meinen Termin nicht pünktlich einhalten.«

Der Taxifahrer stand wie auf Kommando neben ihr und Ludmilla zahlte, das Geld schon in der Hand parat.

Jonathan wartete ein paar Sekunden, bis das Taxi anfuhr.

»Termin? Das klingt ja sehr geschäftlich. Um diese Zeit noch?«

»Ich verknüpfe private Verabredungen gern mit geschäftlichen Terminen. Das ist in meiner Branche äußerst nützlich.«

»In welcher Branche?«

Ludmilla lachte leise auf.

»Ach, Jonalein«, sagte sie und tätschelte seine Wange fast ein bisschen überheblich. »Mein lieber, guter Jona. So intelligent und doch so naiv.« Sie legte ihren Kopf schief und kräuselte ihre Stirn in fragende Falten. »Oder tut er nur so?«

Ihre Mundwinkel zuckten und wie schon damals verrieten sie auch heute einen Hauch Geringschätzigkeit.

Bevor Jonathan zu irgendeiner Regung fähig gewesen wäre, drückte sie ihm mit einer fast unscheinbaren Bewegung ein Kärtchen in die Hand.

»Falls du mal Lust hättest, mich zum Essen einzuladen, mein Schöner«, hauchte sie in sein Ohr, drehte sich gewandt um und entschwand.

Zurück blieben feinste Schwebepartikel ihres Parfums, und Jonathan hätte beinahe den Grund vergessen, weshalb er sich mitten in der Nacht auf dem Gehsteig dieser Siedlung befand.

Montag, 26. August

Die Woche begann mit einem gut gefüllten Terminkalender. Emma saß vor ihrer Nähmaschine, wechselte die Fäden aus und wartete auf ihre erste Kundin an diesem wunderschönen Sommermorgen.

Sie empfand wahren Stolz auf ihr schmuckes *Nähstüble* im Herzen der Stadt, das sich beständig etablierte und nicht nur von nähscheuen jungen Müttern, überarbeiteten Hausfrauen oder toughen Geschäftsfrauen frequentiert wurde, sondern mittlerweile auch von einigen Herrschaften der High Society von Karlsruhe bis Baden-Baden. Ebenso kamen Damen oder Herren aus mehr oder weniger suspekten Gesellschaftsschichten, aber so lange sie sich Emma gegenüber gesittet verhielten und brav ihre Ware zahlten, setzte sie sich nonchalant darüber hinweg. Eine gute Garderobe macht den Menschen erst zum Menschen und jeder Mensch hat ein Recht auf eine schöne, passende Kleidung. Das war Emmas Devise.

So auch die junge, fesche Dame, die soeben ihren Laden betrat. Ein Fremder hätte sie gut für ein Millionärstöchterlein gehalten. Ihr Gang, ihre Ausstrahlung und ihre Garderobe, die sie letztlich Emma zu verdanken hatte, versprachen jedem Beobachter Hochgenuss.

Emma seufzte. Solch eine Verschwendung. Wie sie tatsächlich ihr Zubrot verdiente, erriet auf den ersten Blick niemand. Aber Emma wusste alles. Sie war eine Person des Vertrauens, so wie ein Friseur, ein Therapeut oder ein Beichtvater. Die Kunden standen stundenlang in ihrem Laden, während Emma anpasste, Nadeln steckte, Nähte kontrollierte, Maße nahm, und diese Stunden schafften Vertrautheit und entlockten den Kunden die intimsten Gedanken.

Emma war sich der Tragweite des erhaltenen Wissens bewusst, und hätte sie den Hang zum Klatschweib gehabt, wäre mancher Reporter über sie hergefallen. Doch sie verpflichtete sich jedem Kunden gegenüber zu Loyalität und Verschwiegenheit. Und das wussten alle zu schätzen.

»Guten Morgen, Frau Janković! Sie können gleich in die Garderobe gehen, ich hole Ihr Kleid.«

»Danke, Frau Falkner.« Die Kundin verschwand hinter den blickdichten Vorhang und gleich darauf verriet das Rascheln von Stoff, dass sie sich der Oberwäsche entledigte.

Minuten später trug sie ihr neues Cocktailkleid. Knapp, schwarz, mit einer goldenen Stoffrose vor dem rechten Schlüsselbein.

»Herrlich!«, rief sie aus. Ihre klangvolle Stimme gab der Komposition den letzten Schliff.

Emma wäre dahingeschmolzen, hätte das Gewerbe der jungen Frau sie nicht so unangenehm berührt. Sie gehörte der Liga der bestbezahlten Callgirls der Stadt an, vielleicht auch im weiten Umkreis.

Aber so genau wollte Emma gar nicht Bescheid wissen. Es genügte, zu wissen, dass diese junge, galante Superfrau einst Jonathans Mitschülerin gewesen war und sich ihr Sohn ab und zu mit ihr getroffen hatte.

Was genau zwischen den beiden abgelaufen war, hatte sie nie hinterfragt, manchmal war es besser, nicht jedes Detail zu kennen. Das Mädchen war damals schon völlig deplatziert in der Klasse gewesen, aber es hätte ja auch anders kommen können.

Jedenfalls war Emma froh, dass Jonathan und Ludmilla nichts mehr miteinander zu tun hatten.

»Na, Frau Janković, haben Sie noch Änderungswünsche?«

»Nein, ganz und gar nicht, alles perfekt. Aber eine Bitte habe ich: Nennen Sie mich Ludmilla. Immerhin kennen Sie mich schon sehr lange. Bitte.«

Sie drehte ihren vollendeten Körper vor dem dreiteiligen Spiegel in alle Richtungen, ihrem scharfen Blick entging nichts. Emma hatte schon erlebt, wie sie die allerkleinsten Unregelmäßigkeiten entdeckt hatte. Doch heute wirkte Ludmilla sehr zufrieden, sie lächelte ein seltenes warmes Lächeln.

»Grandios, was Sie aus einem einfachen Schwarzen so alles zaubern.«

Emma fühlte sich geehrt.

Natürlich wären derartige Worte aus dem Mund einer bekannten Schauspielerin oder einer Millionärin noch schmeichelhafter gewesen, aber diese Frau bewegte sich ebenso in gewissen Kreisen und da war es natürlich auch nicht gleichgültig, was über ihre Garderobe erzählt wurde.

»Also, Frau – äh, Ludmilla«, so einfach kam ihr der Vorname nun doch nicht über die Lippen, »es ist natürlich ebenso wichtig, welche Persönlichkeit in solch einem Stück Stoff steckt und ihn zum Leben erweckt. Und bei Ihnen passt eben alles zusammen.«

»Danke, Frau Falkner, danke. Finden Sie das Kleid wirklich perfekt? Ich könnte mich darin mit jedem Mann jederzeit sehen lassen? Ganz unverfänglich?«

»Ja, Sie wären jedem Mann ein makelloses Schmuckstück.«

Ludmilla lachte. Ein ehrliches Lachen, nahezu ein kindliches Lachen, das in ein wohliges Kichern überging.

Emma hatte sie so noch nie erlebt und freute sich mit ihr. Immerhin würde diese Dame eintausendfünfhundert Euro für dieses Prachtstück von Einfachheit bezahlen. Dafür hatte Emma sich bei der Stoffauswahl auch richtig Mühe gegeben. Sie achtete darauf, dass ein gewisser Stretchanteil enthalten war, damit nichts knitterte, auch durfte seine Trägerin nicht schwitzen und der Stoff musste den Körper fest umspannen dürfen, ohne Angst aufkommen zu lassen, irgendwo würde eine Naht reißen. Die Trägerin sollte sich rundum wohlfühlen, sie durfte nicht auffallen und doch musste sie jedes Auge magisch auf sich ziehen.

Ludmilla verzog sich in die Kabine und wenig später waren alle geschäftlichen Dinge erledigt.

Emma streckte die Hand für einen Abschiedsgruß aus, da meinte Ludmilla: »Ach, was ich Ihnen noch sagen wollte, Frau Falkner. Samstagnacht bin ich Jona begegnet, hatte ihn schon ewig nicht mehr gesehen. Wir haben ein wenig geplaudert.«

Emma zog ihre Hand zurück, als hätte Ludmilla ihr ein Messer entgegengestreckt.

»Jonathan? Samstagnacht? Wo?«

»Das spielt keine Rolle. Aber Sie sollten wissen, dass er mich zum Essen eingeladen hat. Deshalb war mir Ihre Meinung wichtig, denn dann ziehe ich vielleicht sogar dieses neue Kleid an. Ich habe vor, mich in den *Erbprinz* ausführen zu lassen. Das ist doch standesgemäß oder?«

»Das Kleid passt in dieses Lokal, keine Frage. Aber warum Jonathan?« Emma gab sich Mühe, freundlich zu bleiben.

»Frau Falkner, ich tu Ihrem Sohn schon nichts. Auf jeden Fall nichts, was er nicht auch will. Jetzt schauen Sie nicht so, wir geben sicher ein tadelloses Paar ab! Ciao, bis nächstes Mal.«

Ludmilla schwebte zum Laden hinaus, ihre Lippen umspielt von einem vergnügten Lächeln.

III

Dienstag, 27. August

Der Wind zerrt an seinen Haaren und er schaut in die unendliche Tiefe. Weit unten liegt ihm die Welt zu Füßen.

Er steht an der Kante des Felsvorsprungs, wippt auf seinen Zehenspitzen und breitet seine Arme aus. Er saugt sich die Lunge voll Luft und springt.

Wie ein Vogel fliegt er über das Land, über weite saftige Wiesen, herzhaft grüne Wälder, bunte Ortschaften. Immer, wenn er zu sinken droht, schlägt er kräftig mit den Armen und steigt wieder auf. Es geht ganz leicht und fühlt sich herrlich an, so hoch oben zu schweben, alles hinter sich zu lassen und die unendliche Freiheit zu genießen. Er wünscht sich die Macht eines Gottes, um die Zeit anzuhalten, damit dieser Moment bis in alle Ewigkeit andauert, er will nichts anderes mehr tun, als fliegen, fliegen, fliegen.

Unter ihm tauchen Strommasten auf. Die ersten sind aus Holz, die nächsten aus Stahl. Sie passen nicht in die lauschige Idylle. Die eisernen Pfeiler unterliegen einer erschreckenden Duplikation und Metamorphose, bis schließlich ein Heer von Giganten, verbunden durch unzählige Stahlkabel, sein Blickfeld erobert. Sie zerschneiden die Wiesen und er darf sie nicht berühren. Sein Instinkt teilt ihm das mit.

Er spürt seine Arme schwer werden, spürt, wie sein Körper ihn nach unten zieht. Die Masten entwickeln magnetische Kräfte.

Der Himmel wird bedrohlich dunkel. Woher kommen diese Wolken? Sie werden schwarz und schwärzer, und in weiter Ferne bildet sich ein Rüssel. Berührt Himmel und Erde gleichzeitig, schwingt tanzend hin und her. Der Saugrüssel eines Tornados.

Es fällt ihm schwer, Luft zu holen. Der Rüssel stiehlt sie ihm, saugt sie ein, walzt sich dabei näher und näher. Er ist jetzt dicht hinter ihm, setzt an, ihn einzufangen, schwenkt ab, tanzt neben ihm und torkelt, treibt ihn voran, spielt sein hinterhältig böses Spiel mit ihm. Hausdächer, Felsbrocken, Pferde und Kühe fliegen empor, verschwinden mit den Strommasten nacheinander im Schlund des Wirbels, und er rudert wild mit den Armen, als verschlänge ihn das Meer und nicht der Himmel.

Er hört Glockengeläut, und von einem Moment zum andern glaubt er zu ersticken. Er will Luft holen, es gelingt ihm nicht. Das Läuten wiederholt sich, und er fühlt sich in einem Sarg liegen.

Panik überkommt ihn. Sie dürfen ihn nicht begraben.

Er hustet, sein Hals ist ausgetrocknet. Sein Bewusstsein erfasst ein Stechen in seiner Schädelmitte. Nein, schlimmer. Sein ganzer Kopf ist durchzogen mit nadelstichfeinen Schmerzen.

Und das ist Leben, nicht der Tod.

Jonathan riss die Augen auf.

Welch ein Albtraum. Gnadenlos realistisch und übel wie schon lange nicht mehr. Er hätte auf die zweite Valium-Tablette verzichten sollen. Aber er wollte ja unbedingt den Schlaf erzwingen.

Es läutete an der Tür. Jonathan quälte sich ergeben empor und setzte sich auf die Bettkante.

War heute Montag?

Da kamen immer die Ladies von Gusettis Reinigungsservice. Sie waren die einzigen Fremden, die während Jonathans Abwesenheit aufs Anwesen durften. Jeden Montag pünktlich um sieben Uhr fünfzehn erschien die Teamchefin, Gerda Siebler. Die burschikose Mittdreißigerin hatte zwei bis drei weitere Frauen – auf seine Anweisung hin jedes Mal dieselben – im Schlepptau. Sie hielten die Villa auf Vordermann. Wenn Jonathan spät nachmittags von der Uni zurückkam, empfing ihn sein Haus sauber, leer und hermetisch abgeriegelt. Die Frauen arbeiteten so zuverlässig wie ein Schweizer Uhrwerk.

Jonathan warf einen verschwommenen Blick auf den Wecker, traute seinen Augen nicht: Schon acht Uhr fünfundfünfzig. Und ihm fiel ein: Die Putzladies waren erst gestern dagewesen.

Er schleppte sich an die Video-Sprechanlage.

»Ja?«, krächzte er und hustete den Knoten aus seinem Hals.

»Herr Falkner?«, ertönte eine Baritonstimme aus dem Lautsprecher.

Jonathans Abgeschlagenheit begann sich zu verflüchtigen. Er aktivierte den kleinen Bildschirm, der an die Überwachungskamera für die Einfahrt gekoppelt war.

Ein Mann stand vor dem Tor, hinter ihm ein dunkles Auto.

»Herr Falkner? Hallo?«

»Was wollen Sie?« Misstrauisch beäugte Jonathan den Fremden.

»Sie suchen einen Gärtner? Hab ich vom Arbeitsamt erfahren.«

»Wie bitte?« Jonathans Gehirnwindungen veranstalteten Purzelbäume.

»Suchen Sie keinen Gärtner? Wurde ich falsch informiert?«

Gärtner? Arbeitsamt? Was sollte das denn!

Verdammt, sein Vater! Natürlich. Der hatte dort sicherlich eine Anzeige aufgegeben. Er hatte sich wohl dazu verpflichtet gefühlt, nachdem sein Freund ins Krankenhaus musste.

Es stimmte ja auch, der Herbst stand bevor, und Jonathan mochte gar nicht daran denken, was das für seine gepflegte Anlage bedeutete.

»Herr Falkner, sind Sie noch da?«

»Ja, ja! Könnten Sie nicht erst telefonisch einen Termin … Im Moment bin ich …«

Er suchte krampfhaft nach einer Ausrede, um den Fremden abzuwimmeln. Er ließ sich nicht gerne überrumpeln.

»Habe ich Sie aus dem Bett geschmissen?«, lachte der Unbekannte. Das Lachen klang sympathisch. »Tschuldigung. Aber ich bin Frühaufsteher. Am Morgen im Freien zu arbeiten, ist für mich die Erfüllung. Soll ich später wiederkommen?«

»Ja. Nein. Warten Sie!«

Jonathan war völlig überfordert. Der Traum wirkte noch nach, hielt sein Hirn in Schach, zwang ihm einen Balanceakt zwischen Schein und Sein auf.

»Moment, Herr …«, stieß er schließlich hervor.

»Romberg, Anton Romberg.«

»Herr Romberg. Ich komme in ein paar Minuten. Sie können zur Eingangstür heraufkommen. Aber zu Fuß. Das Auto lassen Sie bitte stehen.«

Jonathan betätigte eine Taste und beobachtete über den Minibildschirm, wie das Tor zur Seite glitt. Er empfing nur ungern Fremde. Deshalb machte sich auch ein flaues Gefühl in ihm breit, als er die Tür öffnete.

Der hünenhafte Mann stand mitten auf dem Garagenvorplatz und saugte an einer Zigarette. Er erschien aufgrund seiner gepflegten braunen Haut und der vollen dunkelgrauen Haarpracht ziemlich vital. Der lässige hellblaue Anzug, unter dem ein buntgemusterter Hemdkragen hervorlugte, ließ ihn eher wie einen verirrten Touristen und nicht wie einen hart arbeitenden Gärtner aussehen.

Jonathan bemerkte irritiert, dass der Mann auch ihn von oben bis unten musterte.

»Auf meinem Anwesen herrscht Rauchverbot«, sagte er anstelle einer Begrüßung.

»Oh! Entschuldigung! Kein Problem!« Der Mann warf rasch die schon fast fertig gerauchte Zigarette auf den mit roten und grauen Sandsteinen gepflasterten Boden, gezielt zwischen seine Füße, die in völlig unpassenden weißen Sportschuhen steckten. Dann trat er den Stummel mit einer Inbrunst aus, als wäre es ein ekliges Insekt.

Schließlich bückte er sich, hob das zerquetschte Etwas mit spitzen Fingern auf und schaute Jonathan fragend an.

»Ähm. Wohin damit?«

Angewidert wandte Jonathan sich der Schalttafel im Hausflur zu und setzte per Knopfdruck die schwergewichtigen Bronzesegmente des Garagentors in Bewegung, das sich leise und leichtgängig in seinen Schienen nach oben schob. Wäre es nach dem Architekten gegangen, wäre ein Tor passend zur blutroten Farbe der Aluminiumeingangstüre und der Fensterrahmen eingebaut worden. Aber Jonathan hatte auf dieses Tor bestanden.

Die Augen des Gärtners weiteten sich, als die beiden blitzenden Autos zum Vorschein kamen. Links der schwere schwarzglänzende Geländewagen, am Rande der Legalität hochfrisiert, Rammschutz, Felgen und Zierleisten goldlackiert, rechts daneben der Sportflitzer in hellem Metallic-Blau mit schwarzem Verdeck und hochglänzenden Alufelgen, schlichtweg ein Juwel.

»Hinten im Eck stehen die Mülleimer«, sagte Jonathan und deutete ins großzügige Garageninnere.

Der Gärtner nahm eine ehrfürchtige Haltung ein, als er zwischen dem Jeep Cherokee und dem Porsche Carrera hindurchschlich.

»Toller Fuhrpark«, lobte der Mann und nickte anerkennend zu dem abgestellten Rasentraktor hin.

»Beeilen Sie sich, bitte! Ich habe nicht den ganzen Morgen Zeit.« Jonathan war es zuwider, den Fremden noch länger inmitten seines Eigentums zu dulden.

»Ja, natürlich! Entschuldigung!«

Im nächsten Moment stand er wieder vor Jonathan, der das erhöhte Podest vor seiner Haustüre immer noch nicht verlassen hatte.

Die Bernsteinaugen des Fremden fixierten ihn scharf.

»Sie sind also Gärtner?«, fragte Jonathan mit immer noch rauer Stimme und versuchte, seine Unsicherheit durch mehrmaliges Schlucken zu verdrängen. »Von Berufs wegen oder aus einer plötzlichen Eingebung heraus?«

»Gelernt habe ich in grauer Vorzeit einmal Automechaniker.

Hatte aber von all dem Öl und Dreck bald die Nase voll und bin vor über zwanzig Jahren ins Ausland. Dort habe ich mir meine Liebe zur Natur zum Beruf gemacht und seither viele Gewächshäuser, Gärten und Parks angelegt und gepflegt.«

Die sonore Stimme des Mannes vermittelte Wärme und Zuversicht, ja, beinahe Wohlbehagen.

Jonathan spürte Gänsehaut auf seinen Armen, spürte, wie sie sich fortsetzte und seinen Rücken hinablief, als wäre eine ganze Ameisenkolonie unterwegs.

»Können Sie Zeugnisse oder Papiere vorweisen?«

Der Mann kramte aus der Innentasche seiner Anzugjacke ein mittelgroßes weißes Kuvert hervor.

Jonathan bemerkte erneut den scharfen Röntgenblick des Mannes, der ihn ins Visier nahm. Verkrampft versuchte er, diesem Blick weiterhin standzuhalten, ohne seine Unsicherheit preiszugeben.

»Ich werde mir die Unterlagen später durchsehen. Ich brauche eigentlich nur einen einfachen Gärtner, der bis zum Jahresende zwei- oder dreimal in der Woche nach dem Rechten sieht. Warum sind Sie nach Deutschland zurückgekehrt?«

Der Bewerber zuckte zusammen, nur einen Atemzug lang.

»Das Klima. Die Hitze und die hohe Luftfeuchtigkeit auf den Karibikinseln machen mir schon lange zu schaffen. Wissen Sie, junger Mann, mit dem Alter wird man auch empfindlicher. Außerdem wollte ich einfach mal wieder die alte Heimat sehen.«

Der Gärtner lächelte breit, seine blitzblanken Zähne schimmerten zwischen den schmalen Lippen hervor.

»Gut, ich werde mich bei Ihnen melden«, drängte Jonathan. »Jetzt muss ich Sie leider bitten, zu gehen.«

Aber der Fremde blieb wie verwurzelt stehen. »Wie wär's, wenn ich während Ihrer Abwesenheit eine Kostprobe meines Könnens gebe und mich ein bisschen nützlich mache?«

Seine Augen glitten über den hochgeschossenen Rasen, auf

dem die ersten welken Blätter lagen, verweilten an verblühten Rosenköpfen sowie dem Unkraut zwischen den Buchsbaumrabatten, und er lächelte siegessicher.

»Mein Gärtner hatte vor über zwei Wochen eine Herz-OP. Seither –« Verflixt, warum erzählte er das dem Fremden? Er musste sich doch nicht rechtfertigen.

»Also, darf ich? Wo sind die Arbeitsgeräte? Ich kann aber auch eigene verwenden, ich bin ausgerüstet.«

Jonathan schwankte zwischen Vertrauen und Misstrauen, zwischen der Freude über die unerwartete Hilfe und der Angst, dem Fremden sein Anwesen zu überlassen. Das Vertrauen siegte. Eine Regung, die er schon lange an sich vermisst hatte.

»Okay! Kommen Sie!«, hörte er sich sagen und führte den Gärtner in den hinteren Garagenbereich. Dort lagerten in einem separaten Raum sämtliche Gerätschaften, die zur Pflege des weitflächigen Anwesens nötig waren.

»Nehmen Sie sich, was Sie brauchen. Wenn Sie fertig sind, stellen Sie die Geräte bitte neben dem Garagentor ab. Sie werden verstehen, wenn ich Ihnen keinen Schlüssel …«

»Selbstverständlich, Herr Falkner.«

»Werden Sie sich nicht umkleiden?«

»Doch, doch!« Der Mann deutete über seine Schulter. »In meinem Wagen befindet sich alles, was ich brauche. Ich kann also sofort anfangen. Was mache ich mit dem Tor unten an der Einfahrt, wenn ich gehe?«

»Am linken Pfeiler befindet sich unter der Metallklappe ein grün blinkender Knopf. Den drücken Sie und das Tor geht auf. Wenn Sie durchgegangen sind, verschließt sich das Tor automatisch wieder.«

»Wow! Der Strom darf dabei aber nicht ausfallen!« Über seinen Witz erfreut, lachte er auf.

Jonathan reagierte nicht. Dem Fremden ging seine ausgefeilte Anlage überhaupt nichts an.

Der Mann hatte sich sogleich wieder im Griff. »Und wie wollen wir weiterverfahren? Ich könnte dienstags bis samstags arbeiten.«

»Ich melde mich bei Ihnen«, sagte Jonathan knapp.

»Leider bin ich telefonisch nicht erreichbar. Habe noch nicht mal ein Handy.« Der Gärtner zuckte mit den Schultern. »Am besten, ich rufe morgen früh an, bevor Sie gehen. Wenn es Ihnen recht ist, natürlich!«

Jonathan zögerte, überdachte seine vorschnelle Entscheidung.

Aber was konnte großartig passieren? Schlimmstenfalls verwüstete der Fremde den Garten, ins Haus käme er deshalb noch lange nicht. Sogar ein Blick ins Innere würde ihm aufgrund der verspiegelten Scheiben verwehrt bleiben.

Also, warum nicht dem Fremden eine Chance geben?

*

Romberg begleitete Jonathan geduldig, als der ihn durch den Park führte. Sein Erstaunen über so viel Perfektionismus hielt er mit Mühe im Zaum.

Nach dem Rundgang durfte er den *John Deere* aus der Garage fahren, und er wartete, bis sich Jonathan in den Porsche setzte, ebenfalls herausfuhr und mittels Fernsteuerung das Tor schloss.

Als der Junge lauernd zu ihm hersah, hob er schnell seinen rechten Arm, schmückte sich mit einem vergnügten Lächeln und winkte zurück. Es half. Jonathan gab Gas und verschwand. Das Röhren des Motors hallte noch lange nach.

Romberg machte sich an die Arbeit. Und ließ seinen Gedanken freien Lauf. Der Bursche wirkte dickfelliger als gedacht, parierte schlagfertiger als erwartet. Eigentlich hatte er einen labilen, beeinflussbaren Typen erwartet. Na gut, Introvertiertheit schloss Schlagfertigkeit nicht unbedingt aus. Immerhin besaß der Knabe einen hohen IQ und er studierte ja auch. Daraus resultierte wohl oder übel ein gewisses Auftreten.

Angenehm überrascht war Romberg von dem äußeren Erscheinungsbild des Jungen. Die Fotos hatten diese attraktiven, ebenmäßigen Gesichtszüge gar nicht wiedergeben können. Der durchtrainierte Körper kam auch nicht vom bloßen Herumsitzen.

Babs wäre stolz auf ihn gewesen, auch wenn er nicht ihr naturblondes Haar geerbt hatte, ein goldenes Blond, das immer den Eindruck erweckt hatte, als hätte sich der Sonnenschein darin verfangen.

Romberg war sich im Klaren darüber, dass der Junge möglicherweise eine schwer knackbare Nuss sein würde.

***

Vor Jonathan lag ein Stapel Bücher, einige geöffnet, und er hackte auf die Tasten seines Laptops ein. Außer ihm hielten sich nur wenige Studenten in der Bibliothek auf. Dennoch waren seine Gedanken nicht bei der Sache.

Wie konnte er derart leichtfertig einem Wildfremden freie Hand in seinem Reich geben? Hoffentlich musste er seinen Schritt nicht bereuen. Sollte er überhaupt einen Fremden als Gärtner einstellen? Sollte er nicht besser abwarten, bis Klingenstein wieder genesen war? Ob ein paar Blätter mehr oder weniger herumlagen oder das Gras ein paar Zentimeter höher oder niedriger stand, bräuchte bis zum Winter nicht unbedingt von Belang sein. Oder doch?

Unter Aufbietung größter Selbstdisziplin verschob er die Entscheidung auf später. Er zwang seine Konzentration auf die vor ihm liegenden Texte. Doch das war nicht einfach. Wer weiß, was der Fremde vorhatte.

Andererseits, Jonathan mochte eigentlich nicht an ein Täuschungsmanöver irgendeines Sensationsreporters oder Ganoven glauben. Allerdings, seine Papiere musste er genau durchsehen.

Sogar, wenn er Romberg bereits morgen eine Zusage erteilen würde, dürfte ja nicht viel passieren. Er bräuchte ihm lediglich eine Chipkarte für das Garagentor aushändigen, mit der er auch das Tor zur Auffahrt öffnen konnte, jedoch keinen Schlüssel für die Hausschließanlage. So hatte er es auch mit Albert Klingenstein gehandhabt.

All diese Überlegungen brachten Jonathan zu dem Entschluss, vorzeitig nach Hause zu fahren.

Bereits eine halbe Stunde später bog er in die Einfahrt seines Anwesens ein, zitternd vor Aufregung. Das feuerverzinkte, zweieinhalb Meter hohe Metalltor war ordnungsgemäß geschlossen, so wie er es Romberg aufgetragen hatte.

Obgleich Wolken den Himmel durchzogen, blieb es trocken. Er hatte das Autodach bis zum Anschlag geöffnet und bemerkte sofort den Duft des frisch gemähten Grases, während er den Weg hinauffuhr. Er atmete tief, war versucht, die Augen zu schließen, um den Geruch intensiver aufnehmen zu können.

Ein wohliger Schauer trieb ihm ein Lächeln ins Gesicht, er kam gern nach Hause. Er liebte diese Villa. Sie war seiner Fantasie entsprungen. Er hatte mehrere Anläufe gebraucht, um einen Architekten zu finden, der seinen Wünschen gerecht wurde und sie exakt so zu Papier und in die Realität brachte.

Als er den Vorplatz erreichte, entdeckte er links neben dem Garagentor ordentlich aufgestellt und sichtlich gesäubert die benutzten Gartengeräte. Der Rasentraktor parkte in nötiger Distanz zum Tor, das Jonathan mittels Fernsteuerung öffnete.

Anerkennend nickte er vor sich hin und freute sich über den fremden Mann, der anscheinend nicht nur Fachkönnen besaß, sondern auch genug Grips im Hirn, um mitzudenken.

Ein Gefühl überfiel ihn, ein sonderbares Gefühl der Vertrautheit. Eine seltsame Vertrautheit.

Freitag, 6. September

»Na, Jonathan«, ruft Mathelehrer Klösel und klopft ihm im Vorbeigehen auf die Schulter, »willst du bitte gleich an die Tafel gehen und uns Unwissenden deine Lösung verraten?«

In Erwartung ihrer täglichen Sondervorstellung schmunzeln die Jungs vor sich hin. Die Mädchen setzen mitleidige Blicke auf.

Jonathans Wangen glühen. Er weiß, wenn der Lehrer diesen Ton anschlägt, führt kein Weg daran vorbei.

Er sitzt in der ersten Bankreihe und wagt nicht, sich umzudrehen, spürt die beißenden Blicke der anderen wie heiße Glüheisen in seinem Genick. Der blanke Neid, weil sich ihm die mathematischen Formeln offenbaren wie anderen ein Kochrezept oder eine Bauanleitung für einen Schrank. Und Herr Klösel – anstatt stolz auf einen guten Schüler zu sein – piesackt ihn, wann immer er Lust darauf verspürt.

Tapfer steht Jonathan auf und meint, Blei in den Beinen zu haben, aber er schafft die zwei Schritte bis zur Tafel.

Er grapscht nach der Kreide. Sie entgleitet, fällt zu Boden.

Lautes Kichern. Schweiß treibt auf seine Stirn.

Er bückt sich, greift nach der Kreide, schreibt die Formel auf. Zahl um Zahl, Buchstabe um Buchstabe. Beginnt dann, sie aufzulösen.

Langsam. Schweigend. Zeile um Zeile.

»Du musst lauter reden, Jonathan!«, stichelt der Lehrer von hinten. »Wir verstehen dich sonst nicht.« Er lehnt an der Wand, die Arme verschränkt, und lächelt sein selbstgefälliges Lächeln.

Jonathan schluckt, sein Hals ist trocken. Er soll nur ein paar Zahlen sagen, Zahlen, die er kennt und vor sich stehen hat. Aber er schweigt.

»Lauter bitte!«, donnert Klösel in die lauernde Stille.

Jonathan hat es satt. Sie sollen ihn in Ruhe lassen. Mit fester Hand drückt er die Kreide auf die Tafel, jede Zahl, jeder Buchstabe, jedes Zeichen quietscht erbärmlich. Aber er lässt sich nicht beirren, bis die Kreide bricht.

Bis sich ein Lächeln auf seine Lippen legt. Das keiner sieht.

Sie sehen nur seinen Rücken.

»Jonathan«, ermahnt Klösel, »erkläre bitte, was du schreibst. Sonst muss ich davon ausgehen, dass du das Ergebnis abgeschaut hast.«

Jonathan schreibt die Auflösung der Gleichung fertig. Er legt die Kreide ab, wischt seine mehligen Finger an der Jeans ab und atmet ruhig durch.

Und dann, ganz spontan, wirbelt sein Körper herum, suchen seine Augen Klösel und fixieren ihn. Seine Lippen öffnen sich und seine Stimme bleibt ganz ruhig, nur seichter Spott schwingt mit, als er sagt: »Erklären Sie es. Sie sind der Lehrer! Aber wahrscheinlich haben Sie keine Ahnung, wie die Gleichung abgeleitet wird und haben sie einfach nur auswendig gelernt. Denn wie käme es sonst dazu, dass mehr als die Hälfte dieser Klasse Ihren Ausführungen nicht folgen kann?«

Er schenkt dem Klassenlehrer ein mildes Lächeln, setzt sich auf seinen Platz und wartet.

Die Klasse hält den Atem an.

Jonathan genießt diesen Augenblick zutiefst und ist beinahe enttäuscht, als Klösel gewandt und mit überraschend neuen Regungen die Situation humorvoll überspielt, nachdem er aus seiner leider viel zu kurzen Schockstarre erwacht ist.

Aber er wagt nie mehr, ihn öffentlich zu diskreditieren.

Er erwachte mit der Genugtuung, endlich einmal wieder einem angenehmeren Traum verfallen gewesen zu sein, als der nervtötende Alarmton der Überwachungsanlage ihn schneller als gewünscht in die Realität zurückzerrte.

Mit Sicherheit war das der neue Gärtner.

Der durfte heute Morgen zum ersten Mal selbstständig aufs Anwesen fahren und sich Einlass in die Garage verschaffen.

Nahezu zwei Wochen hatte er den Mann morgens klingeln lassen, bis er sich eingestand, einen gewissenhaften Menschen vor sich zu haben, dem er bedenkenlos die Chipkarte aushändigen konnte. Dessen ungeachtet hielt er stets die Überwachungskameras auf Bereitschaft, damit sie ihn über sämtliche Bewegungen auf dem Anwesen informierten. Die Sensibilität der Außenbereichssender hatte er jedoch schon vor längerer Zeit zurückstellen lassen, nachdem ihn die Anlage sogar vor herumfliegenden Vögeln gewarnt hatte.

Noch während Jonathan sich ankleidete, zog es ihn hinüber in sein Arbeitszimmer. Dort befand sich die Zentrale seiner Überwachungsanlage, deren Bildschirme er unverzüglich aktivierte. Neugierig verfolgte er jede Regung des Gärtners und war ein bisschen stolz darauf, einen offensichtlich so fähigen Mann eingestellt zu haben.

Bisher hatte ihn sein Vater immer unterstützend beraten, was Jonathan auch anstandslos geduldet hatte, wenn es darum gegangen war, Arbeitsaufträge zu vergeben. Aber es galt allmählich, sich abzunabeln, selbstentschieden zu handeln, immerhin ersehnte er sich Lisa an seine Seite. Sie war die einzige Frau, die für ihn in Frage kam, und ausgerechnet sie war offenbar ihrer Freundin zugetan. Mit einem anderen Mann hätte er gewiss konkurrieren können. Aber eine Frau als Nebenbuhlerin? Wie wollte er dagegen bestehen? Vielleicht musste er sich nur oft genug mit Lisa treffen und sie schlicht und einfach davon überzeugen, dass sie ihn und keine Frau als Partner brauchte.

Das war allerdings leichter gesagt als getan, nicht einmal an ihrem Geburtstag letzte Woche hatte er sie erreicht.

Er schrak auf. Gerade dem Bett entstiegen und schon wieder am Träumen. War zurzeit zwar regelmäßig beängstigende Realität, spielte heute allerdings keine Rolle. Denn es war Freitag, und er hatte ohnehin nicht vorgehabt, etwas zu unternehmen oder gar zur Uni zu gehen. Schließlich begann das nächste Semester erst in vier Wochen. Man sollte nicht übertreiben.

Jetzt würde er ein paar Runden schwimmen, dann in Ruhe frühstücken und danach vielleicht noch ein bisschen meditieren.

Seine Mutter hatte heute vorbeikommen wollen, um ihm etwas

zu kochen, aber er hatte ihr abgesagt. Er wollte nicht gestört werden und außerdem, wer brauchte schon ständig warmes Essen. Er würde den heutigen Tag genießen und einfach das Wochenende um einen Tag verlängern. Ja, genau, das würde er tun. Er brauchte nicht einmal dem Gärtner in die Quere zu kommen, der wusste ohnehin, was er tun sollte. Jonathan würde einfach sein Haus genießen, in vollen Zügen, mochte draußen die Sonne noch so scheinen, es war ihm sowieso viel zu grell und heiß.

Später würde er in den Keller gehen, in den unteren, denn dort lagerte haufenweise Kleinkram, den er noch nicht gereinigt und katalogisiert hatte.

Den oberen Keller hatte er beinahe im Griff. Dort standen neben den akkurat aufgestellten Regalreihen, die vollgestopft waren mit Blechspielzeug, Radioempfängern, Fotoapparaten und sonstigen Gebrauchsgegenständen aus der ersten Hälfte des vorigen Jahrhunderts, auch einige antike Möbelstücke, rechtmäßig bei Wohnungsauflösungen und Flohmärkten ergattert, und etliche kleinere Stücke, solche, die man nachts von den Straßen holen konnte, wenn Sperrmüll angesagt war.

Die Sachen taten ihm leid. Er sorgte dafür, dass die schönen Stücke ihr ordentliches Antlitz zurückbekamen, und irgendwann würde er einen eigenen Flohmarkt organisieren und all die an Wert gewonnenen Sachen verkaufen. Er würde sicher liebevolle Käufer finden und gutes Geld dafür bekommen, und das Geld würde er irgendeinem Kinderdorf spenden, ja, genau das würde er tun. Dort lebten Kinder, verlassen und einsam. Kinder ohne Eltern oder auch mit Eltern, denen sie weggenommen worden waren. Kinder, mit denen sich Jonathan im tiefsten Inneren seiner Seele identifizierte.

Zwar war ihm ein Leben in einem Heim erspart geblieben, aber dieses Glück hatte an einem seidenen Faden gehangen. Genauso gut hätte er in ein Heim abgeschoben werden können, zu den anderen verlassenen Kindern, wäre mit ihnen aufgewachsen und was wäre dann aus ihm geworden? Vielleicht wäre er nicht so verschüchtert im gemachten Nest hocken geblieben. Vielleicht hätte ihn das Wissen über die Ermordung seiner Mutter bei Weitem mehr dazu angetrieben, nach seinem Erzeuger zu forschen. Vielleicht hätte er ihn gefunden.

Was gäbe er darum, zu wissen, wie dieser Mann aussieht, wie er redet, wie er sich kleidet, was er arbeitet, ob er eine andere Familie besitzt, ob es vielleicht sogar Stiefgeschwister gibt. Vielleicht hatte jener Mann seine Mutter nur flüchtig gekannt, vielleicht war er niemals über ihren gewaltsamen Tod informiert worden, geschweige denn über die Existenz eines Sohns.

Natürlich könnte es auch eine ganz andere Wahrheit geben. Sein Erzeuger könnte über alles Bescheid wissen, vielleicht sogar einen Teil zu dem Drama beigetragen haben. Wer weiß.

Und das war der Punkt, der Jonathan scheitern ließ, der ihn zur Untätigkeit verdonnerte, unfähig, nach seiner Vergangenheit zu forschen.

***

Emma saß auf der Couch und traktierte ihre Stricknadeln. Mit sorgenvoller Wut im Bauch. Sie war es nicht gewohnt, sich von Jonathan eine Absage erteilen zu lassen. Gewiss, manchmal verdrehte er die Augen, wenn sie ihn übermäßig bemutterte. Wenn es hingegen um ein gutes Mittagessen ging, hatte er ihr noch niemals untersagt, sein Reich zu betreten. Ja, untersagt! Anders ließ sich die Art und Weise, wie ihr Sohn ihr heute Morgen eine Abfuhr erteilt hatte, nicht beschreiben.

Sie hatte schon den ganzen Tag versucht, mit Markus darüber zu reden, es ständig hinausgeschoben, bis jetzt. Aber nun schaute er Fußball und meinte lapidar, sie solle sich nicht alles übertrieben zu Herzen nehmen.

Das sagte ausgerechnet er, der stets jedes Wort von Jonathan auf die Goldwaage legte.

Emma stieß einen lauten Seufzer aus, zählte ihre Maschen und strickte weiter. Es sollte ein Pullover für Markus werden, die Zeit verging ja so rasend und ruckzuck würde der Winter vor der Tür stehen. Sie saß bei Markus im Wohnzimmer, obwohl sie das aufgeregte Geschwätz des Sportreporters nervte. Aber seit sie beide wieder alleine in der Wohnung lebten, suchte sie seine Nähe.

Sie erinnerte sich aus heiterem Himmel an Ludmilla, an das Gespräch mit ihr, wie diese gefallene Frau voller Selbstgefälligkeit vom anstehenden Rendezvous mit Jonathan erzählt hatte.

Wusste Jonathan tatsächlich nichts von ihrem Broterwerb? Oder war es ihm gleichgültig? Manchmal scheiterte auch Emma, wenn es darum ging, aus den Gedanken ihres Sohnes schlau zu werden.

Irgendwie musste sie ihn davon abbringen, sich mit Ludmilla zu treffen. Das tat seinem Ruf nicht gut. Aber vielleicht fand dieses Rendezvous ohnehin niemals statt, denn Jonathan hatte es mit keiner Silbe erwähnt, und außerdem würde sie es garantiert mitkriegen, wenn er plante, eine Frau zum Essen auszuführen.

»Eins, zwei, drei, vier …« Emma zählte die Maschen durch, noch alles im grünen Bereich. Sie konnte sich wieder ihren Gedanken widmen. Es fiel ihr leicht, zu stricken und ihre Gedanken schweifen zu lassen. Stricken war ihre Art, Entspannung zu finden.

Was hatte Jonathan noch gesagt? Er hatte einen neuen Gärtner?

»Markus«, versuchte sie leise, ihren Mann aus dem Bann des Fußballspiels zu ziehen, »wusstest du, dass Jonie einen neuen Gärtner eingestellt hat?«

»Hat er?« Markus nahm seine Augen nicht vom Bildschirm, fluchte leise vor sich hin.

»Wenn ich es doch sage«, bekräftigte sie. »Woher hat er denn so schnell einen gekriegt?«

»Vielleicht übers Arbeitsamt.«

»Wie kommt er denn ans Arbeitsamt?« Verdutzt legte Emma das Strickzeug in den Schoß und schaute auf.

»Ja, Schatz, ich hab ein wenig nachgeholfen und eine Anzeige dort aufgegeben. Hat ja dann vermutlich auch geklappt. Frag ihn einfach. – Mensch, mach mal schneller, schneller, ja – Tooor!« Markus sprang auf und jubelte wie von Sinnen.

Emma verzichtete darauf, ihrem Mann weiter ein Gespräch aufzudrängen. Sie würde morgen Jonie nochmals anrufen und fragen. Sie wollte den neuen Gärtner unbedingt kennenlernen. Es machte sie ganz verrückt, wenn sie nicht wusste, wer sich auf dem Anwesen ihres Sohnes herumtrieb.

Die Damen von der Reinigungsfirma kannte Emma sogar persönlich, brachte ihnen regelmäßig Kuchen, der vom Sonntag übriggeblieben war, und dann tratschten sie ein bisschen, wirklich nur ein bisschen, denn sie sollten ja nicht von der Arbeit abgehalten werden und womöglich Jonie verärgern. Mit dem Personal musste man sich gut stellen, dann klappte alles viel besser. Dies galt auch für Gärtner. Das waren anständige, frohgemute Menschen, nahm Emma an. Sie kannte zwar nicht viele, konnte sich aber keinen bösen Gärtner vorstellen, waren sie doch die Hüter der Natur. Sie hegten und pflegten, und das taten ihrer Meinung nach nur gute Menschen. Auch wenn in den Krimis, die sie regelmäßig las, gerne Gegenteiliges behauptet wurde.

Samstag, 21. September

Die schweren tiefroten Samtvorhänge waren komplett geschlossen. Nicht ein einziger Strahl der spätsommerlichen Sonne durfte ins Innere des Glashauses dringen und seine schwermütige Stimmung stören.

Die Villa, einsam verwaist, was üblicherweise Jonathans Wohlgefühl zugutekam, drohte heute, ihm die Luft zum Atmen zu stehlen, ihn zu ersticken, zu zerdrücken.

Nachdem er bis zur völligen Entkräftung seine Bahnen durch das klare Wasser gezogen hatte, brachte er nicht mehr die nötige Energie auf, sich auf seinen Sportgeräten weiter zu verausgaben, zu lesen oder sich durch irgendwelche anderen Medien berieseln zu lassen.

Er legte sich ins Zentrum des quadratischen Glasbaus und stellte sich den blauen Himmel vor, den er hätte sehen können, wenn er nicht die Deckenlamellen geschlossen hätte. Der Flausch des Teppichbodens wärmte wohlig seinen Rücken und die sanften Klänge der Instrumentalmusik versetzten ihn in eine tranceartige Stimmung.

Autogenes Training war für ihn eine sichere Möglichkeit, seiner depressiven Stimmung zu entfliehen. Er hatte einen Kurs besucht und beherrschte die Übungen ziemlich gut. Meist klappte es auch, seinem Körper seinen Willen aufzuzwingen.

Leider nicht jedes Mal. Er musste sich schon zusammenreißen, sich konzentrieren, die richtige Musik wählen, die bösen Gedanken verscheuchen, seinen Blick von äußeren Einflüssen abwenden, sein Inneres aufs Wesentlichste richten.

Irgendwann schlossen sich seine Augen, er spürte, wie seine Arme und Beine ihr Gewicht verloren. Der Boden unter ihm weichte auf, trug ihn nicht mehr. Er fühlte sich fallen. Tiefer und tiefer, bis er irgendwo zwischen Himmel und Erde schwebend dahinglitt.

Die sphärischen Klänge der Musik entfernten sich weiter und weiter, drangen nur noch unterschwellig in sein Bewusstsein ein.

Vor seinem inneren Auge erschien Lisa. Sie lächelte warmherzig, ihre Grübchen verlockten ihn dazu, ihr Gesicht zwischen die Hände zu nehmen und ihr einen Kuss auf ihre anmutigen Lippen zu drücken. Er spürte Lust in sich aufkeimen, Lust, die er vielleicht nicht mehr würde kontrollieren können. Er wollte jedoch keine schäbigen Gedanken mit Lisa verbinden, also gab er ihnen eine neue Richtung. Natalie tauchte auf, die dicke, behäbige Natalie, sie legte besitzergreifend ihre Pranken um Lisas zarte Schultern. Fast wünschte er Natalie den Tod, so überwältigte ihn der Hass. Doch Hass war jetzt nicht sein Ziel.

Er lenkte seine Gedanken auf Ludmilla, die so manch angenehm kribbelnde Erinnerung in ihm erweckt hatte. Ludmilla, die ihn in die Liebe eingewiesen hatte. Heiß und begehrend an einem eiskalten Wintertag. Nachdem es ihm einige Monate lang gelungen war, ihren Annäherungsversuchen auszuweichen. Sie hätte seine erste Freundin werden können, wenn er in der Lage gewesen wäre, ihr anschließend unbefangen entgegenzutreten. Wenn ihn nicht das schlechte Gewissen Lisa gegenüber gepeinigt hätte, auf die er schon seit der fünften Klasse ein heimliches Auge geworfen hatte. Mit Ludmilla hätte er angeben können, keiner hätte ihn mehr als Weichei, Versager oder Schlappschwanz beschimpft. Ob Lisa jemals davon erfahren hatte, wusste er nicht. Ludmilla war niemals ein Gesprächsthema zwischen ihnen gewesen. Bis heute nicht.

Von irgendwoher pochte es. Sein Herz?

Er konzentrierte sich darauf, es schlug ruhig und gleichmäßig. Er versuchte, seine Gedanken in eine neue Richtung zu lenken, schon pochte es erneut. Lauter.

Wie lang er dalag, wusste er nicht. Wenn er meditierte, verlor er jegliches Zeitgefühl und überließ es seinem Körper und seinem Geist, ihn wieder zurückzuholen. Um unliebsame Störungen zu unterbinden, stellte er sogar die Klingelanlage ab und aktivierte den Anrufbeantworter.

Deshalb empfand er das dumpfe Klopfen zunächst nur als einen lästigen Störfaktor, von irgendwem ausgelöst und überhaupt nicht für ihn bestimmt. Das Pumpern wiederholte sich, wurde noch lauter, und er fand sich mit einem Schlag wieder auf dem Flauschboden liegend.

Ein heftiges Stechen zuckte durch seinen Kopf. Wie rücksichtslos, ihn derart unsanft aus der Trance zu reißen.

Schon klopfte es erneut, und Jonathan konnte die Glastür, die vorne neben der Hauswand direkt ins Freie führte, als Ort der brutalen Störung ausmachen.

Wer mochte dort draußen sein? Es war Samstag, eigentlich dürfte sich niemand auf seinem Anwesen aufhalten.

Außer – der neue Gärtner natürlich.

»Herr Falkner?« Dumpf drangen die Worte durch das Sicherheitsglas. »Sind Sie da drinnen? Könnten Sie kurz herauskommen?«

Woher, verdammt, nahm sich dieser Mann das Recht, ihn derart zu stören? Woher wollte er überhaupt wissen, dass Jonathan sich im Pavillon aufhielt?

Er hatte Romberg weder durch das Innere des Hauses geführt noch ihm den Glaspavillon gezeigt oder von seinen täglichen Aktivitäten erzählt, sondern ihm lediglich Maßregeln erteilt, wie er ihn im Notfall – und nur im Notfall – kontaktieren durfte. Der Gärtner sollte einfach seine Arbeit tun und Jonathan ignorieren. So hatte er es auch mit dem alten Klingenstein gehandhabt, es hatte prima geklappt, so wollte er es auch in Zukunft gehandhabt wissen.

»Herr Falkner?«, rief Romberg erneut und pochte gegen das Glas.

Jonathan kam wohl oder übel nicht umhin, zu reagieren. Mühsam stand er auf, schleppte sich in Richtung Tür, zog den schweren Vorhang einen Spalt beiseite und zuckte zurück. Gleißendes Sonnenlicht schlug ihm hart ins Gesicht. Er kniff die Augen zusammen und öffnete sie erst wieder, als er schützend seine Hand über der Stirn platziert hatte. Er schob die Glastür auf.

Eine riesige Figur baute sich vor ihm auf, er fuhr erschrocken zusammen. Hatte er doch glatt die Hünenstatur des Gärtners vergessen.

Allmählich gewöhnten sich seine Augen an das helle Tageslicht, und er nahm verdutzt die grau melierten, wild wuchernden Bartstoppeln in Rombergs bisher blank rasiertem Gesicht wahr.

Auf Rombergs Kopf, tief in die Stirn gezogen, thronte ein riesiger Strohhut mit breiter Krempe, so einer, wie ihn auch Golfer trugen, um ihr wertvolles Haupt gegen aufdringliche Sonnenbestrahlung zu schützen, und zusammen mit dem grünen Arbeitsoverall, den schwarzen Gummistiefeln und dem rot-weiß karierten Hemd wirkte der Gärtner wie eine Märchenwitzfigur. Mit beiden Händen auf den Spaten gestützt, sah er aus wie ein überdimensionierter Gartenzwerg.

Jonathan musste sich beherrschen, um nicht lauthals loszulachen. Seltsam, Romberg arbeitete bereits nahezu vier Wochen bei ihm, dennoch hatte er ihn noch nie in dieser Aufmachung gesehen. Eigentlich hatte er ihn überhaupt nur sehr selten gesehen, seit er ihm die Chipkarte überlassen hatte.

Romberg zog seinen Hut, machte eine leichte Verbeugung und strahlte übers ganze Gesicht. »Na, wie gefalle ich Ihnen? Hab mir neue Arbeitskleidung gekauft.«

Jetzt konnte Jonathan sich nicht mehr zurückhalten und prustete los. Er hatte sich nicht mehr im Griff und lachte, bis sein Bauch schmerzte und Tränen aus seinen Augen quollen. Er spürte, wie gut dieser Ausbruch seiner Seele tat. Wann hatte er eigentlich das letzte Mal gelacht?

»Was soll denn das?«, stieß er hervor und wischte sich mit dem Handrücken über die Augen.

Romberg breitete die Arme aus und schaute prüfend an sich hinab. Dann wanderten seine Augen wieder empor und sahen Jonathan enttäuscht an. »Gefalle ich Ihnen nicht? Ich dachte, das wäre das passende Outfit für meine Arbeit. Und sehen tut mich außer Ihnen ohnehin keiner.«

»Sie wirken wie – na ja, … Es fehlt nur noch die Zipfelmütze anstelle des Huts.«

»Wenn Sie möchten, ziehe ich wieder die alten Jeans und meinen Pulli an. Aber ich dachte –«

»Nein, nein, auf keinen Fall! Lassen Sie die Klamotten an. Sieht gut aus.« Und als Jonathan zweifelnde Blicke trafen, bekräftigte er: »Wirklich!«

Montag, 23. September

Gewandt lenkte Markus das schwere Fahrzeug durch den mittäglichen Stadtverkehr. Der Bus war vollgestopft mit brüllenden Schülern, allesamt auf dem Weg nach Hause, allesamt losgelöst vom Druck der Schule. Seine Fracht war ihm heilig. Wenn die es ihm auch nicht dankte.

Montag war psychologisch gesehen der schlimmste Arbeitstag, aber heute würde er bereits um vierzehn Uhr Feierabend haben. Dann würde er hurtig nach Hause fahren, um ein längst fälliges Gespräch mit seiner Frau vorzubereiten. Er würde die Küche aufräumen, das Abendessen richten und Emma von ihrem Geschäft abholen.

Er würde sie aufmuntern und mit ihr reden. Sie war seit geraumer Zeit todunglücklich. Anscheinend verwehrte ihr Jonathan, vorbereitetes Essen in seine Küche zu stellen.

»Als ob er etwas zu verbergen hätte!«, beschwerte sie sich seit Tagen bei Markus.

Aber was sollte Jonathan verbergen? Vermutlich aß er in der Mensa warm und besorgte sich selbst seine Brotzeiten. Und am Wochenende besaß er die Freiheit, bei ihnen zu essen. Und wenn er nicht wollte, war das seine Entscheidung, die sie eben respektieren mussten.

Es gelang Markus nicht, den Frust seiner Frau nachzuvollziehen. Anstatt froh über die Erleichterung zu sein, trauerte sie der Mehrarbeit und Herumkurverei nach.

»Wenn er wenigstens eine feste Freundin hätte«, war zurzeit ihr zweitliebster Satz.

Auch Emma musste lernen, den erwachsenen Sohn loszulassen, ihm seine Freiheiten zu gönnen. Sie wusste doch, er würde immer kommen, wenn er ihren Rat bräuchte. Freilich nicht immer, in letzter Zeit wohl eher überhaupt nicht, aber vielleicht ging ja alles klar bei ihm.

Und die Sache mit dem neuen Gärtner, nun ja, irgendwann würde Jonathan ihnen den Mann sicherlich vorstellen. Welchen Grund hätte er denn haben mögen, den Gärtner vor ihnen zu verbergen? War er womöglich ein knorriges altes Männlein, störrisch, unhöflich, nur auf Unkraut, Wurzeln und abgestorbene Blumenköpfe fixiert? Dann wäre es ohnehin besser, man ließe ihn ungestört arbeiten.

Markus schmunzelte bei dieser Vorstellung, schüttelte den Kopf und lenkte den Bus in die nächste Haltestelle.

Donnerstag, 26. September

Das letzte Wochenende der Semesterferien lag vor ihm, morgen würde sein Vater den 64. Geburtstag feiern. Bei sich zu Hause, ein paar Verwandte kamen sicher auch. Und Freunde seiner Eltern. Dafür wurde nun die Wohnung hergerichtet, weshalb Jonathan es vorzog, zu Hause zu bleiben.

Gleich nach dem Mittagessen, falls die leichte Brotzeit überhaupt als Mittagessen zu bezeichnen war, ging er in sein Büro, ließ sich häuslich vorm Computer nieder und holte sich Informationen über die Institute ein, die als zukünftige Arbeitsplätze in Frage kamen.

Wenn es klappte, würde er für ein Jahr ins Schweizer Forschungszentrum CERN gehen, sein Professor hatte einen guten Draht dorthin. Dort hatte Jonathan auch sein Praxissemester abgelegt, hatte hautnah miterlebt, wie der Teilchenbeschleuniger seinen Regelbetrieb aufgenommen hatte. Wie gern wäre er bei der Generalüberholung dabei, die Anfang nächsten Jahres begann, wie gern bei der Auswertung der immensen Daten.

Ansonsten wäre eine wissenschaftliche Stelle in den Bereichen Software oder Wirtschaftsmathematik in einem der Fraunhofer-Institute in Berlin oder Kaiserslautern ein erstrebenswertes Ziel. Was einen zweiten Wohnsitz bedeutete.

Letztlich war auch das Forschungszentrum in Karlsruhe eine durchaus akzeptable Adresse, aber dort war ihm ohnehin ein Platz sicher.

Mitten in seinen Überlegungen schweiften seine Gedanken ab. Sie fanden Romberg, und während sie den Gärtner vor seinem inneren Auge projizierten, lachte Jonathan auf. Der neue Gärtner besaß wirklich Sinn für Humor. Die Klamotten, die er sich zugelegt hatte, wiesen ihn wahrhaftig als einen Gärtner wie aus dem Bilderbuch aus. So etwas käme dem brummigen Klingenstein niemals in den Sinn.

Überhaupt faszinierte ihn Romberg mit seiner natürlich fröhlichen Art, stets mit einem Lächeln und einem netten Spruch auf den Lippen. Sein stechender Blick, anfangs ziemlich verstörend, wirkte wie verwandelt, ließ immer öfter fürsorgliche Neugier aufblitzen.

Jonathan erhob sich, ging an das nordöstlich ausgerichtete Fenster, unter dem der vordere Teil des Glaspavillons lag. Er ließ seine Augen hinaus in den Garten gleiten, doch der Bereich, den er einsehen konnte, war menschenleer.

Unzufrieden trieb es ihn zum nordwestlichen Fenster, von welchem aus sich ein Blick über die Auffahrt bot, bis hinunter in die Ebene und bis weit hinüber zu den Ausläufern der Fächerstadt. Seine Augen wanderten suchend über den Garagenvorplatz und den vorderen Teil des Gartens. Aber auch hier spürten sie nicht das Erwünschte auf. Oder besser, den Erwünschten.

Der Gärtner war wohl schon gegangen.

Ein Hauch von Wehmut verschleierte Jonathans Gedanken und seine Blicke verloren sich im weit entfernten Horizont, wurden aufgesogen vom nebelgrauen Dunst der Rheinebene.

Sonntag, 29. September

Romberg verbrachte den ganzen Sonntag im Hotelzimmer, räkelte sich faul im Bett herum und vermisste kaum mehr die lauen Brisen der Südsee. Denn hier im herbstlichen Badener Land hatte ihn die nackte Gier nach purem Luxus in die Zange genommen. Die Gier nach Geld und Ansehen.

Die Gier nach dem Vermögen Jonathan Falkners. Falls überhaupt noch viel vorhanden war.

Aber wenn er es sich richtig überlegte, traute er dem Jungen nicht zu, alles verschleudert zu haben, trotz der Wohnung für die Falkners, trotz der Villa, trotz der teuren Autos. Der Bursche wusste anscheinend genau, was er tat, wusste, wie weit er gehen durfte, ohne bankrott zu gehen. Ja, Jonathan war reich, stinkreich, und es war mit Sicherheit genug da, sodass auch für ihn ein gehöriger Batzen abfallen musste.

Natürlich kam das Verlangen nach Jonathans Vermögen nicht von ungefähr. Fakt war, er trug die ursprüngliche Verantwortung für das Leben, das Jonathan führen durfte, und folglich auch für den Reichtum, den das Knäbelchen so zufällig erworben hatte. Denn ohne Romberg hätte Markus Falkner niemals das Schweineglück besessen, Jonathan als Sohn aufziehen zu dürfen, das war klar.

Ergo: Kein Romberg, kein Jonathan, kein Geldsegen – und kein schmarotzender Falkner, der wie eine vollgefressene Made im Speck davon profitierte! Die logische Folgerung war, auch Romberg musste am Vermögen Jonathan Falkners beteiligt werden.

Die Schwierigkeit bestand darin, dies dem Jungen plausibel zu machen, ohne dass Markus Falkner zu früh Wind davon bekam. Der würde Rombergs Pläne nur in Gefahr bringen. Das war so sicher wie das Amen in der Kirche.

Romberg musste alles geben und den Jungen einerseits so unter Druck setzen, dass er sich problemlos fügte, andererseits ihn gegen Markus Falkner abschotten, damit dieser unter keinen Umständen etwas mitbekam.

Morgen war Montag, ein Tag, an dem Romberg sich nicht in Jonathans Villa blicken ließ. Denn Teil seines Plans war ja, keine der sich in Jonathans unmittelbarem Umfeld befindlichen Personen durfte ihn je zu Gesicht bekommen. Er wollte für alle ein Mysterium bleiben, zumindest so lange es nötig sein würde, um sein Vorhaben sicher über die Ziellinie zu bringen.

Doch die Montage waren keinesfalls verlorene Tage. Er beschäftigte sich mit dem Auskundschaften von Jonathans Umfeld. Und desto intensiver er sich damit beschäftigte, je mehr er von dem Jungen erfuhr, umso treffender würde er agieren können.

Ein treffsicherer Plan benötigte Zeit. Je mehr Zeit er in seinen Schlachtplan investierte, je gründlicher er daran feilte, umso garantierter würde sein Sieg werden. Und den brauchte er, denn er hatte viel zu verlieren, sein ganzes Bargeld steckte in diesem Unterfangen.

Der Moment der Wahrheit würde kommen, unweigerlich. Und der Junge würde ihm aus der Hand fressen, Intelligenz hin, Intelligenz her. Denn das, was Romberg dem Jungen würde bieten können, konnte kein Markus Falkner bieten, keine Emma Falkner und überhaupt niemand außer ihm. Folglich würde es ein Leichtes sein, am Vermögen beteiligt zu werden.

Schade nur, dass Babs nicht mehr imstande war, diesen Moment mitzuerleben.

Sein Kehlkopf presste ein selbstzufriedenes Lachen hervor, strotzend vor Häme.

Samstag, 5. Oktober

Die Luft roch nach gesunder feuchter Erde.

Jonathan stand unschlüssig auf einem der Wege inmitten seines Parks und sog sich die Lungenflügel voll.

Augenblicklich überfiel ihn die Erinnerung, wie er als Kind zusammen mit Vater und Großvater regelmäßig zum Pilzesammeln in den frühherbstlichen Wald gegangen war. Als passionierter Kenner sämtlicher Sporengewächse und Meister im Aufspüren jedes noch so versteckten Steinpilzes, Röhrlings, Pfifferlings oder was sonst noch Delikates auf dem heimischen Boden wuchs, kannte Großvater etliche Stellen im Oberen Enztal bis weit nach Freudenstadt. Jonathans Vater hingegen war auf diesem Gebiet nicht so bewandert, aber da die ganze Familie sich diese Waldgewächse allzu gern einverleibte, ging er dem Großvater stets helfend zur Hand.

Auch Jonathan fuhr immer gerne mit und genoss die Stunden im Wald. Während die Männer ihrer Beute zu Leibe rückten, streunte er zwischen den Bäumen herum, suchte sich geeignete Aststücke und schnitzte an ihnen herum. Großvater hatte ihm – natürlich ganz heimlich – ein original Schweizer Taschenmesser geschenkt, das testete Jonathan bis an seine Grenzen aus. Nach etlichen Stunden fuhren sie zur Wohnung seiner Großeltern in der Pforzheimer Nordstadt zurück. Dort rissen ihnen Mutter und Großmutter ungeduldig die vollen Körbe aus den Händen und begannen unverzüglich mit der schlimmsten Arbeit, dem Putzen. Den größten Teil der Pilze schnitten sie in Scheibchen, die sie zum Trocknen ausbreiteten. Abends zauberten sie ein leckeres Menü auf den Tisch. Noch wochenlang hatten die trocknenden Pilze ihren derben Waldgeruch verströmt.

Und genau solch ein Aroma erschlich sich soeben den Zugang zu Jonathans Nase, während er reglos dastand und Romberg bei der Arbeit musterte. Der Gärtner bemerkte ihn nicht, er schnitt, harkte, rupfte, zupfte und rechte ohne Unterlass weiter, als wolle er für sein Fernbleiben am *Tag der Deutschen Einheit* mehr als nur einen Ausgleich schaffen. Die Schubkarre war bereits gut gefüllt.

Jonathan überlegte, ob er den tief konzentriert arbeitenden Mann tatsächlich stören sollte, entschied sich dagegen und wandte sich zum lautlosen Rückzug.

Er hatte sich gerade ein paar Schritte entfernt, als Romberg ihm nachrief: »Herr Falkner! Leisten Sie mir ruhig ein bisschen Gesellschaft! In Ihrem riesigen Park vereinsame ich sonst noch.«

Jonathan blieb stehen und gleichzeitig fragte er sich, was er hier eigentlich suchte. Was hatte ihn überhaupt bewogen, in den Garten zu gehen? Sicher nicht der arbeitende Mann! Klingenstein hatte er öfter bei der Arbeit beobachtet, jedoch niemals Lust verspürt, ihm Gesellschaft zu leisten.

Nein, der Geruch musste ihn gereizt haben. Das grasige Bukett des frisch gemähten Rasens und das erdenwürzige Aroma geschorenen, feuchten Humusbodens waren verführerisch in den Fitnessraum gedrungen.

Wenn Jonathan auf dem Ergometer saß, traten seine Füße rhythmisch, lässig routiniert in die Pedale. Er brauchte sich nicht mehr auf Widerstands-, Puls- oder Umdrehungsmesser konzentrieren, sein Körper war so geübt, dass er spürte, wenn er sich überanstrengte oder unterforderte. Sein ganzer Körper funktionierte in dieser Hinsicht wie ein Automat.

Das Trimmrad stand in Richtung des Fensters, sodass Jonathan einen erholsamen Blick auf die gesamte Pracht des Parks hinter der Villa hatte. Seine Gedanken entschwebten dann meist in ein Nirwana, er ließ sie gewähren, dem Gehirn tat das gut.

Doch heute war es irgendwie anders gelaufen.

Während Jonathan jeder Bewegung Rombergs gefolgt war, wie er werkelte, stets ein kleines Lächeln auf den Lippen, hatte er bemerkt, wie der Mann die Lippen spitzte, anscheinend vor sich hin pfiff. Dieser Moment bewog ihn, seine Kilometer fressenden

Übungen zu unterbrechen und die Fensterflügel zu öffnen. Ein leises Knacken zeugte vom Abschalten der Klimaanlage und im selben Moment verlor die sterile Zimmerluft ihren Kampf gegen den Duft des Parks. Als ob der Gärtner die Blicke auf seinem Rücken fühlte, wandte er sich um und winkte ihm zu. Diese Geste war eindeutig: Er wollte Jonathan hinauslocken. Eine Weile hatte sich Jonathan noch gegen die Ungeduld gewehrt, die sich in ihm breitmachte. Dann trieb es ihn in den Garten.

Der Gärtner schob sich den Strohhut aus der Stirn und lächelte. Warm, gütig, freundschaftlich, siegesbewusst.

Ja, siegesbewusst.

Jonathan kannte diese Art von Lächeln, das Lächeln von Siegern. Und Romberg triumphierte womöglich, ihn in den Garten gelotst zu haben.

Jonathan beschloss, dies zu ignorieren.

»Na, junger Mann?«, rief Romberg fröhlich. »Vielleicht sollten Sie Ihre sportlichen Aktivitäten hierher verlegen. Wäre bestimmt gesünder.« Dann deutete er auf die Schubkarre. »Und wenn Sie Lust hätten und das hier in den Komposter schütten würden, wäre ich Ihnen nicht nur sehr dankbar, sondern auch schneller fertig. Es sieht nach Regen aus.«

Und sonderbarerweise hatte Jonathan diesem Ansinnen nichts, überhaupt nichts entgegenzusetzen.

Dienstag, 8. Oktober

Es war einer der Abende, wie sie sich in letzter Zeit öfter bei ihnen einnisteten. Jonie hatte sichtlich einen Weg eingeschlagen, der ihn und Emma ausschloss. Er war seit seiner Geburtstagsfeier weder vorbeigekommen noch hatte er angerufen. Wenn sie bei ihm anläuteten, nahm er nicht ab. Nur der blöde Anrufbeantworter fand sich gnädig bereit, ihr Anliegen entgegenzunehmen.

Emma saß ihm gegenüber, sie seufzte laut.

»Was hast du denn schon wieder?«, fragte Markus.

Emma schluckte. »Na, was wohl? Er meldet sich nicht. Zum Essen kommt er ohnehin nicht mehr und bringen darf ich ihm auch kaum noch etwas. Und wenn, dann nur nach Voranmeldung. Mir gefällt das nicht.«

»Wir haben erst letztens darüber diskutiert. Irgendwann musste der Zeitpunkt kommen, an dem sich der Junge von uns löst. Jetzt ist es halt so weit. Lernen muss er auch, dazu braucht er ohnehin Ruhe.«

»Ha! Dass ich nicht lache! Seit wann braucht er so viel Ruhe zum Lernen? Unser Jonie? Dem alles grad so in den Kopf fliegt?«

Sichtlich zornig zerhäckselte Emma eine Kartoffel, hieb ihre Gabel in ein Stück und tunkte es so kraftvoll in den Quark, dass es dort feststeckte. »Hab ich extra für Jonie gemacht, und er kommt nicht.«

»Emma, jetzt hör auf!« Markus ließ sein Besteck scheppernd auf den Teller fallen. »Du kannst doch nicht ein Essen für Jonathan machen, ohne dass er weiß, dass du es gemacht hast, und dann annehmen, er käme jetzt ausgerechnet zufällig hereinspaziert. Oder hast du ihm eine Nachricht hinterlassen?«

»Nein, mit diesem Ding rede ich nicht!«, schnappte Emma. »Hast du den neuen Gärtner inzwischen schon gesehen?«, nuschelte sie kauend.

Markus verschluckte sich an seinem Bier. »Ich?« Er hustete. »Nein, wann denn?« Er hustete nochmals durch.

»Warum bist du gleich so giftig?« Emma schaute ihm in die Augen.

Markus wich ihrem Blick aus. »Deine Laune ist wirklich nicht zum Aushalten! Morgen nach Feierabend fahre ich bei Jonathan vorbei. Zufrieden?«

Emma zeigte Genugtuung, sie wurde ruhiger. »Ja, bitte, Markus, geh zu ihm, schau mal, was los ist.«

Am nächsten Nachmittag stand Markus vor dem Tor zum Anwesen seines Sohns, fest im Glauben, er müsse zu Hause sein. Aber auf sein Klingeln erfolgte keine Reaktion.

Kein Jonathan, kein Gärtner.

Er nahm sich vor, nicht locker zu lassen, es am folgenden Tag nochmals zu versuchen.

Doch da änderte sich kurzfristig sein Arbeitsplan, dann kam der übernächste Tag und wieder der nächste, und schon war sein Vorhaben zur Last geworden. Der Junge sollte sich, verdammt noch mal, selbst melden. Er konnte ihm ja nicht ständig hinterherrennen. Und Emma sollte nicht immer so zickig sein. Sobald er Zeit hatte, würde er Jonathan anrufen oder nochmals hinfahren.

Sobald er Zeit hatte.

Dienstag, 15. Oktober

Ecrin Yildiz saß um halb acht am Morgen mit ihren zwei Kolleginnen Aysie und Rosa im betriebseigenen Kleinbus mit Teamchefin Gerda Siebler am Steuer. Sie trug ihr dichtes schwarzes Haar, um das sie nicht nur manch deutsches Mädchen beneidete, neckisch zu einem Pferdeschwanz gebunden und darüber ein breites modisch gemustertes Haarband.

Für sie eine akzeptable Alternative zum Kopftuch, das ihre Mutter stets außer Haus trug und das auch sie deren Willen nach tragen sollte, was sie aber strikt ablehnte. Denn als gebürtige Karlsruherin fühlte sich Ecrin als Deutsche ohne Kompromisse.

Es gab nur einen einzigen Kompromiss, auf den sie eingehen würde, und auch nur wegen ihrer bedingungslosen Liebe zu ihren Eltern, die sich nichts sehnlicher wünschten, als einen waschechten türkischen Türken zum Schwiegersohn.

Weshalb sich Ecrin schon seit ihrer Volljährigkeit geweigert hatte, mit in das Geburtsland ihrer Eltern und ihrer großen Schwester zu fliegen, weil sie dort absolut nicht verheiratet werden wollte. Wenn schon ein türkischer Junge ihr Mann werden sollte, dann ein deutscher Türke. Einer, der wie sie hier aufgewachsen war und mit den Gepflogenheiten der Wahlheimat ihrer Familie nicht auf Kriegsfuß stand, einer, der wie sie gern in die Disco ging, die gleiche Musik mochte und auch die Sprache sprach, mit der sie aufgewachsen war. Schweren Herzens hatte ihr Vater, ein insgesamt ziemlich weltoffener Mann, sich einverstanden erklärt, aber ihre Mutter hoffte immer noch auf die Einsicht der Tochter, den Auserwählten im Heimatland zu ehelichen. Aber damit konnte sie warten, bis sie alt und grau wurde.

Eine Heirat stand für Ecrin noch lange nicht in Aussicht, sie genoss ihr Leben.

Obwohl sie die Schule mit der Mittleren Reife abgeschlossen hatte, wenn auch nur mit viel Mühe und Glück, erhielt sie keine Chance auf einen kaufmännischen Ausbildungsberuf. Also hatte sie das Angebot des Arbeitsamts genutzt und den Beruf der Friseurin erlernt. Zur eigenen Überraschung bereitete es ihr ungemein Freude, schicke Frisuren auf die Köpfe ihrer Kundinnen zu zaubern. Dummerweise war der Salonbesitzer nicht in der Lage gewesen, sie zu übernehmen und woanders kam sie so schnell nicht unter. So nahm sie erneut ein Angebot des Arbeitsamts in Anspruch: Raumpflegerin in einem mittelständischen Reinigungsunternehmen.

Ihr neuer Chef wurde der quirlige siebenundvierzigjährige Italiener Mario Gusetti. Putzen ist ja keine Sünde und Gusetti zahlte gut. »Gut Arbeit, gut Geld!«, lautete sein Motto, ein ehrliches Motto, dem auch Ecrin zustimmte.

Gusettis Reinigungsservice florierte, die Kolleginnen zeigten sich tolerant und freundlich. Sie saßen ja alle im selben Boot, jede brauchte das Geld und viele waren irgendwie aus ihrem früheren Job geflogen.

Ecrin arbeitete mittlerweile vier Jahre bei Gusetti und hatte ihren ursprünglichen Beruf ein wenig aus den Augen verloren, denn sie fühlte sich wohl inmitten ihrer Kolleginnen, wenn auch ihre Eltern mit diesem minderwertigen Job nicht einiggingen.

Vor ungefähr drei Jahren hatte Gusetti den Lottomillionär Jonathan Falkner zum Kunden gewonnen. Seither putzte Ecrin in seiner Villa. Jeden Montag. Der junge Falkner gab gutes Trinkgeld, ließ es sich niemals nehmen, am Monatsanfang für jede Putzfrau einen zusätzlichen Hunderter bereitzuhalten, an Weihnachten sogar das Doppelte. Das tat keiner der anderen Kunden, zumindest nicht in diesen Dimensionen.

Ecrin musste sich eingestehen, sie war nicht nur über alle Maßen loyal dem Auftraggeber gegenüber, sondern auch über beide Ohren verknallt in den toll aussehenden Jungmillionär.

Ihre ehemalige Schulfreundin Yasemin, die sie regelmäßig traf und die mit einem Deutschen verheiratet war, drängte ständig auf sie ein, sie solle sich diese Gelegenheit nicht entgehen lassen, sie solle sich den reichen Knaben schnappen!

Ja, manchmal wurden Märchen von Aschenputteln wahr. Sie musste nur fest daran glauben. Ihr Herz hüpfte stets vor Freude, wenn ihr Prinz einmal im Monat mit seinen wunderschönen Augen ihr ins Gesicht blickte und ihr sanft lächelnd den Sonderobolus in die Hand drückte. Nicht nur seine Augen, auch eine zufällige Berührung schickte sie in den siebten Himmel.

Ihr Vater fiele ihr vor Freude um den Hals, wenn sie ihm einen Millionär als Schwiegersohn bringen würde, vielleicht akzeptierte er dann sogar einen Deutschen. Um dem Schicksal ein wenig auf die Sprünge zu helfen, wollte Ecrin noch diese Woche ihre deutsche Staatsbürgerschaft beantragen. Sie hatte bereits sämtliche Formalitäten vorbereitet.

Dann würde Jonathan Falkner sie bestimmt mit anderen Augen sehen. Zugegeben, er war in gewisser Weise ein Eigenbrötler, einer, der ohnehin schwerlich eine passende Frau finden würde.

Eine Frau wohlgemerkt, die es auch ehrlich mit ihm meinte und nicht nur auf sein Vermögen scharf war.

Und Ecrin meinte es durchaus ehrlich mit ihm. Er könnte sich dann sogar das viele Geld sparen, das er Gusetti in den Rachen schob. Denn Ecrin würde liebend gern als seine Frau das Haus sauber halten.

Überhaupt war das Haus schon etwas Besonderes.

Ecrin hatte bereits in tollen Villen geputzt, und Bilder aller möglichen Traumhäuser besaß sie Hunderte, diese sammelte sie leidenschaftlich.

Umso verblüffter war sie gewesen, als sie zum ersten Mal durch dieses Bauwerk geführt worden war, verwundert über die eigenwillige Einteilung der Innenräume und erstaunt über die drei unteren, tief ins Erdreich getriebenen Etagen. Jedoch fehlten ihrer Ansicht nach unbedingt breite Balkone und lauschige Terrassen.

Das Haus war – bezogen auf einen einzigen Bewohner – ein gigantischer Kubus mit jeweils einundzwanzig Metern Kantenlänge. Das gesamte Volumen der sechsstöckigen Villa war von außen nicht erkennbar, denn die Hälfte davon lag ja unterirdisch.

Die oberirdischen Außenwände waren blendend weiß gestrichen, die Aluminiumfensterrahmen innen wie außen blutrot beschichtet. In Kombination mit den bläulich schimmernden Spezialglasscheiben hinterließ der Anblick einen bleibenden Eindruck. Das Flachdach war begrünt mit wildwachsenden, teils bis in den Herbst blühenden kleinwüchsigen Pflanzen. In seinem Mittelpunkt befand sich eine vier Quadratmeter große Kuppel aus Spezialglas, die sich öffnen ließ. Eine Leitertreppe aus Aluminium ermöglichte einen Ausstieg aufs Dach. Auf Knopfdruck zog sie sich aus oder verschwand in der Deckenkonstruktion.

Das Dachgeschoss besaß eine Rundumverglasung. Der grandiose Panoramablick wurde lediglich durch Bücherregale gestört. Innenwände gab es keine. Nur ein paar Tragesäulen.

Die Raumaufteilung in den beiden Wohngeschossen zeugte von der bizarren Vorstellungskraft des Bauherrn. Die streng quadratischen Räume lagen in den Eckbereichen und waren getrennt durch Mittelgänge, die sich jeweils im Zentrum kreuzten, im Erdgeschoss schmäler, im Obergeschoss weitläufiger.

Überaus beeindruckend fand Ecrin den Mittelpunkt des Erdgeschosses, der – darüber war sie aufgeklärt worden – auch das Zentrum des Gebäudes bildete. Eine rote fünfeckige Fliese, umgeben von grauen Decorfliesen in Form eines Pentagramms.

Ecrin hatte von Frau Siebler wissen wollen, ob sich denn der junge Millionär mit Magie und Zauberei beschäftigte. Doch die gelernte Juwelengoldschmiedin hatte lachend erklärt, das hätte etwas mit Mathematik zu tun, mit Pythagoras und dem Goldenen Schnitt.

Also forschte Ecrin weiter und erfuhr, dass auch die Freimaurer dieses Zeichen verwendeten, für die fünfte Wissenschaft, die Geometrie. Und dort wiesen die fünf Spitzen auf die Tugenden der Klugheit, Gerechtigkeit, Stärke, Mäßigkeit und des Fleißes hin.

Seitdem war Ecrin klar, niemals würde sie einem Mann so nahestehen wie Jonathan Falkner.

Und während Ecrin träumte und träumte und sich schon als Prinzessin dieses einmaligen Anwesens betrachtete, wurde sie aufgeschreckt und zurückbefördert in die Gegenwart.

Denn der Bus hielt, ihre Chefin riss die Seitentür auf und rief: »Meine Damen, aussteigen und ran an den Schmutz!«

Ein neuer Arbeitstag erwartete sie, und der fand heute leider nicht in ihrem Traumhaus statt.

IV

Mittwoch, 16. Oktober

Der Herbst begann mit bester Laune, die Sonne strahlte unter Aufgebot ihrer ganzen Kraft. Was den meisten Menschen Freude bereitete, verschaffte den Gartenpflegern Arbeit. Die Laubbäume und Sträucher zahlten ihren Tribut an den fehlenden Regen und verloren zuhauf ihren Blattschmuck. Der trockene Wind der vergangenen Tage hatte zusätzlich seinen Beitrag geleistet, und so ging Romberg die Arbeit auf dem Falkner'schen Grundstück nicht aus.

Er wollte fertig werden, wollte zurück ins Hotelzimmer und sich seinen Ausarbeitungen widmen. In den vergangenen Tagen hatte er entscheidende Details über Jonathan und die wenigen Menschen, die sich in seinem unmittelbaren Umfeld befanden, herausgefunden, und er sah sich kurz vor dem Durchbruch, um gezielt ansetzen zu können.

Es war mitten in der Woche und bereits später Vormittag, aber Jonathan trieb sich immer noch im Haus herum.

Romberg zog diesen Schluss, weil beide Fahrzeuge unberührt in der Garage standen. Weiß der Teufel, was den Streber bewogen hatte, seinen Gang zur Universität ausfallen zu lassen.

Leisten konnte er es sich allemal, so viel hatte Romberg schon begriffen. Anscheinend war das Genie in der Lage gewesen, bereits im Sommer einen Studiengang abzuschließen und der Abschluss des zweiten stand unmittelbar bevor.

Heute allerdings schien es, als ob der Herr Diplom-Mathematiker und angehende Diplom-Physiker seinem kürzlich erwachten Bedürfnis, seine Studien direkt in die Natur zu verlagern, nachkommen wollte, denn – Romberg traute seinen Augen kaum – da kam er anmarschiert, in abgenutzten Jeans und grauem Sweatshirt, in der Linken einen Rechen, in der Rechten einen Eimer und auf den Lippen ein ungewohnt verschmitztes Grinsen.

»Hallo, Toni, kann ich Ihnen helfen?«

Romberg richtete sich auf, schob sich die grüne Baseballkappe zurück, den lästigen Strohhut setzte er nicht mehr auf, wischte sich über die Stirn und lächelte sein freundlichstes Lächeln.

»Na, heute nicht in der Uni?«

»Hatte keine Lust.«

Jonathan schaute ihn an, offen, direkt, erwartungsvoll. Verschwitzt hingen ihm einzelne Haarsträhnen ins Gesicht, vermutlich kam er direkt vom Ergometer, vollgepumpt mit Adrenalin.

»Tatsächlich? Hat unsere gute alte Sonne doch noch ein Wunder bewirkt?«

Romberg hoffte, seinen Zynismus nicht zu dick aufgetragen zu haben, denn verärgern wollte er den Burschen ja schließlich nicht – noch nicht.

Aber Jonathan nahm daran überhaupt keinen Anstoß.

»Wo kann ich anfangen?«, fragte er frei heraus, als wäre er ein kleiner Schuljunge und nicht der große Boss.

Romberg verweilte kurz, genoss diesen einzigartigen Moment und das grandiose Gefühl, den jungen Falkner komplett im Griff zu haben.

Der Millionär stand vor ihm in Klamotten, als kämen sie von der Altkleidersammlung, und sein Blick war der eines unterwürfigen Hundes.

Ja, so gehörte es sich, so sollte es sein, Jonathan sollte ihm aus der Hand fressen.

Allerdings war der Zeitpunkt zum Auftrumpfen noch nicht gekommen, noch würde Romberg wohl oder übel den Lakaien spielen müssen. Er deutete zum Kastanienbaum.

»Dort gibt's Arbeit, so richtig zum Austoben.«

Romberg selbst fuhr fort, die Rabatten entlang der Wege zu säubern, aufzuhacken, Verblühtes abzuschneiden. Jonathan ließ er dabei nie aus den Augen. Immer wieder warf er heimliche Blicke in dessen Richtung.

Als habe er seine Lebensaufgabe entdeckt, werkelte dieser versunken vor sich hin. Er rechte, baute Blätterberge, stopfte sie in den Eimer und trug sie zum Komposter.

Nachdem Jonathan den Platz unter dem Baum fast gänzlich vom Laub befreit hatte, ging Romberg zu ihm, zündete sich eine Zigarette an. Dies war ihm inzwischen gnädigst erlaubt worden, sofern er die Kippen »ordentlich entsorgte«. Ha! Was sich der Junge so anmaßte!

Er sog die nikotingesättigte Luft ein, ganz tief, damit auch das kleinste Lungenbläschen den vollen Genuss abbekam, ließ seine Blicke auf dem Rücken seines gebeugten Arbeitgebers verweilen, sich wie Messer in ihn bohren, bemerkte wohlig erfreut die aufkommende Unsicherheit des Jungen. Er sah, wie sich das Rückgrat versteifte, sah, wie die eben gerade noch kraftvoll arbeitende Hand zurückzuckte und nur noch zögerlich ihr Werk verrichtete.

Die Zigarette schmeckte jetzt noch besser. Romberg inhalierte Zug um Zug, lehnte sich entspannt an den knorrigen Stamm der betagten Kastanie.

Jonathan kratzte teils mit den Fingern, teils mit dem Rechen die letzten Blätterfetzen zusammen, warf sie auf die randvolle Schubkarre und richtete sich auf. Langsam, mit Bedacht. Wandte sich Romberg zu, sah ihn an. Doch schien er nicht zu einem direkten Blick in der Lage zu sein, seine Augen flatterten unstet.

Romberg hatte ziemlich schnell kapiert: Sobald er den Jungen intensiv mit Blicken bedachte, wurde der weich wie Wackelpudding. Er durfte es aber nicht übertreiben, sonst verlor er sein Zutrauen.

Ausgiebig tankte Romberg einen letzten Zug, warf den Stummel auf den Boden, zertrat ihn, hob ihn auf und steckte ihn in seine Kitteltasche. Er wollte dem Boss zeigen, dass er den Abfall auch richtig entsorgte. Zumindest so tat, als ob. Er hatte noch niemals, seit er hier arbeitete, seine Kippen im Abfall entsorgt. Bis die irgendwer im Frühjahr im Komposter entdecken würde, wenn überhaupt, würde er schon über alle Berge sein.

Der Junge stand immer noch reglos da, verfolgte all seine Bewegungen. Die körperliche Arbeit hatte ihn wohl völlig mundtot gemacht. Also lag es mal wieder an Romberg, das stählerne Schweigen zu sprengen.

»Haste fein gemacht, wirklich«, lobte er, als säße ein lerneifriger Welpe zu seinen Füßen. »Du solltest dir Arbeitshandschuhe besorgen. Wär besser.«

Romberg hatte irgendwann mit dem Duzen angefangen, es war ihm einfach so herausgerutscht, und als das Knäbelchen dem nichts entgegenbracht hatte, blieb er dabei. Im Gegenzug bot er ihm an, ihn Toni zu nennen. Dass der Junge beim »Sie« geblieben war, war zwar nicht vorauszusehen gewesen, aber durchaus akzeptabel.

»Hat auch irgendwie Spaß gemacht«, sagte Jonathan leise, schnappte sich die Schubkarre und schob sie weg.

Mit der geleerten kam er zurück, stellte sie ab, packte Rechen und Eimer und wandte sich zum Gehen.

»Was, schon fertig?« So schnell wollte Romberg ihn nicht entwischen lassen.

»Ich brauch nicht fertig zu werden. Das ist Ihr Job!«

Touché! Der Bengel war aber auch immer für eine Überraschung parat.

»Ja, klar, so hab ich's nicht gemeint, Junge.«

In Romberg waberte Zorn empor, er unterdrückte ihn nur schwerlich. »Musst wohl noch lernen. Das geht nach der Bewegung an der frischen Luft ohnehin besonders gut.« Verständnis zeigen kam immer gut an.

Jonathan nickte, drehte sich um und ging los.

Aber noch wollte sich Romberg auf keinen Fall das Zepter aus den Händen reißen lassen.

»Bist du eigentlich zufrieden mit deinem Leben?«

Jonathan zuckte zusammen, blieb stehen. »Ja.«

Zögerlich wandte er sich halb um.

Jetzt hatte er ihn. Der richtige Köder, und schon war der Fisch an der Angel. Romberg fühlte pudelwohle Genugtuung aufkommen.

»Nicht zu langweilig?«

»Nein.« Jonathans Augenmerk wanderte über die Grashalme zu seinen Füßen. Falten bildeten sich zwischen seinen Brauen, verrieten sein Grübeln. Überlegte vermutlich, worauf Romberg hinauswollte.

»Ich meine jetzt nicht deine Aktivitäten in deinen Fitnessräumen oder auf der Uni. Sondern so ohne Frau und regelmäßigen Sex?«

»Nein«, wiederholte Jonathan.

Romberg sah entzückt, wie fleckiges Rot die angespannten feinen Gesichtszüge überzog.

»Als ich in deinem Alter war«, setzte er nach, »da ging's rund. Keine wurde ausgelassen. Du bist doch nicht etwa schwul?«

Seine wohlplatzierte Frage traf punktgenau den ängstlich besorgten Tonfall, wie ihn auch ein argwöhnischer Vater eingesetzt hätte.

Es folgte ein Augenblick des Durchatmens. Romberg fühlte förmlich die Verlegenheit des Jungen, die ihn umhüllte wie ein Kokon, aus dem es kein Entrinnen gab.

Dann endlich: »Nein, bin ich nicht.« Leise, verschämt, erschüttert. Jonathan wagte offensichtlich nicht, seinen Blick emporzurichten.

Was Romberg weiter antrieb. »Sag mir den Grund für deine Abgeschiedenheit. Du bist reich, jung und siehst toll aus. Ich wette, die Mädchen liegen dir in Scharen zu Füßen. Oder nicht?«

Regung kam in den schlanken Körper. Er schwenkte ganz zu ihm um, langsam hoben sich Kinn, Kopf und Schultern, und der Jungmillionär sagte forsch: »Ich will nicht irgendeine Frau.«

Wieder eine Überraschung für Romberg, die eigentlich keine mehr war.

»Oha! So sieht das aus. Du bist in eine verknallt? Kenne ich sie?« Er gab sich Mühe, ein liebevoll verschmitztes Grinsen aufzusetzen. Ein kumpelhaftes Grinsen.

»Ich denke nicht.«

»Etwa die langhaarige Blonde, die ihre schönen tiefblauen Augen nicht mal hinter ihrer Brille verbergen kann?«

»Sie haben sie gesehen?«

Als ob ein Hebel in seinem Gehirn herumgedrückt worden wäre, als ob ein anderes Ich plötzlich von ihm Besitz ergriffen hätte, richtete Jonathan sich vollends auf und warf seinen Blick gezielt in Rombergs Augen.

Aber Romberg ließ sich nicht beirren.

»Sie war kaum zu übersehen und vor allem nicht zu überhören, als sie gestern mit dem alten Karren die Auffahrt heraufgerumpelt kam. Ich hatte vergessen, das Tor zu schließen. Sorry! – Du solltest ihr mal 'nen neuen Auspuff spenden.«

Er konnte sich ein Auflachen nicht verkneifen. Hoffentlich klang es nicht zu hämisch.

»Das war Lisa. Wir sind für Freitag verabredet. – Sie war hier?«

Alles Dunkle war aus seinem Blick gewichen, hatte nur ein lauerndes Fragezeichen zurückgelassen.

»Hat sie dir nichts von ihrem Besuch gesagt? Na ja, sicher sollte es 'ne Überraschung werden. Brauchst ihr ja nicht verraten, dass ich gepetzt habe.«

Jonathan grübelte darüber nach, versuchte das Gehörte zu verarbeiten, das roch Romberg geradezu. Kaum eine Regung des Jungen blieb ihm mehr verborgen. Er war ein offenes Buch für ihn geworden. Und das in der kurzen Zeit, das war schon eine

Leistung. Und wenn er es recht bedachte, konnte er garantiert besser in seinen Gedanken lesen als der alte Falkner.

»Sie war noch nie hier. Eigentlich wusste sie, dass ich in der Uni bin.«

Romberg überlegte, wie er Jonathan weitertraktieren konnte. Lisa war natürlich niemals dagewesen, er hatte sie aufgrund seiner Recherchen ausfindig gemacht und sie zufällig vor ihrem Elternhaus entdeckt, als sie dort mit ihrem Polo gestartet war.

Er stützte sich mit beiden Armen auf die Harke, stand richtig bequem und fragte sanft und stichelnd zugleich: »Höre ich recht? Du hast deiner Allerliebsten dein herrliches Heim überhaupt noch nicht gezeigt?«

»Nein.«

»Meinst du nicht, es ist an der Zeit? Sie wäre garantiert beeindruckt, und du bräuchtest nur noch mit dem Finger schnippen und hättest sie dort, wo du sie gerne haben möchtest.«

»Nein.«

War es denn nicht möglich, ein ordentliches Gespräch mit dem Knaben zu führen? Am liebsten hätte er ihm eine Ohrfeige versetzt, ihn irgendwie aus dem lethargischen Frage-Antwort-Spiel herauszerren mögen, aber er rief sich zur Besonnenheit.

»Meinst du nicht, sie wäre von dem Anwesen begeistert?«

»Doch, sicher, schon, aber ich glaube, sie hat irgendwie Skrupel wegen der Art, wie ich zu all dem gekommen bin.«

Na so was! Hatte der liebe Junge etwa ein schlechtes Gewissen?

»Oha! Sag bloß, du hast dein Vermögen unrechtmäßig erworben!«

»Nein, auf keinen Fall! Ich habe Geld gewonnen und bestmöglich angelegt. Das ist alles.«

»Ach ja, ein Gewinn, stimmt! Darüber habe ich mal etwas gelesen. Aber an einem Gewinn ist doch nichts Anrüchiges. Und wenn man etwas von Aktien versteht, so wie du, und gutes Geld macht, ist das doch auch okay.«

Romberg kratzte sich an der Stirn, spielte ein angeregtes Nachdenken und erstauntes Unverständnis gegenüber Andersdenkenden vor.

Was Jonathan aber nicht zu beeindrucken schien. Er wandte sich erneut zum Gehen.

Romberg hakte schnell nach. »Wie war das mit deinem Gewinn, es war doch ein Lottogewinn, oder? Jetzt erinnere ich mich! Gab es damit nicht Probleme? Zumindest stand da etwas in einer Zeitung. Vielleicht war's ja auch übertrieben. Die schreiben oftmals Unsinn.«

Jonathan drehte sich um. »Es gab noch einen Mitspieler.«

»Tatsächlich?«

»Aber ich hatte Glück.«

»Glück?«

»Der Dummkopf hatte seinen Anteil am Einsatz nicht geleistet. Keine Beteiligung – keine Auszahlung.«

»Klar! Und das hat ohne Schwierigkeiten geklappt?«

»Na ja, ziemlich.«

»Ziemlich?«

»Sie wollen aber auch alles ganz genau wissen, oder?«

Romberg zuckte mit den Schultern, lächelte, und es gelang ihm, eine unschuldig naive Neugier zum Ausdruck zu bringen, was Jonathan zum Weiterreden animierte.

»Der Klugscheißer hat den Prozess verloren und sich anschließend ins Jenseits verabschiedet. Ermutigt durch irgendein Zeug, das er seinem Alten geklaut hat, der ist Chirurg in einer Klinik.«

Und bevor Romberg zu einer weiteren Reaktion fähig war, machte sich Jonathan endgültig aus dem Staub, marschierte in Richtung Haus in einem Tempo, als sei eine Wolfsmeute hinter ihm her.

Romberg grinste. Ein dämonisches Siegergrinsen.

Freitag, 25. Oktober

Jonathan sehnte das Ende der Vorlesung herbei.

Sein Magen fühlte sich an, als flattere ein Schwarm orientierungsloser Schmetterlinge darin herum. Schlimmer konnte es einem Teenager vor dem ersten Date auch nicht ergehen. Er würde gleich ein Rendezvous mit Lisa haben.

Lisa selbst hatte diese längst überfällige Verabredung mittels SMS in die Wege geleitet, weil sie dieses Wochenende zu Hause bei ihren Eltern verbrachte. Den Abstecher auf sein Anwesen hatte sie mit keinem Wort erwähnt.

Endlich beendete der Professor seinen Monolog, hastig verließ Jonathan das Universitätsgebäude, warf seine Tasche in den blitzblanken Jeep, schloss ab und ging schnellen Schritts in Richtung Schloss.

Der barocke Bau im Zentrum des Karlsruher Fächergrundrisses befand sich in unmittelbarer Reichweite des Instituts für Technologie und war das Herz der Stadt. Hierher zog es ihn unweigerlich, wenn ihn die, eher selten aufkommende, Sehnsucht nach frischer Luft heimsuchte oder er das Bedürfnis hatte, mit einem Buch eine freie Bank im Park zu beschlagnahmen, um ein paar Minuten allein mit sich selbst sein zu können.

Er marschierte die gebogene Straße entlang, vorbei an den Gebäuden des Regierungspräsidiums und Finanzamts, bahnte sich seinen Weg durch Schüler auf dem Nachhauseweg, bummelnde Mütter mit ihrem Nachwuchs und ihre Pause genießende Berufstätige. Endlich erblickte er die Tische vor der Gaststätte am Schlossplatz. Der Wirt des *Multi Kulti* nutzte das außergewöhnlich schöne Herbstwetter und servierte nochmals im Freien, was die Leute offensichtlich gut honorierten. Auf den ersten Blick sah alles komplett belegt aus.

Jonathan warf einen unsicheren Blick in die Runde. Wo war Lisa? Sie hatte ihm vorhin geschrieben, einen Tisch ergattert zu haben. Die über zwei Dutzend fremden Gesichter irritierten ihn. Klar, sie waren alle mit sich selbst beschäftigt, aßen, unterhielten sich, lasen vertieft in der Zeitung oder studierten Stadtpläne.

Das alles nahm er in Sekundenbruchteilen wahr. Und doch bestand ja die Möglichkeit, dass sie alle versteckte Blicke auf ihn warfen, sich Gedanken über ihn machten und sich fragten, ob er derjenige sei, dessen Foto sie irgendwann in irgendeiner Boulevardzeitschrift oder einem Schmierblatt gesehen hatten, ob er derjenige sei, weshalb sich der Sohn des angesehenen Arztes …

»Jonie! Hier bin ich!«

Lisa wusste um seine schwächelnde Verfassung, wenn er vor Menschengruppen stand. Das war schon in der Schule so gewesen.

Mit gefestigten Schritten steuerte er durch die eng aneinander gestellten Stühle, bis er den hintersten der runden Tische erreichte, direkt platziert vor der Eisenbrüstung, die den Abgrund zur tiefergelegten Straße hin absicherte.

»Hi, Lisa!«, stieß Jonathan hervor und hatte das Gefühl, seine Verlegenheit noch nicht im Griff zu haben.

»Tut mir leid, sonst war alles belegt.«

Lisa lächelte ihn an, erhob sich und streckte ihm ihre Arme entgegen. Die Sanftmut in ihrer Stimme und in ihren Augen zerdrückte regelrecht sein Herz.

»Ist doch okay«, sagte er leise.

Ein kurzes, herzliches Umarmen, Lisas schnell auf seine Wange gehauchtes Küsschen – ein Küsschen, das Jonathan kaum in der Lage war zu erwidern. Am liebsten hätte er seine aufwallenden Emotionen auf ihren glänzenden vollen Lippen mittels eines heißen Kusses entladen. Aber Lisa saß bereits wieder.

Verlegen setzte er sich ihr gegenüber.

»Dein Geburtstag ist zwar schon 'ne Weile her …«, begann er und langte sich in die Jackentasche. Natürlich hatte er ein Geschenk für sie. »… ich habe etwas für dich.«

Lisa nahm das Päckchen freudestrahlend entgegen.

»Das ist doch nicht nötig«, sagte sie, während sie mit raschen Griffen das Papier entfernte. »Aber echt lieb von dir. Ich hab ein richtig schlechtes Gewissen, weil du mich nicht erreicht hattest. Natalie und ich waren ausgegangen.«

Jonathan schaute ihr zu, weidete sich an ihren glänzenden Augen, als sie die drei silbernen kugelartigen *Pandora*-Elemente entdeckte, eine Ergänzung zu ihrer Sammlung.

»Oh, Jonie! Danke, vielen Dank! Die kommen an meine Halskette. Das Armband ist schon komplett.« Lisa erhob sich, beugte sich vor und gab ihm einen Kuss auf die Wange.

Dann steckte sie das Etui in ihre Tasche, und Jonathan griff nach der Speisekarte.

»Habe uns schon jedem eine Pizza bestellt. Damit es schneller geht. Ich hatte solchen Hunger. Sie müssten jeden Augenblick gebracht werden.«

Lisas Lippen kräuselten sich zu einem verschmitzten Lächeln, das ihre Genugtuung zum Ausdruck brachte, der einzige Mensch weit und breit zu sein, der es sich erlauben durfte, über seinen Kopf hinweg derartige Entscheidungen zu treffen.

Sie hatte gut gewählt, Pizza mit Thunfisch. Jonathan aß seit langem wieder mit gierigem Appetit.

Das bemerkte anscheinend auch Lisa.

»Kocht deine Mutter nicht mehr für dich?«, fragte sie.

»Doch, doch«, sagte er schnell, »aber sie kommt nicht mehr so oft. Sie soll sich nicht mehr so viel Arbeit machen.«

»Kochst du dann selbst?«

»Abends brauch ich nichts Warmes. Und das bisschen, was ich esse, ist schnell gemacht. Außerdem ist das Angebot in der Mensa nicht übel. Die haben ein klasse Salatbuffet.«

Eigentlich wollte er seine Essgewohnheiten nicht zum Thema dieses Treffens machen.

»Also ich brauche jeden Mittag was Richtiges zwischen die Zähne, sonst bin ich zu nichts zu gebrauchen«, nuschelte Lisa und kaute.

Jonathan fühlte, wie es ihn zerriss. Das harmlose Geplänkel brachte ihm keine Befriedigung. Ihn sehnte es danach, detaillierte Neuigkeiten von ihr zu erfahren und ihr von seinen zu erzählen. Wie fing er nur an?

Lisa kam ihm zuvor. »Was macht deine zweite Diplomarbeit? Klappt alles? Oder hast du dir zu viel vorgenommen?«

»Im Winter ist es so weit. Ich bin gut in der Zeit.«

»Wow, dann hast du auch noch ein Diplom in Physik. Und dann?«

»Kommt drauf an, mal schauen. Hab mich bei mehreren Forschungseinrichtungen beworben, und ich arbeite an einer Dissertation.«

»Du bist ja wahnsinnig. Und ich kämpfe mich von Semester zu Semester und hab immer noch eines vor mir. Eine Diss gehe ich frühestens nächsten Sommer an. Die Betreuung hat mir mein Professor versprochen.«

»Das schaffst du schon, Frau Rechtsanwältin.«

Lisa lachte laut auf, und Jonathan freute sich über seine neckische Aufmunterung.

Dann endlich nutzte er die Gelegenheit.

»Du bist noch mit Natalie zusammen?«

»Ja, wir wohnen zusammen. Allein könnte ich mir die schicke Wohnung gar nicht leisten. Wir beide ergänzen uns echt super. Sie ist so ordentlich und absolut zuverlässig.«

Unbekümmert nahm Lisa die restliche Pizza zwischen die Finger und biss herzhaft hinein. Ein Paprikaschnipsel fiel in ihren Schoß. »Hoppla!« Sie fischte das Stückchen auf und steckte es in ihren Mund.

Sie war so natürlich, so ungezwungen, niemals kokett oder arrogant, aber auch in keiner Weise naiv oder schusselig.

Jonathans Augen folgten allem, was sie tat. Er konnte sich nicht sattsehen. Jede noch so kleinste ihrer anmutigen Bewegungen, jedes noch so geringe Mienenspiel ihres hübschen Gesichts und jedes Einzelne ihrer Worte sog er in sich auf. Er liebte sie aus tiefstem Herzen und gleich, mit wem sie ihr Leben teilte, er würde sie immer lieben, er würde ihr niemals böse sein.

»Also, ehrlich«, sagte er zaghaft, »ich kann mir Natalie überhaupt nicht als Ärztin vorstellen.«

»Nein?« Lisa wischte sich sorgsam die Finger an der Serviette ab.

Jonathan spürte aufdringliche Gefühle auflodern. An einem anderen Ort, zu einer anderen Zeit, unter anderen Umständen wäre er diesen Gefühlen erlegen, hätte er Lisa bewiesen, dass auch er durchaus in der Lage war, mehr als nur Worte mit ihr auszutauschen. Er sollte sie unbedingt zu sich einladen.

Sein Gesicht spiegelte sich in ihren Brillengläsern. Sie muss sich eine neue Brille zugelegt haben, irgendwie schicker, moderner, ging es ihm durch den Kopf, während er in ihre warmen Rehaugen schaute. Ja, sie hatte anmutig schöne, Geborgenheit ausstrahlende Augen. Ihm fiel Rombergs Schilderung über Lisas Besuch ein. Er hatte von blauen Augen gesprochen. Doch Lisa hatte braune, wunderbar braune Augen.

Er wollte sie auf ihren Überraschungsbesuch ansprechen, aber bevor er den Mund auftat, fuhr sie mit ihrem Bericht über Natalie fort.

»Sie wird sogar Kinderärztin. Sie kann gut mit Kindern umgehen. Wirklich!«, bekräftigte Lisa, als sie seinen skeptischen Blick richtig deutete.

»Kinderärztin?«, hakte er nach, doch dann schüttelte er den Kopf, er wollte dieses Thema nicht weiter vertiefen, sonst würde er noch ihre Freundin beleidigen. Diese Frau war ihm unsympathisch und es graute ihm bei der Vorstellung, wie sie mit ihren schwammigen Pranken ein Kind betatschte. Oder gar Lisa.

»Jonie, was ist?« Als ob sie plötzlich fühlte, dass er etwas loswerden wollte.

»Ich habe einen neuen Gärtner.« Endlich war es raus.

Lisa schaute auf, Verblüffung lag in ihren Augen. Vermutlich wegen des schlagartigen Themenwechsels.

»Ach so! Im Sommer hattest du ja erwähnt, dass Herr Klingenstein krank geworden war. Und? Bist du zufrieden mit dem Neuen?«

Allem Anschein nach hatte sie den Gärtner auf dem Grundstück nicht bemerkt oder wollte, aus welchen Gründen auch immer, nicht darauf eingehen. Als hätte eine fremde Stimme von ihm Besitz ergriffen, redete er drauflos und erzählte von dem freundlichen, zuvorkommenden und immer alles im Griff habenden Anton Romberg.

Er erzählte, wie der Mann aus dem Nichts vor der Tür gestanden hatte, ein vereinnahmendes Lächeln auf den Lippen. Wie er diesem rüstigen Fremden aus dem Bauch heraus die Pflege seines Parks anvertraut hatte und wie der Gärtner mit seiner beherzt vitalen Ausstrahlung ihn letztlich davon überzeugt hatte, sich im Freien körperlich zu betätigen, und ihm in nahezu väterlicher Manier zu einem erfrischend neuen Lebensgefühl verholfen hat.

Alles das sprudelte aus Jonathan heraus.

Lisa kam gar nicht mehr zu Wort.

Sie hatte ihre Ellbogen auf den Tisch gestützt, ihr Kinn auf die Rücken ihrer ineinander gefalteten Hände abgelegt und sah ihn an.

*

Sie war entsetzt, diese Worte aus dem Mund *ihres* Jonathans zu hören. Seit wann schwärmte er für einen Mann? Noch dazu einen älteren Mann? Brach aus ihm plötzlich ein lang versteckter Vaterkomplex hervor, oder verbargen sich ganz andere Gefühle dahinter? War das die Erklärung für seine Schüchternheit? Die Erklärung, warum er ihr niemals nahegekommen war, es niemals auch nur im geringsten Ansatz probiert hatte, obwohl sie die Lust in seinen Augen schon oftmals zu erkennen glaubte?

Lisa wusste nicht, ob sie nun enttäuscht, verärgert oder traurig sein sollte. Offenbar war es einem Fremden gelungen, einen Stellenwert noch über dem von Jonathans Adoptivvater zu vereinnahmen. Dabei liebte Jonathan den Mann, der ihn mit viel Hingabe großgezogen hatte, über alles. Und nun tauchte ein fremder Mann auf und der menschenscheue Jonie fuhr auf sein Getue ab.

Falls sich da wirklich versteckte Gefühle auftaten, wäre das eine Katastrophe. Lisa war in dieser Hinsicht zwar tolerant, sofern es sich um Fremde handelte, aber nicht, wenn sich jemand an ihren Jonie heranmachte. Was wollte dieser Mann, wer war er?

»Lisa, was ist?« Jonathan suchte den Kontakt zu ihren Augen.

Sie blinzelte einmal kräftig und verscheuchte den Schleier vor ihrem Blick. »Was soll sein? Ich habe nur zugehört. Neue Besen kehren gut! Der Mann muss ja ein toller Hecht sein!« Ihre Worte klangen ungewollt zynisch.

»Ja«, bestätigte Jonathan unsicher. »Vielleicht.«

»Was sagen deine Eltern zu ihm, Jonie?«

»Sie haben ihn noch nicht kennengelernt.«

»Wie denn das? Deine Mutter ist doch regelmäßig bei dir.« Lisa grapschte nach ihrer Handtasche.

»Er ist gerne allein und arbeitet nur, wenn sich kein anderer auf dem Anwesen aufhält.«

»Hat er etwa Angst, beobachtet zu werden, wenn er zu viel von den Sträuchern wegschnipselt oder ein paar Blumenknollen falsch herum einpflanzt?« Sie lachte höhnisch.

»Lisa, was soll das?« Jonathan schaute sie bestürzt an.

»Ich finde es seltsam«, fuhr sie ihn an und kramte gleichzeitig ihren Geldbeutel aus der Tasche, »wenn sich ein Angestellter so versteckt.«

Sie wollte ernst bleiben, was ihr nicht gelang.

»Meinst du nicht?«, fügte sie leise hinzu und zeigte ein versöhnliches Lächeln.

***

Seine Hände zitterten. Kalter Schweiß bildete glänzende Perlen auf seiner Stirn, ein dünnes Rinnsal sonderte sich oberhalb seines linken Auges ab, lief langsam über Schläfe und Wangenknochen hinab und verfing sich in den Stoppeln seines unrasierten Kinns.

Dr. Melcher hatte bereits ein paar Tage nichts Alkoholisches getrunken und konnte nicht begreifen, warum er, als Arzt, nicht in der Lage war, sich davon zu befreien. Eine offizielle Rehabilitation lehnte er ab. Es war ein Ding der Unmöglichkeit, sich in solch einer delikaten Angelegenheit von Kollegen behandeln zu lassen. Also versprach er seinem Chef, selbst alles Menschenmögliche zu tun, um trocken zu werden.

Er hatte lange gebraucht, um gänzlich zu begreifen, dass sein tägliches Quantum Wein sich systematisch steigerte, es irgendwann nicht mehr ausreichte, er immer öfter einen Obstler nachgoss. Er hatte sich heftig dagegen gesträubt, sich als Alkoholiker zu verstehen, bis er schließlich vor einer Operation von einem jungen Kollegen überrascht worden war, als er einen Stärkungsschluck zu sich nahm. Er war sich dabei nicht einmal richtig bewusst gewesen, was er eigentlich tat, bis der neue Chefarzt ihn unverzüglich in Urlaub schickte und anschließend ins Labor versetzte.

Nun untersuchte Dr. Melcher, meist unter Aufsicht jüngerer Laboranten, Blut- und Urinproben. Wie deprimierend. Wie erniedrigend. Er war gerne Arzt. Es war seine Berufung. Anderen zu helfen, hatte ihn erfüllt, und nun bildeten sich andere ein, ihm helfen zu müssen.

Seine zitternde Rechte – oh, wie er sie verfluchte, am liebsten hätte er sie abgehackt – versuchte, den Objektträger unter das Mikroskop zu schieben. Es dauerte eine Ewigkeit, bis er ihn endlich in die richtige Position gerückt hatte.

Dann stierte er durch das Okular und begriff viel zu langsam, die richtige Entfernung einstellen zu müssen, um etwas erkennen zu können. Ein plötzlicher Hustenreiz ließ seine linke Hand zum Mund hochfahren, dabei zuckte die rechte unkontrolliert.

Es klirrte, und noch bevor er über sein Missgeschick fluchen konnte, fuhr schon die junge Kollegin herum.

»Passen Sie doch auf. Jetzt haben Sie wieder eine Probe zerstört!«

Musste er sich das gefallen lassen? Das konnte doch jedem passieren.

Jahrelang hatten sie ihn in diesem ohnehin miesen Krankenhaus respektiert, er war kurz davor gewesen, einen leitenden Posten zu übernehmen, aber dann war das mit seinem Sohn passiert.

***

Ein befremdliches Schweigen begleitete sie auf dem Weg hinüber zur Tiefgarage. Jonathan hatte es sich nicht ausreden lassen, Lisa zu ihrem Auto zu bringen, nachdem sie sich schon geweigert hatte, ihn für sie mitbezahlen zu lassen. Er zahlte gerne für sie, zumal er wusste, wie sie um jeden Cent kämpfte. Ihre Eltern waren nicht gerade üppig mit Geld ausgestattet, weshalb Lisa ihr Studium mitfinanzieren musste.

Bevor sie sich in ihren kirschroten Polo fallen ließ, hauchte sie ihm schnell noch einen Abschiedskuss auf beide Wangen. Sollte er Versöhnung signalisieren?

»Ciao, mach's gut!«, rief sie, zog die Tür ins Schloss und winkte kurz aus dem geschlossenen Fenster, ihre Lippen formten ein »bis bald«.

Jonathan erwiderte den Gruß zögerlich nickend und sah dem Polo nach, bis er mit einem gewaltigen Dröhnen in der Ausfahrt verschwand. Ja, ein Auspuff war wirklich dringend notwendig, er würde sie nächstes Mal darauf ansprechen. Vielleicht durfte er ihr die Werkstattkosten zahlen.

Während er das Parkhaus verließ und sich auf den Weg zurück zur Uni machte, versuchte er fieberhaft, das außer Kontrolle geratene Gespräch zu verarbeiten. Was hatte er Falsches gesagt? Er hatte Lisa etwas von seinem guten Gefühl abgeben wollen, stattdessen wirkte sie irgendwie verletzt.

Offenbar besaß er momentan ein ganz besonderes Talent dafür, Menschen zu verletzen, die ihm nahestanden. Auch seine Mutter hatte sich beim letzten Telefonat nicht sehr erfreut über seinen Ton gezeigt.

Kurzerhand beschloss er, sie aufzusuchen. Ihr *Nähstüble*, das sich in der Hebelstraße befand, dürfte er in fünf Minuten erreicht haben.

Ein Blick auf seine Armbanduhr – eine edle Bulgari, die er sich vor ein paar Monaten selbst geschenkt hatte – sagte ihm, dass sie nur noch etwa eine Stunde geöffnet haben würde. Freitags schloss sie offiziell bereits gegen sechzehn Uhr, um sich den späten Nachmittag für besondere Termine freizuhalten. Vielleicht würde er ihr ein bisschen unter die Arme greifen und sie dann nach Hause bringen. Es gab zwar eine ideale Straßenbahnverbindung vom Marktplatz aus, dennoch freute sie sich stets, wenn Vater oder er unverhofft auftauchten, um sie abzuholen.

»Jonathan! Was für eine Überraschung!«, rief seine Mutter, als sie ihn erblickte, sprang von ihrem Hocker auf und eilte ihm entgegen, die Arme weit ausgebreitet. Sie schmiss sich an ihn und presste ihn an sich, als hätte sie ihn schon eine Ewigkeit nicht mehr gesehen.

»Hey, Mama, was ist los? Ich hoffe, du hast nicht vergessen, deine Nadeln aus der Hand zu legen.« Behutsam schob er sie von sich. Es wäre ihm peinlich gewesen, wenn gerade in diesem Moment eine Kundin in den Laden gekommen wäre.

»Ach, du Scherzkeks. Ich trage doch nicht ständig Nadeln spazieren«, lachte sie auf. »Was treibt dich hierher? Kommst du direkt von der Uni?«

»Ich war mit Lisa verabredet.«

»Mit Lisa? Toll! Und die Verabredung ist schon zu Ende?«

Irrte er sich oder hörte er eine leichte Enttäuschung ihren freudigen Tonfall ausbremsen?

»Wir haben Pizza gegessen. Am Schlossplatz. Und uns ein bisschen unterhalten.«

»So. Nur ein bisschen unterhalten.«

Die Stimme seiner Mutter klang tatsächlich unzufrieden. Aber sogleich packte sie ihn am Ärmel, zerrte ihn nach hinten in ihr Nähzimmer und deutete auf den Besucherstuhl.

»Komm, setz dich. Jedes Mal, wenn du vor mir stehst, denke ich, du seist wieder ein Stückchen gewachsen.«

»Jetzt übertreibst du aber.«

»Vielleicht beginne ich ja auch zu schrumpfen. Immerhin steuere ich auf die Siebzig zu.« Ihre Mundwinkel zuckten dabei in ihrer gewohnt schelmischen Art.

Jonathan atmete erleichtert auf.

»Hey, mach bitte 'nen Punkt, du bist noch nicht mal einundsechzig! Kann ich dir helfen?«

Es überkam ihn regelmäßig ein schlechtes Gewissen, wenn er die schmächtige Frau zwischen den wuchtigen, prall gefüllten Regalen sitzen und sich mit den unhandlichen, schweren Stoffballen und den beiden Hightech-Nähmaschinen abmühen sah.

»Ach was, natürlich nicht! Was würdest du denn machen wollen? Vielleicht Modell stehen für eine Anprobe?« Sie lachte. Herzlich, warm und innig.

So, wie Jonathan sie liebte. Um nichts auf der Welt würde er sie gegen eine andere Mutter eingetauscht haben wollen.

»Über was habt ihr euch unterhalten?«

Seine Mutter hatte es sich hinter einer ihrer Maschinen bequem gemacht, schob geschickt das grelle türkisfarbene Stoffbündel unter das Füßchen und klemmte es auf der Lauffläche fest.

Er wunderte sich ständig, wie geschickt diese technisch überhaupt nicht versierte Frau mit ihren komplizierten Maschinen umging. Aber Nähmaschinen waren schon seit jeher ihr Steckenpferd gewesen, so fiel es ihr wohl nicht schwer, sich auch mit den neuesten Modellen anzufreunden.

»Alles Mögliche«, sagte Jonathan. »Zum Beispiel habe ich ihr von meinem neuen Gärtner erzählt.«

Während er sprach, ließ er ihre Finger nicht aus den Augen. Ihre Fertigkeit überraschte ihn stets aufs Neue.

»Was würdest du denn über deinen neuen Gärtner zu erzählen haben, was eine junge Frau interessieren könnte?«

Seine Mutter sah auf, ihr stechender Blick irritierte ihn.

Aber er ließ sich nichts anmerken und legte sein Augenmerk wieder auf ihre Hände. Er wusste, er würde seiner Mutter auf diese Frage nichts entgegnen können, was sie zufriedengestellt hätte.

Ihr eindringlicher Blick ließ nicht locker, bis er endlich antwortete. »Eigentlich habe ich ihr nur erzählt, dass ich froh bin, ihn zu haben.«

Sie wandte sich wieder dem leuchtenden Türkis zu.

»Was wird das?« Jonathan versuchte schnell, das Gespräch in neue Bahnen zu lenken.

»Interessiert dich das wirklich? Es wird ein Cocktailkleid für eine junge Dame.«

»In solch einer Farbe?«

»Vermutlich will die junge Dame auffallen. Und das wird sie.« Ein kurzes Zucken ihrer Mundwinkel deutete ein Schmunzeln an.

»Das glaub ich dir aufs Wort. Vielleicht macht sie deine Kollektion damit berühmt.«

Jonathan würde es seiner Mutter gönnen.

Sie lachte auf. »Berühmt!« Es klang ein wenig bitter. »Wenn nur das Umfeld der Dame stimmen würde.«

Er ließ sich von seiner Mutter überreden, zum Abendessen zu bleiben. Eigentlich wollte er sie nur kurz vor der Haustür in der Waldstadt abladen, aber gegen ihren bettelnden Blick blieb er machtlos.

Er war schon einige Wochen nicht mehr bei seinen Eltern gewesen und verspürte nun mit einem Mal Lust, bei ihnen am Tisch zu sitzen, zu plaudern und ihre Gegenwart zu genießen. In ihrer großen und modernen Eigentumswohnung, die sie sich nach seinem Gewinn leisten konnten, hatte er das Zusammensein mit seinen Eltern sehr genossen. Wobei er dort nur ein knappes halbes Jahr gewohnt hatte, um den Zeitraum zu überbrücken, bis seine Villa zum Einzug bereit war.

»Markus, schau mal, wen ich zum Abendessen mitgebracht habe!«, rief seine Mutter unnötig laut, nachdem sie die Wohnungstür aufgerissen hatte.

Augenblicklich steckte sein Vater den Kopf aus der Küche.

»Prima! Ich lege gleich noch ein Gedeck auf. Hab uns einen herzhaften Wurstsalat gemacht und frische Brötchen geholt. Das passt perfekt.«

Jonathan genoss die Nähe der beiden Menschen, die ihn großgezogen hatten und ihn nicht nur einfach an ihrem Abendessen teilhaben ließen, sondern ihm auch jene vertraute Geborgenheit schenkten, die er von Zeit zu Zeit doch sehr vermisste. Andererseits hatte er sich seine Einsamkeit selbst gewählt, hatte bewusst den Abstand zu seinen Eltern herbeigeführt.

»So, Junge, nun lang kräftig zu. Siehst ja richtig abgemagert aus«, stellte sein Vater vorwurfsvoll fest und wartete nicht ab, bis

Jonathan reagierte, sondern schaufelte ihm eine Riesenportion auf den Teller. Seine protestierende Gestik überging er. Stattdessen setzte er hinzu: »Mutter sollte wieder öfters zu dir kommen und etwas kochen.«

»Nein, auf keinen Fall, Papa! Ich esse wirklich genug.«

Um seinen Vater nicht zu enttäuschen, fing er wacker an, sich mit dem Wurstberg auseinanderzusetzen, und das nur knapp zwei Stunden nachdem er sich den Bauch mit Pizza vollgeschlagen hatte.

Die folgenden Minuten verliefen weitestgehend schweigend. Seine Eltern hatten es sich zur Pflicht gemacht, während des Essens nur das Nötigste zu sprechen. Aber danach blieben sie meist beisammen sitzen und redeten über das Tagesgeschehen oder über allgemeine Dinge. Das hatte sich bis heute nicht geändert.

»Na, Jonathan«, begann sein Vater schließlich, tupfte sich mit der Serviette über die Lippen, trank genüsslich einen nicht enden wollenden Schluck kühlen Biers, setzte mit einem befriedigten »Aaah« das Glas ab und fuhr fort: »Dein Gärtner arbeitet ja nun schon einige Zeit bei dir. Bist du zufrieden mit ihm?«

»Ja, klar.«

Jonathan kratzte mit Überwindung die restlichen Wurst-, Käse- und Zwiebelstückchen zusammen und hinterließ einen leergeputzten Teller.

Sein Vater drängte weiter. »Erzähl mir etwas über ihn. Kann er Albert überhaupt das Wasser reichen?«

»Er hat den ganzen Park im Griff. Sogar besser –« Jonathan stockte. Er wollte über den erkrankten Freund seines Vaters nichts Negatives sagen.

»Besser als der alte Klingenstein? Das ist doch bestimmt keine Kunst!«, prustete sein Vater erstaunlich belustigt heraus. »Ich wollte damals nur, dass Albert nach dem überraschenden Tod seiner Frau etwas Beschäftigung hat und dass du einen zuverlässigen Helfer bekommst. Nun schau nicht so betreten! Erzähl von dem Neuen. Wie alt ist er? Woher kommt er? Wie heißt er? Ist er ein richtiger Profi? Weißt du, deine Mutter sieht schon Gespenster und glaubt, ein Ganove will sich bei dir einschleichen.«

Jonathan schüttelte den Kopf. »Sie soll nicht so viele Krimis schauen. – Er ist etwas jünger als du und hat lange im Ausland gelebt. Den Zeugnissen nach hat er schon viele Gärten und Parks in Schuss gebracht. Er ist wirklich ein interessanter Mann und treibt anscheinend regelmäßig Kraftsport.«

»Im Gegensatz zu mir, he?« Sein Vater klopfte sich lachend auf den Bauch. »Mit harter Konkurrenz hatte ich schon früher zu kämpfen. Nicht wahr, Schatz?«

Er legte den Arm um die Schulter seiner Frau und drückte ihr einen lauten Schmatzer auf die Wange.

Jonathan war unangenehm berührt. Aber so war sein Vater eben. Er zeigte gerne ohne Scham seine Gefühle.

Seine Mutter kicherte wie ein kleines Schulmädchen, stand auf, stellte die Teller zusammen und schwebte in die Küche.

»Also, Sohnemann, kann ich den tollen Typen mal kennenlernen? Um deine Mutter zu beruhigen.«

»Na ja, weißt du, er will zu niemandem Kontakt, außer zu mir.«

»Also hat er doch 'ne Macke.«

»Er ist ein Eigenbrötler und arbeitet gern allein.«

»Da kenn ich doch glatt noch jemanden mit solch einem Spleen!« Sein Vater legte den Kopf schief und runzelte die Stirn.

»Er bleibt eben gern auf Distanz zur Familie seines jeweiligen Arbeitgebers«, versuchte Jonathan das Gesagte zu entschärfen.

»Ich will ihn doch nicht heiraten!« Markus lachte und schüttelte den Kopf. »Ich will nur wissen, wer im Garten meines Sohnes herumwirtschaftet.«

»Du brauchst dir keine Gedanken zu machen. Irgendwann wirst du ihn schon kennenlernen. Aber im Moment eben noch nicht.«

Sein Vater setzte eine ernste Miene auf und kniff seine Augenbrauen zusammen. »Junge, wie redest du?«

Seine Mutter betrat das Esszimmer und begann, die Tischdecke abzuwischen. »Du schwärmst schon ein wenig übertrieben von diesem Mann, Jonie. Merkst du das eigentlich nicht?«

»Mama, ich lobe nur meinen Gärtner. Jetzt macht beide aber mal einen Punkt und fangt nicht auch noch an wie Lisa!«

»Wie Lisa?«, stieß seine Mutter aus.

Erregt fuhr sein Vater dazwischen: »Nächste Woche werde ich den Herrn einmal begutachten.«

Jonathan wurde ärgerlich. »Das wirst du nicht tun!«

Sein Vater warf seiner Frau einen verstörten Blick zu. »Das hört sich an, als –«

»Als was?«, schrie Jonathan heftiger als gewollt zurück. »Wie hört sich das denn eurer Meinung nach an?«

»Als ob … Ich weiß nicht so recht. Ich bitte dich, Junge, verrenn dich nur nicht in irgendetwas. Wenn du ein Problem hast, sprich mit uns. Bitte!«

»Tschüss!«, rief Jonathan beleidigt, sprang auf und flüchtete geradezu aus der Wohnung.

Auf der Heimfahrt traktierte er den Jeep unnötig hart, aber das willige Fahrzeug verzieh ihm jegliche Grobheiten. Er hieb zornig auf das Lenkrad, merkte kaum, wie er bei Rot über eine Kreuzung fuhr. Gefährdet hatte er zum Glück niemanden. Er atmete ein paarmal durch, wurde allmählich ruhiger.

Was war nur in seine Eltern gefahren?

*

Verdutzt warf Markus seiner Frau einen hilflosen Blick zu.

»Ich weiß nicht, welch ein Teufel den Jungen reitet!«, schimpfte er. »Er kann doch nicht einerseits in diese liebreizende Lisa verknallt sein und andererseits Gefühle für einen gestandenen, noch dazu fremden Mann entwickeln. Oder wie soll ich sonst sein Gerede interpretieren?«

»Adoptierte Menschen sind immer auf der Suche nach einer Identität. Hat mir eine Beraterin von diesem Bundesverband für Adoptivfamilien einmal gesagt.«

Markus überlegte. »Vielleicht sucht er tatsächlich seinen leiblichen Vater und überträgt seine Sehnsüchte auf diesen Gärtner. Du weißt, er hat vor geraumer Zeit davon gesprochen, vielleicht sogar ein Detektivbüro zu beauftragen.«

Nun brauste Emma auf. »Wenn Jonie jemanden mit der Suche beauftragt hätte, würde er es uns gesagt haben. So gut müsstest du deinen, unseren, Sohn kennen.«

»Ich weiß nicht, ob ich ihn noch kenne.«

Montag, 28. Oktober

»Dr. Melcher, bitte zur Pforte! Dr. Melcher, bitte zur Pforte!«

Die Worte drängten aus dem Lautsprecher, strömten durch die Kantine des Klinikums.

Dr. Melcher duckte sich, als ob ihm die unsichtbaren Schwingungen einen elektrisierenden Schlag versetzt hätten. Es war ihm unangenehm, seinen Namen öffentlich ausgerufen zu hören. Das letzte Mal, als die Lautsprecher nach ihm verlangten, wurde er von Polizisten empfangen. Zwei Uniformierte mit einer schlechten Nachricht. Die schlechteste überhaupt, die einem Vater überbracht werden konnte.

Verärgert verschlang er den letzten Bissen und stellte das Tablett aufs Förderband.

Er ließ sich Zeit, glaubte an ein Versehen, eine Verwechslung. Denn kaum wer wollte noch etwas von ihm wissen, seit bekannt geworden war, dass er seine spezielle Medizin brauchte.

Er sah einen attraktiven Fremden am Infostand neben der Anmeldung stehen und in einer Zeitschrift blättern. Er schätzte ihn um die sechzig und war erstaunt, wie gut man in dem Alter noch aussehen konnte.

Dr. Melcher streckte seinen Rücken, hob das Kinn und hoffte so, der Seriosität des wartenden Mannes gerecht zu werden. Er sah ihn zum ersten Mal und hatte keine Vorstellung, was er von ihm wollen könnte.

Seine restlich verbliebene Autorität nach außen gekehrt, streckte er dem Fremden die Hand entgegen, sie zitterte ausnahmsweise nicht, und er sagte mit fester Stimme: »Guten Tag, ich bin Dr. Melcher. Sie haben nach mir verlangt?«

Der Fremde schlug die Zeitschrift zu und legte sie beiseite, zögerte kurz, nahm dann die Begrüßung an und schüttelte seine Hand mit kräftigem Händedruck.

»Anton Romberg ist mein Name. Ich hoffe, Sie haben ein paar Minuten Zeit für mich.«

Früher verfügte Dr. Melcher über ein eigenes Büro, hell und modern, mit Schreibtisch, PC, Ultraschallgerät und Untersuchungsliege. Jetzt war er gezwungen, auf einen Wartebereich auszuweichen.

»Bitte setzen Sie sich«, forderte er den Fremden auf. »Wie kann ich Ihnen helfen?«

Der Mann hüstelte, als suche er nach einem Ansatzpunkt für sein Anliegen, dann sagte er: »Ich glaube, wir sollten uns verbünden.«

*

Romberg genoss in vollen Zügen, wie dem Arzt die Farbe aus dem Gesicht fiel, wie das Grau seines Hauptes auch seinen Teint eroberte.

Gerade noch stolzer Gott im weißen Kittel und im nächsten Augenblick ein Wrack. Mit zitternder Hand fuhr er sich durchs schüttere Stoppelhaar, die Augen flackerten und seine Stimme bebte, als er endlich fragte: »Wie meinen Sie das?«

»Jonathan Falkner. Sagt Ihnen der Name etwas?«

Der Name sagte ihm etwas.

Der Weißkittel sackte in sich zusammen wie ein Kartenhaus, dem ein stabilisierendes Teil geraubt worden war.

»Ja«, kam die flüsternde Antwort. »Jonathan Falkner hat meinen Sohn getötet.«

Genau das hatte Romberg hören wollen. Diese Worte würden den Arzt zu seinem Kompagnon werden lassen, einem innigen, treuen Verbündeten. Melcher war ein wichtiges Glied in seinem Plan. Deshalb würde Romberg Einfühlungsvermögen an den Tag legen müssen, ein Talent, das ihn bisher niemals im Stich gelassen hatte.

»Herr Dr. Melcher«, begann er und legte dem Arzt seine Rechte auf die Schulter, »ich möchte Ihnen helfen.«

Der Arzt schaute auf. »Warum?«

Verflixt, schon wieder ein Klugscheißer, den Romberg nicht unterschätzen durfte. Auf diese blöde Frage war er wirklich nicht gefasst gewesen, er hatte mit einem »wie« gerechnet, aber was hieß hier »warum«?

»Vielleicht, weil auch ich mit Falkner ein Hühnchen zu rupfen habe?«, kam es dennoch spontan aus ihm heraus und mehr wollte er auch nicht preisgeben. Genügte es?

Ja, das tat es.

Der Arzt wandte sich ab, schaute verbittert zum Fenster hinaus.

Draußen drohten schwarzgraue Wolken mit schwerem Regen. Düsternis machte sich im Raum breit.

Romberg stand auf, suchte den Lichtschalter und betätigte ihn.

Die unvermittelte Helligkeit ließ Melcher aus seiner Erstarrung erwachen. Er drehte sich um und meinte: »Haben Sie schon einen Plan?«

*

Es war Dr. Melcher gleichgültig, was der Fremde ihm erzählte, Hauptsache, er bekäme endlich seine Rache. Er würde alles, wirklich alles tun, um dem arroganten Schnösel endlich in den Karren zu fahren.

Er erinnerte sich an den Tag – es war fast ein Jahr nach Roberts Beerdigung – als Falkner plötzlich vor seiner Tür stand. Mit einem Karton in der Hand. Einem weißen Schuhkarton. Er fragte den Burschen, was er wolle, was ihn dazu trieb, einfach seinen Grund und Boden zu betreten, und der Bengel maßte sich doch tatsächlich an, ihm den Karton zu überreichen, und Dr. Melcher riss ihn auf, hektisch. Heraus fielen Geldbündel, lauter Fünfhunderter, noch mit den Papierbändern der Bank herum. Was bildete sich dieser Lackaffe ein? Ihm Almosen zu geben? Nein, sagte der freche Kerl, es seien keine Almosen, es sei eine Anzahlung auf die 3,7 Millionen, auf den Anteil, den Robert einzuklagen versucht hatte. Das Geld solle ihm, Dr. Melcher, helfen, wieder Fuß zu fassen. Siebenhunderttausend Euro sollten es sein! Und die trug der Verbrecher mit sich herum, einfach so. Das schlechte Gewissen wird es ihm eingetrieben haben. Hoffentlich würde er bis an sein Lebensende nicht mehr ruhig schlafen können.

Dr. Melcher hatte seinen Stolz behalten, und dieser ließ ihn die Geldbündel vor die Füße des Mörders schmeißen, voller Verachtung, voller Hass.

»Nein«, hatte er gesagt, »auf dein Geld verzichte ich!«, und ihm die Tür vor der Nase zugeknallt.

Und nun stand dieser Fremde vor ihm, war vielleicht auch von diesem Verbrecher gelinkt worden, und er kam wie gerufen, um ihm zu helfen, endlich die wohlverdiente Rache ausleben zu dürfen.

Dr. Melcher hatte ihm gar nicht richtig zugehört, sein Körper begann erneut zu zittern, er brauchte einen Schluck. Das Einzige, was er sich hatte merken können, war, dass der Fremde eine DNA-Analyse von ihm erstellt bekommen haben wollte und dass diese Analyse nicht offiziell gemacht werden durfte, jedoch den Charakter einer offiziellen Prüfung aufweisen musste.

Wenn das alles war, was dieser Romberg brauchte, um Falkner zu schaden, gab es kein Problem.

Dienstag, 29. Oktober

Aufreizend schüttelt sie ihre dichte Lockenmähne. Wölbt ihren Hals nach vorne, reckt ihr Kinn in die Höhe. Lacht. Ihre Stimme untypisch, tief, eine raue Raucherstimme. Dass sie den Glimmstängeln weit über die Maßen zugeneigt ist, erkennt jeder, auch wenn sie gerade keinen zwischen den Lippen stecken hat. Hinter der Bar raucht sie nicht, das hat ihr Boss verboten. Schon damals. Wegen der Getränke, die sie mixt und wegen des frischen Obstes, das sie dafür schnippeln muss.

Zwischendurch kommt sie hinter dem Tresen vor. Gesellt sich zu ihm und sicherlich auch zu anderen, wenn er nicht da ist. Er sieht sie gerne rauchen. Sie bringt ihn jedes Mal dazu, beinahe auszuflippen, wenn sie ihre langen, schlanken Light-Zigaretten zwischen ihren blutroten Lippen knetet, wenn sie den nebligen Dunst durch das geöffnete O ihres sinnlichen Munds aushaucht. Und dann ihre Augen. Ein Blau, so erfrischend wie der Swimmingpool einer Hollywood-Villa voll glasklaren Wassers. Sie reizt ihn bis aufs Messer. Und es scheint ihr zu gefallen.

Leider ist sein Kollege meist dabei. Einmal in der Woche genehmigen sie sich einen Männerabend in der Bar.

Manchmal, ja manchmal hat es den Anschein, dass sie sich wohlfühlt, wenn sie mit seinem verheirateten Kumpel spricht. Ihr Gesichtsausdruck mildert sich, sie raucht anders, sie ist nicht die männerfressende Verführerin, sondern einfach nur eine Frau. Dann muss er zugeben, dass sie ihm in dieser Rolle auch gut gefällt, und er muss sich Mühe geben, um nicht den eifersüchtigen Gockel raushängen zu lassen.

Diesen Abend taucht er außer der Reihe in der Bar auf.

Ohne seinen Kumpel. Ohne Auto.

Er will sich mal so richtig was gönnen.

Sie soll ihm ihre Lieblingsdrinks mixen und sie macht es gut. Viele Obststücke, reichlich Alkohol.

Die Promille sind gut getarnt und so merkt er erst, als er gehen will, dass er sich zu viel zugemutet hat. Ihm wird übel und er bringt kaum noch ein Wort hervor.

Sie fragt ihn, ob sie ein Taxi rufen soll, er lallt nur dummes Zeug. Da fährt sie ihn nach Hause, sie hat so einen kleinen rostroten Käfer. Beinahe kotzt er ihr ins Auto. Aber sie hält und reißt rechtzeitig die Tür auf. Danach begleitet sie ihn Arm in Arm in seine Wohnung.

Er verflucht den Alkohol und die klebrigsüßen Drinks, die ihm die Chance auf eine heiße Nacht mit ihr nehmen. Andererseits sind gerade sie der Grund, dass sie bei ihm ist.

So dicht, so nah, vielleicht ist er ja doch nicht zu besoffen.

Er spürt ihre tastenden Finger, die in seiner Hosentasche nach dem Schlüssel suchen, er gibt ihr einen Schmatz auf die Wange. Sie lacht.

Sie setzt ihn auf die Couch und bringt ein Glas Wasser. Sie will gehen, doch er bittet sie, zu bleiben.

Sie setzt sich neben ihn, er verflucht diese vertrackte, peinliche Situation.

Aber eine Situation ist immer nur so gut oder schlecht, wie das, was man aus ihr macht.

»Babsi, ich liebe dich!«, sagt er geradeheraus.

»Glaub ich nicht, du kennst mich ja nicht.«

»Ich kenn dich gut, besser als du denkst, und ich will dich haben. Jetzt!«

»Du bist betrunken, das ist nicht gut. Ich gehe jetzt. Wir können das nächste Mal, wenn's dir besser geht, etwas ausmachen.«

»Mir geht es gut! Mir ging's noch nie besser!«, grölt er und wirft sich auf sie.

Vielleicht ist es seine unkontrollierbare Kraft, vielleicht der bloße

Schreck oder auch die nackte Angst, dass sich Babsi kaum wehrt, kaum rührt. Nur nasse Augen, Tränen und Wimmern und Flehen.

»Bitte hör auf, lass es sein. Bitte. Bitte nicht mit Gewalt, bitte, bitte … nicht …«

Leise, eindringlich, ein Leierkasten mit Schalldämpfern.

Bis er fertig ist.

Zufrieden.

Eingeschlafen.

Romberg schreckte auf. Schon lange hatte er nicht mehr von ihr geträumt. Jetzt herrschte dieser Traum bedrohlich ihn seinem Kopf.

Er lag wach, bis der Wecker schrillte.

Das schwere Tor öffnete sich langsam. Wie gewohnt, glitten die bronzebeschichteten Stahlsegmente leise in ihren Schienen senkrecht nach oben und verschwanden unterhalb der Garagendecke.

Wieder einmal belächelte Romberg die Geschmacksverirrung des Jungen. Wie konnte es ein Architekt billigen, dieses kubische Monstergebäude derart verschandeln zu lassen. Fenster und Haustür in einem Rot, das viel zu billig wirkte, und dazu dieses pompöse, ornamentverzierte Garagentor, so unbeholfen protzig.

Rombergs Häme wandelte sich unvermittelt in grenzenlose Gier, als die blitzenden Karossen sein Augenmerk beschlagnahmten.

Jonathan trat vor den Sportwagen, den Blick auf die Motorhaube gerichtet, den Schlüssel in der Hand, und sagte, als rede er mit dem Auto und nicht zu einem anwesenden Menschen:

»Heute ist Kundendienst, ich habe einen Termin vereinbart.«

Na toll, dachte Romberg, und ich muss mich mal wieder mit dem lärmenden und stinkenden Minitraktor begnügen.

Und überhaupt, warum sollte er heute schon wieder den Rasen mähen? Der war wirklich kurz genug, wachsen tat er ohnehin kaum noch. Solch hirnrissige Anordnungen waren leider die Folge, wenn der Hausherr keine Ahnung von Gartenpflege hatte. Aber wer reich war, brauchte von solchen Dingen keine Ahnung zu haben. Diese Leute besaßen ja ihre Lakaien dafür. Wieder fühlte er Neid aufflammen, seinen Brustkorb umklammern.

»Welchen ziehen Sie vor, Toni?«, fragte Jonathan und unterbrach Rombergs Gedankengang.

»Ähm, bitte?«

»Welchen Wagen möchten Sie gerne fahren? Ich weiß doch, Sie als Autonarr können es kaum erwarten.«

Der Junge stand zwischen den Hunderten von Pferdestärken, wirkte zugegebener Weise smart, jedoch bescheiden, fast schon zu bescheiden, sein Gesicht aufgehellt und heiter durchleuchtet, als wäre er das Christkind und Romberg das zu beschenkende Kind.

»Ich verstehe nicht«, sagte Romberg vorsichtig und war vermutlich zum ersten Mal sprachlos.

Wollte ihm der Junge tatsächlich eines seiner Autos geben?

Jonathan regte sich nicht, sagte nichts, betrachtete die funkelnde Motorhaube, wartete.

»Den Porsche?«, presste Romberg heraus.

»Okay, das passt. Dann fahren Sie ihn heute in die Werkstatt. Dort kriegen Sie einen Leihwagen, den können Sie behalten, bis Sie am Abend den Porsche wieder holen.«

Romberg reagierte gerade noch rechtzeitig, als der Schlüssel auf ihn zugeflogen kam. Das Knäbelchen machte meist kurzen Prozess und fackelte nicht lange herum, wenn es sich etwas in den Kopf gesetzt hatte, so wie eben auch jetzt.

»Und der Rasen?«, fiel es Romberg ein. Denn etwas musste er doch sagen.

»Der hat's eh noch nicht nötig und sonst ist ja auch alles in Ordnung. Ich gebe Ihnen heute frei. Aber morgen müssen Sie den Porsche wieder zurück in die Garage stellen. Den Schlüssel hängen Sie bitte ans Brett zu den anderen Schlüsseln.«

Es kam nicht oft vor, dass jemand es fertigbrachte, Romberg zu überrumpeln, dieser Junge hingegen hatte es soeben bewerkstelligt.

Rombergs tiefgründiger Hass lichtete sich, ließ einen Hauch Bewunderung zu. Vielleicht sollte er seiner Verachtung keinen allzu hohen Stellenwert zugestehen, vielleicht sollte er in dem Jungen auch nach dem Funken suchen, für den er verantwortlich war.

»Ist das okay für Sie?«, hakte Jonathan nach, und seine Augen verrieten schon wieder eine leichte Unsicherheit.

Nicht, dass er es sich anders überlegte, weil er seine Sprachlosigkeit falsch deutete, und das Angebot zurückzog.

»Ob das …? Ja, natürlich. Mach ich doch gern für dich, Junge!«, sagte Romberg schnell. Er konnte kaum glauben, dass der Bursche ihm tatsächlich eines seiner Heiligtümer überließ.

Jonathan stieg in den Jeep, startete. Ein höllisch provozierendes Röhren, während er ins Freie rollte. Er ließ das Seitenfenster herunter und schaute Romberg fragend an.

»Auf was warten Sie? Sie können gleich losfahren. Ich verschließe das Anwesen, denn ich komme erst am späten Abend wieder. Überhaupt, die nächsten zwei Wochen werden hart. Da komme ich vermutlich nie vor dem Abend nach Hause.«

Ja, ja, schaff du nur schön fleißig, höhnte Romberg innerlich.

»Wünsche viel Spaß! – Und danke!«, rief er laut, brauchte nicht einmal Zwang anwenden, um fröhlich zu klingen, und machte es sich ohne weiteres Zögern in dem 911er Carrera S Cabriolet bequem.

Der prickelnde Sound des Sechszylindermotors benebelte ihn. Er tätschelte den Schaltknüppel – elegant, sportlich, perfekt. Umfasste das mit schwarzem Leder eingefasste Sportlenkrad und bewunderte die steingrauen Komfortsitze samt dem Interieur aus Leder und samtartigen Stoff. Begutachtete das Cockpit mit all seinen Schaltern, Tastern und Displays.

Immerhin kannte er sich gut genug aus, um souverän die Garage verlassen zu können. Ein Glück, dass Jonathan den Spleen hatte, meist rücklings einzuparken.

Die Landschaft flog an ihm vorbei, er heizte dem Flitzer so richtig ein. Sein Fuß klebte am Gaspedal, und er überholte, so oft es ihm möglich war. Falls er den Carrera zu Schrott fahren würde, kämen, sein Überleben vorausgesetzt, ganz schön Probleme auf ihn zu. Aber das war ihm jetzt, im Moment dieses Hochgenusses, scheißegal.

Er hielt seine Geschwindigkeit nahezu durchgängig zwischen hundert und hundertsechzig, obwohl er sich auf der B 3 nach Ettlingen befand.

Statt nach Rüppurr abzubiegen, wo die Werkstatt lag, jagte er weiter. Sicherlich rechnete Jonathan damit, dass er dieses Vergnügen bis zur letzten Sekunde auskosten würde. Und wenn nicht, war es auch einerlei. Romberg gönnte sich diesen Vorgeschmack auf Luxus, hätte am liebsten jauchzend aufgeschrien.

Ach ja, die Analyse, fiel es ihm ein.

Vor lauter Porsche hatte er glatt vergessen, die DNA-Proben abzugeben. Sie steckten in seiner Jackeninnentasche, die groß genug war, um sämtliche persönlichen Dinge sicher aufzubewahren. Es war ohnehin erst kurz vor halb neun. Dr. Melcher konnte er noch erwischen, bevor dieser im Klinikalltag versumpfte.

Wie hatte Romberg sich ins Zeug gelegt, Material für die Analyse zu ergattern. Bereits vor ein paar Tagen hatte er Jonathan einen kleinen Prosecco angeboten – Bier trank er ja nicht, auch keinen Wein und Schnaps schon gar nicht –, einfach so, und der Junge war nicht abgeneigt gewesen, sich ein paar Minuten zu ihm zu setzen. Jeder hatte ein Fläschchen genossen, bei Vogelgezwitscher im schönen Park. Und dieses Fläschchen von Jonathan hatte er feinsäuberlich in eine Tüte gegeben und gut verschlossen. Dann hatte er sich darangemacht, Haare zu sammeln. Weil der Knabe seine Haare fast schon ein bisschen zu lang trug, konnte er ihm hin und wieder eines von Schulter und Rücken stibitzen. So hatte er es schließlich geschafft, genügend Proben zusammenzuklauben.

Er lenkte den Porsche auf der vierspurigen Zubringerstraße über Bulach in Richtung Innenstadt und peilte die Moltkestraße an, die ihn direkt zum Städtischen Klinikum brachte. Er hatte Glück und beschlagnahmte gleich den ersten Parkplatz in der Knielinger Allee.

Dank der deutlichen Beschilderung hatte er bereits beim ersten Besuch die Urologische Klinik problemlos ausfindig machen können, die, wie er mittlerweile in Erfahrung gebracht hatte, zu den größten ihrer Art in Deutschland zählte. Tja, da hätte vermutlich eine Superkarriere vor dem guten Dr. Melcher liegen können, wenn er sich besser im Griff gehabt hätte.

Er marschierte durch den sterilen Park, wo ihm Patienten, Besucher und Krankenhausangestellte begegneten. Vor ihm lagen die sandsteinernen Gebäude der alten Klinik, die Fenster wiesen auf eine stattgefundene Renovierung hin, linker Hand tauchte der mehrstöckige Bau der Urologischen Klinik auf.

Rasch ging er auf das Eingangsportal zu. Das viele Glas lud dazu ein, in die helle Empfangshalle einzutreten.

Ungeduldig stand er hinter einer alten Dame, die offensichtlich nicht wusste, wohin sie wollte und deshalb unnötig lange den Pförtner beanspruchte. Romberg sehnte den Augenblick herbei, an dem er endlich die schriftliche Bestätigung in den Händen halten durfte, die sein Leben grundlegend verändern sollte. Eiskalt lächelnd würde er diese dem Jungen auf einem goldenen Tablett servieren. Dann würde er seinen Anteil an den Millionen verlangen oder zumindest eine bare Anzahlung in Höhe dessen einfordern, was Jonathan Falkner dem Senior hatte zukommen lassen.

Überhaupt, wenn er an Markus dachte – lachen könnte er. Dessen blöde Visage sah er bereits heute vor sich, wenn er ihm eröffnete, dass er, Romberg …

»Sie wünschen?«

Romberg schrak auf. »Ich möchte bitte zu Dr. Melcher.«

»Haben Sie einen Termin?«

»Nein. Aber er weiß trotzdem, dass ich komme.«

Immer diese Formalitäten, Romberg riss sich zusammen, hielt eine patzige Antwort im Zaum.

Der Pförtner hackte auf der Tastatur seines PC herum, telefonierte und schließlich, nach einer schieren Ewigkeit, wandte er sich wieder an Romberg.

»Dr. Melcher ist nicht im Haus. Sie müssten es morgen nochmals versuchen.«

Rombergs Laune sackte ins Bodenlose, dennoch beherrschte er sich. »Können Sie mir seine private Telefonnummer geben? Ist absolut wichtig.«

»Nein, wo denken Sie hin? Kann Ihnen ein anderer Arzt helfen?«

»Vergessen Sie's!«

Hart presste er die Worte hervor, der Pförtner zuckte zurück.

Romberg stürzte hinaus, startete missmutig den Carrera und brauste los.

***

Thomas Anger pfiff vergnügt vor sich hin, als er die Werkstatt betrat. Er war beileibe kein Morgenmuffel und die Arbeit machte ihm ungemein Spaß. Ein Blick auf den Wartungsplan bestätigte ihm, dass einer von Falkners fahrbaren Untersätzen mit auf dem Programm stand. Heute würde er den Porsche bringen.

Meist stand der Jungmillionär schon früh am Morgen vor dem Tor, ungeduldig und zu fahriger Hektik neigend, stets eine gewisse Eile proklamierend, damit er ja rechtzeitig dorthin kam, wohin er gerade wollte.

Heute wartete kein Falkner vor dem Tor, Anger stand stirnrunzelnd vor dem Plan. Ob seine Durchlaucht verschlafen hatte?

Nein, das war nicht seine Art. Und wenn, dann war es auch egal. Schließlich durfte er den Wagen bringen, wann es ihm beliebte. Hauptsache, im Lauf des Vormittags, damit er am Abend zur Abholung bereitstehen konnte.

*

»Guten Morgen! Ich bin Tommy«, stellte sich der hagere Enddreißiger im blauen Overall vor. Grinste schief. Seltsam vertraut.

»Das ist doch der Porsche des jungen Falkner?«, setzte er sogleich hinzu und grapschte nach den Wagenschlüsseln, die ihm Romberg entgegenhielt.

»Ja, natürlich. Sehen Sie doch.« Rombergs mürrische Stimmung dauerte an.

Das abstoßend hohlwangige Aknegesicht, die tiefliegenden blassblauen Augen, die dämlichen Lachfalten, die völlig unpassenden Grübchen, wenn der Werkstattangestellte seinen schmallippigen Mund verzog, und das struppige blonde Haar – all diese Merkmale sprachen dafür, keinem völlig Fremden gegenüberzustehen. Der Name Tommy allerdings sagte ihm nichts. Vielleicht war er einer der Schüler gewesen, die sich regelmäßig in seinem Bus herumgedrückt hatten. Immerhin musste Romberg mehr als fünf Jahre das Leid ertragen, Linien- und Schulbusse durch die Gegend zu schaukeln und sich dabei von lautstarken Grünschnäbeln, pöbelnden Halbstarken oder senilen Alten anmachen zu lassen.

Mein Gott, war er froh gewesen, als er endlich diese Stadt, dieses Land und überhaupt diesen Kontinent hatte verlassen können, um sich ein neues Leben in einer neuen Welt aufzubauen.

Sobald er seine Mission erfüllt hatte, würde er auch wieder unverzüglich von hier verschwinden. Garantiert für immer und ewig und mit viel Kohle im Reisegepäck.

Der Werkstattgehilfe hörte nicht auf zu plappern.

»Sind Sie ein Bekannter der Falkners? Sie müssen meine Neugier entschuldigen, aber ich weiß, Jonathan Falkner würde einem Fremden *niemals* seinen Porsche anvertrauen.«

»Sie kennen ihn gut?«, konterte Romberg.

»So gut man seine Kunden eben kennt. Man sagt sich brav ›guten Tag‹ und ›auf Wiedersehen‹, schüttelt sich die Hand oder auch nicht, kriegt Trinkgeld oder auch nicht. Mit der Zeit habe ich den Falkner-Clan kennengelernt und seine Freundin hab ich auch mal gesehen.«

»Seine Freundin?«

»Ja, die, die er von der Schule her kennt. Die studiert jetzt Jura in München.« Tommy platzte förmlich vor Stolz und schwellte seine Hühnerbrust.

»Aha, Sie wissen ja einiges über Herrn Falkner.«

»Aber nichts über Sie! Außer, dass Sie seinen Porsche fahren.«

Ein dümmliches Zwinkern folgte dieser Feststellung, und Romberg musste sich noch mehr zusammenreißen.

»Herr Falkner hat mir den Wagen überlassen. Ich bin ein Verwandter und nur kurz zu Besuch. Ich wohne im Ausland. Ich bin sicher, er hat dies Ihrem Chef mitgeteilt.«

»Ach so. Nun dann! Sie können den Porsche heute Abend wieder abholen. Wir sind bis achtzehn Uhr dreißig da. Sie holen ihn doch wieder, oder?«

Tommys Zeigefinger ließ den Schlüssel für den Ersatzwagen mehrmals herumschlenkern, als handele es sich um einen Colt. Womöglich fühlte er sich wie Clint Eastwood in einem seiner Western.

Aber Tommy war kein Westernheld, der Schlüssel kein Colt, die Handfertigkeit bedurfte auch noch einiger Übung. Der

Schlüssel schleuderte in hohem Bogen zu Boden. Ein zartes Klirren. Der Möchtegern-Clint-Eastwood bückte sich, hob ihn auf.

»Ja«, sagte Romberg.

»Kann es sein, dass ich Sie irgendwoher kenne?«, setzte der Werkstattfritze unvermittelt nach, hielt ihm die Schlüssel vor die Nase.

Romberg fuhr zusammen. Also doch! Sie waren sich schon einmal begegnet. In ihm stieg eine grausame Ahnung auf, zwar noch vernebelt und irgendwie unmöglich, aber das Leben überraschte einen oft mit bösartigen Zufällen.

»Nein«, sagte er und schnappte sich den Schlüssel.

»Hm. Also, dort steht der BMW für Sie.«

Der hässliche Hering deutete in Richtung der Parkplätze und grinste abstoßend.

Das knallrote BMW-Coupé fiel auf, provozierte. Der satte Klang der sechs Zylinder und die mehr als zweihundert PS waren dennoch kein Trost dafür, dass er sich hatte hinreißen lassen, seinen Plan zu gefährden, indem er Kontakt mit Menschen aus Jonathans Umfeld aufnahm.

Wieder kam Zorn in ihm auf. Wieder zwang er ihn nieder.

Woher kannte er diesen Tommy? Dieses dümmliche Zähneblecken, jünger, über zwanzig Jahre jünger, Tommy mit zwanzig, achtzehn, sechzehn? Ja, sechzehn, das konnte hinhauen. Die Nebel lichteten sich, er ahnte, wo er diesem Kerl schon mal über den Weg gelaufen war. Er sah das knochige Pickelgesicht vor sich, blöde grinsend, immer freundlich gestimmt, eine unpassend sonore Stimme, auch damals schon. Dann wusste Romberg plötzlich, woher er ihn kannte.

Tommy, Thomas, war ein Fahrgast gewesen. Ein Bäcker-Lehrling. Ein arglos daherkommender Typ. Er war ideal gewesen für seinen Plan. Romberg hatte ihn einfach angequatscht, damals, ihm zwei Hunderter versprochen. Der Idiot hatte sich wie ein kleines Kind gefreut, einen Aprilscherz ausführen zu dürfen. Wie naiv manche Leute waren. Als ob das Aussetzen eines Babys ein Scherz sein könnte. Dass der Typ ihm noch einmal über den Weg laufen würde, hätte er nicht gedacht.

Auf der Bundesstraße angekommen, gab er Gas. Den BMW plagte er allerdings nicht so wie vorhin den Porsche. Unter anderen Umständen hätte er sich dazu hinreißen lassen, aber etwas hielt ihn davon ab, dem Leichtsinn noch weiter zu verfallen. Am besten, er fuhr zum Hotel zurück und machte für heute Feierabend.

Durfte er ja auch, sein *Boss* hatte es erlaubt.

Romberg lachte lauthals auf, blanke Gehässigkeit entfuhr seiner Kehle. Er zuckte zusammen, erschrocken über den grausig entstellten Ton, den seine Stimme fabrizierte. Das diabolische Lachen eines Dämons.

***

Spät am gestrigen Abend hatte er Ludmilla aus einer spontanen Eingebung heraus angerufen. Trotz seines schlechten Gewissens gegenüber Lisa. Im Grunde war er niemandem Rechenschaft schuldig und außerdem war Ludmilla eine ehemalige Klassenkameradin.

Das Handy in seiner Jeanstasche vibrierte, holte Jonathan aus seinen Gedanken und zurück in den Vorlesungssaal. Eine Nachricht von Ludmilla?

Ungeduldig kramte er das Handy hervor. Die SMS verwirrte ihn.

hi jonie, bitte entschuldige mein benehmen. wann können wir uns wiedersehen? ly lisa

Lisa und ihr *ly*. Leider war es wohl eher eine Floskel als ein ernst gemeintes *love you*.

Kurzerhand beschloss er, ihr nicht zu antworten. Sein Date mit Ludmilla hatte jetzt Vorrang. Pünktlich um siebzehn Uhr dreißig wollte er vor ihrer Wohnung stehen.

Bis dahin musste er noch einiges vorbereiten. Er durfte sich vor einer Frau wie Ludmilla nicht blamieren. Er hatte auch wirklich sehr lange darüber nachgedacht, ob er sein Versprechen, sich bei ihr zu melden, einhalten sollte oder nicht. Schließlich hatte er sich überwunden. Nun würde er sie zwar mit dem klobigen Jeep abholen müssen, der Porsche hätte natürlich besser zu ihr gepasst, aber der Jeep tat es auch. Der besaß sogar verdunkelte Scheiben, was ohnehin von Vorteil war. Er würde mit ihr nach Ettlingen fahren, ins beste Lokal der ganzen Gegend.

Sein Herz stand in Flammen, fieberte vor freudiger Erwartung. Diese Verabredung war auch der eigentliche Grund gewesen, weshalb er dem Gärtner freigegeben hatte.

Galant hielt Jonathan ihr die Wagentür auf.

Sie kam auf ihn zu, eine blonde Göttin in Türkis. Ihr Outfit – ein vollkommenes Arrangement. Die kurze Jacke bedeckte ihre Schultern im Stil eines Boleros, flauschig, aufgesetzte Glitzersteine, Pailletten, zwei Töne dunkler als das Kleid. Mit einem Hauch von Magenta. Im gleichen Farbton ihre hochhackigen Stilettos. Sahen furchtbar unbequem aus, dennoch schwebte sie nahezu über den Gehsteig auf ihn zu, streckte ihm lächelnd ihre Hand entgegen.

Er starrte sie an. Sprachlos.

Das Kleid, es stand ihr prächtig, umspielte ihre Knie, hinten etwas länger, vorne kürzer. Strassbesetzte Raffungen legten sich quer über ihre Brust bis hin zur Taille. Vermutlich Satin, schätzte Jonathan. Klar, seine Mutter war ja schließlich vom Fach, da blieb im Laufe der Jahre schon einiges hängen.

»Gefall ich dir?«

Ihre Stimme, dieser neckische Klang. In der zarten Mulde unter ihrem Hals funkelte es gefährlich betörend und sündhaft teuer. Mit dieser Frau würde er auffallen. Unweigerlich.

»Wahnsinn!«, stieß er aus, ergriff ihre türkisfarbene Hand, dezent behandschuht, zart wie ein Negligé.

Neben der graziösen Ludmilla bot der Cherokee eine erbärmlich plumpe Erscheinung. Jonathan half ihr beim Einsteigen.

»Vielleicht nicht ganz das richtige Fahrzeug für dich.« Er war peinlich berührt.

Ludmilla lachte auf. »Das perfekte Fahrzeug, mein Guter. Wirklich perfekt. Wohin fahren wir?«

Jonathan schlug schnell die Tür zu, bevor ihr auffiel, wie ihm die Hitze ins Gesicht schoss.

***

Die Dämmerung setzte bereits ein. Tommy fiel es immer schwer, sich nach der Zeitumstellung an die frühe Dunkelheit zu gewöhnen und freute sich auf den Feierabend. Aber zuvor musste er erst wieder den Autotausch mit Falkners Verwandtem vollziehen.

Irgendwie war er sich sicher, ihn von früher her zu kennen. Die Stimme und das gut geschnittene Gesicht, das füllige dunkle Haar, die Augen, hell, irgendwie funkelnd, kamen ihm allzu vertraut vor. Er musste diesen Mann während seiner Lehre kennengelernt haben. Als Kunde? Nein. Er hatte ihn dominanter in Erinnerung, sitzend, im Profil.

Nun fiel es ihm ein, nun sah er ihn ganz deutlich vor sich – in Uniform. Er hatte jahrelang den Bus gefahren, den er, Tommy, täglich zu seiner Ausbildungsstätte genommen hatte.

In einem Rutsch sah er alles vor sich, vor allem diesen einen Abend. Er war auf der Heimfahrt gewesen, hatte, wie ihm aufgetragen wurde, den letzten Bus stadtauswärts genommen, gelenkt von einem anderen Fahrer. Ein paar Tage zuvor hatte ihm *sein*

Busfahrer nach Geschäftsschluss aufgelauert und ihm zweihundert Mark in die Hand gedrückt. Zweihundert Mark als Belohnung, damit er ein schlafendes Kind auf die Rückbank legte, während der letzten Tour. Er wolle seinem Kollegen einen Scherz zum 1. April spielen, hatte er gesagt und entschuldigend gegrinst.

Und jetzt tauchte dieser Typ hier auf, gab sich als Verwandter vom reichen Falkner aus.

Bis heute hatte noch niemals ein anderer als Falkner selbst die beiden Autos gefahren. Nicht einmal sein Vater, der kam immer nur mit seinem eigenen oder dem seiner Frau. Irgendetwas war faul an der Sache. Vielleicht hätte er doch seinen Chef darüber informieren oder sich bei Falkner persönlich rückversichern sollen.

Tommy stand wartend an eine der Tanksäulen gelehnt, hinter ihm der blitzblanke Porsche mit geöffneter Fahrertür, als der BMW auf das Gelände der Werkstatt einbog.

Dessen Fahrer stellte ihn dort ab, wo er ihn am Morgen in Empfang genommen hatte, stieg aus, kam herüber und gab Tommy den Schlüssel des Leihwagens.

»Danke, Herr …, Herr …, wie war doch gleich Ihr Name?«

»Den Porsche-Schlüssel, bitte!«, forderte der Mann stattdessen und streckte die Hand danach aus. »Und die Rechnung schicken Sie Jonathan zu.«

Verwundert über den barschen Tonfall reichte Tommy ihm den Schlüssel und die Papiere, worauf der angebliche Verwandte der Falkners sich zackig in den Schalensitz des Porsches fallen ließ.

Tommy rührte sich nicht vom Fleck.

»Was ist?«, herrschte der Mann ihn an.

»Nichts, nichts«, versuchte Tommy abzuwinken, aber dann hatte sein Mund sich schon verselbstständigt und die Frage stand im Raum: »Waren Sie mal Busfahrer?« Im selben Moment wusste er, es wäre besser gewesen, die Klappe zu halten.

Die Augen des Mannes blitzten auf. Sein ruhiges »Nein« passte nicht zu dem gefährlichen Funkeln. Eine neue Chance, diese Sache auf sich beruhen zu lassen.

Aber im Affekt war schon die nächste Frage ausgesprochen. »Sie hatten mal was mit einem Baby zu tun, stimmt's?«

Das Gesicht des Mannes verfinsterte sich grimmig, er wuchtete sich aus dem Sportwagen heraus, schlug die Tür zu, trat auf ihn zu.

Dann, plötzlich, war er abgelenkt, er schaute an Tommy vorbei, hinüber zur Kreuzung, wo mehrere Fahrzeuge vor der roten Ampel warteten.

Automatisch folgte Tommy seinem Blick und sah Jonathan Falkners auffälligen Jeep in der Schlange stehen. Ein goldener Haarschopf leuchtete aus dem geöffneten Beifahrerfenster.

Die Augen des Fremden sprühten nur so vor Hass. Da ahnte Tommy, irgendetwas lief gehörig falsch.

*

Ein paar Sekunden lang vergaß Romberg den Zeugen aus seiner Vergangenheit neben sich. Bleiern lag sein Blick auf dem schwarzen Gefährt und der blonden Diva, die Jonathan begleitete.

Das war nicht diese Lisa, keinesfalls. Wer war die Frau?

Die Ampel sprang auf Grün, und der Jeep brauste davon. Geistesabwesend richtete Romberg sein Augenmerk wieder auf diesen Tommy.

Der legte den Kopf schief und bohrte schon dümmlich weiter. »Was ist eigentlich aus dem Baby geworden? Wie hat Ihr Kollege den Scherz damals aufgenommen?«

Romberg fühlte Nervosität aufsteigen. Verdrängte sie durch tiefes Durchatmen. »Ich muss jetzt los, den Wagen abgeben.«

»Na, der Falkner braucht ihn heute garantiert nicht mehr, der ist ja versorgt.«

Das gackernde Auflachen des Werkstattgehilfen schürte Rombergs Abscheu. Aber noch war er in der Lage, sich zu beherrschen.

»Das geht Sie überhaupt nichts an!«, knurrte er und wandte sich dem Porsche zu.

»Glauben Sie eigentlich, ich bin blöd?«

Romberg hielt inne. Ihm gefiel nicht, welche Richtung das abartige Gespräch nahm. Dazu die Sturheit dieses Klugschwätzers.

»Nein, warum sollte ich?«

»Ich kenne den alten Falkner, ich weiß, dass er damals schon Busse gefahren hat. Das Einzige, was mir völlig entfallen war, ist die Tatsache, dass es *sein* Bus war, in dem wir das Baby ausgesetzt haben. Und jetzt stehen Sie vor mir. Und der Kreis schließt sich.«

»Reden Sie keinen Quatsch! Es gibt keinen Kreis.«

»Jonathan ist adoptiert. Wussten Sie das?«

Schweigen.

»Das Baby von damals dürfte heute in seinem Alter sein«, schwatzte Tommy weiter und grinste mit gebleckten Gebiss.

Romberg schluckte, wie sollte er reagieren? Dieser Idiot wusste zu viel. Er verfluchte sich, seine wichtigste Regel gebrochen zu haben. Er hätte niemals Kontakt zu Jonathans Umfeld aufnehmen dürfen.

»Ich wollte einem Freund einen gehörigen Schrecken einjagen. So richtig derb – von Mann zu Mann. Sie verstehen schon.« Er versuchte, ein vereinnahmendes Lächeln aufzusetzen, und merkte bestürzt, wie es sich zu einer Grimasse verzerrte.

»Ja, ja, das glauben Sie doch wohl selbst nicht. Die Mutter des Kindes hätte dies sicher nie zugelassen.«

»Denken Sie, was Sie wollen, es gibt ohnehin keinen Beweis für Ihre Vermutung.«

Romberg hoffte inständig, dass das Großmaul endlich Ruhe gab.

Vergebens.

»Was vermute ich denn? Dass Sie auf illegale und unmoralische Weise Ihr Kind entsorgt haben? Dass Sie jetzt daherkommen und sich bei ihm einschleichen, weil er ziemlich viel Kohle besitzt? Weiß eigentlich Falkner senior von Ihrem Besuch?«

Romberg suchte nach einer Antwort, um dem Blödmann die Fresse zu stopfen, aber der plapperte ungerührt weiter.

»Sie könnten mich an dem beteiligen, was Sie absahnen. Und ich schweige wie ein Grab. Ich brauche ein wenig Kapital für ein neues Auto, meine Wohnung und einen schönen Urlaub. Denn wenn ich bedenke, mit was Sie mich damals abgespeist haben und auf was ich mich da gedankenlos eingelassen hatte, steht das ja wohl in keinem Verhältnis. Eine großzügige Nachzahlung wäre durchaus gerechtfertigt.«

Erpressung! Natürlich, was sonst. Es lief immer auf Erpressung hinaus. Die Menschen waren nicht dafür geschaffen, ihre Gier nach Geld zügeln zu können. Sobald sie die Möglichkeit witterten, sich zu bereichern, schlugen sie zu.

Aber nicht mit ihm, wütete mit einem Mal Rombergs Inneres. Er würde sich niemals erpressen lassen. Schon gar nicht von diesem Widerling.

»Wie viel?«, fragte er mit einer Ruhe, die er selbst nicht erwartet hätte.

Dieses Mal gelang es ihm, ein Lächeln darzubieten, das seine Bereitschaft zeigen sollte, einen zweiten Deal mit ihm auszuhandeln.

Den letzten Deal.

V

Dienstag, 29. Oktober

Sie hielten am Parkplatz, der Motor schwieg, und Ludmilla unterdrückte ihr freudiges Erstaunen.

Sie standen vor dem *Erbprinz*, einem fantastischen Traum von Feinschmeckerlokal und Hotel, einem Ort, zu dem es noch kein Mann gewagt hatte, sie auszuführen. Nicht wegen mangelnden Barvermögens, gewiss nicht, sondern wohl eher, um die Peinlichkeit vermeiden zu wollen, mit ihr gesehen zu werden.

Diese Bedenken belasteten Jonathan offenbar nicht. Schick verpackt im taubengrauen Anzug und blauschwarzen Hemd hielt er ihr artig die Tür auf. Sie betraten ein Ambiente, das den Gast alles vergessen ließ, was außerhalb des Gemäuers existierte. Vornehm freundlich wurden sie empfangen und ins Restaurant an ihren Tisch begleitet, wo sie wohlige Eleganz aus nachempfundenem Barock gepaart mit souveränem Kuschelfaktor umgab.

Ludmilla wurde der Stuhl zurechtgeschoben, und ihr Blick richtete sich durch die breite Fensterfront hinaus in den beleuchteten Garten. Sie bemerkte die beschienenen Konturen riesiger Bäume, dazwischen eine helle Statue, angestrahlt durch eine versteckte Lichtquelle.

Die schlanke, schneeweiße Stielkerze in der Mitte des festlich gedeckten Tisches wurde entzündet. Umkränzt von einem Blumenbouquet, glitzern dekoriert. Edler ging es in der Tat nicht.

»Da draußen lassen sie immer die badische Flagge wehen, die siehst du aber jetzt nicht«, belehrte Jonathan.

»Ach ja?«, fragte Ludmilla zurück, reckte ihren Hals, aber vergebens.

Die Bedienung, eine junge Frau, angemessen gut gekleidet, die dunklen Haare zu einem adretten Knoten gebunden, reichte die Speisekarten.

Noch ehe Ludmilla ihre Karte öffnen konnte, kam ein Kellner, hochgewachsen, schlaksig und spindeldürr, schob einen Beiwagen herbei, bestückt mit einem silbernen Eiskübel samt Flasche. Er zauberte zwei Gläser auf den Tisch, füllte sie mit Hingabe, wünschte einen schönen Abend.

Jonathan dankte knapp, Ludmilla schenkte dem Kellner ein erwartungsfrohes Lächeln, lenkte danach ihre Aufmerksamkeit wieder auf das Ensemble auf dem Tisch.

Die emporgestreckten Stiele, edel geschliffenes Kristall, reflektierten das Licht wie Brillanten. Die Kelche waren hauchzart überzogen mit kondensierter Feuchtigkeit.

»Oh, Sekt! Das ist aber lieb, Jona!«, sagte sie, um überhaupt etwas zu sagen, und sie war sich durchaus bewusst, dass nicht immer alles Sekt sein musste, das wie Sekt aussah.

»Champagner. Ich hoffe, er schmeckt dir.« Keine Belehrung, kein Vorwurf, nur sachliche Erläuterung und eine Nuance unsichere Erwartung.

»Ganz sicher, Jona, ganz sicher!«

Ludmilla schalt sich innerlich, sie sollte sich zusammenreißen, nicht dümmer stellen, als sie war. Bei anderen Männern hatte sie keine Probleme, eine gewisse Dominanz zu zeigen. Sie war allgemein gut gebildet und tat viel dafür, damit es so blieb, konnte bei den gängigsten Themen mithalten. Selten nur musste sie passen, war nur einmal von einem Kunden der Naivität bezichtigt worden.

Sie wollte auch vor Jonathan nicht dastehen, als hätte sie sich seit ihrem Abgang aus dem Gymnasium nur noch am Fernseher weitergebildet. Nein, sie wollte ihm zeigen, dass sie durchaus in der Lage war, sich in seinen Kreisen zu behaupten. Nur wie, das stand in diesem Moment noch in den Sternen.

Jonathan ergriff sein Glas. Sie stießen behutsam an.

Er räusperte sich unterdrückt, sagte leise, fast ein wenig heiser: »Danke, dass du mich begleitest.«

Ihr Herz tat einen Satz, sie fühlte eine quälende Leidenschaft, fast wie damals, als sie ihm ihre erste sehnsuchtsvolle Liebe schenkte, dennoch ahnend, dass er sie niemals erwidern würde.

Sie schaute in seine Augen, verjagte die alten Erinnerungen. Früher war früher und lange vorbei.

Jetzt begann ein neues Spiel.

»Mach ich doch gern, Jona. Ich war noch nie hier. Deshalb bin eher ich dir einen Dank schuldig.«

Sie bemühte sich um lockere, freundschaftliche Distanz. Und wohlportionierte Kühle. Sich ihm jetzt in irgendeiner Weise anzubiedern, wäre nicht ideal gewesen. Aber der Abend fing ja gerade erst an.

Er ging nicht weiter darauf ein, sondern griff beherzt nach einer frischen Weißbrotscheibe, bestrich sie mit dem obligatorischen Schweineschmalz, streute etwas Kräutersalz darüber, biss hinein, leicht vorgebeugt über den kleinen Teller, wie bemüht, keine Krümel zu verteilen.

»Greif zu«, sagte er.

Ludmilla verneinte, obwohl das zarte Knuspern verführerisch klang. Sie wartete lieber auf das richtige Essen. Ihre Figur war ihr heilig. Und Fett gemischt mit Kohlehydraten war absolut tödlich.

Aber Durst, den hatte sie. Und nach zwei Zügen war ihr Glas schon fast leer.

Der Kellner war nicht nur freundlich, sondern auch überaus aufmerksam. Mit einem geschickt platzierten »Darf ich nachschenken?« goss er das edle Getränk ein.

Jonathan zwinkerte ihr mit einem kurzen Lächeln zu. »Lass es dir ruhig schmecken, du musst heute ja nicht fahren«, meinte er und griff nach seinem Glas, aus dem er sich bis jetzt lediglich einen kleinen Schluck gegönnt hatte.

Keine halbe Stunde später bekamen sie die Vorspeise ihres Menüs serviert, Thunfisch in gebratenen Kürbiskernen, umgarnt von edlen Salatblättern in sämtlichen Farben, die die Natur oder auch die Gewächshäuser zu bieten hatten. Ludmilla brachte es kaum übers Herz, das liebevolle Arrangement zu zerstören.

»Jetzt iss endlich! Nicht, dass du mir heute Abend verhungerst«, mahnte Jonathan lachend und kaute genüsslich.

Sie hatte ihn bisher nur selten lachen gesehen, so unbekümmert, so glücklich. Mit offenem Blick lugten seine seegrünen Augen schelmisch unter dem dichten dunklen Pony hervor, sein Haar sollte unbedingt durch eine fachmännische Hand in seine Grenzen gewiesen werden. Im Kontrast dazu sein Kinn, blankrasiert, gepflegt, seidig. Diese Augen, so knabenhaft unschuldsgeprägt, so freundlich, das Gesicht, so smart, so edel. Sein Blick so sanft, so wohltuend sanft.

»Los!«, drängte er und sah auf seinen Teller.

Der Zauber platzte wie eine Seifenblase, verflüchtigte sich allzu rasch. Und Ludmilla gehorchte, ihr Appetit kam endlich zu seinem Recht.

Als Hauptgang wurde Rehrücken kredenzt, gefüllter Spitzkohl und Kürbisgnocchi, als Dessert Mohnsoufflé mit Cassisfeige und Portweineis. Ludmilla trank halbtrockenen Spätburgunder aus dem Badener Ländle, Jonathan hatte sich Mineralwasser bestellt. Wegen des Führerscheins. Klar.

Während des Essens redeten sie über vergangene Zeiten, das war allemal besser, als sich verlegen anzuschweigen. Lehrer, Mitschüler, verpatzte Arbeiten, anstrengende Schulausflüge und langweilige Klassenpartys – alles musste herhalten, alles, was ihnen so einfiel, alles, was ihr aus der Erinnerung heraus zuflog.

Letztendlich war Ludmilla satt und konnte sich beim besten Willen nicht mehr auch nur den kleinsten Krümel einverleiben. Gerne hätte sie die Zeit angehalten, zumindest ausgebremst, um dieses Dinner mit Jonathan niemals enden zu lassen.

Zum Abschluss bestellten sie sich Espressi, sie mit Grappa, jetzt war es ohnehin schon egal, er natürlich ohne.

Sie erkannte seine plötzlich aufgebrandete Ungeduld an seinem Blick, der an ihr kleben blieb. Ein Blick, knapp taxierend, als würde er sich ihrer zum ersten Mal gewahr, ein Blick, der Hunger ausstrahlte. Ja, Hunger, erweckt aus leidenschaftlichem inneren Aufruhr.

Ludmilla kannte solche Blicke zur Genüge. Der Profi in ihr erwachte. Die Zeit war reif. Es galt, den Hunger dieses Mannes zu stillen. Und das Verlockende daran war, Geld spielte überhaupt keine Rolle. Nein, dieses Mal spielten ausschließlich Gefühle die Hauptrolle. Und diese Gefühle würde sie ausnutzen, auskosten bis zur allerletzten Sekunde, denn die Gelegenheit hierzu erhielt sie kein weiteres Mal. Das war so sicher wie das Amen in der Kirche.

Jonathan verschwand kurz, vermutlich zahlte er. Währenddessen stattete sie der Toilette einen Besuch ab, überprüfte ihr Make-up, ihr Haar, spülte ihren Rachen, sie hatte immer etwas dabei, sprühte Parfum auf Hals und Handgelenke, ihren Lieblingsduft, und fühlte sich perfekt vorbereitet.

Vorbereitet auf Jonathan, ihrer wahren Liebe.

*

Er war nicht mehr er selbst. Er lenkte den Jeep tief in den Wald, schaltete Motor und Licht aus.

Die Frau neben ihn störte das dem Anschein nach nicht. Ihre Finger huschten über das Radio, suchten romantische Songs.

Passende CDs hatte er sowieso nicht im Auto. Schließlich war sein Auto kein Ort für irgendwelche Techtelmechtel, sondern ein Beförderungsmittel, und meist hörte er Nachrichten oder einfach, was die örtlichen Sender so brachten. Er schenkte ihnen selten Beachtung, war meist mit seinen Gedanken beschäftigt.

Jetzt war das anders. Ganz anders. Eine Göttin saß neben ihm.

Sein Körper reagierte. Sein Verstand bremste.

Nein, heute nicht. Heute wollte er seinen Verstand ausknipsen. Wollte nicht immer nur vernünftig sein. Wollte etwas Unvernünftiges tun. War es überhaupt unvernünftig? Nein, in keiner Weise!

Die Arbeit am Radio war beendet, irgendein alter Lovesong quäkte.

Jonathan spürte ihre Hände. Ein Streicheln auf seiner Wange, in seinem Nacken. Er wagte nicht, seinen Blick von der Motorhaube abzuwenden, seine Hände vom Lenkrad zu nehmen.

»Na, Jona, gewährst du mir denn gar keine Chance, dir einen Dankeschönkuss zu schenken?« Welch ein Klang in ihrer Stimme, so anders, so gedehnt – so sinnlich. Wie verwandelt.

Jonathan atmete tief ein, schluckte, atmete weiter, löste seine Hände vom Lenkrad, wandte sich ihr zu. Himmel, war sie schön! Und so nah. Dazu der Duft!

»Was trägst du für ein Parfum?« Seine Stimmbänder, belegt und heiser, er schluckte nochmals. Fiel ihm denn nichts Besseres ein?

»Chanel Neunzehn. Schmeckt es dir?«

Sie küsste ihn auf seine Lippen. Ließ ihm keine Gelegenheit zu antworten.

Der Duft. Unbeschreiblich besitzergreifend.

Ihre Hände. Ein Streicheln wie Federn auf seinen Wangen. Dann ein zartes Tasten an seinem Hemd.

Aber er trug doch noch sein Jackett.

»Dein tolles Auto«, flüsterte die Göttin, »bietet doch sicher die Möglichkeit, es sich bequemer zu machen, oder?«

»Wir könnten auch woanders hinfahren, vielleicht zu … mir?«

Panik! Noch war Gelegenheit, aufzuhören. Die allerletzte.

»Psst. Hier und jetzt. Das passt perfekt.« Wie sie das sagte. Betörend.

Jonathan suchte die Tasten für die Sitzeinstellung, fieberhaft.

Beinah hätte er sie nicht gefunden, beinah wäre ihm vor lauter Scham die Lust vergangen, gerade jetzt, als er sich ihr hatte ergeben wollen, aber da, die Lehnen – sie senkten sich ab.

»Wow! Welch ein Superauto! Und es wirkt so unberührt, so jungfräulich.«

Sie küsste seine blanke Brust. Spielte mit ihrer Zunge.

»Es ist fast neu«, presste er heraus. Unterdrückte ein Stöhnen.

»Dann ist es Zeit, es einzuweihen.« Ein Wispern nah an seinem Ohr.

Begleitet von einem sengenden Atem, der das Feuer in ihm emportrieb.

Ludmilla richtete sich auf, zog ihr Jäckchen aus, warf es über die Lehne des Rücksitzes. Jonathan befreite sich von Jackett und Hemd. Sie wandte ihm den Rücken zu, er öffnete den Reißverschluss ihres Kleids.

Dann überlegte er nicht mehr, er agierte nur noch.

Ludmilla über ihm, pulsierend wie ein Stern am Firmament, reine Ekstase, riss ihn mit in eine orgiastische Welt, in einen fulminanten Traum. Dann unter ihm, er ihr Bezwinger, die pure Begierde, bis zum erlösenden Aufschrei.

Zum zweiten Mal war es Ludmilla gelungen, ihn zu entführen. In eine Welt, die ausschließlich Liebenden vorbehalten sein sollte. Und er lag neben ihr, ausgepowert, hatte seinen Arm um sie geschlungen, als wären sie ein Paar.

Aber sie waren kein Paar. Würden es nie werden.

Denn er liebte Lisa. Und irgendwann würde er es ihr auch zeigen können. Den ganzen Umständen zum Trotz. Dessen war er sich jetzt, in diesem Moment, sicher.

Er zog den Arm unter Ludmillas Schultern hervor, sachte, um ihr nicht wehzutun, suchte die Klamotten zusammen. Und da war sie wieder, die Scham, etwas Unrechtes getan zu haben. Die Scham, jemand anderes bekäme sein Abenteuer mit. Ja, ein Abenteuer, mehr nicht, das benötigte ein Mensch doch ab und zu.

Außerdem brauchte er sich vor niemandem zu rechtfertigen. Und die Sitze hatten Schonbezüge, die konnten gewaschen werden, dann würde alles beseitigt sein, was sein Abenteuer verraten könnte.

»Hey, Jona, was ist?«

Ludmilla setzte sich auf, unbekleidet, perfekt gebaut.

Schon wieder ein Ziehen in seinem Körper. Jetzt durchaus beherrschbar.

»Ich fahre dich nach Hause. Es war sehr schön heute Abend.«

*

Mehr nicht?

Natürlich, mehr nicht. Hatte sie, wenn sie ehrlich mit sich war, auch nicht erwartet. Durfte sie nicht erwarten. Mischa, ihr Boss, wäre darüber nicht erfreut gewesen. Mischa gab ihr Sicherheit und die Möglichkeit zum Rückzug. Und er gewährte ihr mitunter ausreichend Freiheit. So wie heute Abend, das sollte sie niemals unterschätzen.

Jonathan schwieg, wartete ab, rücksichtsvoll, bis sie sich angekleidet und einigermaßen zurechtgemacht hatte, wagte zwischendurch lediglich ein flüchtiges Beäugen.

Dann startete er den Jeep, legte den Rückwärtsgang ein, gab Gas. Etwas zu viel, ein Rad drehte durch. Die Natur war klamm vom herbstlichen Nebel, der Weg rutschig vom letzten Regenguss und aufgewühlt, vermutlich durch die schweren Fahrzeuge der Waldarbeiter, die zurzeit hier tätig waren.

Doch Jonathan blieb ruhig, fast gleichgültig.

Sie betrachtete sein Profil, sein immer noch zerwühltes Haar. Schmachtend klebte ihr Blick auf ihm, während er seinen rechten Arm über die Lehne ihres Sitzes legte, die linke Hand am Steuer beließ, sich ihr zuwandte.

Sein Augenmerk allerdings flog vorbei in Richtung Heckfenster, angespannt nach dem Weg schauend, und Jonathan setzte den Wagen Meter um Meter zurück.

Sie war sich gar nicht bewusst gewesen, wie tief er sie vorhin in den Hardtwald bugsiert hatte.

Endlich spürte sie den Asphalt unter den Reifen.

Jonathan hielt inne, seine Augen verfingen sich in den ihren, seine Mundwinkel zuckten, wohl der vergebliche Versuch eines Lächelns, dann schnellte sein Blick nach vorn.

Das Ende war besiegelt. Dieses Leben sah keine gemeinsame Zukunft für sie vor, nicht früher, nicht heute, nicht irgendwann. Sie waren bestimmt, einander Lebewohl zu sagen. Egal, welche Wege ihnen auch vorherbestimmt waren, sie würde Jonathan immer nur als den Mann an ihrer Seite sehen, der er hätte werden können, wenn sich das Schicksal nicht gegen sie gestellt hätte.

Wenn – ja, wenn es Lisa nicht gegeben hätte.

Sie schrak aus ihren wehmütigen Gedanken auf. Jonathan drückte aufs Gaspedal, ein wenig zu heftig, der starke Motor röhrte auf.

Auf der B 3 jagten sie an Ettlingen vorbei, ließen das Städtchen rechts liegen, stießen irgendwann auf die Karlsruher Straße, die sie viel zu schnell zurückbringen würde, hinein ins Herz der Stadt, wo sie ihre Wohnung hatte, dorthin, wo ihre Arbeitsstätte lag.

*

Beide schwiegen schon viel zu lange, und während er auf einen freien Parkplatz fuhr, wurde ihm bewusst, dass sie kaum über ihr Leben geredet hatte. Über die Gegenwart.

Verraten hatte sie allerdings, sich Kleider von seiner Mutter schneidern zu lassen. Jetzt wurde ihm klar, warum ihm ihr Kleid so vertraut vorkam. Und auch, weshalb seine Mutter ihm nichts über ihre Kundin gesagt hatte.

Als Ludmilla aus dem Jeep stieg, natürlich hielt er ihr wieder die Tür auf, hauchte sie ihm einen Abschiedskuss auf die Lippen und flüsterte ihm leise »Ciao, mein herzallerliebster Jona!« ins Ohr.

Und mit einem Mal fühlte er, dass alles falsch war. Ihr Styling, ihr Perfektionismus, ihre Professionalität. Das in bunten Farben flackernde Licht über dem Eingang, der zu einer Bar führte, gleich neben der Tür zu dem Haus, das ihre Wohnung beherbergte.

Ludmilla ging ein paar Schritte, drehte sich um, warf ihm noch einen Kuss zu, den allerletzten, und verschwand im Eingang zur Bar.

Jonathan stieg zurück in den Jeep. Verwirrt.

Er startete und fuhr los.

Mittwoch, 30. Oktober

Eigentlich hätte Romberg sich gewünscht, die Gartenarbeit allmählich einstellen zu können, aber danach sah es noch lange nicht aus. Die Rheinebene war bekannt für ihr mildes Klima und meist weit entfernt von rauen Wintereinbrüchen. Es hatte sogar den Anschein, als stünde eine sonnige Woche bevor, was ihm ausnahmsweise sehr gelegen kam.

Heute freute er sich sogar darauf, den ganzen Tag im Falkner'schen Park herumhantieren zu dürfen. Denn heute war ein ganz besonderer Tag. Der Anfang vom Ende wurde eingeläutet.

Als er Punkt halb acht mit dem Porsche vor das Haus fuhr, um ihn gegen seinen in der Garage stehenden Volvo einzutauschen, stand der Jeep schon da, daneben der Junge.

Übernächtigt sah er aus.

Und der mächtige Grand Cherokee, der sah aus, als wäre er rücksichtslos durchs Gelände gejagt worden.

»Was ist mit dem Auto passiert?«, fragte Romberg leichthin, denn offene Fragen lohnten oftmals mehr als heimliche Spekulationen.

»Hab mich verfahren, musste auf 'nem Waldweg drehen.«

»Haste gestern ein Mädchen ausgeführt? Und – hat sich's gelohnt?«

Jonathan, grau und eingefallen im Gesicht, kniff die Augen zusammen, wirkte gereizt. »Ich muss gehen, kann später werden heute. Morgen bin ich auch den ganzen Tag fort.«

»Fleißig, fleißig«, ätzte Romberg und lachte gehässig in sich hinein.

Jonathan stieg wortlos in den Jeep.

»Halt! Darf ich dich was fragen?«

Der Junge schüttelte den Kopf.

»Dein Porsche«, ignorierte Romberg die ablehnende Gestik, »ist echt ein tolles Gefährt, aber ich konnte ihn einfach nicht richtig auskosten. Kamen ein paar persönliche Dinge dazwischen. Dürfte ich ihn mir heute nach Feierabend nochmal leihen?«

Jonathan setzte zur Antwort an, zu einer Antwort, die ihm seinem grantigen Gesichtsausdruck zufolge nicht gefallen hätte.

Romberg sah das kommen und redete schnell weiter, versöhnlich, einschmeichelnd. »Ich tanke ihn auch voll, passe gut auf ihn auf, morgen Abend steht er wieder in der Garage. Versprochen.«

»Morgen Abend?« Jonathan zog die Brauen zusammen, es wirkte, als überlege er, ob ihm etwas entgangen war.

»Morgen habe ich frei. Sag bloß, du hast das vergessen, Junge? Wenn ich natürlich …«

»Von mir aus, aber dann ist Schluss. Den Volvo stellen Sie wieder in die Garage, dann steht er nicht im Weg.«

Es klappte wie am Schnürchen. Besser hätte kein General eine Schlacht planen können. Er hatte das Gelände für sich, konnte schalten und walten. Keiner sah etwas, hörte etwas. Ahnte etwas.

Doch beinahe hätte er es gestern verbockt, leichtfertig wie er sich angestellt und die Beherrschung verloren hatte. Von einem dahergelaufenen Lackel ließ er sich mit Sicherheit nicht erpressen. Er hatte sogar alles versucht, dem Klugscheißer das Leben zu erhalten, aber dieser hatte es verspielt. Er hatte jedoch noch rechtzeitig die Kurve gekriegt und wie ein Profi gehandelt, als er die Abdeckplane im Porsche-Kofferraum entdeckt und die Leiche darin eingewickelt hatte. Leider hatte er anschließend nochmals hierher fahren und seine Fracht in den Volvo umlagern müssen.

Romberg prüfte, ob das Tor unten an der Einfahrt auch richtig verschlossen war. Natürlich überflüssig, der Knabe ließ da nichts anbrennen.

Dann ging er zurück in die Garage, öffnete das Heck des Kombis und zuckte leicht zusammen, als sein Blick das mannsgroße Bündel traf, eingepackt in schwarzblauer Folie, verklebt mit reißfestem Packband.

Nein, zuerst das Loch! Er schlug die Heckklappe wieder zu. Holte sich Spaten, Schaufel und Schubkarre.

Er schlich um die Villa herum, am gläsernen Anbau vorbei, immer weiter, ganz nach hinten, blieb oben zwischen den beiden letzten parallel zueinander gelegenen Wegen stehen. Ja, hier war der ideale Platz. Wie auf dem Friedhof. So ruhig, so gepflegt, mit schöner Aussicht.

Er setzte den Spaten an und stieß ihn in den Boden. Er arbeitete zügig. Schweiß lief ihm übers Gesicht, obwohl es gerade mal acht Grad hatte.

Zwei Stunden später war er fertig und betrachtete zufrieden sein Werk. Eine Melodie kam ihm in den Sinn, er pfiff sie vergnügt vor sich hin. *Morning has broken,* ein schöner Song.

Er säuberte die benutzten Gerätschaften, räumte sie auf. Seine Arbeitsklamotten warf er in den Volvo, schloss ihn ab, ließ das Tor herab.

Die Arbeit hatte er hinter sich. Jetzt ab ins Vergnügen.

Er schmiss sich in den Porsche, startete den Motor.

Grandios. Gerade mal zehn Uhr, die Sonne schien, zwar hin und wieder von Wolken bedeckt, und er fühlte sich wohl. Sauwohl.

Da fiel es ihm wieder ein.

»Shit!«, bellte er das Lenkrad zwischen seinen Händen an. »Der Säuferdoktor!«

Glatt hätte er vergessen, heute nochmals zur Klinik zu fahren. Es war aber auch ein Kreuz, wenn man Dinge nicht auf Anhieb erledigen konnte.

Dann nichts wie ab, dem Herrn Doktor die Proben gebracht. Und Gnade ihm, wenn er schon wieder blau machte.

***

Dr. Melcher war versucht, die Nase zu rümpfen, als er den Mann sah, der am Empfang auf ihn wartete.

Aber er beherrschte sich. Schließlich war ja klar gewesen, dass dieser Romberg nochmals auftauchen würde.

»Guten Morgen, Doktor«, grüßte der Mann und eilte ihm im Stechschritt entgegen.

»Ja, wünsche ich ebenfalls. Kommen Sie bitte mit.«

Auf der Suche nach dem richtigen Platz durchlief Dr. Melcher etliche Gänge, einige Treppenhäuser, das letzte führte in tiefere Regionen. Dort fand er einen Bereich, der weniger frequentiert war. Er bemerkte den pikierten Blick seines Begleiters, ging aber nicht darauf ein.

»Haben Sie die Proben?«, drängte er.

»Ja, leider nicht mehr taufrisch. Sie sind ja auch sehr schwer zu erreichen.«

Kopfschüttelnd langte Dr. Melcher nach dem ausgebeulten zerknitterten Kuvert, mittelgroß, der Inhalt schwerer als vermutet.

»DNA kann immer gefunden und zugeordnet werden«, belehrte er knapp und steckte das Kuvert in eine seiner großen Kitteltaschen, es passte gerade noch hinein.

Dann zog er ein versiegeltes Röhrchen aus der anderen Tasche, öffnete es und hielt Romberg einen Wattestab vors Gesicht.

»Ich brauche eine Speichelprobe und ein paar Haare.«

Er wartete, bis der Mann den Mund aufsperrte, und tupfte ihm darin herum.

»Das müsste reichen.« Er schob den Stab zurück in das Röhrchen. »Wie war Ihr Name?«

Die Antwort kam zögerlich. »Anton Romberg.«

Dr. Melcher verschloss das Röhrchen und beschriftete das Etikett.

»Schreiben Sie etwa meinen Namen drauf?«, mokierte sich Romberg.

»Natürlich. Das juckt hier keinen, wer Sie sind oder warum diese Probe gemacht wird. Wir führen regelmäßig Vaterschaftstests oder andere DNA-Analysen durch.«

»Könnten wir nicht einen Fantasienamen nehmen?«

»Sie wollen das Ergebnis vor Gericht verwenden, oder? Dann muss alles seine Richtigkeit haben. Zumindest dem Anschein nach.«

Er holte aus derselben Kitteltasche, die auch das Röhrchen enthalten hatte, einen kleinen Plastikbeutel und eine Pinzette. Wortlos riss er Romberg ein paar Haare aus und fing sie im Beutel auf.

Romberg rieb sich den Kopf.

»Wann haben Sie das Ergebnis?«, fragte er.

»Kommen Sie in etwa zehn Tagen wieder.«

»So lang?«, fuhr Romberg auf.

»Sie sind, wie ich schon sagte, nicht der Einzige. Und weil wir ja nicht auffallen wollen, lasse ich alles seinen geregelten Gang gehen. Ich denke, das ist auch in Ihrem Sinn. Sind wir dann fertig?« Dr. Melcher wurde ungeduldig.

Über Rombergs Gesicht zog sich ein teuflisches Grinsen.

»Nein, noch nicht. Sie können noch etwas für *uns* tun. Mir ist gerade etwas in den Sinn gekommen. Etwas, mit dem wir dem Knaben gehörig eins auswischen könnten.«

Dr. Melcher vergrößerte die Distanz zu Romberg, der ihm allmählich unheimlich wurde.

»Was meinen Sie?«

»Geben Sie mir ein wenig Stoff, Hasch, Morphium, Koks, irgendetwas, um den Jungen aufzuheitern.«

Dr. Melcher zuckte zusammen. »Was glauben Sie denn? Drogen stehen bei uns nicht gerade zur Selbstbedienung bereit.«

»Jetzt stellen Sie sich nicht so an. Sie zwacken sich garantiert auch ab und zu etwas ab. Stimmt's?«

Dr. Melcher wandte sich ab, stierte auf den grauen Linoleumboden. »Ich glaube kaum, dass Sie das etwas angeht.«

»Nein, sicher nicht. Was Sie machen, ist mir scheißegal. Also, was ist, krieg ich ein bisschen was? Es muss nicht viel sein. Hauptsache, es reicht für ein paar irre Trips.«

Dr. Melcher wusste, dass er klein beigeben würde. Erstens, weil er den Fremden sonst nicht mehr los bekäme, zweitens, weil auch er Jonathan Falkners Leben zerstören wollte.

»Kommen Sie am Sonntag vorbei. Gleich um acht. Warten Sie auf mich am Anfang der Knielinger Allee, dort, wo es zu den Parkplätzen geht.«

***

Die Frau lehnte seitlich an der Bar und zog graziös an einer Zigarette. Ihr rechter Arm stützte sich auf die Hüfte, ihr Blick ging ins Nichts. Dichtes, wallendes Haar bedeckte ihre bloßen Schulterblätter und glänzte unter den Halogenstrahlern, als sei es in ein Bad hochkarätigen Goldes getaucht worden. Das kirschrote trägerlose Oberteil schmiegte sich über ihren wohlproportionierten Oberkörper, reichte nicht bis zum Bund des Minirocks, der sich eng um ihre Hüften legte. Auch die makelfreien, endlosen Beine in ihren hochhackigen roten Pumps waren ein Erlebnis.

Romberg konnte gar nicht anders, als sie anzusteuern. Er gönnte den anderen Nutten nicht einmal den Bruchteil seines Augenmerks. Diese Blonde, diese Ausnahmefrau, hatte ihn noch in derselben Sekunde, in der er seinen Fuß über die Schwelle der *Bar Exotica* gesetzt hatte, komplett in ihren Bann gezogen. Sich ihrer Wirkung wohl bewusst, köderte sie ihn mit ihren unsichtbaren Angelhaken, ob er wollte oder nicht.

Ohne Frage, er wollte.

Romberg wusste natürlich auch um seine gewisse Anziehungskraft auf Frauen. Er stellte sich neben sie, lehnte sich gegen die Bar, taxierte sie von oben bis unten.

Sie gab seinen Blick unverhohlen zurück.

»Hallo, schöner Mann, was darf es sein?«

Ihre Stimme bohrte sich bis in die kleinste Faser seines Körpers. Jedes einzelne Wort ließ sie auf der Zunge zerschmelzen, garniert mit einem rollenden Akzent.

»Ich nehme alles, was du zu bieten hast.«

Romberg spürte, wie ihn die Lust packte. Das war ihm schon lange nicht mehr passiert, sogar seine Südseemädchen zu Hause waren weit davon entfernt, dieser Frau das Wasser zu reichen.

»Wie heißt du?«

Sie drückte ihre Zigarette aus, langsam. Ihre Hände waren zart und langgliedrig, die Finger perfekt manikürt, war ja klar, und hatten dennoch keine Krallen als Nägel, von denen leider zu viele Frauen glaubten, sie gefielen den Männern.

»Toni – und du, mein Engel?«

»Ludmilla.«

Romberg schmunzelte. Ludmilla. Groß, blond, attraktiv. Wie das Mädchen, das er bisher vergeblich gesucht hatte.

Seine Recherchen hatten sie in sein Blickfeld gerückt, als er sich die Namen von Jonathans Mitschülern geben und die Bilder zeigen ließ. Direkt in den Schulen. Er hatte sich lediglich als Reporter ausgeben müssen, schon waren ihm Tür und Tor offengestanden. Jeder wollte sich profilieren und davon profitieren, den Glückspilz zu kennen. Ausnahmslos jeder! Und auch besagte wasserstoffblonde Schönheit war auf dem einen Klassenfoto gewesen. Neben Jonathan. Genauer gesagt, zwischen Jonathan und der anderen Blonden, die er angeblich so liebte.

Der Edelknabe und sein Faible für Blondinen! Woher er das wohl hatte?

Romberg hätte beinah aufgelacht.

Jetzt stand diese Frau vor ihm, das erwachsene Pendant zu dem Mädchen auf dem Foto. Er vergaß niemals das Gesicht einer schönen Frau. Auch glaubte er, dass sie diejenige war, die der Bengel im Jeep herumkutschiert hatte, jene Frau, deren üppige Goldmähne so berauschend aus dem geöffneten Fenster herausgestrahlt hatte.

Eine Edelnutte an der Seite eines Millionärs? War doch normal. Und dazu noch eine ehemalige Schulfreundin? Das wäre geradezu pikant delikat! Viel zu schön, um wahr zu sein.

»Ludmilla«, sagte er, »ein wohlklingender Name.« Er atmete tief ein, dann aus, schaute dem Girl fest in die Augen und gewährte ihr sein anzüglichstes Lächeln.

»Du hast es eilig?« Ihre Frage glich eher einer Feststellung.

Sie war ein Profi, das gefiel Romberg ausnehmend gut. Er liebte Profis, gleich auf welchem Gebiet. Nur sie vermittelten einem die Sicherheit, jeden Handgriff unter Kontrolle zu behalten und immer das Beste aus sich herauszuholen.

Na, und in diesem Fall wohl auch aus dem Kunden. Ob Jonathan aus diesem Grunde mit ihr zusammen gewesen war?

Falls er sich nicht täuschte. Aber er täuschte sich selten.

»Ja, ich kann es kaum erwarten.«

Der Reiz, es mit derselben Nutte zu treiben, mit der sich auch der Knabe vergnügt haben könnte, erhöhte sich soeben um ein Vielfaches.

Donnerstag, 31. Oktober

Nach der exzessiven Nacht hatte er ihr einen exklusiven Brunch in einem Viersternehotel versprochen.

Da er ihr sein gesamtes Barvermögen bereits überlassen hatte, musste er Nachschub aus dem Volvo holen. Und der stand in Jonathans Garage.

Folglich blieb ihm nichts anderes übrig, als Ludmilla mit in die Villa zu nehmen. Vielleicht gewährte sie ihm dort auch einen kleinen Nachschlag.

Das Tor ging auf und Romberg ließ den Porsche den Weg hinaufröhren, parkte auf dem Garagenvorplatz.

»Wow!«, stieß die Frau neben ihm aus.

Übertriebene Höflichkeit heuchelnd, half er ihr aus dem Wagen. Er hoffte, problemlos die Haustür geöffnet zu bekommen, denn offiziell besaß er lediglich die Codekarte für Haupt- und Garagentor samt vierstelligem Code. Aber mit dem Porsche-Schlüssel hatte Jonathan ihm gedankenlos noch einen weiteren Schlüssel ausgehändigt. Dieser würde ihm samt Karte und einem neunstelligen Code den Zugang zum Haus öffnen. Er hatte gut aufgepasst, als der Hausherr kürzlich den Code eintippte, der vermutlich bis heute nicht geändert worden war. Und während der Knabe sich zwischen verstaubten Büchern herumtrieb, würde er sich heute dessen Palasts bemächtigen.

»Wow!«, seufzte Ludmilla zum zweiten Mal, als die Haustür mit einem leisen Knacken aufsprang. Sie zog ihre perfekt gestylten Augenbrauen in die Höhe und bedachte ihn mit einem anerkennenden Lächeln.

Mit einem Mal fühlte er sich reich und stark. Er kannte die Räumlichkeiten, denn an den vergangenen vier Samstagen hatte ihn der Knabe zum Essen in die Küche gebeten. Dazu hatte er ihm sämtliche Räume gezeigt, und er war hin- und hergerissen gewesen zwischen der hochmodernen Technik, schlichten Raffinesse und dem Luxus. Das hätte er dem Bengel gar nicht zugetraut. Aber der Apfel fiel ja bekanntlich nie weit vom Stamm.

Er schob die staunende Ludmilla den Gang entlang, platzierte sie in der Küche und gebot ihr, sitzen zu bleiben. Dann rannte er hinaus in die Garage, wo auch sein Volvo stand. Er holte das dort verwahrte Geld und beeilte sich, zurück in die Küche zu kommen.

Ludmilla saß nicht mehr, sondern stand vor dem Hightech-Herd. Sie wandte sich um. »Du bist ja ganz außer Atem.«

»Du bringst mich außer Atem, meine Teure. Komm, wir verziehen uns nach oben.

Er zog sie mit sich, ließ sie im Zentrum der gekreuzten Gänge stehen und warf einen kontrollierenden Blick in den Fitnessraum und den Glasanbau. Sicher war sicher.

Sogleich packte er ihren Arm, schob die Ebenholztüre zum Wohnsalon auf, worin sich nichts außer zwei Bücherregalen, einer Couch, einem Tisch und einem Sitzwürfel befanden, drängte sie hinein und die Treppe hinauf.

»Wirklich faszinierend, deine Villa. Ich glaube nicht, schon etwas Ähnliches gesehen zu haben.«

»Es wird noch toller, meine Schöne. Wart's ab!«

Ein paar Sekunden später standen sie in der breiten Diele des Obergeschosses, durch die Glaskuppel brach das Licht der Sonne herein.

Ludmilla tat einen Schritt vorwärts und richtete ihren Blick verklärt die Brüstung hinauf, dann hinunter.

»Also, wer sich das ausgedacht hat …, echt Wahnsinn.«

Romberg packte sie am Arm.

»Komm«, schnarrte er ungeduldig und ignorierte ihr erschrockenes Zusammenzucken.

Er konnte es nicht mehr erwarten, diese Frau in Jonathans exquisitem Wasserbett zu vögeln. Ehe Ludmilla einen weiteren Kommentar der Verzückung ausstoßen konnte, schob Romberg sie grob ins Schlafzimmer hinein.

Er fühlte ihr erneutes Zucken, fühlte, wie es in ihr arbeitete, wie sie zur Abwehr ansetzte. Aber er wollte diese Geschichte jetzt rasch zu Ende bringen. Wer weiß, ob der Junge nicht doch früher als angekündigt auftauchte. Er schloss die Tür, riss sich das Hemd vom Leib, musste noch schnell die Toilette aufsuchen. Als er zurückkam, stand die Tür zum Gang offen.

Verflucht, was hatte die Hure dort draußen verloren?

Er stürzte hinaus, sie lehnte vorne am Fenster neben der dreisitzigen Eckcouch, immer noch angekleidet, die Finger ihrer linken Hand streichelten über die samtige Lehne. Sie drehte sich nicht um, starrte hinaus, beobachtete etwas. Vielleicht sah sie die Stadt zum ersten Mal aus dieser Perspektive.

»Was ist los?« Romberg hatte jetzt überhaupt keine Lust, auch nur eine Sekunde seiner wertvollen Zeit zu verplempern. »Komm her!«

»Würde ich ja gern, mein Lieber. Aber ich möchte dir noch eine Frage stellen.«

»Eine *Frage*? Wir machen hier keine Fragespiele.«

Ein paar schnelle Schritte, und er befand sich hinter ihr. Seine Rechte schoss vor, griff ihre Schulter.

»Komm jetzt!«

Ihr Haar, ihr Duft, er glaubte, zu explodieren.

»Was, lieber Toni, macht die Mutter des Mathe-Genies hier auf deinem Grundstück?«

»Was? Wer? Welche …?«

Er stieß Ludmilla beiseite, drängte ans Fenster, sie verlor das Gleichgewicht, kippte auf die Couch.

Dann sah er die Frau. Sie stand neben der antiken Cabrio-Karre, die jetzt hinter dem Carrera parkte. Den weißen Golf kannte er. Die Frau auch.

Er fühlte jede einzelne Faser in sich erstarren, war zu keiner Bewegung fähig. Sah, wie die Frau den Porsche anstierte, sah, wie sie ihr Augenmerk die Hauswand emporgleiten ließ. Beladen mit einem Riesenkorb ging sie langsam auf die Tür zu.

Dann endlich schaltete er.

»Meine Hauswirtschafterin …«, setzte er an.

In seinem Hirn ratterte es parallel, nun hatte er die Bestätigung, dass Ludmilla tatsächlich die kleine Gespielin Jonathans war. Er hatte sie nicht einmal danach zu fragen brauchen.

Und wenn das Wasserstoffperoxid ihren Verstand nicht zerstört hatte, würde wohl auch sie nun unweigerlich eins und eins zusammenzählen.

Schon erhob sie sich, einen fragenden Blick in den Augen.

Romberg drängte sie in Richtung Schlafzimmer. Schob sie hinein, schloss die Tür.

Sie wirkte ganz in Gedanken versunken.

»Die Frau ist meine Schneiderin«, lächelte sie. »Da staunst du, was? Und sie ist echt gut. Ich hätte nicht gedacht, dass sie nebenher …«

Romberg fehlten die Worte. Da war ihm bei seinen Recherchen wohl ein wichtiges Detail entgangen.

»Was ist, mein Lieber?« Ludmilla hatte wieder ihren gewohnt säuselnden Tonfall angeschlagen, sie wartete keine Antwort ab. »Kürzlich habe ich hier in der Nähe ihren Sohn getroffen. Wir sind früher zusammen zur Schule gegangen. Jonathan Falkner. Er ist jetzt Millionär. Muss hier irgendwo in der Gegend wohnen. Kennst du ihn?«

Romberg schwieg. Abwartend.

Wissend rollte sie mit den Augen. »Ich schätze mal, meine Schneiderin ist nicht wegen dir in diesem Haus.«

Sie kam näher, legte ihre Hände auf seine Schultern, drückte sich an ihn, ihre Finger tasteten sich zum Hals hin, hinter seine Ohren, griffen unsanft in sein Haar.

»Okay, my Sweetheart, wer bist du? Der Butler? Der Chauffeur oder der Gärtner?«

Das hätte sie nicht sagen dürfen.

Impulsiv schnellten seine Hände hoch und packten ihre Handgelenke. Er hatte vor, sie ihr auf den Rücken zu drehen, ihren Widerstand zu brechen, sie gefügig zu machen. Wenn es sein musste, mit aller Gewalt.

Das Haus war gut gedämmt, die Alte würde gar nichts merken. Vorausgesetzt, sie inspizierte nicht das Schlafzimmer ihres Söhnchens.

Ludmilla stieß einen Schrei aus. Nicht laut, wohl mehr vor Schreck als Schmerz. Dabei wand sie sich aus seinem Griff und rannte zum vorderen Fenster. Weiß der Teufel, was sie dort wollte. Nachbarn gab es weit und breit keine, zum Hinunterspringen war es zu hoch. Zu allem Übel trug sie immer noch ihre hochhackigen Stiefeletten. Die wurden ihr zum Verhängnis. Sie knickte ein, klammerte sich ans Fensterbrett.

Romberg setzte ihr nach, war nach zwei, drei Schritten bei ihr, packte sie dort, wo sie am empfindlichsten war, dort, wo er sie am besten packen konnte. An ihrer Haarpracht.

Er schleuderte sie rücklings in Richtung Bett.

Verzweifelt bemühte sie sich, ihren taumelnden, zappelnden Körper unter Kontrolle zu bekommen. Vergebens.

Ihre Absätze verhakten sich im hohen Floor des schneeweißen Teppichs, ihr Genick traf auf den verchromten Stahlrahmen.

Das Knacken war lauter, als Romberg es sich hätte vorstellen können. Eiseskälte kroch ihm den Rücken hinab. So ein Scheiß. So eine Vergeudung.

Die toten Augen des Girls sagten unmissverständlich, dass er nun ein handfestes Problem am Hals hatte.

*

Emma verjagte ihr Erstaunen über den herumstehenden Porsche und betrat die Küche.

Wie immer, musste sie erst einmal tief Luft holen und ihre Augen auf die ihrer Meinung nach übertriebene innenarchitektonische Meisterleistung einstellen. Wenn nur dieses penetrante Rot innerhalb der dezenten Grautöne nicht wäre.

Zielstrebig ging sie zur quadratischen Esstheke im Mittelpunkt des Raums, stellte ihren Korb ab und begann mit den Vorbereitungen.

Wenn Jonathan ehrlich wäre, dann gefiele es ihm schon, wenn abends ein Essen auf ihn wartete, das richtig herzhaft schmeckte.

Ein dumpfes Poltern ließ sie aufhorchen. Fast wäre ihr der Topf mit dem Spätzlewasser aus den Händen gerutscht und auf die edlen Fliesen geknallt.

War das ein Erdstoß?

Manchmal kam es vor, dass Erdbeben bis ins Rheintal ausliefen. Das letzte Mal vom Schwarzwald her. Ein Zittern mitten in der Nacht.

»Sicher nur ein Überschallflieger«, sagte sie beruhigend zu sich selbst und stellte den Topf auf die computergesteuerte Glaskeramikplatte des Induktionsherds.

Und wenn nicht? War Jonathan etwa doch zu Hause? Immerhin stand sein Porsche vor der Tür.

Ihr Handy läutete, Markus war dran. Sie ließ ihn nicht zu Wort kommen und informierte ihn über das Geräusch.

»Vielleicht ist etwas umgefallen«, meinte er.

»Oder der Junge ist vielleicht doch zu Hause?«

»Schau doch einfach nach.«

Einfach nachschauen. Sie hatte nicht vor, in Jonathans Privatsphäre herumzuschnüffeln, die Räume außerhalb der Küche waren für sie tabu.

»Stell dich nicht so an. Vielleicht hat er vergessen, ein Fenster zu schließen und ein Vogel flattert verirrt umher, oder was weiß ich. Nicht, dass uns der Junge hinterher Vorwürfe macht.«

»Also gut, aber du bleibst dran.«

Emma steckte das Handy in die Schürzentasche. Gewährte den dampfenden Töpfen einen prüfenden Blick und verließ die Küche. Ließ die Tür offenstehen. Und auch die von dem gegenüberliegenden Wohnsalon.

Sie schlich die Treppe empor. Alles ruhig.

»Jonathan?«, rief sie laut.

Nicht, dass er doch zu Hause war. Vielleicht arbeitete er an seinem Computer oder trainierte an seinen Geräten. Aber die standen ja unten im Fitnessraum.

»Jonie?«

Alles lag in tiefster Stille. Nur ganz leise vernahm sie ein Summen, das scheinbar von einer technischen Einrichtung herrührte. Hier liefen so viele Geräte im Hintergrund, da wurde einem ganz schwindelig.

Emma versuchte, nicht daran zu denken, was die täglich an Strom verbrauchten.

»Emma? Emma!« Markus' Stimme zwängte sich aus der Kitteltasche.

Schnell packte sie das Handy, hielt es ans Ohr. »Ja? Hier ist alles still.«

»Hast du schon ins Schlafzimmer geschaut?«

»Mach ich gleich.«

Emma langte nach dem Griff. Schob die Tür auf. Sah vorsichtig hinein. Es war irgendwie nicht mehr wie früher, als sie regelmäßig in Jonies Zimmer ging, um aufzuräumen oder die Wäsche zu holen.

Sie drückte das Handy wieder ans Ohr. »Da ist nichts, Markus. Ich geh wieder runter.«

»Gut.«

*

Na endlich hatte sich das Weib verzogen. Neugierige alte Schachtel. Er war zu Tode erschrocken, als er ihr Rufen gehört hatte.

Schnell hatte er Ludmillas Leichnam in die Dusche geschleppt und die Tür zum Badezimmer abgesperrt.

Das verfluchte Haus war derart gut gedämmt, dass er gar nichts hörte. War das Weib jetzt im Schlafzimmer oder nicht?

Schließlich vernahm er ihre leise Stimme, mit wem redete sie?

Dann Stille.

Abgesehen vom leisen Rauschen der Klimaanlage, die sich mit dem Herumdrehen des Schlüssels eingeschaltet hatte.

Eine geschlagene Stunde verharrte er auf dem Toilettendeckel, neben sich das tote Girl. Es war nahezu halb vier, als er es wagte, das Bad zu verlassen. Er schlich hinunter.

Der alte VW war verschwunden, in der Küche lag ein Zettel und standen Töpfe herum, es roch nach Essen.

Er zögerte keine unnötige Minute mehr, er musste handeln. Draußen begann es, düster zu werden. Er jagte wieder nach oben, schleppte das tote Girl zum Lift.

Er wollte sie im oberen der beiden Keller verstecken. In der Truhe. Eine schwere, riesige Ebenholztruhe. Neben einem antiken Schrank. Hatte er beim Rundgang gesehen.

Das Schloss klemmte. Er rüttelte, drückte und drehte den Eisenschlüssel mit beiden Händen so lange, bis es knackte und das Schloss aufschnappte. Er stemmte sich gegen den Deckel, wuchtete ihn auf. Legte die Tote hinein. Gut, die Truhe war groß und der Körper noch beweglich. Er brauchte nur die Beine anzuwinkeln. Warf das Täschchen und die Schuhe dazu. Knallte den Deckel zu, verschloss ihn. Den Schlüssel steckte er ein.

Morgen früh, wenn der Knabe noch Schäflein zählte, musste er die Leiche verscharren.

Am besten, er fing gleich an, das Loch zu buddeln.

Kein Mensch würde heute noch den Garten inspizieren. Innerhalb von zwei Stunden konnte viel geschehen, ein halbes Grab ausgehoben werden.

***

Als Jonathan die Villa betrat, bemerkte er die fremden Gerüche. Die Klimaanlage hatte sie noch nicht vollständig getilgt.

Die Hauptnote drang aus der Küche und bestand unzweifelhaft aus den Dünsten eines garantiert leckeren Mahls seiner Mutter.

Da war aber noch ein anderer Duft, viel dezenter, dennoch irgendwie vorhanden. Er kam ihm bekannt vor, passte aber nicht zu seiner Mutter. Vielleicht hatte sie sich ein neues Parfum zugelegt.

Er ging in die Küche, entdeckte die bereitstehenden Töpfe und das ordentlich drapierte Gedeck. Jetzt gab es kein Halten mehr. Der leere Magen forderte sein Recht, Jonathan dankte insgeheim der mütterlichen Fürsorge. Vor allem nach dem langen Tag in der Uni samt den beiden Seminaren über Teilchen-Astrophysik. Und dazu das seltsame Gebaren Vollmers, vorhin an der Tankstelle.

Gleich nach dem Essen beschloss er, seine Mutter anzurufen und sich zu bedanken. Aber dann tippte er doch nur schnell eine SMS, schickte sie ab und verharrte kurz. Eigentlich sollte er sich unbedingt bei Ludmilla melden, wenn auch nur, um zu fragen, wie es ihr ging. Er fühlte sich unwohl, wenn er daran dachte, wie frostig er sich beim Abschied verhalten hatte. Er wählte ihre Nummer, aber es meldete sich nur die automatische Ansage.

Draufsprechen wollte er nicht, darum tippte er eine Nachricht: *hi milla, der abend war wirklich sehr schön. leider kann ich dir keinen weiteren versprechen. bitte sei nicht böse. vllt. treffen wir uns zufällig mal wieder. lg jona*

Er drückte auf »senden« und atmete befreit durch. Erledigt. Er musste die fabelhafte Ludmilla abhaken, ein für alle Mal. Sein Ziel war nach wie vor Lisa, er würde alles daran setzen, um sie zu erobern – früher oder später.

Na ja, vermutlich später, überkam es ihn wehmütig, während er sein Geschirr wegräumte.

Er entschied, gleich ins Bett zu gehen, er war müde und sehnte sich nach einer heißen Dusche. Beim Betreten seines Schlafzimmers schaltete sich die indirekte Beleuchtung ein und erhellte den Raum tageslichtgleich.

Er stutzte, sah sich um. Nichts schien verändert seit heute Morgen. Und doch – auch hier roch es unterschwellig nach derbfrischem Blumenduft. War seine Mutter hier drin gewesen? Aber es war nicht der Duft seiner Mutter.

Es war der Duft herber Leidenschaft, er kannte diesen Geruch, es war Millas ganz spezielles Chanel. Chanel N° 19.

Benutzte seine Mutter nun tatsächlich das gleiche Parfum? Er war unangenehm berührt. Begann er zu halluzinieren? Gierte sein Körper so sehr nach Ludmilla, dass ihm sein Verstand einen heimtückischen Streich spielte?

Er schaltete die Klimaanlage höher, riss die Fenster weit auf. Der Geruch musste getilgt werden, egal ob real oder nicht, alles musste getilgt werden, seine Geilheit nach ihr, seine Erinnerung an den Abend, einfach alles, was mit ihr zu tun hatte. Sie war damals schon ein schlimmes Mädchen gewesen und blieb es bis heute. Sie war keine Frau für die Zukunft, für das Leben, keine Frau zum Heiraten.

Er ging unter die Dusche. Trocknete sich, nachdem alle zermürbenden Gedanken in den Abfluss gespült worden waren, in der warmen Luft des Ganzkörperföhns. Das tat Haut und Seele gut.

Völlig erledigt, schlief er rasch ein, brauchte nicht einmal zu meditieren.

Samstag, 2. November

Es war schon heller Tag, als er die Augen aufschlug. Er raffte sich auf, machte sich frisch, zog sich an. Ging hinunter in die Küche, füllte Wasser in den Kaffeeautomaten, brühte eine Tasse auf. Während sie abkühlte, zog er sich eine Jacke über, ging vor die Haustür, atmete tief.

Die Luft roch gut. Aromatisch, erdig.

Na, kein Wunder, Rombergs Volvo stand vor der Garage. Der Gärtner war schon wieder aktiv.

Was wühlte der nur ständig im Garten herum? War doch alles perfekt.

Jonathan schüttelte den Kopf und machte sich auf den Weg hinunter zum Tor, um die Zeitung sowie die frischen Brötchen zu holen, die er jeden Samstag von einer Bäckerei liefern ließ.

Wieder im Haus, warf er einen Blick in die Garage, alles okay, der Porsche stand wohlbehalten an seinem Platz. Nun konnte Jonathan frühstücken, sich seinen Kaffee schmecken lassen, in der Zeitung schmökern.

Eine Stunde später schaltete er den PC an, wollte an seiner Dissertation weiterarbeiten. Jedoch lief es nicht so, wie er es sich vorgestellt hatte. Irgendwie fehlte ihm heute der Sinn dafür. Das Bukett von frisch umgegrabener Erde steckte ihm noch in der Nase, lockte ihn hinaus in seinen Park, zu seinem Gärtner, der so unermüdlich werkelte, als wäre diese Arbeit für ihn *die* Erfüllung.

Es war schon eine Weile her, seit er mit Romberg ein gutes Gespräch geführt hatte, vielleicht sollte er es jetzt nachholen. Er hatte ja noch den ganzen Nachmittag zum Meditieren, Schwimmen und fürs Fitnesstraining übrig. Und vielleicht bekam er auch wieder einen freien Kopf für seine Arbeit.

Draußen empfingen ihn warme aber kräftige Windböen. Der alte Kastanienbaum war bereits fast kahl, die Blätter wirbelten umher.

Kein Wunder hatte sich Romberg schon wieder mit dem Rechen ausgerüstet. Aber er rechte auf einem Wiesenstück umher, auf dem kaum ein Grashalm zu sehen war, geschweige denn ein Blatt.

»Hi, Toni!«, machte sich Jonathan bemerkbar.

Romberg fuhr herum. Sein Gesicht funkelte rot vor Anstrengung.

Jonathan wich automatisch einen Schritt zurück. »Ich wollte Sie nicht erschrecken. Haben Sie mich nicht kommen gehört?«

»Nein, verdammt, du siehst ja, dass ich schaffe wie ein Verrückter«, schnauzte Romberg schroff.

Jonathan wurde unsicher. »Tut mir leid, Toni, ich wollte nicht stören. Meinetwegen können Sie ruhig Schluss machen. Bei dem Wind hat das ohnehin wenig Sinn.«

»Ach was!«, fuhr der Gärtner auf. »Was weg ist, ist weg.«

Jonathan wandte sich um. Wenn Romberg schlechte Laune hatte, wollte er ihn nicht weiter reizen. Jeder Mensch hatte das Recht auf schlechte Laune. Auch der sonst immer freundliche Toni.

Aber sich dumm anmachen lassen, das wollte Jonathan nicht. Er wandte sich zum Gehen.

*

»Halt, warte! War nicht so gemeint«, rief Romberg ihm nach.

Der Knabe hatte ihn völlig überrumpelt, und es war natürlich falsch gewesen, ihn so grob anzugehen.

Der Junge blieb stehen, drehte sich wieder um, zögerte.

»Ich wollte wirklich nicht –«

»Entschuldige dich nicht schon wieder. War mein Fehler!«

Romberg war dieses mimosenhafte Getue allmählich leid. Ihn nervte diese Unterwürfigkeit, sobald er sich mal im Ton vergriff.

»Warst schon eine Weile nicht mehr draußen. Na, ist ja auch ein seltsames Wetter. Jetzt kommt schon wieder die Sonne und knallt einem aufs Hirn.«

»Ja.« Mehr sagte der Hausherr nicht, starrte auf das umgegrabene Stück Wiese, kniff die Augen zusammen.

»Hab hier besonders viel Unkraut rausreißen müssen, deshalb sieht's ein bisschen kahl aus. Im Frühjahr ist das ruckzuck wieder grün.«

»Sie sind der Fachmann, Toni.«

Lächelnd stützte sich Romberg auf den Rechen.

»Heute hast du sicher keine Lust zu helfen, oder?« Er wies mit dem Kinn in Richtung vollbeladener Schubkarre.

»Nein. Ich wollte nur ein paar Worte mit Ihnen reden. Dann muss ich mit meiner Arbeit weitermachen.«

»An was arbeitest du denn?«

Und was Jonathan dann in knappen Worten erklärte, versetzte Romberg in Erstaunen. Der Knabe bereitete doch wahrlich seinen Doktor vor.

Na, irgendetwas musste der Junge ja auf dem Kasten haben, sonst gäbe es nicht das viele Geld und sonst stünde er, Romberg, auch nicht hier.

Und genau das war der Punkt, über den er auf der Stelle reden wollte, jetzt war die Gelegenheit günstig. Er durfte sie nicht verstreichen lassen.

»Du kennst dich gut mit Aktien aus?« Mehr eine Feststellung als eine Frage.

»Ja«, lächelte der Jungmillionär etwas verlegen. »Man muss aber täglich den Markt beobachten.«

»Und hast du viel investiert?«

»Hm.«

»Und – keine Angst vor Verlusten?«

»Nein.« Es klang sehr von sich eingenommen.

»So? Aber nicht einmal die Börsenheinis wissen alles.«

»Pech für sie.«

Welch eine Arroganz in seinen Worten lag. Die Arroganz eines Intelligenzbolzens.

»Und du kannst das besser?«

»Ja, manchmal schon.«

»Wie – manchmal schon, wie geht das?«

»Ich kaufe, wenn die Aktien billig sind, verkaufe, wenn sie hoch im Kurs liegen, den Gewinn lege ich wieder an.«

»Klingt in der Tat einfach.«

»Ja.«

»Wie viel hast du investiert?«

»Genug.«

»Und bisher keine Verluste?«

»Nicht der Rede wert.«

»Also doch Verluste?«

»Waren leicht aufzufangen.«

Romberg bemühte sich um Ungezwungenheit, innerlich kochte er jedoch vor Ärger, keine klaren Angaben über das Vermögen des Knaben zu erhalten.

»Wie viel Kapital bräuchte ich, um so einzusteigen wie du?«

Er setzte alles auf eine Karte.

»Sehr viel«, erwiderte Jonathan emotionslos und setzte brüsk zum Rückzug an.

Montag, 4. November

Das Tor schob sich zur Seite, der VW-Bus fuhr durch die Einfahrt, den Weg hinauf, das Haus drängte sich in ihr Blickfeld.

Ecrin erbebte vor feierlicher Erwartung dieses geliebten Anblicks. Er milderte die Trostlosigkeit des nasskalten Morgens, ließ sie die Aussicht auf eine harte Woche, die ihr aufgrund mehrerer Krankmeldungen bevorstand, vorübergehend vergessen und nährte ihre Unzufriedenheit darüber, dass es ihr allmählich nicht mehr so einerlei war, den Dreck anderer Leute wegzuputzen. Jonathan Falkners natürlich ausgenommen.

Ja, und heute stand Ecrin ein besonderer Tag bevor, sie durfte nahezu den ganzen Tag allein in Falkners Haus herumwirbeln. Und das, obwohl eine Großreinigung einschließlich der Kellergeschosse angesagt war.

Eigentlich bestand der Reinigungstrupp aus vier Frauen, Frau Siebler, die Teamleiterin, eingeschlossen. Doch die zwei Kolleginnen hatten sich krankgemeldet, und Frau Siebler fuhr ins Büro zurück, nachdem sie Ecrin abgeliefert hatte. Sie würde wohl erst nach der Mittagspause zu ihr stoßen.

Bis dahin gehörte Jonathans Haus Ecrin ganz allein. Sie verschloss sorgfältig die Tür. Damit kein Fremder sie überraschen konnte. Doch leider bestand auch keine Aussicht, dass der gutaussehende Hausherr zufällig auftauchen würde. Er mied das Haus, wenn das Putzteam am Werken war. Und da er bereits fort war, ahnte er logischerweise nicht, dass heute nur sie anwesend war.

In der Küche stellte sie ihre Tasche ab. Hier würde sie später ihre Pause abhalten, etwas essen und sich dabei fühlen, als sei sie die Herrin dieses Anwesens.

Dann ging sie in den Abstellraum, der vom Hausgang sowie von der Garage her betreten werden konnte, holte, was sie benötigte, und begann mit ihrer Arbeit im Dachgeschoss. Denn von oben nach unten arbeiten, das war das Reglement.

Ecrin arbeitete zügig und war kurz davor, mit dem Obergeschoss abzuschließen, nur noch das Schlafzimmer fehlte.

Hier war sie ihm, Jonathan, am nächsten. Hier sprühte alles vor Intimität, roch es nach ihm, nach seinem Rasierwasser. Frisch und männlich herb. Die Flasche stand im Bad, verstaut in einem der edlen Einbauschränke beim Waschbecken.

Stets war alles picobello aufgeräumt, sogar um die Wäsche kümmerte sich der Hausherr persönlich. Sofern ihm nicht seine Mutter zuvorkam.

Ecrin fand das toll. Das machte den jungen Millionär so außergewöhnlich liebenswert, so anrührend attraktiv und unheimlich begehrenswert. Zumindest für sie. Denn sie verabscheute Patriarchen, die sich zu Hause nur bedienen ließen und herumkommandierten. Ihr Vater neigte ein wenig dazu. Vielleicht war er einfach überarbeitet. Niemand hatte es heutzutage leicht.

Auch Jonathan Falkner arbeitete viel, hatte reichlich um die Ohren, aber niemals hatte er bisher Frau Siebler gegenüber die Stimme erhoben oder sich im Ton vergriffen, wenn er eine Reklamation oder ein Anliegen hervorbrachte – was allerdings selten vorkam. Immer redete er in einem bittend ruhigen Tonfall.

Vielleicht mochte er auf manche Frauen nicht männlich genug wirken, für Ecrin war Jonathan Falkner der Traummann schlechthin.

Und jetzt stand sie inmitten des Schlafzimmers ihres Prinzen, neben sich Staubsauger, Eimer und Lappen, fühlte sich ihm nah wie keine andere auf dieser Welt. Sie öffnete den begehbaren Schrank, trat hinein, ließ ihre Finger über die Kleidung gleiten, atmete tief ein. Sog so viel ein, wie es ihr möglich war, von ihm, von seiner zurückgelassenen Aura.

Dann staubte sie ab, voller Hingabe, saugte, reinigte.

Das Bett kam als Letztes dran, sogar das machte er immer ordentlich. Sie ließ ihren Blick darauf verweilen, verführerisch lud es sie ein. Es war so groß, sie war noch nie auf einer Wassermatratze gelegen. Wie sich das wohl anfühlte?

Ecrin überlegte nicht lange. Niemand war da, niemand sah es, niemand würde stören.

Sie warf den Lappen in den Eimer, die vorschriftsmäßigen Handschuhe trug sie in seinem Haus nur beim Putzen der Kelleretagen, zog die Schuhe aus und legte sich auf die Bettdecke. Sie würde nachher wieder alles richten, keiner würde etwas bemerken.

Sie fühlte die schaukelnden Bewegungen der Matratze unter

sich und erträumte Jonathan Falkner neben sich, gab sich ihren Fantasien hin und vergaß die Zeit.

»Ecrin?!«

Meine Güte, war es schon so spät?

Aufgescheucht sprang sie aus dem Bett, glättete die Decke, schlüpfte in die Schuhe, hörte, wie die Tür aufgeschoben wurde.

»Ecrin?« Gerda Siebler tauchte auf, schüttelte den Kopf. »Ach, da bist du ja. Kommst du zurecht?«

Ecrin fühlte sich ertappt. Wie eine Diebin im Supermarkt.

»Was ist mit dir, habe ich dich so erschreckt?«

»Nein, nein, ich dachte nur einen Moment …«, Ecrin schaute kurz auf ihre Armbanduhr, »ich sei zeitlich in Verzug.«

»Bist du in dieser Etage fertig?«

»Ja, natürlich.«

In diesem Moment richtete sich der Blick ihrer Chefin auf das kleine Blumenväschen. Es stand auf dem halbhohen Raumteiler-Regal an der Kopfseite des Bettes. Das Bett befand sich nämlich nicht unmittelbar am Fenster zum hinteren Gartenbereich, sondern beließ genügend Abstand für besagten Raumteiler sowie den etwa einen Meter breiten Gang dahinter. Wozu diese Platzverschwendung gut sein sollte, wusste nur der Hausherr.

Frau Sieblers Blick jedoch interessierte sich nicht für das Bett, den Raumteiler, den Gang oder die beiden Pflanzentröge, die ihn zierten. Ihr Blick galt dem kleinen weißen Väschen, bemalt mit Vergissmeinnicht, in welchem drei gelbe Zwergrosen steckten.

Die hatte Ecrin zwischendurch schnell vom Garten geholt. Sie hatten so einsam vor sich hin geblüht, und Ecrin hätte nie geglaubt, dass die Siebler sie entdeckte.

»Was soll das?« Frau Sieblers Stimme klang einen Ton höher als normal. Das verhieß nichts Gutes.

»Es soll doch schön sein, wenn der Jonathan kommt«, verteidigte Ecrin sich. Warum sollten keine Blumen aufgestellt werden dürfen? Außerdem hatte sie extra ein kleines Deckchen darunter gelegt, um das edle Holz vor Flecken zu schützen. Deckchen und Vase hatte sie in einem Schrank in der Küche gefunden.

»Ecrin, ich bitte dich!« Frau Siebler wurde laut. »Es heißt Herr Falkner! Gewöhne dir endlich die vertrauliche Anrede ab, er ist unser Auftraggeber. Ihm ist es egal, ob da Blümchen stehen oder nicht. Außerdem obliegt es seiner Mutter, für Dekoration zu sorgen. Für uns gilt: Perfekte Reinigung! Hast du verstanden?«

»Ich habe es nur gut gemeint.« Ecrin schluckte, ihre Augen brannten und versuchten, Tränen zu produzieren. Der Wutausbruch ihrer Chefin überraschte sie ein wenig.

»Ich weiß. Du willst auffallen, willst sein Augenmerk auf dich lenken. Ist wohl natürlich in deinem Alter. Ein gut aussehender, ungebundener junger Millionär – welches Mädchen wollte da nicht ihre Chancen taxieren? Du kannst in deiner Freizeit tun und lassen, was du willst. Nur nicht, wenn du hier in diesem Haus deinen Dienst für Gusetti ausübst. Klar?«

»Ja, es tut mir echt leid! Ich hab's wirklich nur gut gemeint. Es waren die letzten Rosen im Garten.«

»Was interessiert dich der Garten? Du sollst nicht zum Fenster hinausträumen. Wir haben ein richtig großes Programm vor uns, Mädchen! Also los!«

Ecrin hatte das Erdgeschoss gereinigt und ihre Pause in der Küche abgehalten. Die digitale Uhr über der Tür zeigte knapp vierzehn Uhr, und Ecrin war gerade im Begriff, das erste Kellergeschoss anzugehen, als Frau Siebler erneut kam.

Sie ging mit keinem Wort auf den Vorfall ein. »Du fängst schon mal im oberen Keller an, ich putze inzwischen den unteren durch, dann machen wir den oberen zusammen fertig und dann das Schwimmbad«, teilte sie kurzerhand ein.

Es waren mit Sicherheit die einzigen Keller auf der ganzen Welt, die einmal im Monat einer derartigen Reinigung unterzogen wurden, dass man den Boden hätte abschlecken können. Dabei musste schon ein wenig Aufwand betrieben werden. Vor allem im oberen.

Ecrin gab ihr Bestes und wischte, so gut es eben möglich war, die vollgestopften Regale mit all dem Gerümpel ab.

Wie alle Geschosse waren auch die Keller in vier Quadranten aufgeteilt. Der untere, den sich Frau Siebler gerade vornahm, war ein Klacks gegen den oberen. Denn der riesige Bereich in der Gebäudevorderhälfte links vom Lift war völlig leer. Frau Siebler hatte also lediglich den Technikraum, das kleine WC und den Bereich rechts neben dem Lift zu reinigen, in welchem sich die Regale mit den alten Spielsachen und einigen Vorkriegselektrogeräten befanden.

Im oberen Keller hingegen ging die Arbeit nicht so schnell voran. Denn dort befand sich der sogenannte Wäschepflegeraum, der nicht nur mit dem Sammelkasten für die Wäsche, die durch den Schacht heruntergeflogen kam, ausgerüstet war, sondern auch mit Waschmaschine, Trockner und großzügigem Bügeltisch. Im Anschlussbereich dahinter standen Regale, vollgestellt mit beschrifteten Schachteln, an den Wänden lehnten Bilder.

Kam man die Treppe herunter, hatte der sammelsüchtige Hausherr gleich links seinen Restaurationsbereich eingerichtet. Mit Tischen, auf denen er schliff, malte und lackierte, und Schränken, in denen er Farben, Pinsel, Leim und alle möglichen Geräte aufbewahrte. Dahinter kam der Bereich, wo er Möbelstücke und größere Gemälde gelagert hatte, alles ergattert meist vom Sperrmüll, aber auch schon mal auf einem Flohmarkt.

Ecrin schnaufte kurz durch und machte mit der Waschküche weiter, das ging relativ zügig, reinigte den Restaurationsbereich, das war schon nerviger, und wandte sich schließlich den Möbelstücken zu, als die Chefin auftauchte.

»Na, du bist ja ganz schön fleißig«, lobte sie, und Ecrin lächelte dankbar zurück.

»Ich mache drüben das WC und fange mit dem Boden an, dann nichts wie ran an das Schwimmbad und dann endlich nach Hause! Ich glaub, heute Abend falle ich auf der Stelle ins Bett«, stöhnte sie und verschwand hinter einem der betonierten Raumteiler.

Ecrin wandte sich dem vordersten Schränkchen zu, einem Nachttisch aus Omas Jugendzeiten, wischte vorsichtig darüber, um die Glasauflage nicht zu beschädigen. Fuhr dann über die schwarze Truhe, die nicht nur furchtbar schwer, sondern mit ihren vielen Beschlägen und den Schnitzereien auch ziemlich wertvoll aussah, und nach und nach über alle anderen Stücke, die in Reih und Glied herumstanden, als befänden sie sich in einem Möbelladen.

Endlich konnte sie mit dem Boden weitermachen. Sie wischte um die Möbel herum, wenn sie keine Füße hatten, und unter ihnen, wenn der Schrubber darunter passte.

Jetzt kniete sie vor einem gewaltigen Schrank, schob den Schrubber hin und her und hörte ein leises metallisches Kratzen. Sie beugte sich tiefer, die Lichtverhältnisse waren zum Leidwesen einer Putzenden sogar in den Kellern bestens, nicht der kleinste Fussel konnte übersehen werden.

Etwas Zartes, Kleines, Glänzendes lag dort.

Ecrin schob es mit dem Schrubber hervor, griff danach und glaubte kaum, was sie da sah. Ein goldenes Collier, besetzt mit funkelnden Steinen. Eigentlich durfte dieses Schmuckstück überhaupt nicht dort liegen. Eigentlich hätte es schon längst gefunden werden müssen, denn nicht nur Ecrin, auch jede ihrer Kolleginnen durfte von sich behaupten, tipptopp gereinigte Böden zu hinterlassen.

Aber vielleicht hatte ja Jonathan Falkner im Schrank oder im dahinterstehenden Sekretär herumgewühlt und nicht bemerkt, dass ein Schmuckstück herausgefallen war. Könnte durchaus möglich sein.

Ecrin setzte sich auf die Truhe, betrachtete das wunderbare Stück. Sie zog ihre Handschuhe aus, befühlte Steinchen um Steinchen, legte sich das Collier um den Hals. Hinten im Eck lehnte ein mannshoher Spiegel, fast blind, mit breitem Messingrahmen. Schnell flitzte sie hin, bewunderte die Kette an ihrem Hals. Der T-Shirt-Ausschnitt passte nicht dazu, von der Kittelschürze ganz zu schweigen. Jedoch wenn sie sich vorstellte, sie trüge ein Cocktailkleid, ein feines schwarzes, edle Pumps dazu und ihr Haar offen und lockig wallend – wäre sie nicht eine ideale Begleiterin für ihren Jonathan?

»Ecrin, was ist denn nun schon wieder!« Frau Siebler kam hinter dem Raumteiler hervor, die Hände in die Hüften gestützt. »Was machst du da? Träumst du?«

»Oh, nein, ich habe eine Kette gefunden und anprobiert. Ist sie nicht schick?« Sie drehte sich um und reckte kokett den Hals vor ihrer Chefin.

Die kam näher, schaute, kniff ihre Augenbrauen zusammen, warf einen Blick darauf. »Ist wahrscheinlich wertvoll. Du musst sie abgeben, das ist dir schon klar?«

»Aber vielleicht weiß der Jo…, äh, Herr Falkner überhaupt nichts davon? Vielleicht ist sie irgendwo herausgefallen und wird gar nicht vermisst?«

Frau Siebler schüttelte den Kopf. »Ecrin, Ecrin! Natürlich vermisst jemand solch einen Schmuck. Da kannst du Gift drauf nehmen. Du musst die Kette abgeben.«

***

Lisa hatte sich überaus kurzfristig angemeldet.

Er schwitzte vor Aufregung, dabei sehnte er sich dieses Treffen herbei. Er würde sich zwingen müssen, locker und unverfänglich zu bleiben, durfte keinesfalls in ihr den Gedanken aufkommen lassen, ihr auf eine gewisse Art und Weise untreu geworden zu sein. Besorgt betrat er das *Multi Kulti* und entdeckte sie sogleich.

Sie saß an einem Tisch am Fenster mit Blick auf das Schloss. Wieder war sie vor ihm da, es war ihm fast schon peinlich.

Auch sie hatte ihn entdeckt, winkte und warf ihm ein fröhliches Lachen entgegen.

»Oh, Jonie, schön, dass du da bist. Ich bin auch eben erst gekommen«, sagte sie, während sie aufstand. Küsschen rechts, Küsschen links.

»Hi, Lisa.« Er setzte sich ihr gegenüber.

»Mensch, hab ich 'nen Riesenhunger. Bin direkt von München gekommen, war noch nicht mal zu Hause. Meine Mama hat doch morgen Geburtstag. Natalie kommt nach. Übermorgen düsen wir wieder ab.«

Sie warf ihm einen ganz kurzen Blick zu, widmete sich gleich wieder der Karte, redete weiter, plauderte ungezwungen in die Karte hinein.

»Aber nicht traurig sein, Jonie. Ende November bin ich das ganze Wochenende da. Und dann sind ja ohnehin bald Ferien. – Und? Wie geht's dir?«

Ihre Augen blickten auf, grinsten schelmisch hinter den Gläsern hervor, was ihm wie üblich die Sprache raubte.

»Mir geht's gut.«

Er hätte sich ohrfeigen können. Sparsamer hätte er ihr wirklich nicht antworten können.

Sie zeigte sich jedoch unberührt, studierte weiter ihre Karte.

»Also, ich esse jetzt mal etwas Richtiges. Schweinefilet mit Spätzle und Champignonsoße. Und du?« Sie lehnte sich zurück, wirkte zufrieden.

Schnell ließ er seine Augen über die unzähligen Angebote wandern, blieb bei einer Salatplatte nach Art des Hauses hängen.

»Ich esse Salat, hab in der Mensa schon zu Mittag gegessen. Und heute lade ich dich ein, keine Widerrede!«

»Okay, ausnahmsweise, weil du's bist.« Und wieder schenkte sie ihm ihr wunderbar neckisches Lächeln.

Nach dem Essen bestellten sie sich noch etwas zu trinken.

»Möchtest du ein Eis?«, fragte Jonathan, denn er wusste, dass sie sehr gerne Eis schlemmte.

»Danke, aber ich glaube, es passt nichts mehr hinein.« Sie fuhr sich mit beiden Händen über ihren Bauch. »Ich habe schon wieder zugenommen.« Sie stöhnte gekünstelt.

Jonathan schüttelte den Kopf. »Du und zugenommen? Das kann gar nicht sein.«

»Doch! Ich sehe es jeden Tag auf der Waage.«

»Du stehst jeden Tag auf die Waage?«

Jonathan fühlte sich wohl, das belanglose Gespräch mit Lisa tat ihm gut. Er lachte laut auf.

Lisa lachte mit, ihre Augen leuchteten. Dann legte sie ihre Hände auf den Tisch, umschloss die seinigen.

»Ach, Jonie! Wir treffen uns regelmäßig und doch weiß ich so gut wie gar nichts mehr von dir. Was macht dein Studium, was ist das Thema deiner Dissertation?«

Überrascht grinste er sie an. »Ich glaube nicht, dass du das wissen willst. Mathe ist nicht unbedingt dein Lieblingsgebiet.«

»Doch, jetzt schon!« Sie reckte trotzig ihr Kinn. Schaute ihm herausfordernd in die Augen. »Also?«

»Schon mal was von John Forbes Nash gehört?«

Sie schüttelte den Kopf, dann hielt sie inne. »Ich hab den Film mit Russel Crowe gesehen. Ist der nicht ein wenig irre geworden?«

»Ja, vorübergehend. Dann hat er 1994 sogar den Wirtschaftsnobelpreis erhalten. Über die Untersuchung von Gleichgewichten in nicht kooperativen Spielen. Ich hatte das damals, als ich in der Schule erstmals davon hörte, so abstrus gefunden, dass ich begann, mich mit dieser Materie auseinanderzusetzen.«

»Und welche genau?«

»Die Spieltheorie.«

»Und dann hast du überlegt, ob *Mensch ärgere dich nicht* kooperativ ist oder nicht?«

Er lachte auf. »Ja, das ist in der Tat eine Überlegung wert. Nein, die Spieltheorie wird auf zahlreiche Wirtschaftssituationen angewendet. Das ist der Sinn.«

»Ich will jetzt nicht indiskret werden.« Lisa beugte sich vor und warf ihm einen verschwörerischen Blick zu. »Aber bringt dir das auch Vorteile beim Verwalten deiner Finanzen?«

»Nachdem ich mit der Hälfte meines Gewinns die Wirtschaft angekurbelt und mit einem beachtlichen Teil die Sparkasse beglückt hatte, bin ich mit dem Rest unter die Spekulanten gegangen. Aber mit den Aktiendepots muss man sich täglich beschäftigen, sonst lösen die sich irgendwann in Luft auf.«

»Wird das nicht ein wenig viel, jeden Tag die Kurse zu überwachen? Und dann richtig handeln?«

Jonathan nickte. »Mittlerweile habe ich hierfür eine Investmentfirma mit zuverlässigen Händlern. Aber auch die benötigen eine regelmäßige Überwachung.«

»Und wo ist jetzt der Zusammenhang zur Spieltheorie?«

»Festverzinsliche Einlagen und Briefe, gemischt mit risikolosen Fondsanteilen bilden eine solide Basis. Im Gegenzug dazu muss man bei absolut geldbringenden Spekulationsgeschäften immer auf der Hut sein. Und das ist der Reiz des Ungewissen, die Spannung, ob du gewinnst oder verlierst. Es ist ein Spiel, ein unheimliches Spiel, das dich vereinnahmt und nicht mehr loslässt. Ob kooperativ oder nicht, spielt keine Rolle. Hauptsache profitabel.«

Jonathan lehnte sich zurück, genoss ihren pikierten Blick.

»Schreibst du darüber deine Dissertation?«

»So ungefähr.«

»Oje, da bleibe ich lieber bei meinen Paragrafen. Die sind wesentlich überschaubarer.«

Jonathan hatte das Gefühl, dass sie noch mehr sagen wollte, doch ihre Augen, deren Blick er einzufangen versuchte, sahen plötzlich an ihm vorbei, nahmen ihn nicht mehr wahr, blieben irgendwo hinter ihm hängen.

»Was ist?«

»Hinter dir, der Mann mit der Zeitung …, das Bild …, ist das nicht …?« Der Liebreiz in ihrem Gesicht verschwand und hinterließ eine erstarrte Maske.

Was in Gottes Namen erschütterte sie derart?

»Lisa, was ist denn los?« Er vermied, sich umzudrehen.

»Warte!«, befahl sie und stand auf.

Sie würde wohl nicht …, doch, sie tat es. Mit der Zeitung in der Hand kam sie zurück. Legte sie vor ihm auf den Tisch, deutete erregt mit dem Zeigefinger darauf.

»Schau her! Das ist Ludmilla! Die war in unserer Klasse. Ich hab sie schon Jahre nicht gesehen. Aber sie ist es – unverkennbar.«

Jonathan fixierte das Bild, ein Passfoto, kalt, mit starren Augen, ohne jegliche erotische Ausstrahlung.

»Warum ist ihr Bild in der Zeitung?«, fragte er, obwohl er die Antwort bereits ahnte. Es standen nicht viele Gründe zur Auswahl, wenn einen das Passfoto eines Menschen vom Titelblatt aus anstarrte und darüber dicke schwarze Buchstaben prangten.

»Sie ist verschwunden, Jonie!«, sagte Lisa, während sie sich auf ihren Platz zurücksetzte. Sie hatte den Artikel wohl schon in Windeseile überflogen.

»Verschwunden? Wieso verschwunden? Und warum steht das auf der Titelseite?«

Sie drehte die Zeitung zu sich herum, vertiefte sich in den Artikel, sagte wie nebenbei: »Weiß ich nicht, es wird sie wohl jemand vermissen! Das gibt's doch nicht!«

»Was jetzt?« Jonathan war immer noch nicht in der Lage, selbst zu lesen.

»Hier steht: *Ludmilla J., Karlsruhes begehrtestes Callgirl, wird seit Donnerstag vermisst. Da kaum anzunehmen ist, dass sich derjenige, der zuletzt ihre Gesellschaft in Anspruch genommen hat, freiwillig melden wird, versichern die mit diesem Fall betrauten Polizeibeamten, jegliche Hinweise absolut vertraulich zu behandeln.* – Hast du das gewusst?«

»Ich – wieso ich? Was gewusst?«

Stand etwa auf seiner Stirn geschrieben: Ich habe mit ihr geschlafen und zwar zwei Tage vor ihrem Verschwinden?

»Na, dass sie als Callgirl arbeitet.«

»Nein, woher denn. Ich weiß nur, dass sie Kundin bei meiner Mutter ist.«

»Hat das deine Mutter gesagt?«

»Ja, wir sind vor ein paar Wochen auf dieses Thema gekommen.«

»Auf welches Thema?« Lisa schaute auf.

»Na, auf Ludmilla.« Jonathan sah sich schon in einer Falle sitzen. Er musste überlegen, was er sagte. »Ich bin ihr letztens einmal begegnet, als ich Joggen war, mitten in der Nacht. Sie stieg aus einem Taxi, wie aus dem Ei gepellt. Wir haben ein paar Worte gesprochen.«

»Wie bitte? Sie hat einfach so ein paar Worte mit dir gewechselt, ohne Hintergedanken?«

»Warum sollte sie Hintergedanken gehabt haben? Es war doch reiner Zufall.«

»Sie hat schon immer etwas im Schilde geführt – das wird heute nicht anders sein. Erzähl weiter.«

»Es gibt nichts zu erzählen. Sie ist zu ihrem Termin und ich bin weitergelaufen. Sonst war nichts. Wirklich!«, verteidigte sich Jonathan.

***

Romberg freute sich auf einen freien Tag. Auf dem Grundstück von Falkner junior hatte er heute ohnehin nichts verloren und auch seine Recherchen gingen dem Ende zu. Gestern war er am vereinbarten Treffpunkt gewesen, hatte sich das versprochene Päckchen bei dem Herrn Doktor abgeholt und war erstaunt gewesen, was der ihm eingepackt hatte. Ein Gläschen voller Tabletten samt einem Fläschchen mit Tropfen, dazu einen Zettel mit genauer »Anleitung«, damit es keinen »Betriebsunfall« geben würde. Das Ergebnis der Analyse lag natürlich noch nicht vor, alles Drängen nutzte nichts.

Nach dem ausgiebigen Frühstück packte ihn die Langeweile. Außerdem hatte er sich bereits daran gewöhnt, auf dem Falkner'schen Anwesen zu sein. Er fühlte sich dort heimischer als in seinem Hotel, das ihm allmählich auf die Nerven ging, obwohl er mit der Wirtin gut auskam. Die Villa seines Abkömmlings entsprach schon eher seinen Vorstellungen.

Nachdem der Knabe ihm ein paar Mal erlaubt hatte, mit ihm zu essen, und nachdem er sich die Freiheit genommen hatte, die obere Etage in Augenschein zu nehmen, fühlte er, dass der Schritt nicht mehr fern lag, die Villa zu erobern.

Ja, *erobern* war der richtige Ausdruck. Und er war bereit, diese Eroberung durchzuziehen.

Fiebrige Erregung packte ihn, plötzlich war es ihm zu dumm, hier herumzusitzen. Nein, wenn er schon nichts zu tun hatte, so wollte er sich wenigstens nicht entgehen lassen, was auf dem Anwesen geschah. Nicht, dass irgendjemand auf die Idee käme, im Garten herumzubuddeln. Er glaubte zwar nicht daran, aber man wusste ja nie. Der alte Falkner zum Beispiel, der vielleicht der spontanen Idee verfiel, ein Bäumchen zu pflanzen oder dessen Eheweib, die ein paar Blumenzwiebeln setzen wollte. Keiner durfte den Garten ohne sein Wissen betreten.

Wenige Minuten später saß er in seinem Volvo und brauste in Richtung Durlach. Den ganzen Tag über schlich er um das Anwesen herum. Beobachtete, fühlte sich wie Sherlock Holmes.

Gegen Nachmittag sah er den Bus der Putzteufel vorfahren

und versteckte sich im Park. Danach tat sich lange nichts. Hoffentlich hatten sie es bald geschafft und hauten ab. Damit er wieder der alleinige Herrscher über den Park war.

Stunden vergingen. Romberg verlor allmählich die Geduld.

Der Bus der Putzweiber war weggefahren, aber die dunkelhaarige Rosenpflückerin, die er bereits vor Stunden im Park gesehen hatte, war zurückgeblieben und kauerte vor dem Tor herum. Auf was wartete das dumme Ding?

Verborgen hinter Hecken stand er sich die Beine in den Leib, sein Magen knurrte erbärmlich und mit der Dämmerung legte sich auch unangenehme feuchte Kühle über den Park.

Sicher kam auch bald der Junge nach Hause, und Romberg verspürte keine Lust, ihm Rechenschaft über seine Anwesenheit ablegen zu müssen. Andererseits musste er hier so lange ausharren, bis die blöde Kuh endlich verschwand, damit er ungehindert das Grundstück verlassen konnte.

Dann hörte er den satten Sound eines Autos sich nähern.

***

Endlich zu Hause.

Jonathan setzte den Blinker und bog in die Einfahrt ein. Während der ganzen Fahrt hatten seine Gedanken sich mit Milla beschäftigt, hatten ihn einmal sogar beinahe bei Rot über die Ampel fahren lassen. Nur eine Vollbremsung hatte ihn vor dem unfreiwilligen Foto bewahrt.

Und jetzt stand eine fremde Person vor dem Tor, versperrte ihm den Weg in die Geborgenheit und zwang ihn dazu, erneut hart abzubremsen.

Er öffnete die Autotür und stieg aus.

»Guten Abend, Herr Falkner!«, gab die Frau von sich. »Endlich sind Sie da!«

Da erkannte er sie.

»Frau Yildiz? Haben Sie bis jetzt gearbeitet?«

»Nein, natürlich nicht. Wir sind schon lange fertig.« Die Stimme der jungen Frau klang aufgeregt. »Ich muss Ihnen etwas zeigen!«

Jonathan steckte die Karte in den Schlitz, tippte den Code ein, zog die Karte wieder heraus und ging zu der jungen Frau, während sich das Tor hinter ihr in Bewegung setzte.

»Ist etwas passiert?«

»Nein, ich habe etwas gefunden.«

Sie griff in ihre Jackentasche, holte etwas Kleines hervor, öffnete weit ihre Hand, und im Licht der Scheinwerfer begann es zu glitzern.

»Eine Kette? Was ist das für eine Kette?«

»Hab ich im oberen Kellergeschoss gefunden. Unter dem Schrank vor dem eleganten Sekretär, Sie wissen, der Schrank neben der schönen schwarzen Truhe.«

»Im Keller?« Wieso fand sie im Keller eine Kette, warum fand sie sie erst jetzt? Immerhin standen die Möbel schon länger dort.

Ihm fehlten die Worte, also redete sie weiter.

»Nicht, dass Sie denken, ich putze nicht richtig. Ich putze immer jedes Eck. Vielleicht hat jemand eine Schublade geöffnet und sie war irgendwo eingeklemmt gewesen und ist herausgefallen. Das kann doch möglich sein – oder? Ich habe nichts aufgemacht, nur drübergewischt, wie immer.«

»Ja, ja, ist schon okay. Ich habe keine Ahnung, woher die kommt.«

Er griff nach dem Schmuck, wog ihn zwischen den Fingern, fühlte das Gewicht. Das Funkeln und Glitzern ließ Erinnerungen aufkommen. Na ja, es gab Colliers wie Sand am Meer, dabei kam es durchaus vor, dass sich welche ähnelten.

»Und was machen wir jetzt damit?« Ecrin sah ihn erwartungsvoll an.

Er war der Hausherr, der Boss, in seinem Keller hatte die Kette gelegen, er musste entscheiden. Schenken konnte er ihr das schöne Stück nicht. Er war zwar kein Fachmann, aber in einem war er sich sicher: Das Collier war echt. Schon aufgrund der Tatsache, dass es vielleicht im Sekretär gelegen haben könnte; er wusste nur zu gut, wo er den Sekretär erstanden hatte. Er sah die alte Dame wieder vor sich, als sie sich tränenbehangen von den meisten ihrer wertvollen Möbel getrennt hatte, weil ihr Umzug in eine Seniorenresidenz unmittelbar bevorstand. Und jene Dame hatte Geld wie Heu besessen und sicher auch wertvollen Schmuck.

Jonathan hielt der jungen Frau das Collier entgegen.

»Ich denke, am besten bringen Sie die Kette zum Fundamt.«

»Was soll ich denen sagen? Die glauben doch, ich hätte sie gestohlen!«

»Erklären Sie, wo genau Sie sie gefunden haben und dass ich Sie geschickt habe. Die Wahrheit ist immer das Beste. Und wenn sich nach über einem Jahr niemand gemeldet hat, können Sie die Kette sogar behalten, ganz sicher.«

»Sie würden sie nicht zurückhaben wollen?«

»Was soll ich damit? Der Finder kriegt den Lohn. Also dürfen Sie sie behalten. Und wenn sich die Besitzerin meldet, kriegen Sie eine Belohnung. Ist doch auch schön, oder?«

Er sah das Leuchten in ihren schwarzen Augen, begünstigt durch das grelle Licht der Scheinwerfer. Inzwischen war es stockdunkel.

»Wie kommen Sie nach Hause? Soll ich Sie heimfahren?«

Er fragte sie anstandshalber, obwohl er keinerlei Lust verspürte, an diesem Abend nochmals irgendwo herumzukurven. Eine Welle der Erinnerung an Ludmilla überwältigte ihn aufs Neue.

Und er war über die Maßen erleichtert, als er die junge Frau leise sagen hörte: »Dort drüben ist die Bushaltestelle. Mein Bus kommt gleich.«

*

Ecrin hätte fast losgeheult, wäre ihm allzu gern um den Hals gefallen, als er ihr die Kette zurückgab und sich ihre Hände berührten.

Stattdessen stand sie da wie ein Ölgötze. Er vor ihr, nah, ganz nah, so dicht wie noch niemals zuvor, im Stillen küsste sie sein Gesicht, die Wangen, die Stirn, den Mund. Alles in ihr bebte, am liebsten hätte sie ihn einfach umarmt. Gleichgültig, was er von ihr gehalten hätte.

Aber es ging so schnell, viel zu schnell, schon saß ihr Angebeteter wieder im Auto, schlug die Tür zu, setzte den Jeep in Bewegung und fuhr an ihr vorbei, die Einfahrt hinauf.

In ihrer Hand lagen die glitzernden Juwelen, die mit Sicherheit sehr wertvoll waren. Sie besaß viel Schmuck, natürlich kaum echten, sondern schrillen, bunten Modeschmuck, und sie trug ihn gerne. Der Vorteil war, wenn ihr ein Stück nicht mehr gefiel, ließ sie es einfach in der Versenkung verschwinden, ohne schlechtes Gewissen, und kaufte sich ein neues Stück, moderner, neuer, schöner.

Aber vielleicht meinte es das Glück gut mit ihr und in einem Jahr war sie stolze Besitzerin dieses edlen Colliers. Ein ganz persönliches Geschenk von ihrem geliebten Jonathan Falkner.

*

Endlich hatten die Göre und der Knabe ausgequatscht. Endlich war Junior oben vorm Haus und hatte keine Sicht mehr auf die Einfahrt, endlich konnte Romberg hinausentwischen, bevor das Tor sich schloss.

Sein Herz hatte gestockt, als er mitansehen musste, wie das Putzmädchen Ludmillas Collier aus der Tasche zog. Mit einer derartigen Hinterlassenschaft hatte er nicht gerechnet.

Wie das Collier sich von Ludmillas Hals hatte lösen können, war ihm ein Rätsel, schließlich besaßen wertvolle Schmuckstücke gesicherte Schließen. Aber vielleicht war etwas an der Kette gebrochen, als sie auf den Stahl geschlagen war.

Nun besaß die kleine Türkin Ludmillas Collier. Und falls ein übereifriger städtischer Angestellter den Fund des teuren Stückes anzeigen würde, falls irgendwelche Rückschlüsse auf das Verschwinden der Hure gezogen wurden und letztendlich jemand das Collier identifizieren konnte, käme dann die Polizei auf die Idee, den Keller zu durchsuchen? Was würden sie finden?

Natürlich wäre es ganz und gar nicht übel, wenn sie Jonathan als Mörder überführen würden, er wäre weg vom Fenster. Und zu gegebener Zeit würde er, Romberg, als leiblicher Vater in Erscheinung treten, dem armen Jungen hilfreich die Hand reichen und sein Vermögen abstauben. Falkner senior würde sich garantiert verschämt hinterm Ofen verkriechen, hoffend, dass ihn niemand als den Mann identifizieren würde, der einen Mörder großgezogen hatte.

Romberg lachte in sich hinein. Verharrte sogleich.

War es möglich, dass er Fingerabdrücke hinterlassen hatte?

Verflucht, daran hatte er nicht gedacht. Gut, die Weiber hatten heute geputzt, aber garantiert die Truhe nicht so sorgfältig abgewischt, wie es nötig sein würde, um jegliche Abdrücke zu tilgen. Also musste er nochmals ran. Er musste alles tilgen, was zu ihm führen könnte. Keiner durfte jetzt schon eine Verbindung zu ihm herstellen.

Es war zu früh.

Zuerst musste die Vaterschaft geklärt sein, dann sollte Jonathan ins Visier der Polizei geraten und als Mörder verhaftet werden. Die Reihenfolge musste stimmen, denn der Knabe sollte die Möglichkeit erhalten, ihn als Vater anzuerkennen und sich von Falkner abzuwenden. Folglich durfte das Türkenmädchen unter keinen Umständen schon jetzt das Collier abliefern.

Unverzüglich setzte Romberg ihr nach, sie stand bereits vorne an der Ampel, kurz davor, die B 3 zu überqueren.

»Hallo, hübsche Frau«, quatschte er drauf los.

Sie reagierte nicht, wandte sich ab.

»Ich glaube, Sie haben etwas, das mir gehört, Gnädigste«, sagte er in sülzigem Tonfall.

»Nein, gehen Sie!«

Er hörte die Angst in ihrer Stimme. So war es recht.

»Das Collier gehört meiner Verlobten, wissen Sie? Geben Sie es mir, bitte! Sofort!« Er streckte die Hand aus.

Panik blitzte in ihren dunklen Augen auf. Dann hetzte sie los, von einem Augenblick zum anderen. Jagte die Straße hinüber zur anderen Seite.

Hinter sich hörte Romberg das Schnauben des Busses, vorne näherten sich die Lichter eines Autos. Jetzt hieß es, unverzüglich zu handeln.

Er setzte ihr nach, legte all seine Kraft in diesen Spurt, war dicht hinter ihr, schnappte nach ihrem Haar. Dort waren sie alle empfindlich. Sie gurgelte auf, und bevor sie laut werden konnte, presste er seine Linke auf ihren Mund, presste ihren ganzen Körper an sich. Umschlang sie, um den Vorbeifahrenden ein Liebespaar vorzuspielen.

Der Bus hielt nicht.

Die Frau in Rombergs Armen zappelte, trat gegen sein Schienbein, kratzte seine Handrücken. Bemüht, sich aus seinem Griff zu befreien. Aber dazu war sie zu schwach.

»Herrgott, ich will doch nur die Kette!«

Er versuchte, sie zu beruhigen. Vergebens. Ihre Panik ließ keine vernünftigen Argumente in ihr Hirn vordringen.

Also hatte er keine Wahl.

Dienstag, 5. November

Am Morgen grub er schon wieder ein tiefes Loch. Abermals riss er mit Spaten und Schaufel eine empfindliche Wunde in das Antlitz des Parks. Versenkte einen weiteren Körper auf Falkners Anwesen. Diesmal ging es ein bisschen mühevoller, nicht ohne die Kniegelenke der Leiche gewaltsam geradezubiegen.

Romberg lachte lauthals, als er sich das dumme Gesicht des überraschten Jonathan vorstellte, wenn die Polizei hier zu wühlen anfing. Dann riss er sich zusammen, holte das Collier aus seiner Jackentasche, natürlich in ein Papiertaschentuch eingewickelt. Hierauf durften sie seine Fingerabdrücke auf keinen Fall finden. Nur Jonathans. Er warf das Collier in die Grube, gefolgt von einer Ladung Erde. Der dumpfe Aufprall auf den toten Körper war ihm mittlerweile vertraut.

***

Es war später Abend, als Jonathan nach Hause kam. Das Anwesen lag im Dunkel und empfing ihn friedlich und still. Es nieselte leicht, die Luft roch nach Erde und Pilzen.

Er stellte den Jeep in die Garage und bekam Sehnsucht nach ein paar erfrischenden Tauchgängen im klaren Wasser, die er auch gleich stillte. Danach ging er in die Küche, naschte lustlos mehrere von den Keksen aus der Tupper-Schüssel, die auf der Ablage stand. Wohl eine weitere Überraschung seiner Mutter, die Backzeit hatte ja angefangen.

Er fühlte sich müde, fühlte leichten Schwindel aufkommen und legte sich ins Bett. Aber der Schlaf brachte keine Erleichterung. Immer wieder plagten ihn sinnlose Träume, zusammenhanglose Szenerien ließen ihn ein paar Mal aufwachen, drängten ihn auf die Toilette.

Mittwoch, 6. November

Erst am frühen Morgen fand er den begnadeten Tiefschlaf.

Nur kurz.

Er hört Robert lauthals lachen, dann schreien, als würden ihn höllische Qualen heimsuchen, um gleich wieder in kreischendes Lachen zu verfallen. Er muss nach Robert Ausschau halten, ihn suchen, inmitten all des beißenden, ätzenden Rauches.

Wo ist der Brandherd? Er kann nichts erkennen, muss husten.

Er folgt der Hitze und steht auf einer Wiese, rundherum stockdunkel. In der Mitte erhebt sich eine Rauchsäule leuchtend gelb und rot, in ihr beginnt es zu flackern und züngeln, und er entdeckt Robert. Der steht auf einer Erhebung. Inmitten eines Scheiterhaufens.

Er erkennt nicht, ob Robert festgebunden ist, oder ob er freien Willens dort oben steht. Der Rauch lichtet sich, die Flammen umzüngeln den Körper, beleuchten ihn rotgolden.

Zwei Körper knien zu Roberts Füßen. Lisa und Milla in inniger Umarmung, eingehüllt in langen weißen Gewändern, als gehörten sie einer Sekte an, als fabrizierten sie einen Ritus.

Robert streckt die rechte Hand in die Höhe, hält einen funkelnden Becher.

Lisa und Milla drücken ihre Münder aufeinander, lassen sich gegenseitig ihre Zungen über die Gesichter gleiten. Da entdecken sie ihn, wie er sie beobachtet. Das scheint ihre Ekstase anzufachen. Sie streicheln einander die Wangen, den Hals und die Brüste.

Roberts Körper beginnt zu glühen, die Flammen schlagen in orgiastischer Entzückung höher und höher, hüllen die drei Körper ein, verbergen sie hinter feurigem Orange.

Nur noch Roberts Arm, den glänzenden Becher fest im Griff, ragt heraus, gleichsam wie die goldene Fackel der Freiheitsstatue, umgeben von dichtem Bodennebel, beschienen von einer untergehenden Sonne.

Die Hitze erreicht den Becher, die Konturen werden instabil.

Er hört, wie sich Roberts Lachen in qualvolles Schreien wandelt, er fühlt regelrecht das schmorende Fleisch von Roberts Handfläche. Der goldene Becher beginnt zu schmelzen, zu zerlaufen, wie Eis in der Sommerhitze. Die Flammen fressen sich weit hinauf, verbergen grausige Einzelheiten, nur noch Schreie, Züngeln und Zucken.

Die Bilder fließen zwischen seinen Gehirnzellen hindurch wie die Lava eines Vulkans durch die Straßen eines Dorfes. Er erkennt kaum noch ihren Sinn, fühlt nur noch fiebrige Hitze. Und wie ihm der Sauerstoff entzogen wird.

Er reißt seinen Mund auf, japst nach Luft, als befände er sich selbst inmitten des Flammenmeers.

Draußen war es hell, als er aufschrak.

Hinter seinen Augen pochten und hämmerten böse Teufel gegen seine Schläfen. Sein Magen rebellierte, er torkelte zur Toilette. In letzter Sekunde.

Er kotzte sich die Seele aus dem Leib, als hätte er tausend Valium-Tabletten gefressen, dabei hatte er nicht eine einzige genommen. Die Uni konnte er für heute knicken. Er würde im Bett bleiben. Hunger hatte er ohnehin keinen. Nur Durst.

Er schleppte sich in die Küche, füllte ein Glas mit Wasser, schluckte eine Schmerztablette. Dann ließ er einen Kaffee aus dem Automaten, blinzelte verstohlen auf einen kläglichen Rest knusprigbrauner Kekse. Er konnte sich weder erinnern, seit wann sie dort standen, noch wann er sie gegessen hatte.

Was bedeutete das?

Bewahrheitete sich allmählich die Androhung seines Therapeuten? Hatte er sich schon so weit dem Leben entzogen, dass sich sein Geist spaltete?

Wohl kaum. Von einer einzigen Erinnerungsschwäche leitete niemand eine beginnende Schizophrenie ab. Vielleicht war er einfach zu müde gewesen. Hatte sich in den letzten Wochen zu viel zugemutet. Er sollte ausspannen.

Das würde er heute machen.

Das Telefon läutete.

Nein, jetzt nicht.

Das Läuten ging weiter.

Er fühlte sich nicht angesprochen. Sein Kopf wollte bersten.

Es hörte nicht auf. Ergeben schwankte er hinüber, packte den kleinen Apparat, wog ihn in seiner Linken, überlegte, ob er ihn an die Wand schmettern sollte, dann drückte er die Annahmetaste.

Eine Stimme mit italienischem Akzent quakte ihm ins Ohr.

Gusetti, Mario Gusetti von der Reinigungsfirma. Was wollte der denn? Was konnte so wichtig sein, dass er am frühen Morgen bei ihm anrief? War die Firma abgebrannt? Oder streikte sein Personal?

»Herr Falkner, bitte entschuldigen Sie. Aber ich habe schlechte Nachricht. Die Grippe hat mein Personal halbiert, jetzt ist auch noch Frau Yildiz verschwunden. Ihr Vater hat ganz aufgeregt angerufen, habe ihn kaum verstanden. Die Eltern wissen nicht, wo sie ist. Jetzt krieg ich Probleme, wegen nächster Woche. Ist es schlimm, wenn wir die Reinigung bei Ihnen ausfallen lassen?«

Jonathan brauchte ein paar Sekunden, um Gusettis Worte zu begreifen. Yildiz … Ecrin, das war doch die Finderin der Kette. Sie wird wohl kaum damit durchgebrannt sein. Was war denn nur los? Warum machte sich jeder aus dem Staub?

Zuerst erzählte ihm Vollmer, dass sein zuverlässiger Handlanger, der sich immer so gewissenhaft um seine fahrbaren Untersätze gekümmert hatte, nicht mehr zur Arbeit erschien, dann verschwand Milla und nun auch noch Ecrin.

»Keine Panik. Es reicht, wenn übernächste Woche wieder jemand kommt.« Er wunderte sich über seine zusammenhängenden Sätze.

»Danke, Herr Falkner. Wissen Sie, die Bürogebäude haben halt Vorrang vor den privaten Haushalten.«

»Ist schon okay!«

»Danke nochmals, Herr Falkner!«

Bevor Gusetti einen weiteren Redeschwall produzierte, drückte Jonathan das Gespräch weg.

Der Kaffee war inzwischen durchgelaufen, vielleicht noch ein bisschen zu heiß, egal, er goss ihn sich runter, heiß, schwarz und bitter. Das tat gut.

Dann schleppte er sich wieder ins Schlafzimmer.

Warf sich aufs Bett. Einfach nur ausruhen. Aber alles schien sich gegen ihn verschworen zu haben, das Telefon schlug schon wieder an.

Eigentlich sollte er es klingeln lassen, bis der Anrufbeantworter dran ging. Normalerweise wäre er sowieso nicht mehr erreichbar gewesen. Aber die Neugier siegte, wer weiß, wer sich noch alles ins Nirwana verabschieden wollte.

Er schnappte sich den Handapparat, der in der Ladestation auf dem Nachttisch steckte.

»Hallo, Jonie! Du bist ja daheim?« Lisa.

Vergessen waren die Schmerzen, die bleierne Müdigkeit, der Ekel produzierende Schwindel.

»Hi. Ja – ausnahmsweise. Mache heut blau.« Dümmer hätte er sie wirklich nicht begrüßen können.

»Das kannst du dir auch mal leisten. Ich wollte dir eigentlich eine kurze Nachricht hinterlassen. Übernächstes Wochenende komme ich heim.«

»Macht da der Weihnachtsmarkt schon auf?«

»Nein, leider nicht. Aber sobald er geöffnet hat, gehen wir hin, versprochen.«

Hoffentlich kam sie nicht wieder auf die Idee, ihre Freundin mitzuschleifen – so wie letztes Jahr.

»Nur wir beide?«, fragte er vorsichtig.

»Ja, natürlich, Jonie, nur wir beide.« Sie lachte hell auf.

»Okay, ich freu' mich schon.«

»Ich mich auch. – Ach ja, hat man schon Neues wegen Ludmillas Verschwinden gehört?«

»Nein, aber stell dir vor ...« Er hörte ein Klingeln. Hatte es bei ihm geläutet?

»Oh, Jonie, das tut mir jetzt aber leid, ich muss gehen, es ist jemand an der Tür.«

Schon hatte sie den Hörer aufgelegt, hatte ihm überhaupt keine Zeit gelassen, ihr etwas zu erzählen. Von sich, von dem vermissten Tommy und der untergetauchten Ecrin.

War vielleicht auch nicht wichtig und hätte sie nur gelangweilt, was ging sie ein Tankwart und eine Putzfrau an.

Samstag, 9. November

Den Rest der Woche hatte er zu Hause verbracht. Nicht mal im Park war er gewesen, es war stürmisch und kalt geworden. Er hatte keine Telefonate mehr angenommen und den Anrufbeantworter nicht abgehört. Alles war ihm gleichgültig geworden, ihm ging's hundeelend.

Ob der hohe Druck verantwortlich war, der auf ihm lastete? Das Studium, die Kontrolle über sein Hab und Gut, sein Wahn, niemandem zu vertrauen?

Oder hatte seine Mutter verdorbene Nüsse erwischt? Immerhin war ihm erst so richtig übel geworden, nachdem er die letzten Kekse vertilgt hatte. Er musste ihr dringend raten, die Dinger wegzuschmeißen.

Aber nicht jetzt.

Sogar Toni war er aus dem Weg gegangen. Hatte ihn dann und wann werkeln sehen, nicht sehr lange, es gab ja auch nicht mehr viel zu tun. Das bisschen Laub, das noch fiel, die letzten Blütenleichen, einsam in immer kahler werdenden Rabatten.

Der Winter ließ nicht mehr lange auf sich warten, bald würde Toni seine Arbeit ganz einstellen.

Würde er ihn vermissen? Oder Toni ihn? Ob im Frühjahr Albert Klingenstein wieder einsatzbereit wäre – oder er Toni weiter um Hilfe bitten müsste?

Bevor diese Fragen zur Qual wurden, beschloss Jonathan, zu frühstücken. Er fühlte, wie er Appetit bekam. Da war es gerade recht, dass es Samstag war und frische Brötchen geliefert wurden.

Mit der Tüte unter dem Arm schob er die Küchentür auf, trat einen Schritt hinein und verharrte erschrocken.

»Sie hier? – Wie …?«

»Einen schönen guten Morgen, mein Junge. Geht's wieder besser?«

Toni hatte es sich auf einem Stuhl vor der Esstheke bequem gemacht, hielt eine mit Kaffee gefüllte Tasse in der einen und ein belegtes Brötchen in der anderen Hand und grinste ihm entgegen, als sei es für ihn das Selbstverständlichste auf der Welt, hier zu frühstücken.

Er fühlte sich sichtlich wohl – so, als säße er an seinem eigenen Tisch, auf seinem eigenen Stuhl, in seiner eigenen Küche.

Und Jonathan stand da, als sei er der Eindringling, der Fremde.

Wie gelangte Toni in den Wohnbereich und vor allem, weshalb nahm er sich plötzlich das Recht heraus, ihn eigenständig zu betreten? Das hatte er noch nie getan, auch wenn die Verbindungstür zur Garage offengestanden hatte, oder an regnerischen, kalten Tagen etwa, wenn Jonathan zu Hause war, wenn er dem Gärtner zuvor angeboten hatte, die Pausen in der warmen Küche zu verbringen. Sogar dann war er niemals eingetreten, ohne sich vorher lautstark anzukündigen.

Toni setzte ein mildtätiges Lächeln auf, als hätte er in Jonathans Gesichtszügen gelesen wie in einem offenen Buch. Er stellte die Tasse ab und legte das Brötchen beiseite, wischte sich die Hände mit einer Papierserviette ab.

»Mein guter Junge, keine Panik. Ich will dich nicht stören, aber ich merke schon ein paar Tage, dass es dir nicht gut geht. Erkältet?«

Jonathan setzte sich in Bewegung. Ging langsam zur Esstheke, legte die Tüte ab, dabei immer seinen »Gast« im Auge behaltend. So, als wäre der bewaffnet, so, als wäre er nicht sicher davor, dass der ihm kein Messer in den Rücken rammen würde.

»Mir geht es gut«, sagte Jonathan, ging zum Kaffeeautomaten, stellte eine Tasse darunter.

»Na, jetzt bin ich aber beruhigt. Dachte schon, ich müsste einen Arzt herbeiordern.«

»Einen Arzt? So schlimm war's auch wieder nicht. Aber danke, dass Sie das in Erwägung gezogen haben.«

Ein wohliger Schauer vertrieb für ein paar Momente jegliche Beklemmung, beinahe schämte er sich für sein Misstrauen. Toni hatte sich Sorgen gemacht, das tat der Seele gut.

Aber ein großes Fragezeichen blieb trotzdem übrig. Es pendelte über ihm wie ein Schwert, unschlüssig darüber, ob es herunterstoßen und alles vernichten wollte oder ob es wie eine Seifenblase zerplatzen sollte.

Bevor er die Frage aussprach, die vielleicht alles zerstörende, holte Jonathan sich Teller, Messer, Butter und Marmelade, dazu die Tasse mit dem Kaffee, stellte sie vor sich ab. Setzte sich auf den Stuhl gegenüber von Toni.

Der schlürfte an seinem Kaffee, biss in sein Brötchen, schmatzte vor sich hin.

Jonathan fröstelte unter Tonis Blick, der ständig an ihm hing, einen Blick, den er noch nicht zurückzugeben in der Lage war. Er schwankte zwischen einer nagenden Verunsicherung und der Tatsache, hier der Hausherr zu sein.

Toni war der Gast.

Und nicht mal eingeladen.

»Ähm, Toni, ich hoffe, Sie sind mir nicht böse, wenn ich Sie das frage –«

»Nur zu, Junge«, unterbrach der Gärtner unwirsch, fetzte mit einem Biss einen Brocken aus der Semmel wie ein Wolf aus einem gerissenen Reh, schmatzte genüsslich, und dies alles, ohne seine lauernden Augen auch nur einmal von ihm abgewandt zu haben.

Mit einem Mal zitterten Jonathans Hände. Wie er dieses eindringliche Mienenspiel hasste. Warum musste Toni ihn manchmal so anstieren? Das passte so gar nicht zu dem, was er sagte, was er tat, zu der Art, wie er mit ihm sprach.

»Wie – wie sind Sie ins Haus gekommen?«

Jetzt war es raus und nichts hatte sich verändert. Nicht Tonis Mimik, nicht wie er aß oder trank. Toni ließ sich Zeit.

»Sag bloß, mein Junge«, er nahm einen Schluck, fuhr sich mit dem Handrücken über die Lippen, »du kannst dich nicht mehr erinnern?«

Erinnern? An was erinnern?

Jonathans Hände zitterten jetzt so stark, dass er die Tasse abstellte, sich zurücklehnte und – dann war es soweit – Tonis fixierenden Blick endlich erwidern konnte.

Er schaute in helle Bernsteinaugen. Die nur kurz von ihm abließen, als sein Besitzer in der von ihm mitgebrachten Tüte nach Nachschub suchte, um dann gierig seine Hauer hineinzuschlagen. Sogleich hatten die Wolfsaugen ihn wieder im Visier, der Wolf verzog sein Maul zu einem schiefen Grinsen.

»Du hast es tatsächlich vergessen, mein lieber Junge? Dann will ich dir mal auf die Sprünge helfen. Letzte Woche hast du mir den Schlüssel für die Zwischentür gegeben, zusammen mit dem Porscheschlüssel. Damit ich mich an kühlen Tagen aufwärmen kann, auch wenn du mal nicht da bist, hast du gesagt. Wenn du jetzt ein Problem damit hast, kannst du ihn gerne –«

»Nein, nein, ich konnte mich wirklich nicht mehr erinnern.«

Auf keinen Fall wollte er einen Rückzieher machen. Das wäre nicht nur feige, sondern auch ein unverzeihlicher Vertrauensbruch. Es lag schließlich kein Grund vor, seinem neuen Freund so ohne Weiteres den Schlüssel wieder zu entziehen. Es war ja heute auch das erste Mal, dass er ihn uneingeladen angetroffen hatte. Und vermutlich hatte Toni nur aus Rücksicht so gehandelt.

Und trotzdem: Warum konnte er sich partout nicht daran erinnern, ihm diesen wichtigen Schlüssel übergeben zu haben? Hatte sein Gehirn tatsächlich bereits begonnen, ihm böse Streiche zu spielen?

Dienstag, 12. November

Pünktlich um acht Uhr öffnete der leitende Kriminalhauptkommissar Frederik Edel das Fenster seines Dienstzimmers und hieß den angenehmen kühlen Atem des Herbstes willkommen, der die abgestandene, stickige Luft verjagte. Er schaute hinunter auf die Hertzstraße, auf den gleichmäßigen, ruhigen Verkehr, ließ seinen Blick hinüberschweifen zu den Sportplatzanlagen bis hin zu den Schrebergärten der Weingärtensiedlung.

Während der PC hochfuhr, entsperrte er die Schreibtischschubladen und schloss die Rollladentüren der Aktenschränke auf. Durch die verglaste Zwischenwand winkte er seiner Kollegin zu, Hauptkommissarin Gundula Siebert, Anfang dreißig, blonde Kurzhaarfrisur, durchtrainiert, impulsiv und überaus ehrgeizig.

Zu seinem Team gehörten weiterhin der stets vergnügte und eifrige Kriminaloberkommissar Sven Behrens, Hobbykickboxer, achtundzwanzig, sowie die für alle Nachforschungsarbeiten zuständige, frischgebackene Kommissarin Selina Marquart, fünfundzwanzig, ihr Markenzeichen: ein dunkelroter Pferdeschwanz.

Wenig später hatte Hauptkommissar Edel sein Team um sich geschart. An der Wand hing eine weiße Magnettafel, auf der sie die Fotos der Vermissten befestigt hatten. Neben jedem Bild hatte Selina mit klarer, sauberer Schrift die wesentlichsten Punkte notiert, damit sie einen eventuellen Zusammenhang zwischen den Fällen herausfinden konnten.

»Also, wir haben …«, Edel griff nach Thomas Angers Akte, »einen Tankwart, immer pünktlich, immer fleißig, immer fröhlich, alleine lebend, singt jede Woche im Chor. Feinde?«

»Sein Chef«, begann Gundula, »kennt niemanden, der auch nur in geringster Weise Ärger gegenüber Anger zum Ausdruck gebracht hätte. Im Gegenteil: Einer seiner Hauptkunden«, sie blätterte in ihrem Notizbuch, »bekundete einen Tag nach Angers Fernbleiben von der Arbeit sein höchstpersönliches Bedauern und hoffte auf seine baldige Rückkehr.« Gundula sah auf.

»Wie ist der Name des besorgten Kunden?«

»Falkner, Jonathan Falkner. Der hat zwei teure Autos, die bringt er regelmäßig zum Kundendienst, Waschen und was sonst noch so anfällt.«

»Gut. Also weiter!« Edel ergriff die zweite Akte und las laut: »Ludmilla Janković, vierundzwanzig, geboren in Karlsruhe, Eltern stammen aus Ex-Jugoslawien, heute Serbien, zwei ältere Schwestern, die eine wohnt in Berlin, die andere in Hamburg, unauffällige Familie.«

Sven räusperte sich. »Die Eltern sagen, sie hätten schon seit Jahren keinen Kontakt mehr zu ihr gehabt, seit sie in dieses – wie sie betonten – ›abstoßende Milieu‹ abgerutscht war. Janković hat das Gymnasium besucht, es aber nach der zehnten Klasse verlassen. Nach der Ausbildung zur Verkäuferin hat sie nur noch gejobbt, in Bars und Fitnessclubs. Dort gabelte sie ein Juri Michailov auf. Hat er uns erzählt. Als er sie unter die Fittiche genommen hat, sei sie schon volljährig gewesen.«

»Was ist über diesen Michailov bekannt? Vorstrafen, Anzeigen?«, fragte Edel.

»Überraschenderweise nicht«, meldete sich Selina zu Wort. »Er ist gebürtiger Russe, kam vor über zehn Jahren nach Deutschland, wollte hier was aus sich machen, wie er gesagt hat.«

»Aha, was aus sich machen«, schmunzelte Edel. »Eine Karriere als Zuhälter und Bordellbetreiber.«

»Hat er Feinde, die ihm durch einen Angriff auf seine Mädels schaden könnten?«, fragte Gundula.

»Sieht nicht so aus«, meinte Sven. »Wir haben uns in der kompletten Szene umgehört. Juris Mädchen sind gut im Geschäft und er selbst ist akzeptiert. Wohl auch wegen der Tatsache, weil er sich vor vier Jahren in eine Security-Firma eingekauft hat.«

»Was wissen wir sonst noch über Janković?«, bohrte Edel weiter.

Zu seiner Überraschung meldete sich Selina wieder zu Wort. Sie zeigte ungeheuren Ehrgeiz.

»Ich war gestern Nachmittag noch bei der Schneiderin, die ihr immer ihre Luxuskleider angefertigt hat. Wirklich hilfreiche Einzelheiten über ihre Kundin hat sie nicht preisgegeben. Sie hat nur bestätigt, dass sie wusste, in welchem Gewerbe sie tätig ist. Interessant ist aber, dass sie Janković nur in ihren Kundenkreis aufgenommen hat, weil sie sie von früher kennt. Die Vermisste war mit ihrem Sohn auf der Schule.«

»Wie hieß die gute Frau nochmals?«, fragte Edel.

»Emma Falkner«, wiederholte Selina.

»Falkner? Wie der Kunde vom Autohaus Vollmer? Prüf bitte nach, ob die Schneiderin mit Vollmers Kunden verwandt ist.«

Selina nickte.

»Gundula, was hast du von der Familie Yildiz erfahren?«

»Die Eltern waren sehr aufgeregt, es ist wohl noch nie vorgekommen, dass Ecrin über Nacht nicht nach Hause gekommen war.«

»Ein heimlicher Freund?«, warf Edel ein.

»Natürlich möglich, in ihrem Zimmer hat aber nichts darauf hingewiesen. Jedoch berichtete ihre Chefin, dass Ecrin offensichtlich für einen Kunden geschwärmt hat. Und jetzt kommt der Knaller: Alle Fäden scheinen bei diesem Jonathan Falkner zusammenzulaufen! Er ist nämlich auch derjenige, für den Ecrin geschwärmt hat.«

***

Erst heute ging er wieder zu einer Vorlesung. Nachdem er den Montag mit Nichtstun verbracht hatte. Dennoch konnte er seine Gedanken nicht beisammenhalten. Ständig schweifte er ab, starrte zum Fenster hinaus, verfing sich im wolkengrauen Himmel. Dabei dachte er an nichts Konkretes, es war eher ein grübelndes Sinnieren in marternder Leere.

In der Mensa aß er etwas Leichtes, fuhr anschließend direkt nach Hause.

Der Volvo stand rücklings in der Auffahrt, die Heckklappe geöffnet. Der Gärtner war nirgendwo zu sehen.

»So ein Mist!«, schnaubte Jonathan leise vor sich hin.

Der Jeep war nur mit konzentrierter Mühe vorbeizubringen, die rechten Räder walzten durch nasses Gras. Ganz sicher würde man die Spuren sehen. Sollte Toni sie doch wieder richten. War ja auch seine Schuld.

Jonathan stellte den Jeep in die Garage, stieg aus, ging um ihn herum, betrachtete verärgert die Sauerei. Nicht nur die Erdbrocken an den Reifen und die Schlammschlieren im unteren Bereich der ohnehin noch nicht geputzten Karosserie machte ihn rasend, sondern die Spur, die sich bis ins Garageninnere zog, hinweg über die großen grauen Platten.

Ausgerechnet jetzt, nachdem nicht sicher war, wann das Putzpersonal wieder kommen würde. Echt rücksichtslos von Toni. Er gehörte zurechtgewiesen.

»Na, hallo! Schon da?«

Jonathan fuhr herum, konnte seine Wut kaum verbergen.

»Hey, junger Mann, was ist passiert?«

Das Frotzeln in der Stimme, die zur Abwehr erhobenen Hände, der zu einem schiefen Grinsen verzogene Mund, das alles trug dazu bei, dass er ausrastete.

»Sie wissen genau, was los ist, Toni!«, schrie er. »Ihr verdammtes Auto steht mitten im Weg. Und wo waren Sie? Ich musste durch den Dreck fahren und den Rasen beschädigen, den Sie jetzt wieder zu richten haben. Und zwar auf der Stelle!«

Sein Herz raste, sein Puls war kaum zu bremsen, genauso wie sein Zorn, in den er sich hineingesteigert hatte.

»Und jetzt fahren Sie Ihre Karre weg. Ich will sie nie wieder dort in der Auffahrt stehen sehen. Verstanden?"

Der Gärtner ließ die Arme sinken.

»Ha, was ist denn mit dir los? Komm mal wieder runter. Ich wollte gerade wegfahren, als mir einfiel, dass ich den Spaten vergessen hab.« Er deutete auf das Gartengerät, das gegen die Hauswand lehnte. »Deshalb habe ich das Auto kurz dort stehen lassen.«

Jonathan sagte nichts mehr. Atmete hart. Wie konnte er derart die Beherrschung verlieren? Wegen solch einer Banalität.

»Ach ja«, redete Toni unterdessen weiter, »drinnen steht Gebäck, vermutlich von deiner Mutter. Hab's vorhin entdeckt. Schmeckt lecker. Du bist mir doch nicht böse, dass ich etwas probiert habe. Oder?«

Jonathan schwieg beharrlich. Noch fehlten ihm passende Worte.

»Ich gehe jetzt, wenn's dem Herrn genehm ist. Den Schaden bringe ich ein andermal in Ordnung. Tschüss!«

Toni wandte sich ab, trabte zum Volvo hinüber, warf den Spaten ins Heck, schlug die Klappe zu, setzte sich ins Auto und keine paar Sekunden danach war er verschwunden.

In der Küche gab es kein vorbereitetes Essen, das auf die Anwesenheit seiner Mutter hätte hindeuten können, nur die Tupper-Schüssel voller graubrauner Kekse. Rund, etwa einen Zentimeter hoch und fünf Zentimeter im Durchmesser. Dieselbe Sorte wie letzte Woche. Dabei wusste seine Mutter, dass er nicht unbedingt ein Freund von Süßem war.

***

Sie saßen beim Abendessen und Markus fiel auf, wie Emma bedrückt vor sich hinschaute. Sie redete kaum, machte sich wohl wieder um Jonathan Sorgen.

Dann holte sie tief Luft, setzte an, als wolle sie etwas Belastendes loswerden. Markus ließ ihr Zeit, schwieg.

Sie legte ihr Besteck beiseite, hielt den Kopf gesenkt.

»Gestern war eine Beamtin von der Kriminalpolizei bei mir im Laden, wegen der Ludmilla.«

Markus suchte nach Worten, das hatte er nun nicht erwartet.

»Ludmilla? Welche Ludmilla?«

»Die, die verschwunden ist. Steht alles in der Zeitung. Hast du doch auch gelesen.«

»Was hast du mit dieser verschwundenen Ludmilla zu tun?«

»Sie war meine Kundin. Die fragen immer im Umfeld möglicher Opfer herum.«

»Hm, vielleicht hat sie nur ihr Leben satt gehabt und ist abgehauen?«

»Nein, nicht die Ludmilla, die war glücklich. Sie hat sogar ein Auge auf unseren Jungen geworfen.«

»Ach du lieber Himmel!« Jonathan und eine …? Aber immerhin wäre er dann keine Beute mehr für den möglicherweise schwulen Gärtner.

»Ja«, redete Emma weiter, »aber das habe ich der Polizistin natürlich nicht gesagt. Stell dir vor, sie würden bei ihm auftauchen, er würde durchdrehen. Ich kann das Gefühl überhaupt nicht mehr loswerden, dass sich der Junge immer seltsamer benimmt.«

»Emma, der Junge war schon immer seltsam. Dennoch ist er unser Sohn.«

»Natürlich ist er unser Sohn. Aber was wahr ist, muss wahr bleiben. Und du weißt mehr, als du je gesagt hast, stimmt's?«

Markus stutzte. Worauf wollte Emma hinaus?

»Ach was! Ich weiß nur, was die Polizei uns damals erzählt hat«, wiegelte er ab.

»Aber – aber du kanntest diese Babsi.«

Markus versuchte, ihren Blicken auszuweichen, dennoch bohrte sie weiter: »Ich glaub nicht, dass du sie nur flüchtig gekannt hast, ich glaub's einfach nicht. Und genauso hab ich ein flaues Gefühl, wenn ich daran denke, wie komisch du reagiert hast, damals, als ihre Vergewaltigung bekannt wurde. Ich hoffe nur, dass du tatsächlich nichts über ihren Peiniger weißt, der ja vermutlich Jonies Vater ist.«

Markus wurde wütend. »Emma! Jetzt aber Schluss! Wenn ich etwas über das Verbrechen gewusst hätte, hätte ich es der Polizei gesagt.«

»Wirklich?« Ihr trauriger Blick richtete sich auf ihn, nur kurz, es folgte ein enttäuschtes Zucken um ihre Mundwinkel, dann sanken ihre Augen wieder auf ihren Teller, sie hatte die ganze Zeit nichts angerührt.

Markus zögerte. Würde er jemals die ganze Wahrheit beichten? Alles, gnadenlos alles, was sich zwischen ihm, seinem damaligen Freund und der Bardame abgespielt hatte?

Vermutlich nein.

Er hatte sich entschlossen, Emma nicht noch mehr weh zu tun. Er hatte sie genug verletzt, als er zugegeben hatte, Babsi näher zu kennen. Nein, er würde ihr niemals die Wahrheit sagen.

Manchmal war es sinnvoller, nichts zu sagen.

Freitag, 15. November

Der Tiefpunkt war überwunden. Keine Übelkeit, keine Albträume. Er fühlte sich wohl.

Bis vorhin war er in der Uni gewesen, jetzt schlenderte er die Kaiserstraße entlang. Was gar nicht ungefährlich war, denn

Karlsruhes Haupteinkaufsstraße wurde derzeit von tiefen Baustellengruben durchkreuzt, das Straßenbahnnetz wurde in den Untergrund getrieben.

Er ließ sich von all der vorweihnachtlichen Hektik und dem Lärm nicht stören, im Gegenteil, er ließ sich Zeit, um die Auslagen in den Schaufenstern zu bewundern, vor allem die der Juweliere.

Was gäbe er dafür, Lisa einen Ring schenken zu dürfen, einen, der sie beide für immer verband. Dann würde er mit ihr nach Pforzheim fahren, mitten hinein in die funkelnde Welt des Schmucks und der Edelsteine.

Jonathan marschierte über den Marktplatz, vorbei an der Pyramide, bis hin zur Hebelstraße. Er überlegte, ob er bei seiner Mutter vorbeischauen sollte und entschied sich dagegen.

Es war Zeit, nach Hause zu fahren.

Die Scheibe surrte beim Öffnen, er zückte die Karte fürs Tor. Dann verharrte er. Ein dunkler 5er-BMW stand rechts von ihm auf dem Abstellplatz, getarnt durchs düstere Dämmerlicht, beinahe hätte er ihn übersehen.

Er war versucht auszusteigen, nachzusehen, wer hier sein Fahrzeug geparkt hatte. Im linken Seitenspiegel bewegten sich Schatten, jemand näherte sich. Er ließ eilig die Scheibe nach oben fahren. Da klopfte es auch schon dagegen.

»Herr Falkner? Bitte steigen Sie aus. Wir haben ein paar Fragen an Sie.«

Die Stimme eines befehlsgewohnten Mannes drang dumpf ins Wageninnere. Jonathan sah eine Hand, wie sie einen Ausweis an die Scheibe presste, wusste jedoch nichts damit anzufangen. Heutzutage konnte jeder einen Ausweis fälschen.

»Bitte öffnen Sie die Tür, Herr Falkner. Sie sind doch Jonathan Falkner?«

Er saß versteinert, was wollte dieser Mann von ihm?

An der rechten Scheibe tauchte eine Frau auf.

»Bitte schalten Sie den Motor ab!«, rief sie.

Jetzt übernahm der Mann erneut das Wort. »Kripo Karlsruhe, Hauptkommissar Edel und Hauptkommissarin Siebert. Wir haben ein paar Fragen an Sie und bitten Sie, auszusteigen.«

Der Beamte öffnete von sich aus die Fahrertür.

Jonathan stellte den Motor ab und schaute auf. Der Mann war riesig und ziemlich stabil. Mit dem war sicher nicht gut Kirschen essen, am besten, er legte sich nicht mit ihm an. Also stieg er aus, der Beamte trat einen Schritt zurück, immer noch den Ausweis vor sich haltend, als wäre er ein Schutzschild.

Jonathan griff danach, starrte ihn an, er hatte noch nie einen Dienstausweis eines Polizisten gesehen, geschweige denn in der Hand gehalten. Er gab ihn zurück.

»Was wollen Sie von mir?«

Sein Hals war trocken, wie immer, wenn er sich in die Enge gedrängt fühlte.

Jetzt sprach wieder die Frau. Sie kam hinter dem Heck des Jeeps hervor.

»Kennen Sie Ludmilla Janković?«

Jonathan fühlte, wie sich ein unsichtbares Seil um seinen Hals legte. »Warum?«

»Die Fragen stellen wir. Können wir ins Haus gehen?«, forderte der Hüne.

»Sie können auch hier Ihre Fragen stellen. Oder haben Sie einen Durchsuchungsbeschluss?«

Er sah, wie sich die beiden schnelle Blicke zuwarfen.

»Einen solchen benötigen wir hoffentlich nicht, Herr Falkner«, sagte die Frau. »Es handelt sich lediglich um eine Befragung, und hierfür könnten wir Ihnen auch eine Vorladung aufs Revier zukommen lassen. Aber das wollen Sie doch sicher nicht?«

Sie redete mit freundlicher, aber bestimmter Stimme, sie sah gut aus.

Vermutlich blieb ihm keine Alternative, er musste sie ins Haus einlassen. Er hatte ja nichts zu verbergen.

»Gut. Fahren Sie hinter mir her.«

Jonathan stieg zurück in den Jeep. Startete den Motor.

*

Während sich das Tor zur Seite schob, setzte auch Edel den BMW in Bewegung. Er hielt sich dicht hinter dem Jeep und war überrascht von den Ausmaßen des Grundstücks. Zwar lag der Großteil bereits im Dunkeln, doch allein die Auffahrt und deren Beleuchtung deuteten auf eine nicht alltägliche Villenanlage hin.

Falkner hielt quer vor der Doppelgarage, Edel parkte hinter dem Jeep, und sie stiegen aus.

Schweigend öffnete Falkner die Haustür, ließ sie eintreten, achtete darauf, dass die Tür sich wieder schloss, ging voran und führte sie durch Gänge in sein Wohnzimmer. Oder was der spartanisch eingerichtete Raum auch immer darstellen sollte.

Er bot ihnen an, auf der knallroten Zweisitzer-Couch Platz zu nehmen und setzte sich gegenüber auf einen roten Würfel. Zwischen ihnen stand ein kleiner Glastisch. Darunter lag ein rotgrau-gemusterter Teppich.

Falkner zog sich die Jacke aus, legte sie auf den Boden, schwieg und wartete. Wurde immer unruhiger.

Das bewiesen seine orientierungslos dreinschauenden Augen, die zuckenden Mundwinkel, die mahlenden Kiefer, die sich knetenden Hände auf seinen Oberschenkeln, das unruhige Wippen seiner Fersen. Was für ein nervöser Mensch, ging es Edel durch den Kopf. Oder hatte er einfach nur Angst?

Gundula begann. »Herr Falkner, Sie kennen Ludmilla Janković?«

Erst ein Zusammenzucken, dann ein Schlucken, als wolle er sich zum Reden zwingen.

»Ja.« Die Stimme, klangvoll, nur leicht belegt.

»Wann haben Sie sie zuletzt gesehen?« Gundula beugte sich vor. Sah ihm fest in die Augen.

Er konnte ihrem Blick kaum standhalten, seine Augen wanderten hin und her.

»Vor ein paar Wochen. Bin ihr beim Joggen begegnet. Drüben in der Liebermannstraße. Mitten in der Nacht.«

»Wussten Sie von ihrem Gewerbe?«, fragte sie weiter.

Wieder ein Zögern. »Damals noch nicht.«

»Sie wissen aber jetzt Bescheid?«, fragte Edel.

»Ja.«

»Woher?«, hakte Edel nach.

Falkner rutschte auf dem Sitzwürfel in eine neue Position, seine Fersen begannen erneut mit zackigem Wippen.

»Aus der Zeitung. Ich habe auch mit meiner Freundin darüber gesprochen, die kennt sie auch. Wir waren zusammen in derselben Klasse.«

Der Junge hatte eine Freundin? Warum stand das nicht in den Akten? Edel warf Gundula einen fragenden Blick zu.

Sie reagierte sofort. »Wohnt Ihre Freundin bei Ihnen im Haus? Können wir sie sprechen?«

Falkner massierte sich über den Nacken, sah zu Boden. Wurde der gute Junge verlegen?

»Na ja, Lisa studiert in München Jura. Wir treffen uns nur ab und zu.«

Gundula erfragte die Adresse und den vollständigen Namen der Freundin, Falkner gab Auskunft, und sie machte sich eine Notiz.

»Welches Verhältnis haben Sie zu Ecrin Yildiz?«, frage Edel.

Jetzt ging es ans Eingemachte.

»Wie bitte?« Der Junge wurde blass, seine Katzenaugen erstarrten, fest auf ihn gerichtet. Seine Füße standen still.

»Kennen Sie sie nicht?«, hakte Gundula nach.

Falkners Blick flog auf Edels Kollegin. »Doch, sie arbeitet bei Gusetti und putzt seit zwei oder drei Jahren hier im Haus. Wieso Verhältnis?«

»Mein Kollege meinte, wie Sie zu ihr stehen, wie gut Sie sie kennen und so weiter.« Gundula machte das perfekt.

»Ich kenne sie nur vom Sehen. Meine Ansprechperson ist die Teamchefin Frau Siebler. Aber, was wollen Sie von ihr?« Argwohn legte sich auf Falkners Gesicht. »Sie sind doch wegen Ludmilla gekommen.«

»Ja, auch«, sagte Edel. »Unter anderem. Sie wissen aber schon, dass Frau Yildiz ebenfalls vermisst wird, oder nicht?«

Die Augen des jungen Mannes zielten jetzt punktgenau auf ihn. »Sie wird vermisst? So richtig vermisst? Ich dachte, sie sei krank oder hätte Urlaub.«

»Wann haben Sie Thomas Anger zuletzt gesehen?«, fragte Gundula.

»Wen?«

Der Überraschungseffekt war gelungen, der junge Mann schien der Befragung kaum noch gewachsen zu sein.

»Thomas Anger vom Autohaus Vollmer in Rüppurr. Kennen Sie ihn nicht?«, setzte Edel nach.

»Das ist doch dieser Tommy, der immer die Autos in Empfang nimmt. Oder?«

Edel verlor allmählich die Geduld. »Ja, genau der. Sie hatten sich am 31. Oktober sogar nach ihm erkundigt, nachdem er nicht in der Werkstatt erschienen ist.«

»Habe ich das? Also, ich weiß wirklich nicht mehr, ob und wann ich mich nach ihm erkundigt habe. War schon eine Weile nicht mehr dort.«

»Tja, wir wissen es jedenfalls, wir sind die Polizei!«, sagte Gundula mit einem feinen Lächeln auf den Lippen. »Aber nun werden drei Menschen vermisst, und Sie kannten alle drei.«

»Ich hab sie bestimmt nicht weggezaubert!« Er klang verärgert.

»Oh, wir wollen Ihnen nichts unterstellen«, säuselte Gundula. »Es ist Routine, im Umfeld von möglicherweise geschädigten Menschen mit den Ermittlungen zu beginnen. Sie sind nicht der Einzige, den wir befragen.«

Falkner stand auf. Atmete hektisch. »Ich muss etwas trinken.«

»Gut«, sagte Edel, »tun Sie das. Wir sind vorerst fertig.«

»Ich hätte eine kleine Bitte«, sagte Gundula, druckste in ungewohnter Weise und zu Edels Verblüffung ein wenig herum und reckte ihren Kopf die Treppe empor.

Der Jungmillionär blickte sie misstrauisch an. »Was für eine Bitte? Was wollen Sie denn noch?«

»Nun, ihr Haus ist so ungewöhnlich. Würden Sie uns eine kleine Führung gewähren? Also, völlig informell. Nur privat. Ich bin wirklich sehr neugierig.«

Falkner war sichtlich irritiert, aber wohl nicht fähig für eine Ablehnung. »Ja, okay, dann kommen Sie«, sagte er leise und äugte zu Edel her.

Samstag, 16. November

Er schlief unruhig, stand mitten in der Nacht auf, warf sich eine Valium ein. Es folgte eine erzwungene Tiefschlafphase und vor dem Aufwachen ein Albtraum. Geplagt von Kopfschmerzen saß er am Morgen in der Küche, als die Tür aufging und Toni eintrat.

Was wollte der schon wieder?

»Guten Morgen, Jungchen. Hab mir gedacht, ich schau bei dir mal rein. Draußen ist nichts zu tun, am besten, ich melde mich für heute ab. Ist ja eh Samstag.«

Jonathan hatte keinen Nerv, mit Toni zu palavern, ob er im Garten arbeiten sollte oder nicht. Doch da fiel ihm ein …

»Was ist mit dem Grünstreifen, haben Sie den schon gerichtet?«

»Mein lieber Junge«, begann Toni, kam näher, stützte seine

Arme auf dem Tisch ab, beugte sich vor, und Jonathan zog unwillkürlich seinen Kopf zurück, »was will ich da jetzt machen? Ich kann den Matsch ein bisschen ebenziehen, aber frisches Gras säen ist erst im Frühjahr sinnvoll.«

»Ja, ja, ist okay!«

»Geht's dir nicht gut, Junge?«

Was sollte Jonathan darauf antworten. Die Wahrheit? Welche Wahrheit? Dass die Polizei dagewesen war? Dass sie in ihm die Verbindung zwischen drei vermissten Personen sahen? Was seltsamerweise auch stimmte! Oder dass er den Polizisten nicht alles gesagt hatte? Dass er sie bezüglich Ludmilla angelogen beziehungsweise wichtige Details unterschlagen hatte?

Konnte er Toni vertrauen? Er spürte seine Nerven blankliegen, spürte seine Kraft weichen, spürte, wie er nach vorne kippte und kräftige Hände ihn auffingen.

»Hey, was ist los?«

Toni schob seinen Stuhl neben ihn, legte den Arm um seine Schultern. Jetzt konnte Jonathan nicht mehr an sich halten und begann zu reden. Wie ein kleines Kind erzählte er von seinen Schandtaten.

Er fing bei Robert an, von der Wette mit ihm, und hörte bei Ludmilla auf, wie er sich hat von ihr verführen lassen. Er offenbarte seine Liebe zu Lisa und seine Sehnsucht nach seinem richtigen Vater. Aber er offenbarte auch seinen unerbittlichen Hass auf die leibliche Mutter, die ihn einst so schmählich im Stich gelassen hatte.

Er wusste nicht, wie viel Zeit vergangen war, als er sich wieder aufrichtete, er wagte nicht, seinem Gärtner in die Augen zu schauen.

»Weißt du, lieber Junge«, begann dieser, »jeder Mann macht Augenblicke von Schwäche durch. Immer wieder, sein ganzes Leben lang. Und ein wahrer Mann ist der, der aufrecht aus der ganzen Scheiße herausschreitet.«

Toni tätschelte ihm den Rücken, rutschte wieder auf Abstand. Weil Jonathan noch zu keinen Worten gefunden hatte, redete er weiter.

»Du musst dir immer vor Augen halten: Was einen nicht umbringt, macht einen nur härter.«

Toni stand auf, brühte sich einen Kaffee.

»Schon beim Bund gewesen? Oder Zivi gemacht?«

Jonathan stutzte. »Nein.«

»Dann rate ich dir, dich zu melden, wenn du mit dem Studium fertig bist. Du wirst sehen, das stählt ungemein die Nerven. Das weiß ich aus eigener Erfahrung.« Er sah Jonathan tief in die Augen.

»Mich haben sie damals ausgemustert«, erklärte Jonathan.

»So? Du siehst aber nicht krank aus – und genug Grips hast du auch.«

Jonathan verspürte wenig Lust, Toni vom Grund seiner Ausmusterung zu erzählen. Es gab Grenzen, gewisse Dinge behielt man für sich. Vor allem, wenn es sich um die unzähligen Sitzungen beim Seelenklempner handelte, die seine psychische Stabilität beim Umgang mit anderen Menschen in Frage stellten und ihm letztlich die Untauglichkeit für den Dienst an der Waffe bescheinigten.

Er gab vor, müde zu sein, woraufhin Toni verständnisvoll nickte, ihm ein letztes Mal auf die Schulter klopfte und verschwand.

Jonathan war sich im Klaren, dass er begonnen hatte, einem völlig Fremden zu vertrauen. Ihm wurde flau im Magen, wenn er daran dachte, wie sehr er den Mann an seinen Gefühlen und Gedanken hatte Anteil nehmen lassen, aber wie wenig dieser von sich selbst preisgab. Er wusste nichts über seinen Gärtner. Außer, dass er schon jahrelang im Ausland lebte und früher mal in Karlsruhe gewohnt hatte.

Sein Kaffee war mittlerweile kalt geworden.

Er trank ihn trotzdem.

Sein Blick fiel auf die Tüte, die Toni abgestellt hatte, als er reingekommen war. Jetzt hatte er sie vergessen.

Jonathan griff danach, schaute hinein. Stutzte.

Eigentlich hatte er einen Fleischkäseweck oder etwas in der Richtung erwartet, aber nicht das, was er fand.

Wie kam Toni zu den Plätzchen seiner Mutter?

VI

Samstag, 16. November

Er fühlt sich wie im Rausch. Fühlt beschwingte Heiterkeit, betäubende Wärme. Nebelschwaden wirbeln seine Erinnerungen durcheinander. Hat er nicht eben noch dem freundlich lächelnden Gärtner gegenübergesessen, dankbar den angebotenen Keks angenommen? Als selbstgebacken angepriesen.

Jetzt liegt er in seinem Glashaus, die Vorhänge geschlossen. Seinen Emotionen ausgeliefert wie in Mutters Schoß.

Mutters Schoß? Von welcher Mutter?

Von der, die so tut, als sei sie seine Mutter, es aber nicht ist, oder von der, die seine Mutter ist, aber nichts mit ihm zu tun haben wollte? Die einfach ihr Leben aufs Spiel gesetzt hat, die ihr Leben ihm zuliebe nicht zu ändern gedachte? Jetzt ist sie tot – schon lange, und keiner kräht mehr nach ihr. Er auch nicht. Soll sie in der Hölle schmoren. Möglicherweise hat sie nicht selbst Hand an sich gelegt, doch ihr Lebenswandel forderte den Tod heraus. Ja, sie ist eine Selbstmörderin. Selbstmörder kommen in die Hölle. Ob Robert auch dort schmort?

Jonathan steht auf dem Friedhof. Es regnet. Vor ihm ein Pulk Trauernder, er hat sich von hinten angeschlichen, sie brauchen keine Notiz von ihm zu nehmen. Er hört dem Pfarrer nicht zu, sieht nur die vielen schwarzen Rücken vor sich. Es kommt Bewegung in den Pulk, der Sarg ruht jetzt auf dem Platz, der ihm für alle Ewigkeit auserkoren ist. Ein passender Platz für einen notorischen Angeber, Quertreiber, Hetzer. Ruhe sanft und gib endlich Ruhe.

Er wankt hinter der Trauerschar her, bis er vor der Grube steht, tausende Blumen bedecken den glänzenden schwarzen Sarg. Ein edler Sarg.

Als der Doktor ihn sieht, blitzt Zorn aus seinen Augen, die Frau ne-

ben ihm, auch ganz in Schwarz, sogar mit Hut, zuckt zusammen, ein eisiger Blick hinter schwarzem Schleier.

Jonathan wirft Erde auf den Sarg, ein gewisser Anstand gehört sich. Aufs Kondolieren verzichtet er, will nicht herausfordern.

Der Regen klatscht herunter, er hat keinen Schirm, seine Sinne beginnen zu schwimmen. Robert steht über dem Sarg. Durchscheinend wie ein Hologramm. Als wolle seine Seele fliehen. Er beginnt sich, wie ein Derwisch zu drehen, und keiner ist mehr da, nur noch sie beide, und Robert dreht sich immer schneller, Staub und Dreck werden aufgewirbelt und Blumen und Blätter, als liefen sie Amok.

Dann überall dunstiger Nebel und die Stimme, die rufende. »Jonathan, wo bist du, hallo, Jonathan, wo versteckst du dich?«

Die Stimme des Teufels. Als wolle er auch ihn holen.

»Jonathan! Hallo, Jonathan! He, Junge, was ist passiert?«

Er spürte ein Rütteln am Körper und Schwindel im Kopf, öffnete die Augen und schaute direkt ins Gesicht seines Vaters. Der war über ihn gebeugt und klatschte ihm mit den Händen auf die Wangen.

»Aufhören«, jammerte er, ein aufseufzendes Krächzen seiner eingetrockneten Stimmbänder.

Sein Vater erhob sich, streckte ihm die Hand entgegen, half ihm auf. Sie befanden sich in der Küche.

Alles nur geträumt. Sogar, wie er sich auf den flauschigen Boden gelegt hatte. Eine Halluzination, so real, so überaus real. Was war nur los mit ihm?

»Bist du gestürzt?«

Er schüttelte den Kopf. Wollte seinen Vater nicht beunruhigen. Aber was wäre eine beruhigende Erklärung? Er hatte schließlich auf dem Küchenboden gelegen. Vermutlich bewusstlos.

»Papa? Was machst du hier?«

*

Für einen Moment hatte er tatsächlich geglaubt, sein Sohn wäre tot. Ein schockierender Moment – bis er das Zucken um dessen Augen bemerkte.

Jonathan schwankte beim Aufstehen, Markus half ihm auf den Stuhl.

»Ich wollte mal nach dir sehen.«

Jonathan rieb sich über die Stirn. Seine Augen waren gerötet, die Pupillen verengt.

»Ist dir schlecht geworden? Hast du Kreislaufprobleme?«, fragte Markus und suchte den Blick seines Sohnes.

Jonathan vergrub sein Gesicht, legte es auf die Tischplatte, auf seine gekreuzten Arme.

»Ja, ich glaub, mir ist schlecht.«

»Soll ich einen Arzt rufen?« Markus zog einen Stuhl herbei, setzte sich dicht neben seinen Sohn.

»Nein, nein, letzte Woche war mir schon mal schlecht. Mama hat so seltsame Plätzchen gebacken.«

»Was? Das kann nicht sein, Junge. Ich habe alles probiert, was sie gemacht hat.«

Jonathan reagierte nicht.

»Soll ich dir einen Kaffee machen? Stärkt den Kreislauf.«

Jonathan hob abwehrend die Hände. »Wasser, bitte.«

Er schenkte ihm eines ein, Jonathan trank es in einem Zug leer. Sein Blick wurde klarer.

»Lass uns ein bisschen an die Luft gehen, Jonie«, schlug Markus vor. »Vielleicht hast du dich in letzter Zeit einfach ein wenig übernommen.«

Sie gingen durch den Park, Markus war wirklich schon sehr lange nicht mehr dagewesen. Alles wirkte sauber und gepflegt.

»Dein Gärtner versteht etwas von seiner Arbeit. Heute hat er wohl frei? Ist ja auch Samstag«, sagte Markus, um ein Gespräch anzukurbeln.

»Ja, das tut er«, sagte Jonathan.

»Ich habe letzte Woche mit Albert gesprochen. Es geht ihm wieder gut.«

»Oh, das freut mich. Meinst du, er darf wieder arbeiten? Ich meine, im Garten.«

»Er ist optimistisch. Natürlich müsste er es langsamer angehen lassen. Würdest du ihn denn wieder einstellen wollen?«, fragte Markus vorsichtig.

»Warum nicht? Toni geht vermutlich bald fort. Er wohnt im Ausland.«

»So? Hat er dir das gesagt?«

»Ja, woher sollte ich das sonst wissen?« Jonathan blieb stehen.

Markus mahnte sich zur Umsicht. Auf keinen Fall wollte er seinen Sohn reizen.

»Wo wohnt er denn, wenn ich fragen darf?«

»Auf Barbados.«

»Meine Güte! Wo liegt das denn genau?«

»Das ist die östlichste Insel der Kleinen Antillen, im Atlantik, nahe Südamerika.«

»Aha! Und jetzt ist er hier zu Besuch? Hat er Verwandte?«

»Keine Ahnung«, brummte Jonathan.

Am liebsten hätte Markus weiter nachgehakt. Aber er war sich bewusst, die Grenze zur reizbaren Zone bereits beinahe überschritten zu haben.

Mittwoch, 20. November

Es war siebzehn Uhr, als er aufwachte.

Den ganzen Tag hatte er verschlafen. Wurde allmählich zur Gewohnheit.

Er wühlte sich aus dem Bett, wankte ins Bad, sein Schädel brummte schon wieder. Oder immer noch. Irgendwie wirkten die

Tropfen nur begrenzt, kaum wachte er auf, war alles beim Alten. Oder schlimmer. Seit Tagen schwänzte er die Vorlesungen, hatte nicht an seiner Diplomarbeit, nicht an seiner Dissertation gearbeitet, nicht trainiert, gar nichts gemacht.

Seit Toni am Sonntag nach dem Frühstück nochmals vorbeigeschaut, sich nach seinem Befinden erkundigt und ihm dann voller Sorge das kleine braune Fläschchen ausgehändigt hatte, lag Jonathan nur herum.

Wenn er die Tropfen nicht nahm, zerriss es ihm den Schädel noch viel schlimmer. Nahm er sie, schwebte er irgendwo zwischen Wunderland und Nirgendwo. Also hatte er die Tropfen genommen, schön abgezählt. So gut man es eben in dem Zustand hinkriegte zu zählen. Auf einen mehr oder weniger kam es garantiert nicht an.

Jonathan stand vor dem Spiegel. Nicht mal rasiert. Bereits drei Tage. Oder erst zwei? Die Tage und Nächte waren ineinander gerutscht, draußen war es schon wieder düster. Wenn Lisa ihn so sähe, die bekäme einen Schreck. Oder seine Mutter – und erst Vater. Der würde ihm die Leviten lesen!

Er atmete langsam durch, trennte sich ohne Wehmut von seinem Schreckensabbild im Spiegel, ging unter die Dusche.

Das tat gut. Sein Kopf wurde klarer.

Die warme Luft des Ganzkörperföhns beförderte ihn zurück ins Leben. Zumindest solange sich die Kopfschmerzen nicht wieder bemerkbar machten.

Er zog sich frische Sachen an, seifte sein Kinn ein, rasierte sich nass. Er hatte ja Zeit.

Es klingelte. Nein, nicht jetzt.

Er rasierte sich fertig. In aller Ruhe. Trocknete sich die Haut ab. Atmete tief ein. Ja, jetzt konnte er sich wieder riechen, anschauen. Atmete aus.

Es klingelte wieder und wieder. Da stand ein ganz Ungeduldiger vorm Tor.

Jonathan ging ins Schlafzimmer, vor zur Tür, wo der Hausapparat montiert war.

»Ja?«, fragte er missmutig in die Sprechanlage.

Die Bildübertragung sprang an. Eine Frau. Das Gesicht kam ihm bekannt vor.

»Herr Falkner?«, sagte die Frau. »Bitte öffnen Sie, wir müssen dringend mit Ihnen reden.«

Das war die Kripobeamtin von letzter Woche. Meine Güte, was wollte die denn schon wieder?

»Warum?«

»Die Fragen stellen wir, vergessen?«, plärrte die Kommissarin, lachte dabei, als wolle sie um Freundschaft buhlen. »Bitte, lassen Sie uns rein, es geht um eines Ihrer Autos.«

»Moment.«

Er ging hinüber ins Büro, stellte sich vor die Überwachungsanlage und tippte den Befehl zum Öffnen ein. Er sah zu, wie sich das Tor zur Seite bewegte, sah drei Autos die Auffahrt herauffahren. Ganz vorne ein BMW, wie ihn dieser Hauptkommissar Edel gefahren hatte. Es war vermutlich auch seiner. Dahinter ein 3er-BMW. Der letzte der drei Wagen gefiel ihm überhaupt nicht. Ein Streifenwagen, darin saßen zweifellos Uniformierte.

Gott sei Dank war es schon fast dunkel.

Ein viertes Fahrzeug tauchte unterhalb des Tors auf, blieb am Straßenrand stehen. Und das war der Gipfel der Unverfrorenheit: Ein Abschleppwagen!

Als er die Haustür öffnete, standen der Hauptkommissar und seine blonde Kollegin bereits wartend vor der Tür. Neben ihnen ein jüngerer Mann. Der Hauptkommissar stellte diesen als Oberkommissar Behrens vor.

»Hi!«, sagte Jonathan, um überhaupt etwas zur Begrüßung zu sagen.

»Guten Abend, Herr Falkner!«, sagte die Beamtin.

»Was wollen Sie? Warum der ganze Aufmarsch?«

»Wir benötigen Ihre Mithilfe. Könnten Sie uns bitte Ihre Garage öffnen?«, fragte der Jüngste im Trio.

Jonathan ging zwei Schritte zurück in den Gang, drückte den Auslöser für das Garagentor, das sogleich begann, sich zur Decke empor zu schieben. Dann entriegelte er den Sicherungsschalter der Haustüre, damit er sich nicht aussperrte, falls die Tür zuschlug.

Hauptkommissar Edel betrat zuerst die Garage, dicht hinter ihm der jüngere Kollege.

Die Hauptkommissarin blieb neben ihm stehen. »Wir fahnden nach einem hellen Porsche wegen des Vermisstenfalls Ludmilla Janković. Alle in Frage kommenden Besitzer eines solchen Wagens werden aufgesucht und um freiwillige Überlassung zur Überprüfung gebeten. Ich hoffe, Sie haben Verständnis. Sie möchten vermutlich auch zur Aufklärung beitragen. Oder?«, säuselte sie ihm vor.

Er sagte nichts, folgte den Kommissaren in die Garage. Edel stand links, der andere rechts und zwischen ihnen sein Prachtstück. Etwas zog an seinem Herzen, piesackte es, gleich musste es bluten.

»Bitte«, sagte er, »beschädigen Sie ihn nicht.«

Drei Augenpaare warfen sich auf ihn, schwankten zwischen ungläubigem Hohn und verhaltenem Schmunzeln.

»Keine Sorge«, sagte die Kommissarin, »Ihr Wagen ist nicht der einzige Luxuswagen, den unsere Kollegen von der Kriminaltechnischen Untersuchung unter ihren Fingern haben. Sie checken das Fahrzeug lediglich nach Spuren der Vermissten durch. Wenn sie nichts finden – davon gehen wir ja aus, nicht wahr? –, kriegen Sie ihn spätestens übermorgen unbeschadet wieder zurück.«

»Aber, warum mein Porsche?«, versuchte es Jonathan nochmals. Er sah einfach keinen Sinn dahinter. Ludmilla hatte niemals Kontakt mit dem Porsche gehabt, er war mit dem Wagen nicht einmal in ihre Nähe gekommen.

Nun ergriff der Hauptkommissar das Wort. »Herr Falkner, das ist so bei einer Routineuntersuchung. Reines Ausschlussprinzip.«

Nach wenigen Minuten war das schwere Fahrzeug mit seiner Fracht verschwunden, die Kollegen vom Streifendienst wurden fortgeschickt.

»Dürfen wir noch kurz reinkommen, Herr Falkner?«, fragte Edel.

*

Sie saßen wieder auf der roten Couch, Edel und Gundula. Sven lehnte mit verschränkten Armen am Treppenaufbau, verankerte seinen strengen Blick in Falkners Genick, der auf dem Lederhocker gegenüber Platz nehmen musste.

Nicht ohne bockigen Widerwillen.

»Herr Falkner«, begann Edel, »warum sind Sie am 31. Oktober zu Vollmers Werkstatt gefahren?«

»Haben Sie das nicht schon mal gefragt?«

Dieser nachdenkliche Blick aus skeptischen Augenwinkeln heraus, war der echt oder schauspielerte Falkner? Edel war sich bezüglich Falkners Benehmen nicht im Klaren. Entweder er spielte ihnen etwas vor, dann machte er das großartig, oder der Junge unterlag tatsächlich derartigen psychischen Schwankungen.

»Bitte antworten Sie mir. Also, was hat Sie veranlasst, zu Vollmer zu fahren?«

»Warum fährt man wohl zu einer Tankstelle? Ich habe getankt. Und als ich dort war, habe ich gedacht, ich mache gleich einen Termin für eine Autowäsche aus.«

»Und das konnten Sie nur mit Thomas Anger?«

»Natürlich nicht. Aber der, der ihn vertritt, ist ein ziemlicher Muffel und weiß nie Bescheid. Anger blickt voll durch, braucht nicht mal einen Terminkalender, um nachzuschauen. Sagt einfach immer okay, gibt einem den Termin und fertig.«

»Gut, das erklärt natürlich einiges.«

»Was heißt, *das erklärt einiges?* Was erklärt es denn?«, brauste Falkner auf und warf einen Blick über seine rechte Schulter, vermutlich um zu prüfen, ob Sven noch an seinem Platz stand.

»Beruhigen Sie sich, bitte!«, übernahm Gundula das Wort, und Edel bemerkte ihre Bereitschaft, einzugreifen, falls nötig.

»Sie wissen inzwischen«, sagte sie sanft, »dass wir jeder Spur nachgehen müssen, die sich uns eröffnet. Immerhin suchen wir drei vermisste Personen.«

»Ja, das sagten Sie bereits mehrmals! Aber ich habe sie nicht versteckt! Und wenn Sie so weitermachen, werde ich einen Anwalt einschalten.«

Falkner spuckte diese Worte heraus, kniff seine Augen zu einem schmalen Spalt zusammen, sichtlich am Ende seiner Geduld, falls er denn je welche gehabt hatte.

»Herr Falkner, so leid es mir tut, aber ich muss Sie noch um eines bitten –«, begann Edel, wurde aber sofort unterbrochen.

»Was denn noch?«

»Wir bräuchten eine DNA-Probe von Ihnen.«

»Wie bitte?«

Bevor Falkner aufspringen konnte, war Sven hinter ihm, hielt ihn an der Schulter fest.

»Beruhigen Sie sich«, sagte Edel streng. »Das ist Routine. Und auch in Ihrem Interesse.«

Sven holte das mitgebrachte Röhrchen aus der Tasche, entnahm den Tupfer und hielt ihn Falkner vors Gesicht.

»Wenn ich bitten darf?«

Während er hantierte, sagte Edel: »Morgen dürften wir bereits erste Untersuchungsergebnisse vorliegen haben. Deshalb bitte ich Sie, aufs Kommissariat zu kommen. Sagen wir vierzehn Uhr? Die Kriminalpolizeidirektion befindet sich in der Hertzstraße, wenn Sie von der Moltkestraße herkommen gleich rechts.«

Falkner wischte sich über den Mund, verfolgte mit grimmiger

Miene, wie Sven den Tupfer verstaute. »Ich weiß, ich kenn mich in der Stadt aus.« Der Tonfall, ein mürrisches Zischen.

Edel stand auf, das Zeichen für die Kollegen zum Abzug.

*

Das Haus war wieder leer, nur die fremden Gerüche klebten noch schal in den Räumen. Jonathan ging ins Büro, aktivierte auf einem der Tablet-Bildschirme das Programm für die Klimaanlage, stellte sie auf volle Leistung. Mindestens zwei Stunden lang. Der Gestank von arglistiger Neugier, behördlicher Penetranz und fremdvergossenem Blut sollte vollständig getilgt werden. Diese Menschen gehörten nicht hierher, nicht in dieses Haus. Er hatte mit all dem nichts zu tun. Nicht das Geringste. Er wollte seine Ruhe.

Er ging hinunter in seinen Fitnessraum, setzte sich auf das Ergometer und trat in die Pedale. Er fühlte die kühle Luft im Raum, stellte sich vor, es sei der Fahrtwind, der ihm durchs Haar streifte, der ihn begleitete durch sattgrüne Wiesen und behütende Wälder.

Nach über einer halben Stunde stieg er ab, trotz der Kälte nassgeschwitzt, tupfte sich mit einem Handtuch ab, ging nach nebenan, in die Küche, trank ein Glas Wasser.

Seine Hand zitterte. Und nicht nur seine Hand, sondern jede Faser seines Körpers, er musste sich setzen. Als hätte er sich überfordert.

Was war jetzt schon wieder los?

Kreislaufprobleme? Oder der leere Magen? Alles zusammen?

Das Telefon lag auf dem Tresen. Warum steckte es nicht in der Ladeschale? Zum Glück war der Akku noch nicht leer.

Er könnte jemanden anrufen.

Einen Arzt? Seinen Vater? Nein, keine gute Idee.

Vielleicht Lisa? Immerhin wollten sie sich treffen und hatten noch keinen genauen Termin ausgemacht. Schnell tippte er die Nummer ein, er wusste sie auswendig. Hoffentlich konnte sie rangehen.

»Jonie, hallo?« Ihre Stimme – eine Wohltat.

»Lisa, wie geht's?« Tolle Frage, aber Jonathan wunderte sich schon lange nicht mehr über seine missratene Wortwahl, wenn er mit ihr sprach.

»Mit geht's gut, Jonie. Also, dieses Wochenende geht alles klar. Ich komme am Freitagabend heim, wir können uns dann am Samstagvormittag treffen, wenn es dir recht ist.«

»Doch, ja, klar. Ähm …«

»Was ist? Ist alles in Ordnung?« Lisas Feinsinn entging aber auch nicht das Geringste.

»Ich weiß nicht, ob alles in Ordnung ist. Die Polizei war bei mir, sie haben den Porsche beschlagnahmt. Ich hab keine Ahnung, warum.«

»*Die Polizei?* Die können doch nicht einfach bei dir hereinspazieren und dein Auto mitnehmen. Was haben sie gesagt? Was liegt gegen dich vor?«

»Sie sagen, wegen Milla. Sie recherchieren wegen ihrer Vermisstenanzeige.«

Er hörte sie durchatmen.

Donnerstag, 21. November

Der Raum war quadratisch, kahl, kalt. Hatte kein Fenster, dafür eine Kamera, die ihn voll ins Visier nahm. Das Raumzentrum beherrschte ein Tisch mit zwei Stühlen. Auf dem Tisch thronte das digitale Aufnahmegerät.

Jonathan fröstelte, saß mit dem Rücken zur Tür. Jeder konnte ihm ins Genick springen, ohne dass er eine Möglichkeit zur Abwehr gehabt hätte. Links ein riesiger Spiegel. Damit konnte nicht nur er seine Visage betrachten, sondern auch die Typen dahinter. Er vermied es, dorthin zu starren.

Der Herr Hauptkommissar saß ihm gegenüber, ließ sich Zeit mit dem Gequatsche. Er sollte endlich zur Sache kommen. Sollte ihm endlich die Fragen stellen, die ihm unter den Nägeln brannten. Ihm und seinem jungen Arschlochkollegen.

Die Lady war ja ganz in Ordnung, obwohl – vor ihr musste er sich auch in Acht nehmen, die versuchte, ihn von hinten zu packen. Doch momentan war keiner von beiden anwesend. Es gab nur ihn, Jonathan, und den Kriminalhauptkommissar.

Hoffentlich war diese Scheiße bald vorbei, hoffentlich konnte er bald nach Hause, hinter sich abschließen, sich verkriechen, sein Leben weiterführen.

*

»Wann haben Sie Thomas Anger das letzte Mal gesehen?«, setzte Edel an.

Falkner schaute auf, Überraschung lag in seinem Blick.

»Anger? Ich weiß nicht, das letzte Mal, als ich dort war, war er ja nicht da.«

Edel bemerkte den unsicheren Blick, den Falkner zur Glaswand hinwarf, um ihn gleich wieder abzuwenden und weiter auf das Aufnahmegerät zu starren.

»Diesen Tag meine ich nicht. Wann haben Sie ihn das letzte Mal lebend gesehen?«

Falkner schaute auf. In seinen Augen machte sich die Edel inzwischen wohlbekannte Irritation breit.

»Sie meinen, er ist tot?«

»Ich meine gar nichts. Also?«

»Ich weiß nicht mehr genau, wann ich einen Wagen dort hatte. Fragen Sie doch in der Werkstatt nach.«

»Ist bereits geschehen! Haben Sie tatsächlich vergessen, dass

Sie zwei Tage zuvor den Porsche für einen Kundendienst zu Vollmer brachten und ihn gegen siebzehn Uhr dreißig wieder abholten?«

Falkner schluckte, wurde ganz blass im Gesicht. »Ja. Ja, natürlich! Vergessen.«

»Bei solch einem Fuhrpark verliert man leicht den Überblick, nicht wahr?«

»Ich habe nicht den Überblick verloren, sondern einfach nicht mehr dran gedacht.«

Edel bemerkte feuchten Glanz auf Falkners Stirn. Wurde es dem Jungen allmählich warm?

Er überlegte. Wenn Falkner junior an dem Dienstag, an dem Juri Michailov Ludmilla Janković in einen schwarzen Jeep einsteigen gesehen haben wollte, bei Vollmer war, um den Porsche zu holen, hatte er natürlich nicht zur selben Uhrzeit vor dem Lokal stehen können.

»Nun, dass der Porsche pünktlich und wie vereinbart abgeholt worden war, konnte uns Herr Vollmer bestätigen. Das war auch der letzte Eintrag von Thomas Anger. Nur leider ist aus diesem Eintrag nicht ersichtlich, *wer* ihn abgeholt hat.«

»Ich bringe meine Autos immer persönlich hin und hole sie auch selbst ab.« Falkner fuhr sich mit dem Handrücken über die Stirn.

»Darf ich Ihnen etwas zu trinken bringen lassen, Herr Falkner?«

»Nein. Ich hoffe, ich kann bald gehen.«

»Ich habe schon noch ein paar Fragen.« Und als Falkner nichts sagte: »Also, dann protokollieren wir, dass Sie Herrn Anger am Abend des 29. Oktober zuletzt lebend gesehen haben. Ist das richtig?«

Falkner zuckte mit den Schultern.

»Sie müssen schon laut reden, wegen des Aufnahmegerätes«, sagte Edel geduldig.

»Ja.« Ein lautes Blaffen in Richtung Mikrofon.

»Gut. Somit wäre das geklärt. Dann haben Sie am Abend vor seinem Verschwinden zuletzt mit ihm Kontakt gehabt.«

Edel atmete durch und lehnte sich zurück.

*

Jonathan hasste Lügen. Sie huschten einem oftmals leicht über die Lippen. Aber sie auf Dauer zu verbergen, war verdammt schwer. Jedoch konnte er unmöglich von Romberg erzählen, durfte keinesfalls offenlegen, dass er seinem Gärtner so wohlgesinnt war, um ihm den Carrera anzuvertrauen.

Es war echt zum Kotzen, wie er sich bereits mitten ins erste Dilemma manövriert hatte, hoffentlich würde dieses nicht zum Fallstrick werden.

Auf welche Gedanken würde der Kommissar wohl kommen, wenn Jonathan ihm beichtete, dass sein Gärtner gefahren war? Würde er Toni verdächtigen?

Quatsch. Was sollte der mit Anger zu tun haben? Nun, er würde dazu erst einmal den Mund halten. Er hoffte, sich deshalb nicht selbst unnötig zu belasten. Aber – warum auch?

Die Tür ging auf, und er wandte sich um. Die hübsche Blonde schaute herein. Warf ihm ein blinzelndes Lächeln zu.

Oder galt dies dem Kommissar?

Der stand jedenfalls auf, entschuldigte sich, verließ den Raum. Jonathan war allein.

Soweit man es als Alleinsein nennen konnte, wenn man aus allen Ecken heraus beobachtet wurde.

*

Gundula drückte ihm einen Schrieb in die Hände.

»Da! Schau dir das mal an.«

Edel las und ein Gefühl von Zufriedenheit machte sich in ihm breit.

»Na, das haben wir gern. Ein Mister X ist also nicht nur in Ludmillas Reich herumgeturnt, sondern hat auch in Falkners Porsche gesessen. Mitsamt der schönen Ludmilla! Ich glaube, wir sollten jetzt unbedingt auch Falkners Jeep checken lassen und vorsorglich eine Durchsuchungsanordnung für sein Anwesen beantragen.«

»Wirst du es ihm sagen?«

»Nein, wir präsentieren ihm unsere Ergebnisse Häppchen für Häppchen.«

»Hat er immer noch keinen Anwalt beauftragt?«

»Er scheint überhaupt nicht daran zu denken. Komisch nicht?«

Gundula zog ihre Stirn kraus. »Unbedarfte Unschuld?«

»Oder siegessichere Arroganz. Halte dich bereit. Vielleicht brauche ich Unterstützung, wenn ich seinen Jeep beschlagnahme.«

»Sven ist im Nebenraum. Zusammen mit Selina. Ich bleibe hier.«

Im Vernehmungsraum war es mittlerweile stickig geworden.

»Entschuldigen Sie, Herr Falkner. Wo waren wir stehengeblieben?«

Edel hörte sich auf dem Diktiergerät die letzten Worte an, die gesprochen wurden, stellte es wieder auf Aufnahme.

»Gut. Wann haben Sie Ecrin Yildiz zuletzt gesehen?«

Falkner geriet sichtlich aus der Fassung. Seine Augen irrten umher, fanden keinen ruhenden Pol, um sich zu stabilisieren, wie auch schon vergangene Woche, als sie unversehens bei ihm aufgetaucht waren.

»Die Ecrin? Es muss ein Montag gewesen sein. Es ist immer Montag, wenn sie putzen kommt. Letzten Montag vor zwei Wochen, glaube ich.«

»Und da haben Sie sie zuletzt gesehen?«

Falkner zögerte, als ob er überlegte. »Ja. Sie hat am Abend auf mich gewartet. Vor dem Tor.«

»Sie hat auf Sie gewartet? Kam das öfter vor?«

»Nein, natürlich nicht!«

»Sie hatte ein Auge auf Sie geworfen. Wussten Sie das?«

»Quatsch, was reden Sie da?«

»Hat ihre Chefin uns erzählt.«

»Die Siebler? Was erzählt die denn für einen Stuss?«

»Ist das so abwegig?«

Falkner schwieg, rechnete sich vermutlich aus, was er als nächstes vorbringen konnte, um nicht in eine Falle zu tappen.

»Ich weiß es nicht. Ich kannte sie wirklich nicht. Habe ja nie mit ihr geredet, außer wenn ich die Gratifikationen verteilt habe. Jede hat immer etwas gekriegt. Sie sind sehr zuverlässig. Das belohne ich.«

»Ist auch sehr gütig von Ihnen. Also, sie hat auf Sie gewartet. Warum?«

Wieder zog Missmut über Falkners Gesicht. »Sie …«

»Ja?«

»Sie hat eine Kette beim Putzen gefunden und hat sie bei mir abgeben wollen.«

»Eine Kette? Von Ihnen?«

»Nein, ich kannte den Schmuck nicht. Muss aus einem alten Schrankfach herausgefallen sein. Im Keller stehen auch Antiquitäten. Eigentlich schaue ich immer alles durch, bevor ich etwas mitnehme. Aber manche Möbelstücke haben Geheimfächer, da kann schon mal etwas Vergessenes drinstecken und herausfallen.«

»So wie jene Kette?«

»Möglich.«

»Und dann?«

»Ich habe Ecrin geraten, sie zum Fundamt zu bringen. Ich habe ihr auch gesagt, dass sie gute Chancen hat, sie behalten zu dürfen, wenn sich kein Besitzer meldet. Das war's. Sie ist zum Bus gegangen und ich ins Haus.«

Falkner verschränkte die Arme vor seiner Brust, hatte seinen Angaben wohl nichts mehr hinzuzufügen.

Edel hatte auch so bereits genug gehört. Eine weitere Gegebenheit, die aus dem Rahmen fiel. Das Callgirl wurde zum ersten Mal von ihrem Schulfreund abgeholt, das Putzmädchen hatte ein wertvolles Schmuckstück gefunden und der Tankwart hatte zum ersten Mal nicht die Herausgabe des Porsches protokolliert.

»Darf ich jetzt gehen?« Falkner sah ihm in die Augen, ein flehender Blick, fast konnte er einem leidtun.

»Ja. Aber Ihren Jeep müssen wir hierbehalten.«

Mit einem Mal sprang Falkner auf. Sein letzter Rest Selbstbeherrschung war wohl soeben flöten gegangen.

Der Stuhl flog gegen die Tür. Es krachte höllisch.

»Nein!«, rief er. Zu mehr war er anscheinend nicht fähig, obwohl er sichtlich nach Worten rang.

Edel blieb sitzen. Demonstrierte Ruhe.

»Doch, Herr Falkner. Leider! Wir haben Anweisung erhalten.« Er deutete mit dem rechten Daumen zur Decke. »Von oben. Da sind wir machtlos. Aber Sie wissen ja: Reine Routine!«

Die Tür ging auf, der Stuhl schob sich mit quietschendem Kratzen zur Seite. Gundula und Sven erschienen, blieben im Rahmen stehen.

Falkner wandte sich um, atmete hart.

Edel streckte seine Hand aus. »Den Schlüssel, bitte.«

Der Jungmillionär wurde blass.

»Kriege ich dann wenigstens den Porsche zurück?« Seine Stimme war nur noch ein bebendes Flüstern.

Hoffentlich kollabierte er nicht.

»Nein. Leider!«, säuselte Sven.

»Wie, wie komme ich nach Hause?«

Gundula versuchte, ihn zu beruhigen. »Wir lassen Sie heimbringen. Kommen Sie.«

Sie ging ein paar Schritte in den Gang, wartete. Falkner wankte leicht, zog sein Schlüsseletui aus der Hosentasche, wog es in der Hand. Edel wartete geduldig. Schließlich trennte Falkner den Autoschlüssel heraus, reichte ihn Edel, wandte sich um und warf Sven einen hasserfüllten Blick zu.

Dieser erhob die rechte Hand, deutete mit Zeige- und Mittelfinger auf seine Augen, mit denen er Falkner fest anstierte, dann richtete er seinen Zeigefinger auf Falkner.

Edel fand diese theatralische Gestik leicht übertrieben, doch sie zeigte unmittelbare Wirkung. Falkner zuckte zusammen wie unter einem Peitschenhieb und folgte Gundula, ohne ein weiteres Wort zu verlieren.

»Nimm einem Mann sein Auto, und er steht da, verloren wie ein kleines Kind«, verkündete Sven lauthals und fühlte sich sichtlich wohl dabei.

»Stand er nicht bereits vorher da, verloren wie ein kleines Kind?«, erwiderte Edel.

»Ja, bei manchem hilft nicht mal ein teurer Schlitten, um ihn einen ganzen Mann sein zu lassen.«

Edel schüttelte den Kopf, schmunzelte.

***

Eine absolute Frechheit, was sich diese Beamten leisteten. Setzten ihn einfach in ein Taxi, ließen ihn abtransportieren wie einen Unmündigen. Die Abschiedsworte der Blonden »Das Taxi bringt Sie heim. Das Geld dazu haben Sie ja. Wir melden uns.« krönten den Gipfel der Unverfrorenheit.

Jonathan ließ sich nicht nach Hause fahren, sondern zu Vollmer. Dort ging er schnurstracks in dessen Büro, verlangte ein

Ersatzauto. Der überrumpelte Werkstattinhaber quasselte verlegen herum, er hätte nur noch den roten BMW dastehen, wie lange er denn das Auto bräuchte und so weiter.

Minuten später raste Jonathan in dem auffälligen Coupé durch die überfüllten Straßen. Mochten sie ihn doch blitzen, scheißegal.

Was sie mit ihm trieben, was sie von ihm wollten, es war unfassbar. Er hatte niemandem etwas getan, aber das könnte sich durchaus ändern, wenn sie es drauf anlegten. Sie hatten nicht das Recht, ihn fertigzumachen, sie nahmen es sich einfach heraus. Stahlen ihm seine Autos, stahlen sich in sein Privatleben, und wer weiß, was sie noch planten.

Ein Anwalt musste her. Schleunigst. Am Samstag kam Lisa. Sie würde ihm zu helfen wissen.

Es hupte neben ihm, er hatte einem Mercedesfahrer die Vorfahrt genommen. Sollte der doch hupen, bis er schwarz wurde. Jonathan gab Gas. Nichts wie heim. In die Geborgenheit. In eine Geborgenheit, die einen haarfeinen Sprung erhalten hatte.

Kaum zu Hause angekommen, ging er joggen. Die Straße entlang bis Wolfartsweier, dann zurück bis Durlach und hinauf in den Wald, den Weg weiter und um sein Grundstück herum. Hetzte mehr, als ihm guttat. Sein Herz schmerzte, als er wieder vor dem Tor ankam. Dennoch durchpflügte er das klare Wasser in seinem Pool, als wolle er es in Einzelteile zerschneiden. Den Rest gab er sich im Fitnessraum.

Dann erst ließ er sich ins Bett fallen. Mit Schmerzen am ganzen Körper. Und der Schlaf kam nicht. Nur das Zittern. Das große Zittern überall, in jeder Faser. Der Kopf dröhnte, das Messer hinter den Augen tobte wieder. Wenn er nur noch ein paar Tropfen hätte. Die Wundertropfen.

Tropfen! Telefon! Toni!

Es brauchte lang, bis Toni sich meldete. Mit verschlafener Stimme und gar nicht fröhlich. Jonathan überging das unfreundliche Genuschel und kam gleich zur Sache.

»Ich brauche die Tropfen.«

Ein Augenblick der absoluten Stille, dann der Orkan.

»Ich glaube, dir brennt der Kittel, Junge. Ich bin doch keine Apotheke!«, schnaubte ihm Toni ungehalten ins Ohr.

»Bitte, besorg mir welche!«

»Die hab ich einem Arzt abgeluchst. Der ist jetzt wohl kaum greifbar. Du bist doch etwa nicht süchtig? Von dem bisschen Morphium?« Ein Lacher folgte.

»Wie – Morphium?«

»Klar, Junge, was glaubst du denn, warum die so reingehauen haben? Stell dich nicht dümmer, als du bist.«

Tonis höhnisches Lachen klang abartig.

Jonathan hätte ihn umbringen mögen. Er drückte ihn schnell weg und suchte hektisch nach einer Valium-Tablette.

Samstag, 23. November

Zermürbt von einer weiteren schlaflosen Nacht schleppte er sich am Samstagmorgen aus dem Bett, es war noch nicht einmal halb sieben. Er zog sich an und ging hinunter, warf sich eine Jacke über, schloss die Haustür auf.

Nasse Kälte empfing ihn. Dazu leichter Nieselregen. Sonst windstill. Und es duftete nach frischer Erde, ein bisschen nach Pilzen.

Er trabte hinunter zum Tor, schnappte sich die Brötchen und die Zeitung und wollte sich sogleich auf den Rückweg machen, als sein Blick den weißen Kleinbus auf der gegenüberliegenden Straßenseite erfasste. Dort parkte sonst nie jemand. Seltsam.

Nachdenklich widmete er sich seinem Frühstück. Las in der Zeitung. Freute sich auf Lisa.

Es war gerade sieben Uhr dreizehn, als es klingelte. Er versuchte, das Geläut zu ignorieren. Wer samstags um diese Zeit läutete, hatte nicht die Gewähr, dass er aufmachte. Nicht mal Toni, falls der auf Einlass hoffte und seinen Schlüssel nicht parat hatte. Toni hatte sich ohnehin die ganze Woche nicht blicken lassen.

Jonathan räumte das Geschirr in den Spüler. Beseitigte die Spuren des Frühstücks.

Es klingelte wieder, einmal, zweimal, dreimal. Gleichzeitig läutete das Telefon. Was sollte das denn?

Er entschied sich für das Telefon.

»Guten Morgen, Herr Falkner. Hauptkommissarin Gundula Siebert hier.«

»Sie schon wieder?«

»Herr Falkner, wir stehen vor Ihrem Tor. Machen Sie bitte auf.«

»Wie bitte?« Jonathan rannte hinauf ins Büro, warf einen prüfenden Blick auf den viergeteilten Bildschirm, mit dem die Überwachungskameras des Einfahrtsbereichs verbunden waren.

Vor dem Tor stand der BMW des Hauptkommissars. Und zwischen BMW und Tor die Hauptkommissarin. Mehr sah er nicht.

Er hielt das Telefon wieder an sein Ohr. »Können Sie nicht später nochmal kommen? Oder ich komme zu Ihnen?«

Die Beamtin lachte auf. »Das geht nicht, tut mir leid. Bitte öffnen Sie das Tor und kommen Sie vor Ihre Haustür.«

Würden sie ihm seine Autos zurückbringen? Nein, daran glaubte er nicht. Nicht, wenn sie den Jeep bis in seine letzten Bestandteile auseinandergenommen hatten.

Welche Alternativen besaß er? Keine, wurde ihm bitter bewusst. Er hätte sich unbedingt früher nach einem Anwalt umschauen müssen. Aber ihm standen doch auch Rechte zu, bevor sein Anwalt zugegen war. Er brauchte nichts sagen, was ihn belastete. Nein, das brauchte er nicht.

Mit dieser beruhigenden Gewissheit gab er den Befehl zum Öffnen des Tors ein und drückte gleichzeitig die Hauptkommissarin am Telefon weg.

Was er kurz darauf hörte, brachte ihn vollends aus dem Konzept. Der Hauptkommissar hielt ihm einen Wisch vor die Augen, während er ihm erklärte, das Anwesen durchsuchen lassen zu wollen.

Jonathan langte nach dem Schrieb, musste sich gegen die Hauswand lehnen. »Warum eine Hausdurchsuchung? Was wollen Sie denn finden?«

Seine Stimme war kaum in der Lage, forsch zu wirken. Er brachte nur ein raues Flüstern zustande. Sein Unterkiefer bebte, das Beben eroberte nicht nur seine Hände, sondern jede einzelne Nervenfaser.

Er merkte die kalte Luft nicht mehr, fühlte nur noch blanke Wehrlosigkeit, als die Horde fremder Menschen in sein Reich eindrang. Allen voran dieser Behrens, der ihn auf eine unerklärliche Art und Weise zu hassen schien. Und Hauptkommissar Edel trampelte mit einem anderen Beamten zuletzt ins Haus. Als ob sie planten, wie sie es am besten verwüsten konnten.

Nur die Hauptkommissarin blieb bei ihm.

»Möchten Sie sich mit mir in die Küche setzen, Herr Falkner? Dann können Sie meine Kollegen ihre Arbeit verrichten lassen und wir trinken zusammen einen Kaffee.«

Hatte die einen Knall? Er sollte Friede, Freude, Eierkuchen spielen, während die Bullen sein Haus zerlegten? Jonathan rührte sich nicht vom Fleck. Die Wand, sein Haus, schenkte ihm die nötige Stütze, damit er nicht umkippte.

»Einen Anwalt. Ich brauche einen Anwalt. Sie dürfen mir nichts tun. Bitte …«

Er stammelte herum, als sei er nicht bei Sinnen.

Dabei liefen seine Sinne auf Hochtouren. Versuchten, das Chaos in seinem Hirn zu ordnen. Er durfte nicht mehr mit ihnen reden. Egal was sie fanden oder zu finden glaubten.

Er sagte kein Wort mehr.

Lisa, ich brauche dich, ich brauche deinen Boss, ich brauche eure Hilfe, rasten seine Gedanken. *Aber – wenn sie das hier sieht! Nein, sie soll das nicht sehen, nicht heute, wenn sie das erste Mal kommt, wenn sie ihn das erste Mal besuchen wird. Er will mit ihr reden, mit ihr zusammen sein, allein. Was bilden die sich ein?*

Jonathan ließ sich die Wand hinabgleiten, bis er den Boden berührte. Seine Beine hätten ihn keine Sekunde länger getragen.

Er hörte die Bullenlady etwas rufen, dann sackte er weg.

»Er simuliert«, sagte eine Stimme.

»Nein, sein Blutdruck ist abgefallen. Er kommt gleich wieder zu sich.« Eine andere Stimme, ganz nah.

Er öffnete die Augen, was eigentlich seinem innigsten Wunsch widersprach. Am besten wäre es gewesen, wenn er überhaupt nicht mehr zu sich gekommen wäre. Doch der Sanitäter, der neben ihm in der Hocke saß, sorgte dafür, dass alles seine Richtigkeit hatte. Dass er zugegen war, wenn sie sein Reich zerstörten, sein Leben zerpflückten. Da gab es keine Flucht in irgendein schwarzes Loch. Da hatte man dabei zu sein, hatte sich seinem Schicksal zu stellen.

»So, Herr Falkner«, sagte der Sanitäter, mochte kaum älter als er selbst sein, und griff ihm unter die Achseln, »jetzt stehen Sie wieder auf, ich helfe Ihnen.«

Jonathan blieb nichts anderes übrig, als sich zu fügen.

Als seine Beine wieder ihren Dienst aufgenommen hatten, entdeckte er den jungen *Ober*kommissar, mied dessen herablassenden Blick, während sie ihn in die Küche begleiteten.

Frau Hauptkommissarin hatte bereits einen Kaffee gebrüht.

»Freut mich, dass es Ihnen besser geht«, sagte sie.

Vermutlich meinte sie auch, was sie sagte. Denn was nützte ihr ein bewusstloser Verdächtiger, der nicht in der Lage war, sich mitzuteilen? Sie nickte dem Sanitäter zu, der sogleich den Raum verließ.

Behrens blieb im Rahmen der offenen Tür stehen, lehnte sich an, verschränkte die Arme. Jonathan griff nach dem Kaffee, schlürfte vorsichtig. Das brühheiße Getränk tat gut.

Die Kripobeamtin setzte sich zu ihm. »Ich habe ein paar Fragen an Sie, geht's?«

Und wenn er nein sagte? Er nickte leicht.

»Sie möchten sicher wissen, warum wir hier sind?«

Er wartete ab.

»Der Jeep war voller Spuren von Ludmilla Janković.«

Dies war keine Frage, sondern eine Feststellung.

Jonathan antwortete nicht.

»Sie waren mit ihr zusammen?«

»Das ist ja nicht verboten«, murmelte er verbittert.

»Natürlich nicht. Warum haben Sie's uns nicht gesagt?«

»Weil's niemanden was angeht.«

»Diese Meinung hätte Bestand, wenn Frau Janković noch unter uns weilte und es ihr gut ginge.«

»Was meinen Sie? Weilt sie denn nicht mehr unter uns?« Wie er dieses dumme Geschwätz hasste.

»Nun, daran arbeiten wir gerade.«

»Bei mir?«

»Was ist passiert, als Sie mit ihr zusammen waren?«

»Passiert? Was meinen Sie?«

»Nun, Sie hatten Sex – das ist bewiesen. Und danach? Hatten Sie Streit?«

»Ich habe sie heimgefahren.«

»Wollte sie Geld? Und Sie dachten eher, sie würde Ihnen als ehemalige Schulfreundin einen Gefallen erweisen?«

»Sie spinnen doch!« Jonathan schwor, nichts mehr zu sagen, wenn die Bullenlady weiter so quatschte.

»Es wäre doch möglich, dass Sie an ein freundschaftliches Entgegenkommen von Frau Janković geglaubt hatten, sie aber das Geschäft im Vordergrund sah?«

»Also, Sie reden absolute Scheiße, wissen Sie das?«

Behrens rückte einen Schritt näher, die Kommissarin hob die Hand. »Dann klären Sie mich auf.«

»Ich bin Milla vor einigen Wochen begegnet, wir haben uns verabredet. Ich habe sie zum Essen ausgeführt, danach haben wir uns im Jeep vergnügt. Sie wollte es so.«

Er wunderte sich über seine distanziert klingende Stimme. So unberührt.

»Sie nicht?«

Jonathan wurde es heiß. Vielleicht stieg ihm auch der Kaffee in den Kopf. Nein, wohl eher die peinlichen Fragen.

»Doch.«

»Und danach haben Sie sie hierher gebracht. Wollten weitermachen, sie jedoch nicht.«

»Hören Sie auf! Milla war nie in diesem Haus. Sie wusste nicht mal, wo ich wohne.«

»Dann verstehe ich nicht, weshalb die Spurensicherung in Ihrem Schlafzimmer Haare finden konnte, die dem ersten Eindruck nach von ihr stammen. Lang, blond.«

Jonathan saß wie vom Blitz getroffen. Brauchte ein paar Sekunden, um weiterzudenken. »Vielleicht waren die Haare an meinen Klamotten.«

»Möglich. Aber wie ich Sie mittlerweile einschätze, werfen Sie Ihre Kleidung nicht einfach im Schlafzimmer auf den Boden, Sie haben den Wäscheschacht im Bad.«

Es war der reinste Hohn, was sich diese Bullenlady zusammendichtete. Er beschloss, zu schweigen. Endgültig. Warf einen Blick auf die Uhr. Erst halb zehn. Dabei hatte er das Gefühl, diese Herde wild gewordener Bullen trampelte bereits Stunden in seinem Haus herum.

Hoffentlich kam Lisa bald.

Jetzt streckte Edel den Kopf herein, winkte seine Kollegen zu sich. Sie gingen in den Flur, schoben die Tür hinter sich zu.

Ließen ihn allein in seiner Küche. Das Telefon lag auf der Anrichte. Das Kontrolllämpchen war aus, er stand auf und steckte es in das Ladegerät.

Schon ging die Tür wieder auf. Sie sahen ihn stehen und zeigten sich nicht erfreut. Womöglich glaubten sie, er habe telefoniert. Stand ihm nicht ein Telefonat zu?

Behrens stürzte sich auf den Apparat, hielt ihn ans Ohr, hörte natürlich nichts, steckte das Gerät wieder in die Ladeschale.

Sie drängten ihn zurück in die Raummitte und Edel ergriff das Wort. »Wie viele Mobiltelefone besitzen Sie?«

Der Hauptkommissar ließ ihm keine Zeit zu reagieren, hielt ihm drei Plastiktüten vor die Augen, darin enthalten zwei Smartphones und ein älteres Handy. Die hatte man angeblich im alten Sekretär gefunden, der unten im Keller stand.

Er kannte die Scheißdinger nicht, was sollte das? Er schüttelte einfach den Kopf, doch das berührte den Herrn Hauptkommissar nicht, der reichte die Tüten einem Beamten in weißer Schutzkleidung weiter.

»Herr Falkner, kommen Sie bitte.« Der Hauptkommissar wirkte sehr ernst. Als hätte er eine Leiche entdeckt.

Behrens und die Siebert drängten sich hinter ihn, Edel ging voraus. Jonathan erhielt einen Stoß in den Rücken. Dennoch bremste er jeden Schritt aus. Es war, als führten sie ihn zum Schafott.

Edel betrat den Abstellraum, den Zwischenraum zwischen Garage und Flur. Allerlei Gerätschaft stand oder hing dort herum. Hier werkelten meist Gusettis Damen. Hier hatte er seine Schmutzstiefel stehen und eine alte Jacke hängen. Mehr nicht. Die andere Kleidung gehörte dem Klingenstein.

»Sie arbeiten gern im Garten?«, fragte der Hauptkommissar.

»Nein, nur ab und zu. Ich habe einen Gärtner.«

»Deshalb die unterschiedlichen Schuhgrößen. Wo ist Ihr Gärtner?«

»Krank. Ich habe zurzeit eine Aushilfe. Aber der lässt seine Klamotten nicht da.«

Im Eck entdeckte Jonathan eine schmutzverklebte Schaufel. Er sollte Toni zurechtweisen. Die hatte hier drinnen nichts verloren.

»Ihre Schaufel?«, fragte jetzt Behrens, der wohl seinem Blick gefolgt war.

»Normalerweise hängt sie draußen in der Garage bei den anderen Gartenwerkzeugen. Der Gärtner muss sie hier vergessen haben. Er hat sie nicht einmal sauber gemacht.«

»Aha, der Gärtner«, frotzelte Behrens.

»Ich will einen Anwalt«, sagte Jonathan vermutlich im unpassendsten Moment.

»Den kriegen Sie, Junge«, entgegnete Edel. »Denn den werden Sie brauchen.«

Dann verließ der Kripobeamte die Garage, draußen rief jemand nach ihm.

Behrens versetzte Jonathan einen leichten Stoß in den Rücken.

»Kommen Sie«, sagte die Hauptkommissarin ernst.

Sie nahmen ihn mit in den Park. Garantiert nicht zur Erholung nach einer anstrengenden Durchsuchung. Am Glaspavillon vorbei liefen sie zielstrebig hinauf in den hinteren Bereich. Er sah die weißen Gestalten herumhuschen, sie hatten sicher bereits das ganze Anwesen durchforscht. Jetzt waren sie dort oben gelandet. Ein schönes Plätzchen. Behütet vom riesigen Kastanienbaum.

Edel blieb stehen, Jonathan trat ihm beinahe auf die Fersen. Der Kripobeamte drehte sich um und musterte ihn mit abschätzender Herablassung, als prüfe er, ob er auch tatsächlich den Richtigen hierherschleppt.

Jonathan zwängte seinen Blick an ihm vorbei, irgendetwas stimmte mit den weißen Männern nicht.

Sie standen nicht nur herum, sie taten etwas. Sie hatten Werkzeug, anscheinend selbst mitgebrachtes, und schaufelten.

Ja, tatsächlich, sie schaufelten. Auf seinem Grundstück. In seiner Erde. Welch eine Anmaßung.

*

Edel hielt seinen Blick auf Falkner gerichtet, studierte jeden seiner Züge. Er wusste bereits, was die Kollegen von der Spurensicherung finden würden. Sie hatten den Bereich zunächst mit Leichenhunden aufgespürt und danach mit Spezialsensoren und -kameras durchleuchtet.

Falkner hingegen wirkte völlig unbedarft. Wirklich ein so perfekter Schauspieler?

Oder war es die Verzweiflung, die ihn zu dieser Leistung trieb?

Falkner kniff die Augen zusammen, sie klebten förmlich an den hart arbeitenden Kollegen in weißer Schutztracht, als er plötzlich losbrüllte.

»Warum wühlen Ihre Leute in meinem Park herum?«

Edel rückte seinen Blick nicht von Falkner ab. Bewies beherrschte Kühle.

»Haben Sie das nicht auch getan?«

»Nein! Habe ich nicht! Außerdem ist das *mein* Park. Wenn ich hier herumwühlen wollte, dürfte ich das tun.«

»Ihre Stiefel und die benutzte Schaufel deuten darauf hin, dass Sie sich mit Erdarbeiten beschäftigt haben.«

Falkner schwieg, starrte auf die grabenden Beamten.

Gundula und Sven flankierten ihn zu beiden Seiten, jederzeit bereit, ihm Handschellen anzulegen.

Edel zog die Stirn kraus.

*

Romberg sah sich an seinem Ziel.

Den Volvo weit weg auf dem kleinen Parkplatz der S-Bahn-Haltestelle geparkt, war er hinter den Reportern hergelaufen, hatte sich zwischen ihnen vor der Einfahrt platziert. Doch das Warten war ihm zu langweilig, also verließ er die Meute und ging um das Grundstück herum, hastete den Weg hinauf. Bis er endlich den hintersten Bereich erreichte.

Er zwängte sich zwischen die Sträucher hindurch, schlich bis an die Hecke vor dem metallenen Zaun. Zum Glück waren die Thujabäumchen schon ziemlich dicht, sonst hätten ihn die Spurensucher entdeckt. So jedoch genoss er einen Superausblick auf das Schauspiel, das sich ihm bot. Ein Schauspiel, das ihm live präsentierte, wie die Seele eines Menschen gebrochen wurde.

Unter Aufsicht des Gesetzes, wohlgemerkt. Und er war nicht nur der heimliche Regisseur, nein, auch der Autor dieses Drehbuchs, und alles lief beinah wie geplant. Nun musste er nur noch seinen Auftritt vorbereiten, es durfte nichts schieflaufen.

Jetzt waren die Männer in Weiß auf etwas gestoßen. Sie winkten ihre Kollegen herbei. Es war Ecrins Grab, also mussten sie ihren Körper bereits sehen.

Ah, war das spannend. Wie die Leichen inzwischen wohl aussahen?

Die Männer blickten ins Loch. Romberg holte tief Luft, hielt den Atem an. War das prickelnd. Besser als jeder Fernsehkrimi.

Das war die Realität. Und die war gnadenlos. Gnadenlos gut.

*

Lisa war verwirrt über das Aufgebot der Fahrzeuge entlang der Landstraße, über die Ampelkreuzung hinaus, bis weit in die Bundesstraße hinein. Die gehörten sicher nicht Fahrgästen, die die hiesige Haltestelle der Regionalbahn nutzten. Sie entdeckte nicht nur einige Einsatzwagen der Polizei, sondern auch zwei Krankenwagen, und ihr Gefühl sagte ihr, da stimmte etwas absolut nicht.

Schlagartig wurde ihr bewusst, sie kam zu spät. Sie hatte die Vorzeichen nicht ernst genug genommen. Vielleicht lag es auch daran, bei Jonie nie abschätzen zu können, wie ernst er etwas meinte.

Wenn jedoch der Polizei Fakten vorliegen und wenn diese auch nur von wenigen Beweisen bekräftigt werden, schlägt sie zu. Das hätte ihr klar sein müssen.

Ein Leichenwagen tauchte hinter ihr auf, sie ließ ihn vorbei, umklammerte das Lenkrad. Sie hatte sich schnell wieder im Griff, die Kämpferin in ihr übernahm das Kommando. Jener Teil ihres Ichs, der sie zu ihrer Berufswahl veranlasst hatte.

Sie hängte sich an den schwarzen Wagen dran. Sie kannte sein Ziel. Hoffentlich hatte Jonie sich nichts angetan. Hoffentlich.

Mutig fuhr sie dem Kombi nach, bis vor die Einfahrt, war irritiert von der Wucht des Anwesens, obwohl sie nur einen Teil der Auffahrt sehen konnte. Sie hatte sich hinter dem Leichenwagen durch einen Aufmarsch von Journalisten geschoben, bis sie von zwei Uniformierten angehalten wurde. Der Leichenwagen war bereits vom Anwesen verschluckt worden.

»Sie dürfen hier nicht hereinfahren«, sagte der Polizist, der auf ihrer Seite stand.

Lisa kramte die Visitenkarte ihrer Kanzlei hervor, ihre Eintrittskarte.

*

Also jetzt, jetzt gingen sie wirklich zu weit! Erst verscharrten sie Leichen in seinem einzigartigen Park, dann buddelten sie sie wieder aus, nur um ihm eins auszuwischen.

Das war Bullshit, er musste sich beschweren, musste zum Kopf des ganzen Theaters gehen, dem Polizeidirektor, dem Staatsanwalt oder höher. Er konnte das nicht auf sich sitzen lassen.

»Verschwinden Sie von meinem Grundstück. Sie alle! Packen Sie Ihre Leichen ein und hauen Sie ab!«

Er schrie es heraus.

Musste schreien. Damit sie ihn alle hörten.

Er fühlte Hände, die die seinen packten, nach hinten zerrten und mit kaltem Metall aneinander schmiedeten. Er hatte seine

Bewegungsfreiheit verloren, konnte sich nicht mehr wehren, als sie ihn schoben und schubsten, bis sie vor der Garage standen.

Die Blonde redete auf ihn ein, er hörte gar nicht hin. Was hätte sie auch sagen können, um ihre Handlung zu rechtfertigen?

Es gab keine Ausreden, keine Entschuldigung und keinerlei Rechtfertigung für das, was sie mit ihm trieben. Sie öffneten die hintere Tür eines Polizeiautos.

Alle starrten ihn an.

Er wandte den Blick von ihnen ab, wendete sich um, verabschiedete sich von seinem Haus, seinem Park.

Da entdeckte er *sie*. Ihr roter Polo stach hervor wie ein kleiner blutiger Tropfen.

»Lisa«, entfuhr es ihm, und der Hauptkommissar schmiss sich herum, um zu sehen, wen er meinte.

Seine Kollegin nahm ihre Flossen von ihm, doch dafür langte der Jungbulle umso fester zu.

Er sollte ihm einen Tritt in die Schienbeine geben – oder in den Unterleib. Doch vielleicht machte das keinen guten Eindruck auf Lisa.

Die Hauptkommissarin und der Hauptkommissar tauschten sich kurz aus, dann gingen sie in ihre Richtung.

Behrens fackelte nicht lange, presste seine Pranke auf Jonathans Kopf, drückte ihn unsanft herunter, und ihm blieb nichts anderes übrig, als sich in den Fond des Polizeiautos fallen zu lassen.

»Lisa«, rief er nochmals. Jetzt hatte sie ihn gehört. Schaute her. Redete erregt mit den Kommissaren.

Dann kam sie näher, die Kripobeamtin neben ihr.

»Jonie, um Gottes Willen, was ist passiert?«

»Hilf mir, bitte! Ruf meine Eltern an, sie sollen nach dem Haus schauen. Lisa …«

Behrens knallte die Tür zu, schickte sein arrogantes Siegergrinsen durch die Scheibe, herein ins schwüle Wageninnere.

Machte wieder die bescheuerte *Big-Brother-Is-Watching-You*-Gestik.

Jonathan fühlte unbeschreiblichen Hass auflodern.

Der Fahrer saß bereits am Steuer. Es stiegen zwei weitere Beamte ein, einer vorn, einer neben ihm. Dann fuhren sie los.

Als Jonathan den Mob der sensationsgierigen Reporter vorm Tor entdeckte, die wie auf ein unsichtbares Geheiß hin ihre Kameras zückten und auf den Wagen richteten, war er froh, seine Einfahrt so konzipiert zu haben, dass der volle Einblick auf das Gelände versperrt blieb.

Er lehnte sich zurück, schloss die Augen und zwang sich zur Ruhe. Lisa würde sich um alles kümmern.

Hoffentlich verkrafteten das seine Eltern.

VII

Sonntag, 24. November

Er konnte den Himmel kaum sehen. Schwarze Gitter zerschnitten das gläserne Blau.

Sie hatten ihn nach seiner Verhaftung in die Arrestzelle des Polizeipräsidiums gesteckt und den bereitstehenden Haftrichter wohl von seiner unbedingten Gefährlichkeit überzeugt, denn keine zwei Stunden später lieferten sie ihn in der Riefstahlstraße ab, im Untersuchungsgefängnis. Nachdem sie ihn mit Fragen durchbohrt hatten. Doch sein Mund war wie verklebt gewesen.

Er hatte von rechtlichen Dingen keine Ahnung, aber kaum eine andere Wahl besessen als sich zu fügen, obwohl er sich vorstellen konnte, dass eine vorläufige Festnahme diese Behandlung nicht rechtfertigte.

Aber die drei Leichen auf seinem Grundstück. Und in ihm sahen sie den gefährlichen Soziopathen, den man am besten gleich ins dunkelste Verlies sperrte. Nach einer demütigenden, erniedrigenden Prozedur hatten sie ihn hierher geschleppt. Wenigstens war er allein. Allein mit sich und seinen wütenden Gedanken. Die ganze Nacht lag er schon wach. Auf einem Bett, das die Bezeichnung nicht verdiente. Wartete. Starrte zur Decke hinauf. Schielte dann zum Fenster oberhalb seines Kopfes. Immer abwechselnd.

Irgendwann würden sie kommen, ihn holen, ihn weiter traktieren. Er würde nichts sagen. Nichts sagen können.

Und sie würden ihm trotzdem keinen Glauben schenken.

Er mochte es selbst nicht glauben. Nicht glauben, was er gesehen hatte. Ein Traum, ein bitterböser Traum, der keiner war.

Sondern bizarre Realität, gnadenlos hart. Nichts würde mehr so sein, wie es gewesen war. Sein Haus würde ihn für alle Ewigkeit an die Toten erinnern. Gleich einem Mausoleum. Ob er jemals darin weiterleben wollte?

Montag, 25. November

Sie hatten Lisa erlaubt, direkt in seine Zelle zu gehen.

Es war früher Vormittag, Jonie war auf ihren Besuch vorbereitet worden. Erwartungsvoll saß er auf der Bettkante, als sie eintrat. Zuckte zusammen, als hinter ihr die Tür zuschlug. Seine Augen klebten auf ihr, während er aufstand und ihr entgegenkam.

Sie warf sich ihm regelrecht an die Brust, drückte ihn an sich. Wie gut es tat, sein Herz pochen zu hören, seinen Atem zu spüren, den er schwer in ihr Haar stieß.

Auch er legte seine Arme um sie, und sie schmiegten sich aneinander wie zwei Ertrinkende, so heftig, wie sie es noch niemals getan hatten. Doch die unaussprechliche Absurdität ihrer Situation erzeugte unbewusste Verlegenheit, er ließ sie los.

Schnell legte Lisa die große Tüte, die sie in ihrer Hand hielt, auf den Tisch. »Von deiner Mutter. Kleidung zum Wechseln.«

»Setz dich doch«, bot er ihr den einzigen Stuhl an.

Dann nahm er selbst wieder auf der Bettkante Platz, ihr gegenüber, ihre Knie berührten sich beinahe.

»Oh, Jonie, was für eine verfahrene Sache, in die du da geraten bist.«

»Ja, echt Scheiße«, antwortete er und lachte auf, voller Sarkasmus.

»Hör zu, Jonie. Mein Chef wird deinen Fall übernehmen, falls tatsächlich ein Verfahren eingeleitet wird. Aber diese Woche ist er bei einer anderen Verhandlung, er wird erst danach kommen können. Er schickt morgen vertretungsweise einen Anwalt aus der Kanzlei, Herrn Dr. Waldt. Der ist in Ordnung, du kannst ihm vertrauen. Falls du vor seiner Ankunft vernommen würdest, kannst du dich auf dein Schweigerecht berufen und auf das Beisein deines Anwalts beharren. Ich werde sämtliche Fakten sammeln und heute noch nach München fahren, um sie Dr. Holstein vorzulegen.«

»Danke, Lisa.« Er beugte sich vor, sah sie an. Ernst und Traurigkeit vertieften das Unergründliche in seinen Augen. »Dürfen die mich eigentlich hier einfach so festhalten?«

Sie neigte sich ihm entgegen. Ihre Hände berührten sich. Er umfasste ihre. Es tat gut, ihn zu spüren, trotz der klammen Kälte, die er ausstrahlte.

»Ja. Sie sehen in dir den mutmaßlichen Hauptverdächtigen dieser drei Tötungsdelikte. Und bis alle Beweise für eine Anklage gesammelt sind, bleibst du in Untersuchungshaft. Aber wir haben die Möglichkeit, einen Antrag auf Haftprüfung zu stellen.« Sie atmete hart durch. »Anscheinend wurde dein Porsche unweit von Vollmers Werkstatt gesehen, und nach intensiver Inaugenscheinnahme dieses Grundstücks haben sie Textilfasern von Angers Kleidung gefunden und sogar seinen Schlüssel. Nun glauben sie, dass er dort erschlagen und anschließend in deinem Porsche transportiert wurde. Das ist jetzt aber noch inoffiziell, Jonie.«

»Na klasse! Die lassen mich niemals raus, die lassen mich hier verrecken, bis sie ihre Beweise gegen mich zusammengebastelt haben.«

Lisa spürte sein Zittern, ob aus Angst oder vor Kälte, war gleichgültig. Er brauchte Wärme.

Sie beugte sich weiter vor, streckte sich, kam ihm ganz nah, wartete, damit er nicht zurückzuckte. Dann gab sie ihm einen Kuss auf die Wange. Blieb mit ihren Lippen hängen. Wartete wieder auf eine Reaktion und spürte den Kampf, den er mit sich ausfocht. Warum auch immer. Sie fragte nicht, wartete still.

Dann gab er nach. Endlich die lang ersehnte Befreiung aller

Gefühle, die schon so viele Jahre wie unter einem bannenden Fluch gelegen hatten. Er neigte den Kopf leicht zur Seite, sah ihr konzentriert in die Augen, und sie drückte ihre Lippen auf seine, drängte ihre Zunge in seinen Mund.

*

Wenn Jonathan nicht versucht hätte, sie zu bremsen, wer weiß, wozu er sich hätte hinreißen lassen.

Behutsam nahm er ihren Kopf zwischen die Hände, drückte ihn weg. »Du weißt gar nicht, welch ein Geschenk du mir heute gemacht hast.«

Sie richtete sich auf. Sie schauten sich an. Eine ganze Weile. Als sähen sie sich das erste Mal.

Dann griff sie nach ihrer Tasche, holte Notizblock und Kuli heraus. »Ich habe deine Eltern gebeten, nach dem Haus zu sehen. Dein Vater wird sich um alles kümmern. Auch um den Techniker, der deine Pool-Anlage wartet, soll ich dir ausdrücklich ausrichten. Noch ist alles versiegelt, aber vielleicht dürfen sie Ende der Woche hineingehen.«

Ende der Woche? Ging sie tatsächlich davon aus, dass er dann immer noch hier drinnen sein würde? Der Gedanke daran erdrückte mit einem Schlag sämtliche Freudengefühle der letzten Minuten.

»So lang muss ich hierbleiben? Auch wenn sie nichts gegen mich in der Hand haben? Was ist mit dieser Haftprüfung?«

Sie schaute auf, schminkte sich mit einem mitleidigen Blick, wirkte mit einem Mal routiniert, vermutlich machte man das als Anwalt so. »Es tut mir so leid. Ich glaube nicht, dass es so schnell geht. Aber bis nächste Woche müsste geklärt sein, was weiter geschieht. Dann ist auch Dr. Holstein hier. Ich werde beantragen, dass deine Eltern dich besuchen dürfen. Wird aber frühestens übermorgen werden.«

»Warum nicht schon heute?«

»Heute sind sie für eine Befragung ins Kommissariat vorgeladen und morgen wirst du verhört werden. Auch ist ein Termin bei Dr. Fabrani vorgesehen, einem Gerichtspsychiater.«

»Wie bitte?! Ohne mich!«

»Bitte kooperiere, so gut es dir möglich ist. Es muss nicht zu deinem Nachteil sein. Es sei denn, du hättest etwas zu verbergen.«

»Das habe ich nicht.«

»Also, warte ab, was er von dir will. Und immer dran denken: Du kannst stets das Recht zu schweigen einfordern.«

Jonathan wäre schier explodiert. Vor Empörung, vor Zorn, vor absoluter Hilflosigkeit.

Doch Lisa stand auf, und er tat es ihr gleich. Er sah auf sie hinab. Spürte den Duft ihres Haars.

Ihre Finger berührten sich.

»Also, bis dann, und halt die Ohren steif«, sagte sie leise.

Bis er ein Nicken zustande brachte, hatte sie bereits die Zelle verlassen.

Dienstag, 26. November

Der dritte Tag im Kerker nach seiner Einlieferung, und ein Ende schien nicht in Sicht. Er verweigerte das Frühstück, schrie dem Wachbeamten ins Gesicht, er solle es sich sonst wohin stecken.

Er brauchte Luft und Bewegung. Sein Magen war wie zugeschnürt, weil er schon wieder das Schauspiel vor sich ablaufen sah, worin der Großkotz von Richter mit überheblich eisigem Blick seine Inhaftierung wegen mutmaßlicher Täterschaft dringlich bis zum Abschluss der Beweisermittlung angeordnet hatte.

Ja, er war denen restlos ausgeliefert. Die Bullen würden sich Zeit nehmen, ihn hier vergammeln lassen und die Ratten seine verschimmelten Reste auffressen.

Das geduldige Grinsen des Beamten tötete ihm den letzten Nerv. Also schnappte er sich das Tablett und schmiss es mit voller Wucht gegen die halboffene Tür. Es schepperte ungemein, hallte weit in den Gang hinaus. Der Beamte schüttelte gleichgültig den Kopf, verließ die Zelle und schloss ab.

Zwischen Tisch und Tür, inmitten der Teepfütze, lagen die Brot-, Käse- und Wurstscheiben, der Metallteller und -becher und stumpfes Besteck. Wut übermannte ihn. Er stampfte auf das Tablett. Es ließ sich nicht zerstören, nur eine bescheidene Delle zeugte von seinem Gewaltausbruch.

Er ging zum Fenster, riss den Flügel auf, saugte die kalte Morgenluft ein. Dann schrie er hinaus, jeder sollte es hören.

»Ich bin nicht schuldig! Ich bin nicht schuldig, ich will hier raus!«

Dass ihn jemand hörte, stand außer Frage, nur ob man ihn erhörte, war fraglich.

Die Tür ging auf und Hauptkommissar Edel stand im Rahmen. Ließ seinen Blick schweifen, lächelte. Kalt und unberührt.

»Kommen Sie mit, dann reden wir eben ohne Frühstück.«

Jonathan tappte hinter Edel her, flankiert von zwei Uniformierten, seine Hände vor dem Bauch in Handschellen gelegt. Die Quittung für seine Tobsuchtsanfälle. Jetzt behandelten sie ihn wie einen Schwerverbrecher.

Sie machten Halt vor einer Tür, der Hauptkommissar öffnete und ging voraus. Jonathan wurde gedrängt, zu folgen. Hauptkommissarin Siebert erwartete sie bereits.

Als er saß und Edel ebenfalls, sagte dieser: »Ihr Anwalt ist noch unterwegs. Dürfen wir dennoch beginnen? Und können wir es wagen, Ihre Hände freizugeben? Haben Sie sich unter Kontrolle?«

Jonathan nickte. Natürlich hatte er sich unter Kontrolle. Immer. Im Gegensatz zu den Bullen, die dem Anschein nach überhaupt nichts unter Kontrolle hatten, sonst wären sie nicht so erpicht darauf, ihn ohne Rechtsbeistand zu vernehmen.

Edel gab den Beamten, die hinter Jonathan standen, ein Zeichen, einer erbarmte sich und nahm ihm die lästigen Dinger ab. Dann schaltete Edel das Aufnahmegerät ein, sprach die einleitenden Daten und legte unverzüglich los.

»Wer fuhr am Dienstag, dem 29. Oktober, Ihren Porsche?«

Jonathan zuckte mit den Schultern.

»Wer hat den Porsche gefahren?« Edels Stimme klang scharf.

»Mein Gärtner?« Jonathan schaute dem Kripobeamten trotzig in die Augen.

»Welcher Gärtner? Wie heißt er? Wo wohnt er?«, bohrte Edel ungehalten.

Jonathan schluckte. Jetzt hieß es, Tonis Identität preiszugeben. Zumindest das Nötigste. »Anton Romberg, mein Aushilfsgärtner, wohnt in einem Hotel. Ich weiß nicht, in welchem. Fährt einen Volvo, auf das Kennzeichen hab ich nicht geachtet.«

»Kriegen wir alles raus.« Der Kripobeamte machte sich Notizen, sah aber gleich wieder auf. »Und diesem Aushilfsgärtner vertrauten Sie Ihren Porsche an?«

»Ist das ein Problem für Sie?« Aufmüpfig entgegnete er den Blick des Beamten.

»Nein, für uns nicht. Aber für Sie.«

Bevor Jonathan in der Lage war, über die Bedeutung der Worte nachzudenken, drapierte der Hauptkommissar eine durchsichtige Plastiktüte auf den Tisch. Ernst und präzise wie ein Scharfschütze. Darin lag ein Schmuckstück.

»Kennen Sie dieses Collier?«

Jonathan beugte sich vor, warf einen Blick darauf. »Nein.«

»Sicher?«

Er schaute genauer. »Ja.«

»Es lag auf Frau Yildiz' Leiche, zusammen mit ihr in der Grube. Können Sie sich vorstellen, weshalb?«

Jonathan schaute nochmals. »Ist das die Kette, die sie gefunden hat?«

»Wissen Sie das denn nicht mehr?«

»Verdammt, nein! Es war dunkel. Und ich hab keine Ahnung von Schmuck. Es könnte das Collier sein, ja, es sieht ihm ähnlich.«

»Wir gehen davon aus, dass dies die Kette war, die Ecrin Yildiz im Keller gefunden hatte. Dort haben wir auch Spuren von Ludmilla Janković in einer Truhe entdeckt. Vermutlich wurde die Kette beim Verstecken der Leiche verloren.«

Jonathan schwieg genervt.

»Trug Frau Janković das Collier am Tag Ihres Rendezvous'?«

»Verdammt, ich habe nicht darauf geachtet. Sie war so schön in ihrer Gesamtheit, ich kann Ihnen keine Einzelheiten nennen.«

Jonathan grapschte nach der Tüte. Ja, die Kette sah wunderbar aus. Passte zu Milla. Hatte sie sie tatsächlich bei ihrem Treffen umgehabt? Was hatte sie um ihren schlanken, perfekt geschwungenen Hals getragen? Garantiert nichts, was dem unifarbenen Ensemble ihrer Erscheinung in irgendeiner Art und Weise widersprochen hätte.

»Sie war ganz in Türkis gekleidet«, erinnerte er sich laut. Und dann schlussfolgerte er: »Ich glaube nicht, dass sie dieses Collier getragen hat. Der Stein ist violett. Beschwören kann ich es aber nicht. Ist das denn so wichtig?«

»Woher haben Sie das Morphium?«

»Was?«

»Das Morphium. Das kleine braune Fläschchen, das wir in Ihrer Küche gefunden haben.«

»Das war kein Morphium. Das waren Schmerztropfen.«

»In der Gerichtsmedizin wurde festgestellt, dass es sich um reines Morphin gehandelt hat. So wie es in Krankenhäusern gelagert wird. Wer hat Ihnen die Flasche gegeben?«

Jonathan wusste allmählich wirklich nicht mehr, worauf der Kommissar hinaus wollte. War es denn so von Bedeutung, ob er mal ein paar Tropfen von irgendwelchem Drogenzeugs zu sich genommen hatte? Er war schließlich nicht süchtig. Kranke bekamen oftmals Medikamente mit Drogen. Er nahm ja auch regelmäßig Valium. Vom Hausarzt seiner Eltern verschrieben.

»Woher?«, bekräftigte der Hauptkommissar.

»Weiß ich nicht mehr. Liegt schon eine Weile herum.« Verdammt, welches Teufelszeug hatte ihm Toni nur untergejubelt? Na, dem würde er gehörig ins Gewissen reden, sobald er ihm unter die Augen kam.

Nun meldete sich die Siebert zu Wort. »Warum lügen Sie, Herr Falkner?«

Jonathan schluckte. »Okay, Toni hat mir die Tropfen geschenkt. Er hat sie von einem Arzt erhalten und brauchte sie nicht mehr.«

»Toni – Ihr Aushilfsgärtner?«, unterbrach Edel.

»Ja!«, blaffte Jonathan zurück.

»Sie wissen nicht zufällig, von welchem Arzt?«, fragte die Beamtin weiter.

»Nein, warum auch!«

»Aber Ihr Gärtner hat Ihnen mitgeteilt, die Tropfen von einem Arzt erhalten zu haben! Warum hat er Ihnen das gesagt?«

»Ich wollte Nachschub haben. Sie haben so gut gewirkt, als es mir schlecht ging.«

»Es ging Ihnen schlecht?«, ergriff jetzt wieder der Hauptkommissar die Initiative.

Jonathan ging allmählich die Luft aus. Eine günstige Gelegenheit, zu schweigen. Die er verstreichen ließ. »Ja, ich hatte mir mit Plätzchen den Magen verdorben, konnte nicht schlafen, hatte Kopfschmerzen, und Toni hat mir mit den Tropfen geholfen.«

Edel und Siebert warfen sich schnelle Blicke zu.

»Haben Sie schon früher so auf Gebäck reagiert?«, fragte die Kommissarin.

»Nein, nie. Meine Mutter muss verdorbene Zutaten erwischt haben.«

»Das Gebäck hat Ihnen Ihre Mutter gegeben? Wann?«

»Herrgott, Sie können aber auch fragen. Die Dinger standen einfach in meiner Küche. Das macht sie öfter so.«

Nun ging alles Schlag auf Schlag.

»Wir haben erfahren, dass Sie Ihrem Vater verwehrt hatten, Ihren Gärtner kennenzulernen. Warum?«, bohrte Edel weiter.

»Verwehrt? Wie klingt das denn?« Jonathan hatte die Schnauze gestrichen voll. Aber die Wahrheit durfte nicht ignoriert werden.

»Also, warum?«

»Warum, warum! So halt. Er muss nicht immer überall seine Nase hineinstecken. Ist doch völlig egal, ob er ihn kennt oder nicht. Toni geht ohnehin bald wieder nach Hause.«

»Er verlässt Karlsruhe? Oh, da sollten wir schleunigst versuchen, den Herrn vorher zu sprechen.«

»Lassen Sie ihn in Ruhe.«

»Wir möchten Ihren Gärtner kennenlernen und mit ihm reden. Vielleicht kann er Ihnen unter Umständen sogar helfen, aus dieser Sache herauszukommen.«

»Und zum Schluss verdächtigen Sie ihn?«

»Bereitet Ihnen das Sorgen?«, fragte nun wieder die Siebert.

Jonathans Magen strahlte ein flaues Gefühl aus, das dabei war, seine ganzen Gliedmaßen zu erobern. Er griff nach dem Metallbecher mit Wasser, der vor ihm stand, trank. Es schmeckte schal.

»Warum durfte Ihr Vater den Gärtner nicht kennenlernen?«

»Was heißt denn *durfte*? Toni legt großen Wert auf Zurückgezogenheit. Er kommt viermal in der Woche, hält den Park sauber, leistet mir ab und zu Gesellschaft, mehr nicht. Mein Vater übertreibt. Hab ich ihm auch schon gesagt.«

»Wissen Sie, Herr Falkner, was uns Sorgen bereitet?«

Jonathan schaute auf. Sagte nichts.

»Uns liegt zwar die DNA einer uns noch fremden Person vor, die womöglich in diesen Fall involviert ist, wir tun uns aber schwer, Ihnen zu glauben, dass Ihr Aushilfsgärtner existiert.«

Was? Hatte die Bullenlady endgültig den Verstand verloren?

»Warum sollte ich lügen?«

»Sagen Sie's uns.«

Jonathan schwieg. Abwartend, lauernd.

Der Hauptkommissar sah ihn durchdringend an. »Besaß Ihr Gärtner einen Schlüssel fürs Haus?«

Jonathan gab keine Antwort. Auf was wollte der Kripobeamte jetzt hinaus?

»Womöglich hat er Frau Janković in Ihr Schlafzimmer gebracht, wo sie dann zu Tode kam.«

Unglaublich, was die Bullen sich zusammenreimten.

»Er soll Milla getötet haben?«

»Genauso gut auch Sie!«, warf die Beamtin ein.

Jonathan fühlte, wie ihm das Blut absackte. Nein, das hatte keinen Sinn mehr. Er presste die Lippen aufeinander, knetete seine Hände und lenkte seinen Blick weg von den bohrenden Kommissaren, auf die Wand hinter ihnen, lenkte ihn hinauf bis ins linke Eck zu der Kamera, von der er nicht mehr abließ, als könnte er sie mittels Blicken zum Explodieren bringen.

Doch Hauptkommissar Edel ignorierte seinen Rückzug.

»Herr Falkner, Ihrem Freund mag es dienlich gewesen sein, keinen Kontakt zu Ihrem Umfeld gehabt zu haben. Ihnen jedoch kann es zum Verhängnis werden. Nämlich, weil wir versucht sind, zu der Ansicht zu gelangen, dass Ihr Toni gar nicht existiert. Oder hätten Sie Beweisaufnahmen von einer Ihrer Kameras?«

Er hielt sich die Ohren zu, sie sollten endlich Schluss machen, endlich still sein. »*Aufhören!*«, schrie er. »*Ich kann das nicht mehr ertragen. Ich speichere keine Aufnahmen. Nur im Alarmfall! Und Toni hat den Porsche gefahren, in der Werkstatt müssen sie ihn gesehen haben. Und im Hotel kennen sie ihn auch. Er existiert!*«

Was taten sie nur mit ihm? Gehirnwäsche? Doch worin lag der Sinn des Ganzen? Ihn irre zu machen? Ja, sie wollten ihn in die Klapsmühle bringen. Wollten ihm das Geld abluchsen, das Haus, seine Eltern fertig machen.

»*Lasst mich in Ruhe!*«, schrie er weiter und immer weiter, bis kräftige Hände ihn packten, bis ein fürchterlicher Stich in den Oberarm die Dämonen in seinem Hirn zum Schlafen brachte.

Als er wieder zu sich kam, lag er auf der harten Zellenpritsche.

Ein angenehmer Geruch zog ihm in die Nase, beinahe so, als hätte seine Mutter gekocht. Er schlug die Augen auf und entdeckte das Tablett mit dem abgedeckten Essen. Dazu ein Becher, vermutlich wieder mit fadem Wasser gefüllt.

Er erhob sich, sein linker Arm fühlte sich taub an. Er öffnete und schloss seine Hand, immer wieder, pumpte Leben hinein, bis es zu kribbeln anfing. Am Oberarm schmerzte eine Stelle, dort hatten sie ihn mit dieser blöden Spritze malträtiert. Diese brutalen Sadisten. Er war gespannt, was sein Anwalt dazu sagte.

Sein leerer Magen zog ihn zum Tisch hin, er setzte sich. Er hob den Deckel an, der Duft war bestialisch gut. Was dahinter steckte, wirkte eher ernüchternd. Eine Scheibe Fleisch, Nudeln, Soße, Gemüse. Egal. Er ergriff das Besteck und schaufelte alles in sich hinein.

Keine halbe Stunde später holten sie ihn erneut.

***

Dr. Claudius Fabrani, der Gerichtspsychiater, wartete bereits.

Die Staatsanwaltschaft hatte ihm auferlegt, die Schuldfähigkeit des jungen Angeklagten zu testieren und herauszufinden, was es mit dem ominösen Aushilfsgärtner auf sich hatte. Existierte er überhaupt?

Und das traf Dr. Fabranis Leidenschaft gezielt ins Mark: Schizophrenie! Oder genauer: die paranoide Schizophrenie.

Denn exakt diese Krankheit, so vermutete er, läge bei dem jungen möglichen Mörder vor. Es passte einfach alles: Ein Trauma in der Kindheit, eine weitgehende Isolierung von der Außenwelt und sogar das Geburtsdatum.

Dr. Fabrani hatte sich bereits intensiv mit wissenschaftlichen Beobachtungen auseinandergesetzt, denen zufolge Wintergeborene häufiger an psychischen Störungen litten.

Dieser Fall schien also geradezu prädestiniert für diese Diagnose zu sein. Dennoch musste er achtgeben, sich nicht zu verrennen. Immerhin würde sein Gutachten zur Entscheidung beitragen, ob die Untersuchungshaft bestehen blieb oder aufgehoben werden würde.

*

Sie brachten ihn nicht in den Raum, wo Edel ihn genervt hatte. Nein, dieser hier wirkte wie eine Mischung aus einem Büro und einem Behandlungszimmer. Helle Bücherregale, Schränke, Stühle, Liege, Schreibtisch.

Dahinter saß ein etwa Fünfzigjähriger und kritzelte auf einem weißen Blatt Papier herum. Sein krauses Haar war ein bisschen zu lang für einen Mann in seiner Position.

Der Mann schaute auf und hinter seiner Messingbrille lugten eisgraue Augen hervor. Die kältesten Augen, die Jonathan je gesehen hatte. Sie zeugten ebenso wie die Gitter vor den beiden Fenstern davon, dass es sich eben nicht um einen herkömmlichen Besuch bei einem herkömmlichen Arzt handelte.

Am liebsten hätte er kehrt gemacht, aber der Vollzugsbeamte drückte ihn in den Stuhl vor dem Schreibtisch.

»Ich bin Dr. Fabrani«, stellte sich der Mann im weißen Poloshirt vor, und erhob sich leicht, damit seine ausgestreckte Hand herüberreichte.

Jonathan ergriff nach kurzem Zögern die Hand und war erstaunt über die trockene Wärme, die sie ausströmte.

Dann ließ der Arzt sich wieder zurücksinken.

»Sie sind …?«, stellte er in den Raum und sah Jonathan mit seinen Gletscheraugen an.

Jonathan rutschte automatisch nach hinten, presste sich in die gepolsterte Lehne seines Stuhls. Der Vollzugsbeamte verließ den Raum, Jonathan hörte die Tür ins Schloss fallen. Die Augen des Arztes verharrten unverändert auf ihm.

Er rutschte tiefer in den Stuhl. »Das steht doch in Ihren Unterlagen.« Er wollte patzige Stärke zeigen, klarstellen, sich nicht freiwillig in die Klauen des Arztes begeben zu haben.

»Haben Ihre Eltern Ihnen nicht beigebracht, sich vorzustellen, wenn man jemanden zum ersten Mal begegnet?«

Jonathan fühlte, wie sich ein reißender Hitzefluss einen Weg durch seinen Körper brannte.

»Jonathan Falkner«, presste er heraus. Seine Eltern sollte der Wichtigtuer nicht durch den Dreck ziehen.

Das graue Augenpaar ließ von ihm ab und glitt suchend über unzählige Papierseiten. Und während es auf und ab wippte, ließ sich der Arzt das Gleiche bestätigen, was auch schon Edel x-mal in sein Diktaphon geplappert hatte.

Bis er plötzlich stockte und Jonathan wieder direkt ins Visier nahm.

»Nun, Sie haben eine wirklich bewegende Jugend hinter sich. Zu verkraften, adoptiert worden zu sein, ist schwer. Viele zerbrechen daran, viele gehen aber auch gestärkt ihren Weg durchs Leben weiter. Natürlich ist es hilfreich, wenn Kontakt zu den leiblichen Eltern hergestellt werden kann, oder auch nur zu einem leiblichen Elternteil. Das war bei Ihnen leider nicht möglich und das hat Sie schwer belastet.«

»Na, so schlimm war's auch nicht«, protestierte er zur Sicherheit. Nicht, dass der Seelenklempner auch noch versuchte, ihm etwas unterzujubeln, was nicht vorhanden war.

»Das ist schön zu hören. Dennoch mussten Sie ab dem dreizehnten Lebensjahr nahezu zwei Jahre lang mehrere Therapiesitzungen bei einem Kollegen in Anspruch nehmen. Was hat Ihre Eltern zu diesem Schritt bewogen?«

»Fragen Sie sie doch.«

»Nein, ich frage Sie.«

Jonathan schluckte, spülte Spucke durch seine trockene Kehle.

»Ich habe angefangen, alles Mögliche zu sammeln. Da hat wohl meine Mutter Angst bekommen, ich mülle unsere Wohnung zu.«

»Was haben Sie denn gesammelt?«

»Eben alles, was andere fortgeschmissen haben, was einigermaßen gut ausgeschaut hat und was ich habe tragen können.«

»Zum Beispiel?«

Jonathan schnaufte genervt auf. »Bücher, Spielzeug, Radios, eben halt solch ein Zeugs.«

»Klingt nach einem angehenden Antiquitätenhändler.« Der Arzt lachte leise auf. »Und heute? Sammeln Sie heute immer noch?«

Jonathan rieb sich den Rücken an der Stuhllehne, weil er zu schmerzen begann. Ihm fehlten seine sportlichen Aktivitäten.

»Ja. Jetzt habe ich Platz genug. Falls ich jemals wieder hier herauskommen sollte, können Sie sich ja den alten Kram anschauen, wenn Sie's interessiert.«

Der Arzt lehnte sich zurück. Augenfältchen milderten das stechende Grau.

»Ja, gern. Was haben Sie denn so alles in Ihren Kellern stehen?«

Was wollte der Quacksalber nur immer mit seinem Gerümpel?

»Sekretäre, Truhen, Schränke, Spiegel, altes Spielzeug, einige Musikinstrumente. Meine Bücher habe ich im Dachgeschoss aufbewahrt. Sind echt gute Exemplare dabei.«

»Also doch Hobby-Antiquitätenhändler?«

»Nein. Ich sammle nur. Ich handle nicht. Irgendwann verscherble ich den ganzen Schrott und spende irgendwem das Geld.«

»Schön, das hört sich gut an.« Der Arzt blätterte wieder in den

Unterlagen herum. »Gab es noch andere Gründe, weshalb Sie sich der damaligen Therapie unterzogen hatten?«

»Ich wüsste keine.«

»Außer Ihrer Sammelwut nichts? Schlaflosigkeit, Depressionen, Wutanfälle – nichts dergleichen?«

Scheiß drauf. Sag's ihm. Deshalb sitzt du ja da. Schmeiß dem Hai das Futter hin, bevor er dich auffrisst.

»Ich litt unter Schlaflosigkeit und Wutanfällen. Das hat begonnen, als ich zwölf war und meine Eltern mir erzählt hatten, dass ich nicht von ihnen stamme. Das hat mich ein wenig aus der Bahn geschmissen. Ich hab's aber wieder in den Griff gekriegt. Mit dem Sammeln. Das war der Ratschlag des Therapeuten gewesen.«

»Der hat Ihnen geraten, Sperrmüll zu sammeln?« Ungläubiges Staunen legte sich über die Lachfältchen.

»Natürlich nicht. Er hatte gemeint, ich solle mich für Briefmarken oder Münzen oder solch unnützes Zeug interessieren oder einem Verein beitreten. Meiner Mutter hat es zwar nicht gefallen, aber sie hat meinen Vater den Speicherraum freiräumen lassen.«

Jonathan konnte sich ein verbittertes Auflachen nicht verkneifen, als er an seine Eltern dachte und den ganzen Aufwand, den sie getrieben hatten. Nur um ihm gefällig zu sein, damit die Harmonie in der Familie nicht zerbrach.

»Und mit einem Verein konnten Sie sich nicht anfreunden?«

»Meine Eltern meldeten mich in einer Taekwondo-Schule an. Zwecks Festigung der Selbstsicherheit.«

»Wow. Und?«

»Ich habe vor vier Jahren den 1. Dan erreicht, die Schwarzgurtprüfung. Seither war ich nicht mehr dort.«

»Warum?«

»Mein mehrjähriger Trainingspartner ist fortgezogen, der Verein konnte mir keinen geeigneten Ersatz bieten, da bin ich ausgestiegen.«

Er hatte es allmählich richtig satt, sein Leben vor wildfremden Menschen ausbreiten zu müssen. Sie mussten ihm beweisen, dass er ein Mörder war, und nicht er ihnen, dass er keiner war.

Er atmete ein paar Mal tief durch, vielleicht half es, das Theater mit diesem Psychofritzen durchzustehen.

Doch der setzte noch eins drauf. »Sie sind mit siebzehn wiederum zu einem Jugendtherapeuten gegangen. Was war geschehen?«

»Da, vor Ihnen, steht doch eh alles! Sie brauchen nur zu lesen«, wetterte Jonathan los.

Das Durchatmen brachte keinerlei Erleichterung. Sein Brustkorb fühlte sich an, als sei er seiner Lunge nicht mehr gewachsen. Sein Herz pochte, als hätte es einen Tausend-Meter-Lauf hinter sich.

Der Arzt zeigte sich unberührt. »Für mich ist es wichtig, die Geschehnisse aus Ihrem Mund zu erfahren.«

Jonathan spürte den Schweiß auf der Stirn, wischte mit dem Ärmel drüber. Sein Herz kam nicht zur Ruhe, pumpte ungebremst Adrenalin bis weit in die letzten Nervenzellen.

»Ich war gerade siebzehn geworden, als sie mir sagten, dass meine Mutter ermordet wurde. Man wusste weder etwas von ihrem Mörder noch hatte man herausgefunden, wer mein Vater ist.«

Der Arzt schlug die Beine übereinander, lehnte sich zurück. »Und dann?«

»Irgendwie hat mich alles angekotzt und ich hab mich umbringen wollen.«

Er hatte es gesagt. Hatte es tatsächlich ausgesprochen. Nun standen die Worte im Raum und lauerten darauf, verarbeitet zu werden. Niemals hatte er geglaubt, sie über die Lippen zu bringen. Die Worte über das Unglaubliche, zu dem er sich hatte hinreißen lassen.

»Es hat zum Glück nicht geklappt«, folgerte der Seelenklempner.

»Weil ich zu blöd dafür war. Hab gedacht, wenn ich alle Schlaftabletten auf einmal schlucke, könnte ich sanft in ein anderes Leben gleiten. Hab übersehen, dass die erfolgreichen Selbstmörder zusätzlich 'ne Flasche Hochprozentiges in sich hineinschütten.«

»Aber Sie kamen doch mit Ihren Adoptiveltern gut zurecht?«

»Die trifft keine Schuld. Die haben nichts damit zu tun. Und ich würde es heute auch niemals wieder tun. Es war ein einmaliger Ausraster. Und ich verlange, diesen nicht überzubewerten.«

»Auch mit Alkohol und Tabletten kann man nicht davon ausgehen, dass ein Suizidversuch zum Erfolg führt. Es gibt sicher wesentlich wirksamere Wege, sich das Leben zu nehmen. Junge Männer rasen mit dem Auto gegen Bäume, hängen sich auf, schmeißen sich in die Tiefe –«

»Hören Sie auf!«, zischte Jonathan schroff. Dieses Thema war überaus widerwärtig. »Ich wollte nicht, dass mich meine Mutter in einem Zustand findet, der sie zu sehr schockiert. Und Einschlafen ist ja wohl die einzige Möglichkeit, um den Körper in einem unversehrten Zustand zu belassen. Oder?«

»Da gebe ich Ihnen Recht. Und trotzdem war Ihre Mutter garantiert wesentlich erfreuter darüber, dass Ihr Versuch fehlgeschlagen ist, nehme ich an.«

Jonathan entspannte sich etwas. »Vermutlich. Obwohl die Alternative, im Knast zu sitzen, auch nicht gerade verlockend ist.«

»Und um herauszufinden, ob Ihr Aufenthalt gerechtfertigt ist, müssen Sie hier und jetzt mit mir sprechen. Und je besser Sie mitmachen, umso eher sind Sie wieder ein freier Mensch.«

»Und wie ich inzwischen Ihre Methoden kenne, erfinden Sie genügend Beweise, um mich hier verrecken zu lassen.«

»Erfinden?«

Der Arzt gönnte sich eine kurze Pause. Wippte im Stuhl vor und zurück. Als ob *er* therapiert gehörte.

Jonathan vermisste das obligatorische Wasserglas. Wie gern

hätte er jetzt seine Kehle geschmiert. Also schluckte er, was seine Schleimhäute im Mund produzierten.

Der Arzt hatte vermutlich seine Gedanken sortiert, seine Augen richteten sich wieder auf ihn. »Wenn wir gerade vom Erfinden reden, wie steht's mit Ihrem Toni?«

Jonathan meinte fast, sich verhört zu haben. Warum, zum Henker, pochte alle Welt darauf, er hätte Romberg erfunden? Nur weil keine Aufnahmen von ihm existierten?

Der aufgeputschte Adrenalinspiegel beförderte seinen letzten Rest Selbstbeherrschung ins Jenseits.

»Anton Romberg«, wetterte er los, »ist seit Anfang September mein Aushilfsgärtner. Das können Sie in den Akten nachlesen. Steht alles drin. Ich hab dem auch nichts mehr hinzuzufügen. *Verdammt noch Mal!*«

*

Es war schon bemerkenswert, wie Falkner ausflippte, sobald das Gespräch auf diesen Romberg kam. Sämtliche Fragen hatte er bisher einigermaßen ordentlich beantwortet.

Nun saß er vor ihm, atmete hart und schnell, als sei er kurz vorm Hyperventilieren.

Dr. Fabrani stand auf, holte aus dem Schränkchen über dem Waschbecken ein Glas, ließ Wasser einlaufen, hielt es dem mutmaßlichen Dreifachmörder hin.

Er bemerkte den überaus skeptischen Blick, den er ihm zuwarf, bevor er danach langte. Aber er trank es aus, in einem Zug.

Bevor sich Dr. Fabrani wieder hinsetzte, füllte er das Glas erneut, stellte es auf den Tisch.

»Herr Falkner, ich möchte Sie bitten, mir nur noch diese eine Frage zu beantworten, ganz spontan, ohne nachzudenken oder etwas zu hinterfragen. Würden Sie das tun?«

Falkner schaute auf, die Augen zusammengekniffen, resigniert, nickte ergeben. Seine Lider zuckten, ein Zeichen seiner übermäßigen Erregung. Wenigstens sein Atem ging wieder ruhiger.

»Gut. Wenn Sie Ihrem leiblichen Vater ein Gesicht geben könnten, wie sollte er dann aussehen?«

»Ich stelle mir vor, er sieht aus wie Toni.«

Volltreffer!

»Gibt es dafür einen Anlass?«

»Ich weiß es nicht. Sie haben gesagt, ich soll spontan antworten, das habe ich getan. Woher soll ich wissen, wie der feige Scheißkerl aussieht?«

»Es ist normal, wenn sich von Personen, von denen wir lediglich den Namen kennen oder ihre Stimme gehört haben, gewisse Vorstellungen in unserem Kopf manifestieren. Meist sind diese Vorstellungen ohnehin viel schmeichelhafter, als uns die Realität sie dann vorweisen kann.«

Falkners Augen begannen, unruhig umherzuwandern. Garantiert lief sein Gehirn auf Hochtouren, versuchte, das Gehörte zu verarbeiten. Sein Oberkörper wippte unruhig in der Lehne hin und her, wie ein defekter Sekundenzeiger, der gehemmt wurde, seine Stellung zu verlassen.

»Hat Ihnen Ihr neuer Bekannter Romberg irgendwann das Gefühl gegeben, Ihr Vater zu sein?«

Das Gehirn des jungen Falkners arbeitete.

»Wie hatten Sie sich Ihren Vater vor dem Auftauchen Rombergs vorgestellt? Ähnlich? Oder völlig anders?«

Es erfolgte keinerlei Reaktion.

Dr. Fabrani lehnte sich entspannt zurück. Überlegte, wie er ihn aus der Reserve locken könnte. Er brauchte den handfesten Beweis für seine Diagnose, eine Simulation schloss er aus. Denn dazu fehlte das Motiv.

Ergo, der junge Mordverdächtige war krank. Seiner Meinung nach als Folge des Aufeinandertreffens von übermäßigem Valium-Genuss und überstrapaziertem Gehirn.

»Können Sie sich vorstellen, Herr Falkner, bitte, nur einmal vorstellen, dass es Ihren Toni Romberg in Wirklichkeit gar nicht gibt? Dass er lediglich ein Wunschbild Ihrer Fantasie ist?«

*

Der Seelenklempner gab nicht nach. Es musste ihm unheimlich Spaß machen, ihn zu quälen.

Jonathan rang nach Atem, schüttelte den Kopf, heftig.

Er sprang auf. Schrie wie von Sinnen. *»Hören Sie auf. Hören Sie einfach auf! Toni ist nicht meiner Fantasie entsprungen. Er ist real!«*

Plötzlich spürte er Hände auf seinen Schultern. Sie drückten ihn in den Stuhl.

Der Weißkittel kam mit einem nassen Lappen, tupfte ihm übers Gesicht, lächelte überheblich.

»Nehmen Sie Ihre Flossen weg!«, schrie Jonathan weiter, bis er kaltes Metall an seinen Handgelenken spürte.

Gleich würden sie ihm wieder eine Spritze versetzen, aber der Stich blieb aus. Stattdessen schleppten sie ihn in die Zelle zurück.

Hoffentlich ließen sie ihn jetzt in Ruhe. Hoffentlich.

Kaum eine Stunde mochte vergangen sein, da zerrte ihn der verfluchte Wachmann schon wieder raus. Diesmal ging es in denselben Raum, in dem er auch schon den Kommissaren Rede und Antwort hatte stehen müssen.

Dort saß ein fremder Mann, jung, sah aus wie ein Banker. Oder ein FBI-Mann, wenn er eine schwarze Brille getragen hätte.

Der Typ sprang förmlich von seinem Stuhl auf, als sie Jonathan in den Raum brachten, kam ihm entgegen, wirkte plötzlich klein, schmächtig.

»Herr Falkner? Ich bin Dr. Arnold Waldt. Ich komme in Vertretung für Dr. Holstein. Es tut mir leid, dass es nicht eher ging.«

Jonathan tat ihm den Gefallen und gab ihm die Hand.

Kein Vergleich zu dem Seelenklempner. Viel zu lasch, viel zu feucht. Der war ja aufgeregter als er selbst. Wie sollte ihm dieser Mann helfen können?

Der Wachmann drückte Jonathan auf den Stuhl.

Allmählich reichte es, schließlich war er seiner Sinne Herr genug, um sich selbstständig auf einen Stuhl setzen zu können. Er warf dem Kerl einen Blick zu, von dem er hoffte, dass er giftig wirkte. Der Wachmann jedoch grinste unverfroren zurück, bevor er den Raum verließ.

»Herr Falkner«, sagte der Schnöselanwalt, »unsere Kanzlei hat Ihren Fall übernommen. Frau Baumgart hat Sie ja darüber informiert und dafür gesorgt, dass wir die Verhörprotolle erhielten.«

Jonathan reagierte nicht, was gab es denn auch zu sagen?

»Behandelt man Sie gut?«

Was sollte diese beschissene Frage? Gut behandeln? Er war im Knast!

»Nein«, antwortete Jonathan, so ruhig er es fertigbrachte.

»Nein?«, wiederholte der Anwalt verstört. »Was ist geschehen?«

Jonathan hatte noch keine drei Sätze mit dem Anwalt gesprochen, schon platzte ihm der Kragen.

»Was geschehen ist? Sie fragen, was geschehen ist? In diesem beschissenen Zuchthaus? Alles ist geschehen. Erst werde ich unschuldig eingesperrt. Werde gedemütigt, mit einer Spritze ruhiggestellt und behandelt, als hätte ich einen Schuss in der Birne. Dann werde ich gezwungen, mich einem Psychoheini zu offenbaren, und zur Krönung des Ganzen schickt man mir einen Schuljungen wie Sie, der glaubt, mir helfen zu können! Es ist echt zum Kotzen!«

Er brüllte, bis ihm der Hals schmerzte. Tränen quollen aus seinen Augen heraus, rannen die Wangen hinab und über seine Unterkiefer auf sein T-Shirt, hinterließen peinliche nasse Flecken. Mit den Handflächen wischte er sich über Augen und Gesicht, versuchte, diese blamablen Zeugen seiner Hilflosigkeit hinfort zu scheuchen, es gelang ihm nicht. Eine unergründliche Quelle hatte sich aufgetan, sie war nicht zu stoppen.

Dr. Waldt runzelte die Stirn, konnte seinen leicht mokierten Schreck nicht unterdrücken, doch dann stand er auf, kam zu Jonathan, legte ihm eine Hand auf die Schulter.

»Hören Sie, ich verstehe Sie ja. Vielleicht können Sie mir ein klein wenig Vertrauen entgegenbringen. Ich werde alles geben, um beste Vorarbeit zu leisten, damit Herr Dr. Holstein unverzüglich in den Fall einsteigen kann. Und wir werden Ihren Anschuldigungen nachgehen. Glauben Sie mir.«

Jonathan stieß entnervt seine Hand fort. »Gehen Sie! Gehen Sie weg! Ich sage kein Wort mehr.«

»Herr Falkner, ich bin Ihr Anwalt. Ich bin der falsche Mann, wenn Sie ein Schweigegelübde ablegen wollen.«

»Mein Anwalt? Wo waren Sie denn die ganze Zeit? Die machen mich alle fertig hier. Hauen Sie ab!«

Wie oft musste man in diesem verfluchten Loch denn noch kundgeben, dass man in Frieden gelassen werden wollte? Er sprang auf, der Stuhl flog krachend um.

Er hatte keine Kraft mehr, zitterte von Kopf bis Fuß, seine Luftröhre war wie abgeschnürt, sein Herz drohte, aus seinem Brustkorb zu springen.

Die Wände kamen näher, engten ihn ein, und der Yuppie-Anwalt stand wie vom Donner gerührt, wusste sich wohl nicht zu helfen.

Wie hatte er *ihm* dann helfen wollen?

Zwei Wachbeamte tauchten auf, packten zu, fesselten ihm die Hände hinter den Rücken. Brachten ihn weg.

Mal wieder.

Schleppten ihn in die Zelle. Endlich Ruhe.

***

Romberg verbrachte nun schon zwei Wochen mit Nichtstun und Vergnügen. Das Nichtstun bestand aus übermäßigem Tagesschlaf im Hotelzimmer, das Vergnügen im Vernaschen sämtlicher Karlsruher Nutten. Das wurde allmählich gefährlich. Nicht nur für sein Gemüt, sondern vor allem für seinen Geldbeutel. Denn ab diesem Monat musste er die tausend Euro von seinem Goldjungen abhaken. Sein Auftritt als Gärtner war beendet.

Insgesamt war alles ganz gut gelaufen. Vielleicht ein bisschen zu schnell. Er hatte Jonathan leider zu wenig Drogen unterjubeln können, um ihn süchtig zu machen. Also würde es vermutlich zu keinem Selbstmordversuch aufgrund Kaltentzugs kommen.

Aber zu einem Prozess, einem knallharten Indizienprozess, den das Jüngelchen verlieren würde. Und als verurteilter Dreifach-Mörder, der den Rest seines Lebens im Knast verbringen musste, bräuchte er doch einen Verwalter für sein Hab und Gut.

Bis dahin musste Romberg unbedingt als leiblicher Vater dokumentiert sein. Das genügte schon, um der Falkner-Sippe eins auszuwischen.

Dummerweise war der Säuferdoktor wie vom Erdboden verschluckt.

Mittwoch, 27. November

Es war düster. Dennoch musste es erst Vormittag sein, das Frühstück war noch nicht lange her. Wieder hatte er eine Nacht hinter sich gebracht und wieder wusste er nicht, was ihn erwarten würde. Er lag auf dem Bett, was allmählich zur Gewohnheit wurde, hielt die Augen geschlossen. Immerhin hatte er mittlerweile gelernt, ohne Valium ins Land der Träume oder Nichtträume zu gelangen.

Draußen goss es in Strömen, riesige Tropfen platschten gegen das vergitterte Fenster.

Seine Gedanken glitten ins Nichts, eine Welle voller Selbstmitleid schwappte über ihn hinweg, riss ihn mit und spuckte ihn wieder aus, weit zurück in die Vergangenheit.

Er war kein Kind der Liebe gewesen, so viel stand fest. Er war das Produkt eines sündigen Verbrechens. Seine Mutter hatte eine schmachvolle Erniedrigung durchlebt und ihm deshalb jegliche Liebe verweigert, hatte ihn mit Hass und Verachtung gestraft. Und entsorgt wie einen wertlosen Altkleidersack.

Er war ein Kind der Schande, das war unumstößlich klar. Daran gab es nichts zu rütteln. Gleichgültig, wie reich er jetzt war.

Jeder sah nur die Schande am Anfang seines Lebens und jeder erwartete eine Neuauflage. Allein der Gedanke an den Mitschüler, der sich wegen ihm getötet hatte, genügte bereits. Es gab sicher unzählige Mäuler, die sich über den Grund des Selbstmordes zerrissen und über seinen Reichtum, den sie ihm zu gern abgesprochen hätten. Die drei Morde kamen ihnen gerade recht und seine Beteiligung daran schien ihnen völlig logisch. Vielleicht halluzinierte sein Hirn ja wirklich. Vielleicht lag in seinem Blut der Hang zum Bösen. Aber er fühlte sich nicht böse und er hatte auch nicht die Absicht, jemandem etwas zuleide zu tun. Egal, was andere dachten oder redeten, egal welch ein Mensch sein leiblicher Vater auch immer gewesen sein mochte oder noch war.

Wollte er seinen Vater dennoch kennenlernen?

Er zweifelte.

Dann wieder nicht.

Vermutlich würde er alles dafür geben, um seinem Vater einmal gegenüberzustehen, mit ihm reden und Antworten auf seine Fragen einfordern zu können.

Vielleicht war es aber auch besser, alles beim Alten zu belassen.

Schließlich hatte er einen Vater. Einen Vater, der ihn liebte, als wäre er sein leiblicher Sohn.

Was wollte er mehr?

Sie holten ihn tatsächlich schon wieder aus der Zelle. Es ging hier zu wie im Taubenschlag – keinen Tag hatte man seine Ruhe. Er war unrasiert. War ohnehin gleichgültig, wie er denen gegenübertrat. Wenn er schon für verrückt gehalten wurde, durfte er sich auch das Recht herausnehmen, so aufzutreten, wie ihm gerade zumute war. Und ihm war äußerst übel zumute. Es kam ja auch nicht jeden Tag vor, als Paranoiker abgestempelt zu werden.

Und das Irrste: Je mehr Zeit er in diesen beschissenen Gemäuern verbrachte, umso leichter fiel es ihm, sich mit dieser Tatsache abzufinden.

Sein ganzes bisheriges Leben schien ein einziger Traum gewesen zu sein, aus dem er erwacht war.

Alles fantasiert, ersponnen, ausgedacht.

Und die Morde?

Vielleicht war er ja wirklich verrückt.

Sie brachten ihn in einen der Besucherräume. Ein Raum, wo eine Glasscheibe zwischen ihm und den Besuchern installiert war, mit einer Gegensprechanlage.

Aus einer plötzlichen Eingebung heraus machte sein Herz einen Freudensprung, waren seine Eltern gekommen? Nein, hinter der Scheibe saß ein älterer Mann und wartete. Massig, lächelnd, gealtert. – Er traute seinen Augen nicht.

»Onkel Bert! Was machst du denn hier?«

»Hallo, Jonathan. Dich besuchen, was sonst. Wie geht es dir?«

Da saß doch tatsächlich Dr. Berthold Lentz, der ältere Bruder seiner Mutter. Jonathan hatte ihn bestimmt dreieinhalb Jahren nicht mehr gesehen. Seit damals, als er ihn im Prozess gegen Robert verteidigt hatte. Seit er Roberts Klage kurzerhand in einem Ruckzuck-Verfahren abgeschmettert hatte.

»Es geht mir beschissen, echt beschissen«, klagte Jonathan.

Es war sein Onkel, ihm konnte er seine Gefühle preisgeben. Er gehörte weder der ewig bohrenden Kaste der Polizei an noch stand er ihm so nah, um von ihm hätte verletzt werden können.

Onkel Bert war immer dagewesen, wenn ihn seine Eltern gebraucht hatten, war trotz seiner Karriere nie arrogant oder sonst wie abgehoben.

»Das glaub ich dir aufs Wort, Junge.« Onkel Bert nickte beipflichtend. Keine Fragen, keine Vorwürfe.

»Onkel, falls du als Anwalt gekommen bist …, weißt du …, ich …« Verfluchtes Gestottere. Konnte er ihm denn nicht anstandslos die Wahrheit sagen?

»Mach dir keine Sorgen. Deine Eltern haben mir alles erzählt. Auch, dass deine Freundin ihre Kanzlei eingeschaltet hat. Dr. Holstein ist eine gute Wahl, Junge. Glaub mir. Ich weiß ohnehin nicht, ob ich dich unbefangen in einem eventuellen Mordprozess hätte verteidigen können. Aber wenn du willst, kann ich mich mit Dr. Holstein in Verbindung setzen und mit ihm zusammenarbeiten. Willst du das?«

»Ja! Bitte, lass mich nicht im Stich. Ich war's nicht, glaub mir. Die sind alle übergeschnappt. Jetzt sagen sie auch noch, ich bin schizophren. Bin ich doch nicht, oder?«

»Jonie, bleib ruhig. Wir klären alles auf. Ich verspreche es dir. Vertrau mir. Und bitte, rede vernünftig mit Dr. Holstein, wenn er morgen kommt, ja?« Es folgte ein Augenzwinkern. »Er wird auch einen Haftprüfungsantrag stellen.«

Jonathan nickte verlegen, und sein Onkel erhob sich.

»Du willst gehen? Bitte, eine Frage hab ich noch. Was weißt du über meinen Vater? Meinen leiblichen Vater?«

Jonathan sah seinen Onkel zusammenzucken, dann setzte er sich wieder. »Was weißt *du* über ihn, Junge?«

»Nichts. Ich kann mir nur vorstellen, dass du damals in alles eingeweiht warst, in den ganzen Fall. Bitte kläre mich auf. Über alles, was du weißt. Bitte!«

»Nun, Jonie, ich dachte eigentlich, deine Eltern hätten dir bereits alles erzählt. Nachdem sie beschlossen hatten, dich zu adoptieren, stand uns ein schwerer Weg bevor. Zum einen, weil zum

Zeitpunkt deines Auffindens noch nicht bekannt war, ob du überhaupt noch lebende Eltern hattest oder nicht. Ich musste mich mächtig ins Zeug legen, damit Markus und Emma ein Vierteljahr nach deinem Auffinden die Adoptionszusage erhielten. Auf das, was uns dann noch erwartete, waren wir nicht vorbereitet. Monate später fand man am Rheinufer die Leiche einer jungen Frau. Sie wurde als Barbara Hartung identifiziert, eine Bardame, die ein dreiviertel Jahr zuvor eine Vergewaltigung angezeigt hatte. Kurz darauf war sie verschwunden und mit ihr, ihr Neugeborenes. Natürlich war dein Auffinden polizeilich vermerkt worden, und so brauchten die Ermittler nicht lang, um eine Verbindung zwischen ihr und dir herzustellen. Deinen Eltern blieb nichts übrig, als einer DNA-Untersuchung zuzustimmen. Jetzt wurden natürlich Akten aufgerollt und Ermittlungen aufgenommen. Immerhin wussten deine Eltern jetzt auch, wo du geboren wurdest und wie alt du genau warst.« Er atmete einmal durch. »Ich forschte in der damals noch alten Frauenklinik nach, ob Barbara Hartung einen väterlichen Namen angegeben hatte. Aber dem war nicht so. Ich fand jedoch heraus, dass sie ein paar Wochen nach deiner Geburt eine Vergewaltigung anzeigen wollte. Das bereits zum zweiten Mal, nachdem sie die erste Anzeige ohne Angabe zum Täter ein paar Wochen zuvor zurückgezogen hatte. Einen Tag nach dieser zweiten Anzeige wurde sie von ihrem Chef als vermisst gemeldet. Ihr Mörder wurde nie gefunden.«

*

Markus war seinem Schwager dankbar, einen Besuch arrangiert zu haben. Er selbst hätte niemals gewagt, darauf zu bestehen, nachdem sie seine Anfrage zunächst abgelehnt hatten.

Emma war zu Hause geblieben, weigerte sich, ihren Sohn unter solch schrecklichen Bedingungen zu sehen. Sie litt sehr unter Jonies Inhaftierung, sie hatte sogar ihren Laden geschlossen, damit sie nicht auf die Straße musste. Richtiggehend verbarrikadiert hatte sie sich in der Wohnung, um ja niemandem begegnen zu müssen, den sie kannte. Er konnte sie verstehen, bis zu einem gewissen Grad natürlich.

Er selbst stand dieser schlimmen Sache ganz anders gegenüber. Er zeigte sich offensiv, redete mit den Leuten, sagte jedem, es handele sich um einen Irrtum, der sicher bald aufgeklärt würde.

Er hatte Berthold angerufen, ihn um Hilfe gebeten.

Jetzt reichten sie sich die Hände, und Berthold nickte ihm aufmunternd zu, bevor Markus in den Besucherraum geführt wurde. *Lass dir deine Erschütterung nicht anmerken,* hämmerte er sich ein und setzte ein Lächeln auf, als er auf die Glasscheibe zuging und sich auf den Stuhl sinken ließ.

»Hallo, Sohn, behandeln sie dich gut?«

Jonathan nickte eifrig, sichtlich um einen guten Eindruck bemüht. Seine Augen jedoch, seine erschöpften Augen, sprachen Bände.

»Einen Gruß von Mama soll ich ausrichten. Ich hoffe, du verstehst, dass sie nicht –«

»Ist okay, Papa, ist okay. Danke. Sie soll mich nicht so sehen.«

»Ist deine – äh – dein Zimmer okay?«

Jonathan lachte auf. Fast so wie früher.

»Hey, sprich's nur aus. Nein, die Zelle ist nicht okay. Sie ist beschissen mickrig und dunkel und ziemlich ungemütlich. Aber sei beruhigt, ich werde dich nicht dahin einladen.«

Der Witz erleichterte Markus etwas, vielleicht steckte der Junge alles besser weg als gedacht. Vielleicht tat er auch nur so.

»Jonie, hast du tatsächlich diesen jungen Anwalt …?«

»Ist das jetzt das Tagesgespräch der Stadt?« Ein kurzes Auflachen. Ungezwungen, natürlich.

Markus lächelte zurück, schüttelte den Kopf. Dann versuchte er, Jonathans Blick einzufangen.

»Wir hätten Berthold schon früher hinzuziehen sollen. Aber die Situation hat uns alle überfordert.«

Jonathan sah ihn aus stumpfen Augen an. »Papa …«

»Ja?«

»Ich bin kein Mörder.«

»Ich weiß.«

»Wirklich?«

»Ja.«

***

Romberg beendete sein spätes Frühstück, ging aufs Zimmer, sperrte ab und stellte sich ans Fenster. Schwermut legte sich auf sein Gemüt, während er den Verkehr unten auf der Straße beobachtete. Schwermut darüber, für heute eigentlich eine Riesenfete geplant zu haben, bei sich zu Hause, in wärmeren Gefilden.

Denn heute hatte er Geburtstag. Den sechzigsten! Und keiner war da, um mit ihm anzustoßen, mit ihm zu feiern.

Er schnaufte hart.

Als weiteres Übel war er zum Nichtstun verurteilt. Der verdammte Arzt war einfach nicht mehr aufzutreiben, dabei hätte er jetzt dringend die Auswertung der Analyse benötigt, um seinen letzten Schachzug einzuleiten. Er sei auf Reha, hatten sie nach langem Drängen in der Klinik gesagt.

Falls das stimmte, würde er hier mindestens drei oder vier weitere Wochen untätig herumsitzen müssen. Und hinzu kam die Ungewissheit, wie lange es dauern würde, bis sie dem Knaben endlich den Prozess machten.

***

Jonathan stellte sich gerade auf einen einsamen Nachmittag ein, da behelligten sie ihn schon wieder, zwangen ihn, sich frische Klamotten anzuziehen. Also tat er wie befohlen, nur das Rasieren ließ er bleiben. Er war im Knast, also würde er auch so aussehen, als käme er aus dem Knast.

In Handschellen führten sie ihn aus dem Gebäude zu einem BMW. Behrens saß am Steuer und grinste heraus.

Jonathan musste im Fond Platz nehmen, neben ihm ein Uniformierter. Sie fuhren ins Polizeipräsidium in der Südweststadt. Dort setzte man ihn neben einen jungen, freundlichen Polizisten in Zivil. Der Uniformierte blieb wartend im Gang zurück, Behrens setzte sich auf Jonathans andere Seite.

»Ich bin Mark Wolff«, stellte sich der junge Polizist vor und tippte auf seiner Computertastatur herum, bis sich ein Grafikprogramm öffnete.

»So, jetzt können wir loslegen.«

Jonathan warf Behrens einen fragenden Blick zu.

Der grinste schief und überheblich und sagte mit Verachtung: »Wir fertigen jetzt ein Phantombild von Ihrem Phantomgärtner. Also, geben Sie sich alle Mühe. Ihre Glaubwürdigkeit hängt davon ab.«

Donnerstag, 28. November

Seit einer halben Stunde ließen sie ihn im Vernehmungszimmer warten. Allein. Vorhin ging es ihnen nicht schnell genug. Hatten ihn nicht einmal in Ruhe fertig frühstücken lassen.

»He!«, rief er zum verspiegelten Fenster hin. »Habt ihr mich vergessen?« Garantiert saßen sie dahinter und beobachteten ihn.

Endlich öffnete sich die Tür zu seiner Linken, der Herr Hauptkommissar trat ein. In seiner Begleitung ein Mann, der durchaus auch Bankdirektor hätte sein können. Vielleicht fünfzig oder jünger, glattrasiert, mit festem Blick, dunklem Haar und grauem Anzug, Krawatte, weißem Hemd. Hatte der sich wegen ihm so schick gemacht? Oder schritt der immer so durchs Leben?

»Darf ich vorstellen, Herr Falkner?«, sagte Edel. »Ihr Anwalt, Herr Dr. Holstein.«

Jonathan saß da und starrte seinen Bilderbuch-Anwalt an. Mit dem konnte man sich sehen lassen. Mit dem durfte er es sich nicht versauen.

Sogleich streckte der ihm die Hand entgegen.

»Patrick Holstein. Guten Morgen, Herr Falkner!«, grüßte er mit voller, einnehmender Stimme, distanzierte Herzlichkeit verströmend.

Jonathan reichte ihm die Hand, nickte bloß, die Worte waren ihm im Hals stecken geblieben.

Edel setzte sich an die vordere Tischseite mit dem Rücken zur Tür. Dr. Holstein wählte den Stuhl gegenüber, rechts von Jonathan, legte seinen Aktenkoffer auf den Tisch, packte Schreibzeug, Notizblock und einen Ordner aus. Schloss den Koffer, stellte ihn zu seinen Füßen ab – alles in einer Gemütsruhe.

Schaute auf. Lächelte Jonathan an.

»Also. Mein Bestreben wird es zunächst sein, eine Haftaussetzung zu erwirken, bis aussagekräftige Beweise gegen Sie vorliegen. Nach meinen bisherigen Erkenntnissen ist dies nämlich nicht der Fall. Wenn dahingehend keine Änderung eintritt, stelle ich Antrag auf Überprüfung der Anklageerhebung. Deshalb bitte ich Sie, geben Sie sich Mühe und kooperieren Sie mit den ermittelnden Beamten. Wenn Sie auch das Gefühl vermittelt bekommen haben, es arbeiten alle gegen Sie, ist das nicht der Fall. Die Mordopfer sind nun einmal auf Ihrem Grundstück gefunden worden und Ihr Anwesen ist mutmaßlicher Mittelpunkt der Verbrechen, da bleibt den ermittelnden Kriminalbeamten nichts anderes übrig, als so zu handeln, wie sie es eben tun. Folglich musste die Staatsanwaltschaft aufgrund der erdrückenden Indizien Ihre Inhaftierung anordnen, und für den Haftrichter stand kaum eine andere Entscheidung zur Debatte. Und dass eine psychiatrische Begutachtung stattgefunden hat, ist zu akzeptieren.«

Jetzt war es wieder zu viel des Guten. Jonathan brauste auf.

»Ich akzeptiere es keinesfalls, mich als geisteskrank hinzustellen!«

»Keine Sorge, das wird genauestens geprüft. Ich bitte Sie nun, Herrn Edels Fragen wahrheitsgemäß zu beantworten. Falls Sie sich selbst belasten würden, dürfen Sie die Aussage verweigern und wir besprechen uns anschließend.«

Wie auf Kommando flog die Tür auf und Edels Lakaien marschierten herein. Er hätte sich denken können, dass irgendwo ein Haken war. Jetzt fielen sie zu dritt über ihn her.

Die Siebert und der Behrens setzten sich auf die noch leeren Stühle an der Tischseite ihm gegenüber.

Jonathan warf Dr. Holstein einen Blick zu. Der empfand anscheinend tatsächlich Mitgefühl, denn er nickte zurück, lächelte aufmunternd.

»Herr Falkner, wann haben Sie den Namen ›Anton Romberg‹ zum ersten Mal gehört?«, fragte Behrens.

»Was?« Sollte er jetzt mit einem Datum aufwarten, oder was sollte das?

»Das war doch keine schwere Frage. Also, wann sind Sie zum erstem Mal mit diesem Namen konfrontiert worden?«

Jonathan schaute den Anwalt an, der saß bequem zurückgelehnt, machte keine Anstalten, jetzt schon einzugreifen.

»Das Datum habe ich mir nicht notiert. Irgendwann Ende August, als er vor meiner Tür stand und sich um einen Job als Gärtner beworben hat.«

»Und Sie haben den Namen niemals zuvor gehört?«

»Nein, ich kannte den Mann nicht.«

Jetzt ergriff Edel das Wort. »Nun, wir meinen nicht, ob Sie den Mann schon früher einmal gesehen haben, sondern ob Sie den

Namen ›Anton Romberg‹ schon früher einmal gehört haben. Zum Beispiel von Ihren Eltern oder Bekannten, Nachbarn, Verwandten.«

»Nein! Wenn ich es doch sage.«

»Wir haben vor, das Phantombild von Romberg, das wir nach Ihren Angaben haben fertigen lassen, Ihrem Vater zu zeigen. Sind Sie damit einverstanden?«

»Meinem Vater? Wieso denn das? Der hat ihn doch nie gesehen.«

»Uns wäre es recht, dies aus seinem Mund zu hören. Vorausgesetzt, Romberg ist nicht eine Erfindung Ihrerseits, müssen wir uns natürlich Gedanken machen, wer dieser Mann ist. Und weil Sie sagten, er habe keinen festen Wohnsitz in Deutschland, könnte es doch sein, dass Sie einem Betrüger aufgesessen sind. Haben Sie sich niemals diesbezüglich Gedanken gemacht?«

»Wieso Betrüger? Um was sollte er mich denn betrügen? Mir ein paar Pflanzen aus dem Park klauen?« Jonathan lachte auf. Es war einfach zu absurd.

»Nun«, begann jetzt auch die Hauptkommissarin, »man kann durchaus davon ausgehen, dass er womöglich Größeres geplant hat. Reiche Menschen werden sehr oft von Betrügern aufgesucht, zum Beispiel von Erbschleichern.«

Ein Erinnerungsblitz flammte auf. Toni, wie er gefragt hatte, ob Jonathan einem verarmten Menschen helfen würde, falls sich dieser als sein leiblicher Vater zu erkennen gäbe. Aber das war sicher eine rhetorische Frage gewesen. Oder nicht?

»Toni hat niemals den Eindruck hinterlassen, es auf Geld abgesehen zu haben. Außer seinem ihm zustehenden Lohn natürlich. Er hat einfach gearbeitet und sich gut mit mir unterhalten. Ich habe ihm geholfen, und es hat Spaß gemacht. Er ist wie ein väterlicher Freund. Aber das wissen Sie schon alles.«

»Ja«, sagte Edel, »und genau das lässt in mir die Alarmglocken schrillen. Wenn Romberg und Sie zu Freunden geworden sind, warum hat Ihr Freund sich dann bisher nicht nach Ihnen erkundigt? Warum ist er nicht bei uns aufgetaucht, um seine Aussage zu machen? Schließlich ist er Ihr Angestellter. Und wir haben die Aussagen sämtlicher Leute vorliegen, mit denen Sie in den vergangen Monaten Kontakt hatten. Ein Anton Romberg ist uns nirgends untergekommen. Als gäbe es ihn nicht.«

»Sie haben ja jetzt das Bild.«

»Ja. Und das werden wir veröffentlichen. Wenn Sie einverstanden sind.«

Jonathan zuckte mit den Schultern.

»Machen Sie, was Sie wollen. War's das?«

»Ja«, sagte Edel, »das war's – für den Moment.«

*

Hauptkommissar Frederik Edel hatte sein Team um sich geschart. Wieder einmal.

Gundula machte den Anfang. »Fakt ist, Jonathan Falkner ist scheinbar tatsächlich nichts über Romberg aus früheren Zeiten her bekannt, er lief ihm also vermutlich nur aus Sehnsucht nach einem leiblichen Vater in die Arme.«

Edel nickte verhalten. »Mal sehen, was nachher das Gespräch mit Markus Falkner ergibt. Bisher können wir allerdings mit Sicherheit sagen, unser Mister X, also möglicherweise dieser Romberg, ist nicht der leibliche Vater von Jonathan Falkner. Laut Bericht der Gerichtsmedizin passt die unbekannte DNA nicht zu Falkners.«

Vor Sven lag ein Aktenberg, den er jetzt öffnete.

»Selina und ich haben uns durch die alten Protokolle geackert, war ziemlich aufschlussreich. Dass etwa vier Monate nach dem Auffinden des Kindes die leibliche Mutter tot aufgefunden wurde und so weiter, wissen wir. Neu ist: Die befreundete Nachbarin der Hartung hatte ihre Vermisstenanzeige an dem Tag auf dem

Polizeirevier abgegeben, an dem auch das Baby ausgesetzt worden war, also am 1. April 1990. Wer also hat das Kind ausgesetzt? Der Mörder?«

»Ist das damals nicht weiterverfolgt worden?«, fragte Gundula.

»Doch! Man fand heraus, dass die Hartung Monate zuvor, also Juli 1989, eine Vergewaltigung angezeigt hatte, aber ohne nähere Angaben zum Täter. Später hat sie ihre Anzeige zurückgezogen. Dann plötzlich schien ihr der Name des Täters eingefallen zu sein, denn Ende März 1990, also kurz vor ihrem Verschwinden, gab sie erneut eine Anzeige auf, diesmal mit Namen. Weil die Dame sich jedoch nicht mehr wie vereinbart auf dem Revier meldete, suchte man nur halbherzig nach dem vermeintlichen Täter. Die Sache erhielt natürlich eine gewisse Brisanz, als die Leiche der Hartung aufgetaucht war. Doch da war der mutmaßliche Vergewaltiger nicht mehr auffindbar, hatte sich wohl rechtzeitig ins Ausland abgesetzt. Und jetzt kommt's: Barbara Hartung hatte als ihren Vergewaltiger Anton Romberg angegeben!«

Stille.

»Und«, erklärte Sven weiter, »das alles hatte sich ja erst nach der Obduktion von Barbara Hartung herausgestellt. Das heißt, mehr als ein Jahr nach der ersten Anzeige. Die Tat hatte angeblich Ende April 1989 stattgefunden, die Anzeige gab die Hartung Anfang Juli 1989 zu Protokoll, also erst, nachdem sie gemerkt zu haben schien, dass sie schwanger war.«

Edel atmete hart durch. »Und aus irgendeinem Grund hat sie sie wieder zurückgezogen. Weil der werdende Vater zu dem Kind stehen wollte? Oder er sie gar bedrohte?«

»Ich denke eher Ersteres«, schlussfolgerte Gundula. »Die zweite Anzeige erfolgte wahrscheinlich, weil der mutmaßliche Vater dann doch nichts mehr mit dem Kind zu tun haben wollte. Aus Rache.«

»Und dann hat er sie umgebracht und das Kind ausgesetzt«, fügte Selina hinzu.

Edel legte die Stirn in Falten. »Aber die fremde DNA ist nicht mit der von Falkner junior identisch. Der damals angezeigte Romberg ist entweder nicht Jonathans Vater oder unsere fremde DNA stammt nicht von dem damals gesuchten Romberg. Dann gibt es möglicherweise tatsächlich den großen Unbekannten.« Er lehnte sich an die Wand zwischen den Fenstern.

»Der sich als Romberg ausgibt?«, fragte Sven.

»Möglich. Aber warum?«

Das Faxgerät sprang an, spuckte ein paar DIN-A4-Seiten aus. Gundula eilte hin, überflog die Blätter. Alle Blicke lagen auf ihr.

»Das sind die Obduktionsberichte. Wie es aussieht, befindet sich die fremde DNA an allen drei Leichen, im Gegensatz zu Jonathan Falkners DNA.«

Edel setzte gerade an, die Besprechung zu beenden, eine weitere Befragung von Falkner senior stand an, als die Tür aufgerissen wurde. Ein Kollege brachte das Protokoll der Gerichtsmedizin über die Herkunft des Morphin-Fläschchens.

Edel überflog die Blätter und murmelte: »Das wird ja immer besser!«

Er schaute die Kollegen der Reihe nach an.

»Das Morphin stammt aus der Urologischen Klinik. Es wurde von einem Arzt veruntreut, der seit gut einer Woche untergetaucht ist. Ein allein lebender Exzentriker. Dr. Axel Melcher.«

Er legte eine Pause ein.

»Klingelt's? – Nein?«

Er spürte, wie es in den Köpfen seines Teams arbeitete, aber keiner etwas mit dem Namen anfangen konnte.

»Robert Melcher? Auch nicht?«

Gundula schaute auf, zog ihre Brauen zusammen. »Zu Beginn unserer Ermittlungen sind wir auf diesen Namen gestoßen. Das ist doch – Moment, ich hab's gleich …«

Edel nickte. »Robert Melcher besuchte zusammen mit Jonathan Falkner das Goethe-Gymnasium und absolvierte 2008 das Abitur.

Im März 2010 stürzte er sich, vollgepumpt mit Drogen, vom Kämpfelbach-Viadukt, einer Autobahnbrücke bei Pforzheim, in den Tod. Nachdem er den Prozess gegen den jungen Millionär verloren hatte. Sein Vater floh in den Alkoholrausch, wurde beruflich degradiert und ins Kliniklabor versetzt.«

»Und jetzt ist er auch verschwunden«, resümierte Selina erschüttert.

Edel kratzte sich gedankenversunken am Kopf.

***

»Herr Falkner, was sagt Ihnen der Name ›Anton Romberg‹?«

Markus gab sich alle Mühe, Ruhe zu zeigen. Trotz des Schocks, diesen Namen zu hören.

»Nichts, Herr Hauptkommissar. Wer ist das?«

Der Kriminalbeamte langte nach einer Mappe, zog ein DIN-A4-großes Bild hervor. »Kennen Sie diesen Mann?«

Markus schnaufte erleichtert durch. »Nein, den habe ich noch nie gesehen.«

»Dieses Phantombild wurde nach Angaben Ihres Sohnes gefertigt. Das ist der Aushilfsgärtner, der sich, möglicherweise auf Ihre Annonce hin, bei Ihrem Sohn gemeldet hatte.«

»Nun, ich hatte zwar die Annonce beim Arbeitsamt in die Wege geleitet, aber keinerlei Einfluss darauf, wer sich dann bei Jonathan gemeldet hat.«

»Sie glauben also, diesen Mann nicht zu kennen?«

»Was heißt glauben. Ich kenne diesen Mann nicht. Und wenn das Jonathans Gärtner ist, kenne ich ihn schon zweimal nicht. Leider hat mich mein Sohn nicht mit ihm bekanntgemacht.«

Hauptkommissar Edel erhob sich, ging zur Tür, ergriff den Hörer des daneben installierten Wandtelefons, tippte eine Nummer, verlangte nach jemandem. Dann setzte er sich wieder, schwieg.

Markus wurde es mulmig. Was hatte der Kommissar vor?

Schon wurde die Tür aufgerissen, ein junger Mann stürmte herein, in den Händen einen Laptop. Nach einem kurzen Gruß hackte er auf der Tastatur herum und drehte das Gerät so, damit Markus Einsicht auf den Bildschirm erhielt.

Dort prangte das gleiche Portrait, das auch Edel ihm vorgelegt hatte.

Der Kommissar nickte seinem Kollegen zu und dieser tippte weiter. Das Portrait veränderte sich. Wirkte jünger.

»Und?«, fragte der Kommissar. »Jetzt bekannt?«

Markus schüttelte den Kopf. »Nein.«

So ging es mehrere Etappen, bis – ja, bis Markus den Atem anhielt und sich Beherrschung auferlegte, um dem Kriminalbeamten keinen Angriffspunkt bloßzulegen.

»Kennen Sie die Person jetzt?«, hakte dieser nach.

Markus schluckte. Sollte er bejahen oder verneinen? Am liebsten wäre es ihm gewesen, Berthold an der Seite zu haben, seinen Rat einholen zu können. Die Worte Lisas kamen ihm in den Sinn, er brauchte nichts zu sagen, was Jonathan belastete.

Wäre die Wahrheit belastend? Oder eine Hilfe? Markus wusste es nicht. Also schwieg er und starrte das Portrait an.

Ein zu vertrautes Bild.

»Kennen Sie den Mann?«, bohrte Edel weiter. »Bedenken Sie, Herr Falkner, es geht um die Glaubwürdigkeit Ihres Sohnes. Falls er fantasiert, steht es schlecht um ihn. Wären Sie allerdings in der Lage, zu bestätigen, dass es diesen Mann gibt, der sich bei Ihrem Sohn als der Gärtner Anton Romberg eingenistet hat, könnten Sie Jonathan entlasten.«

Seine Gefühle tobten, ihm wurde beinah übel. Nein, er durfte die Wahrheit nicht erzählen. Jeder würde Schaden daran nehmen. Jeder aus seiner Familie, die er über alles liebte.

Andererseits musste er Jonie von dem Makel der Diagnose Schizophrenie befreien. Armer Jonie. Wie er zu leiden hatte. Wie er sich gehen ließ. Wie er aussah. Er musste ihn schnellstens dort herausholen.

»Ich – ich kenne diesen Mann.« Jetzt war es ausgesprochen. Es gab kein Zurück.

Edel lehnte sich nach hinten. Zeigte Zufriedenheit.

»Woher?«, setzte er sofort nach.

»Es ist lange her. Er war mal mein Kollege.«

Die Bestürzung in Edels Gesicht schwappte wie Eiswasser auf Markus über. Hatte er schon zu viel gesagt? Was wusste der Kommissar bereits über Romberg? Wusste er überhaupt etwas?

Markus musste retten, was zu retten war.

»Anton hat vor drei- oder vierundzwanzig Jahren Karlsruhe verlassen. Ich habe ihn seither nie wieder gesehen.«

Edels Kiefermuskulatur arbeitete. Der Kripobeamte grub scheinbar eindringlich in irgendwelchen Sachverhalten, die tief in seinem Gedächtnis verankert waren.

»Erzählen Sie!«

»Anton Romberg war mein Kollege. Wir fuhren beide Busse für die Stadtwerke und hatten nahezu dieselben Schichten. Es hatte sich eingebürgert, dass wir uns freitags einen Herrenabend gönnten. Anton war ledig, ihm war's egal, und meine Frau hatte auch nichts dagegen. Bei uns hing damals ohnehin der Haussegen schief, weil es nicht klappte, dass Emma schwanger wurde.«

»Und wie haben Sie ihre Herrenabende verbracht?«

»Wir sind in Kneipen oder Bars gegangen, haben getrunken und Romberg hat sich Frauen ausgesucht, die er dann am Wochenende beglückt hat.«

»So wie Barbara Hartung?«

Markus traf der Name wie ein Eispickel die Schlagader. Er schnappte nach Luft. Was *wusste* der Kommissar?

»Nun, Herr Falkner, auch wir machen unsere Hausaufgaben.«

Der Kriminalbeamte lächelte, und Markus war gezwungen, weiterzureden.

»Die Babsi stand hinter der Theke unseres Lieblingslokals. Er hatte ein Auge auf sie geworfen. Sie aber behandelte ihn, wie sie jeden Kunden behandelte. Ich glaube nicht, dass sie mehr von ihm wollte. Irgendwann kündigte Romberg seinen Job, um auszuwandern. Und ich bin nicht mehr in das Lokal gegangen. Als ich Jonie gefunden hatte, änderte sich mein Leben, unser Leben. An Anton oder Barbara hatte ich nie mehr gedacht.«

»Na, nie mehr sicher nicht.«

»Ja, zwischendrin war der Leichenfund. Ich habe schon einige Zeit gebraucht, um das alles zu verarbeiten.«

»Weiß Ihre Frau, dass Sie Barbara Hartung kannten?«

»Natürlich, damals wurden ja sämtliche Sachverhalte öffentlich breitgetreten. Meine Frau konnte ich leider nicht heraushalten. Aber das ist alles lange vorbei und vergessen.«

»Kann es sein, dass Ihr Sohn von Romberg wusste?«

»Nein, auf keinen Fall. Dieser Mann war nie Gesprächsthema! Vor allem nicht in Gegenwart des Kindes.«

»Können Sie sich vorstellen, warum Romberg bei Ihrem Sohn aufgetaucht ist?«

»Nein.«

»Hatten Sie ein Verhältnis mit Barbara Hartung?«

»Also, das ist –«

»Es ist nur eine Frage, damit ich mir ein Bild machen kann, was damals zwischen Ihnen, Anton Romberg und Barbara Hartung abgelaufen ist. Es war ja schon ein unglaublicher Zufall, dass Barbara Hartungs Kind ausgerechnet in Ihrem Bus ausgesetzt worden war. Also, hatten Sie?«

»Die Tour, die ich damals gefahren habe, wäre Antons Tour gewesen. Aber weil er so kurzfristig nicht mehr zum Dienst erschienen ist, habe ich sie übernehmen müssen. Es war reiner Zufall. Es konnte keiner im Vorhinein wissen.«

»Keiner – außer Anton Romberg. Aber den hätten Sie doch sicher entdeckt, wenn der heimlich im Bus mitgefahren wäre, um das Kind auszusetzen, oder? Wissen Sie, ich glaube nicht an Zufälle. Zumindest nicht an solche, die einen derartigen Rattenschwanz nach sich ziehen. Also, wie gut kannten Sie Barbara Hartung?«

Markus schwitzte aus allen Poren. Sah sich im Raum um, die Fenster waren gekippt, von draußen drängte kühler Winterwind herein.

»Wenn ich Ihnen diese Frage beantworte, versprechen Sie mir dann, nichts meiner Frau oder Jonathan davon zu sagen?«

»Versprechen tue ich gar nichts. Aber wenn es nicht nötig ist, werde ich nicht darüber reden. Ich behandle jedes Gespräch vertraulich, soweit ich es verantworten kann.«

Markus seufzte. »Ich verstand mich gut mit ihr. Wir konnten uns ungezwungen unterhalten. Oftmals bin ich ohne Anton in die Bar gegangen, einfach nur, um zu reden. Zuhause war kein vernünftiges Gespräch mehr möglich. Ich brauchte Abwechslung. Ohne Hintergedanken, ohne Emma betrügen zu wollen. Einmal fand ich Barbara völlig aufgelöst vor, und sie bat mich, sie nach Hause zu begleiten, weil sie Angst hätte. Dort erzählte sie mir, dass Anton sie vergewaltigt hatte und sie schwanger von ihm war. Sie war so einsam, so hilflos. Sie drängte sich an mich und ließ es zu, dass ich sie küsste. Ich wollte sie nur trösten, mehr nicht. Doch es überkam uns.«

Edel nickte und schwieg.

Samstag, 30. November

Es war früh am Morgen und eiskalt. Romberg lehnte am modrigfeuchten Stamm eines kahlen Obstbaums, die Hände weit in die Jackentaschen gesteckt, und warf seinen Blick hinunter auf die Bundesstraße.

Er beobachtete den aufkommenden Verkehr und bemühte sich,

die Beherrschung zu behalten. Denn tief in seinem Innern tobte zorniger Frust. Gestern war kein guter Tag gewesen.

Zuerst hatte ein erneuter Gang ins Krankenhaus im absoluten Nichts geendet. Trotz inbrünstiger Überredungsversuche hatte man ihm keinerlei Auskünfte über das Ergebnis der DNA-Analyse erteilen wollen. Er bekäme alles schriftlich an seine hinterlegte Adresse gesandt, hieß es. Da nutzte kein Bitten und Betteln, kein Drohen. Ihm blieb nur eines übrig: Warten, bis Dr. Melcher wieder auftauchte.

Dann musste er auch noch sein warmes, gemütliches Zimmer aufgeben – aus Sicherheitsgründen. Und den praktischen Volvo überließ er weit unter Wert dem zurückkaufenden Autohändler, ebenfalls aus Sicherheitsgründen. Bei einem anderen, ziemlich suspekten Händler hatte er sich schon am Mittwoch einen VW-Bus besorgt, sehr heruntergekommen und vor langer Zeit einmal weiß lackiert. Sein Geburtstagsgeschenk an sich selbst. Der sollte für die nächste Zeit sein Zuhause werden.

Natürlich musste er regelmäßig den Standort wechseln. Glücklicherweise gab es in Durlach durchaus genügend Ecken, wo man einen Kleinbus kurzfristig parken konnte. Auch der Geigersberg bot außerhalb der Wohnsiedlung auf seinen versteckten und verwachsenen Grünflächen und Wegen reichlich Schutz. Außerdem war der Bereich oberhalb Jonathans Anwesen bewaldet, dort stand der Bus momentan. Romberg konnte sich also in Villennähe aufhalten, ohne Aufsehen zu erregen.

Und während er so dastand und sinnierte, eröffneten sich endlich neue Perspektiven: Zwei Polizeiwagen kamen von Durlach her die B 3 angefahren, peilten die Einfahrt an und hielten.

Romberg hatte von seiner jetzigen Position aus keine Sicht dorthin, also ging er den Weg hinunter bis zur Straße.

Die Polizisten in Begleitung einer Person in Zivil entfernten sämtliche Sperrvorrichtungen und Siegel. Jonathans Besitz war wieder zugänglich.

Romberg grinste vor sich hin. Er besaß noch immer die Schlüssel samt Codekarte. Und das Tollste: Keiner hatte vermutlich einen Gedanken daran verschwendet, die Codes zu ändern.

Die Minuten zogen sich schier endlos, bis die Bullen endlich verschwanden und er das leere Anwesen für sich beanspruchen konnte. Er fühlte sich wie ein Eroberer, als er zum Tor ging, die Karte in den Schlitz steckte, den Code eintippte.

Schnell schlüpfte er durch die größer werdende Öffnung, drückte hastig den Knopf, damit sich das Tor unverzüglich schloss, und ging geduckt die Auffahrt hinauf. Aber warum eigentlich? Es war niemand da. Er war der Herr.

In den folgenden Stunden beschäftigte er sich damit, das Haus zu inspizieren, wobei er strengstens darauf achtete, alles so liegen zu lassen, wie es die Bullen hinterlassen hatten. Falls der Goldjunge jemals Bargeld oder sonstiges wertvolles Zeugs hier aufbewahrt hatte, war mit Sicherheit alles beschlagnahmt worden. Er fand nichts, was sich einzustecken gelohnt hätte. Er fand nicht einmal eine Stelle, wo ein Safe hätte untergebracht sein können. Verdammter Geheimniskrämer aber auch.

Die Überwachungscomputer waren abgestellt, die Bildschirme schwarz. Mit dieser Anlage brauchte er ohnehin nicht seine Zeit vergeuden, erstens kannte er sich da nicht aus und zweitens war sie vermutlich mit Kennwörtern gesichert.

Romberg wurde allmählich wütend, die Euphorie verlor an Glanz. Er musste vordringlich einen Platz suchen, wo er sich versteckt aufhalten konnte, falls der Falkner-Clan auftauchte. Und er war sich sicher, dies würde bald geschehen.

Er durchforschte nochmals sämtliche Räume und beschloss, sich im untersten Geschoss einzunisten. Das beste von allen. Sogar mit Dusche und Pool. Im Umkleideraum würde vermutlich keiner etwas wollen.

***

Eine Woche war es her, seit sie ihn verschleppt, diffamiert und in diese qualvoll enge Zelle eingekerkert hatten, seit sie ihm jegliche menschliche Würde und freiheitlichen Rechte geraubt hatten.

Eine ganze Woche.

Und ein Ende war noch nicht in Sicht.

Jonathans Kopf war leer. Ein schwarzes Vakuum. Alle Energie war verpufft, als wären die impulsgebenden Batterien verrostet und verrottet, die Säure ausgelaufen, versickert. Die kalten, nackten Wände hatten seinen Körper ausgesogen und ausgezehrt, ihn als eine schlaffe Hülle zurückgelassen.

Am besten, er würde hier und jetzt sterben, auf diesem elenden Gestell, das sie als Bett bezeichneten, dann würde er keinem mehr den Weg verstellen. Seine Eltern wären finanziell versorgt und bräuchten nicht mehr arbeiten, Lisa bräuchte sich nicht mehr den Kopf darüber zu zerbrechen, wem sie denn nun ihre Liebe schenken wollte, der gute Hauptkommissar Edel konnte sich endlich wichtigeren Fällen zuwenden und die Steuerzahler bräuchten nicht so sinnlos für seine noch sinnlosere Verkostung aufkommen. Alles in allem wäre jedem geholfen, wenn es ihn nicht mehr gäbe.

Ein Sonnenstrahl stach plötzlich durch die Scheibe, prallte auf die eiserne Tür. Er sah Millionen und Abermillionen Staubkörnchen herumschweben, kleinste Partikel, die etwas so Mächtiges wie das Licht überhaupt erst zum Leuchten brachten. Seine Augen schmerzten, als er in die Helligkeit schaute, aber er schloss sie nicht, die Wärme tat gut.

Die paralysierende Apathie verflüchtigte sich, wandelte sich mit einem Mal in aufflammenden Zorn. Zorn auf alles, was für seine Misere die Verantwortung trug.

Sein Gehirn begann zu arbeiten. Es funktionierte also noch. Wenn es auch nur Fragezeichen produzierte. Riesengroße Fragezeichen. Und schließlich tauchten auch die Fragen auf, nach und nach und immer mehr. Fragen, die schon tagelang darauf harrten, endlich ans Licht gezerrt, endlich gehört zu werden.

Warum sind ausgerechnet diese drei Menschen getötet worden?

Sind sie getötet worden, weil er sie kannte? Oder weil er mit Milla ausgegangen war?

Wer sollte von ihren Ableben profitieren?

Wer außer ihm hatte noch Kontakt zu ihnen gehabt?

Und das Sonderbarste: Warum waren die Leichen in seinem Park vergraben worden?

Die einzige Antwort, die schon seit geraumer Zeit über ihm schwebte, der einzige Hinweis, der vielleicht auch keiner war, lautete: All das war geschehen, seit er Toni den Porsche überlassen hatte.

Egal, wie er es drehte und wendete, sämtliche Gedanken und Fragen mündeten stets in neuen Fragen: Wer war Anton Romberg? Warum war er bei ihm aufgetaucht? War er ein Betrüger, wie Edel vermutete?

Ein Psychopath? Wenn ja, hatte er ihn zufällig als Opfer auserkoren? Oder hatte er alles geplant?

Und mit dieser Frage landete er wieder bei der ersten: Wer war Anton Romberg?

Schließlich schloss er seine Augen, drückte seine Fäuste gegen die Schläfen, und tief im Inneren schrie es: *Schluss! Aufhören!*

Laut schrie er natürlich nicht. Nicht, dass sie wieder mit einer Spritze kämen. Das würde er nicht mehr zulassen. Seine Sinne durften nicht mehr zwischen Tod und Scheintod herumgezerrt werden, getrübt durch irgendwelche Medikamente.

Nein, sie sollten wieder funktionstüchtig werden. Sollten ihm helfen, die Wahrheit zu bergen und ans Licht zu bringen.

***

Dem Haus war alles Leben entrissen worden. Die Räume zeigten sich einsam und verwaist und hinterließen den Eindruck eines geschlossenen Möbelhauses, das von Vandalen heimgesucht worden war.

Markus zog es das Herz zusammen. Tapfer führte er den Anwalt durch das Gebäude und den Park.

Dr. Holstein schlug ihm in beharrlicher Regelmäßigkeit auf die Schulter und versicherte, er werde für Gerechtigkeit sorgen. Den Haftprüfungstermin hatte er bereits abgeklärt, bis dahin dürften nicht nur die Ermittler, sondern auch er sämtliche relevante Fakten beieinander haben. Dann würde er Jonathans Entlassung aus der U-Haft in die Wege leiten.

Als der Anwalt fortgefahren war, ging Markus hinunter in den Technikraum und ließ sich übers Telefon anweisen, wie er das Schwimmbecken zu leeren hatte, damit die jährlich anstehende Wartung ordnungsgemäß durchgeführt werden konnte. Nachdem er sich vom einwandfreien Funktionieren der Pumpen vergewissert hatte, half er Emma, die Unordnung zu beseitigen und Wäsche für Jonie einzupacken.

Anschließend räumte Emma in der Küche auf, sortierte die verdorbenen Lebensmittel aus, und er ging hinaus in den Park.

Dieser lag friedlich unter einer zartweißen Pracht, wie von Zucker bestäubt. Aber Markus hatte keinen Sinn dafür, drehte eine Runde, inspizierte sämtliche Ecken, doch außer auf der einen bestimmten Stelle entdeckte er keine weiteren Verwüstungen.

Er stand vor den Gruben, starrte hinein. Sah ein unschuldiges Weiß das erdige Braun verschleiern. Tränen drängten in seine Augen.

Welch eine Tragödie! Drei junge Menschen hatten gewaltsam ihr Leben verloren. Und dieser Verbrecher schien sich nicht nur gut genug auf Jonies Grundstück auszukennen, um die Leichen hierher zu transportieren, zu verstecken, zu vergraben, ohne Angst oder Befürchtungen, von Jonie oder sonst wem erwischt zu werden, sondern besaß anscheinend auch noch die Möglichkeit, hier ein- und auszugehen, wie es ihm beliebte.

Wo steckte dieser Kerl?

Das Phantombild kam ihm in den Sinn, er holte tief Luft, setzte an und schrie: »Wo bist du, du verdammter Gärtner? Komm her, zeig dich, lass dich endlich hier blicken!«

Sein Aufschrei endete in einem grimmigen Weinkrampf, während er sich auf die Knie fallen ließ und die Hände vors Gesicht schlug.

Seinem Schmerz derart zugetan, bemerkte er nicht die Gestalt, die sich hinter ihm aufbaute.

»Hallo, lieber Markus! Du suchst mich?«

*

Emma wischte mit letztem Schwung den allerletzten Streifen auf der Arbeitsplatte trocken, polierte den Wasserhahn auf Hochglanz, nickte zufrieden vor sich hin. Nach einem prüfenden Abschlussblick verließ sie die Küche, zog die Tür zu, holte sich die Jacke von der Garderobe.

Wo war Markus abgeblieben?

Sie rief nach ihm, und das Schweigen im Haus unterstrich ihr Gefühl, ihn im Garten suchen zu müssen.

Vermutlich ganz hinten, dort, an der Stelle, wo …

Den Gedanken führte sie nicht zu Ende, sondern ging hinaus. Den Schlüssel und die Karte in der Hand, ließ sie die Tür ins Schloss fallen und nahm den Weg, der um den Glaspavillon nach hinten führte.

Im selben Moment hörte sie Markus rufen. Mit wutentbrannter Stimme. So hatte er noch nie geschrien. Welche Verzweiflung mochte ihn gepackt haben? Klar, auch an Markus waren die vergangenen Tage nicht spurlos vorbeigegangen, wenngleich er es fertiggebracht hatte, seine Empfindungen verborgen zu halten.

Emma beschleunigte ihren Schritt, sie musste unbedingt ihren Mann von den elenden Löchern wegholen.

Da sah sie ihn stehen und neben ihm – einen Fremden. Mindestens einen Kopf größer. Er trug verschlissene Jeans und eine graue Winterjacke.

Wie kam der aufs Grundstück? Vielleicht vorhin, als das Tor eine Weile offen gestanden hatte? Sie hatten es nach ihrer Ankunft nicht gleich geschlossen, weil sie den Anwalt erwarteten. Sie kannten sich ja nicht mit der Haustechnik aus, also mussten sie jedes Mal das Tor manuell öffnen und schließen.

Die Männer standen nebeneinander und schauten hinab in die Gruben, ihre Rücken waren Emma zugewandt.

Sie schlich sich näher, versteckte sich hinter dem gewaltigen Stamm des Kastanienbaums, lauschte.

Der Fremde zog an einer Zigarette, blies den Rauch in eine der geleerten Grabstellen.

»Was willst du?«, fragte Markus.

»Mich in Erinnerung bringen, mein teuerster Freund.«

Emma schauderte, als sie die Stimme erkannte. Stand stocksteif, verbissen bemüht, ihre Anwesenheit nicht zu verraten.

»Warum solltest du das wollen? Glaubst du nicht, die kriegen alles raus? Dann siehst du alt aus, Anton.«

»Nicht nur ich, mein lieber Markus, nicht nur ich. Ich werde dich genauso mitreinreiten, du wirst nicht ungeschoren davonkommen.«

»Ich hatte mit deinem Treiben damals nichts zu tun. Verschwinde dorthin, von wo du hergekommen bist.«

Markus und Anton wandten sich einander zu, Emma hielt einen Moment lang die Luft an.

Wie zwei Kontrahenten in einem Duell standen die Männer sich gegenüber, ziemlich nah, und jeder hätte den anderen mit einem gezielten Schlag außer Gefecht setzen können, wenn sie denn gekämpft hätten.

»Ich werde dieses ungemütliche Land erst verlassen, wenn ich das habe, was mir zusteht.«

Markus ging einen Schritt zurück. »Dir zusteht? Was soll dir denn zustehen?«

Anton breitete seine Arme aus. »Mein Anteil am Erbe!«

»Du bist wahnsinnig, Anton. Es gibt kein Erbe. Weder für mich noch für dich. Das alles gehört meinem Sohn und sonst niemandem.«

»Und der sitzt bald lebenslänglich im Kittchen.«

»Wird er nicht. Und jetzt verschwinde! Du hast kein Recht, hier zu sein.«

»Oh, doch, weitaus mehr Recht, als du glaubst.«

»Dein Arbeitsvertrag, falls du je einen mit Jonathan abgeschlossen haben solltest, ist hiermit annulliert. Ein und für alle Mal. Wenn du jetzt nicht verschwindest, rufe ich die Polizei.«

»Du solltest meinem Sohn endlich die Wahrheit sagen, lieber Markus.«

»Welche Wahrheit?«

»Tu nicht so! Jonathan ist mein Sohn, das weißt du. Sie hatte mir den Vorzug gegeben. Pech für dich. – Wusstest du das nicht, Emmalein?« Anton schnellte herum, schaute gezielt in Emmas Richtung. »Dein Mann war vernarrt in die blonde Hure. Wusstest du das wirklich nicht?« Dann wandte er sich wieder Markus zu. »Welch ein Schock muss das für dich gewesen sein, als sie dir von meinem Balg unter ihrem ach so gutgläubigem Herzen erzählt hatte.«

Er lachte, und Emma blieb vor Entsetzen die Luft weg.

*

Markus ahnte längst, dass dieser Moment einmal kommen würde. Unausweichlich. Irgendwann kam immer die Zeit, um der Wahrheit ins Angesicht zu blicken.

Und nie war man darauf vorbereitet, obwohl man stets damit rechnete.

Er hätte Emma schon lange die Wahrheit sagen, sie darüber aufklären sollen, wer der leibliche Vater des Jungen war. Spätestens, als man Barbara als seine Mutter identifizierte. Natürlich glaubte anfangs jeder, das Aussetzen des Kindes in seinem Bus wäre reiner Zufall gewesen. Indessen stießen Markus erste Zweifel auf, als er von Babsis Verschwinden sowie von der Fahndung nach Romberg und dessen Abtauchen erfuhr. Aber aus Angst, das Kind abgeben zu müssen, schwieg er.

Und später, als Rombergs Name in den Aktenordnern zu verblassen begann, glaubte Markus ohnehin nicht mehr, diesem Mann ein weiteres Mal leibhaftig gegenüberstehen zu müssen. Denn es gelang ihm nicht, sich vorzustellen, dass Anton die Frechheit besitzen und das immense Risiko eingehen würde, in Karlsruhe aufzutauchen. Nein, nicht im Entferntesten hatte er sich das vorstellen können.

Und noch weniger das tragische Chaos, das er mit seinem Auftauchen anrichten würde.

»Ich werde jetzt die Polizei rufen.« Markus griff sich in die Jackentasche, holte das Handy hervor.

»Du wirst noch von mir hören, Markus.«

Der Freund von einst warf Emma einen gespielt galanten Abschiedsgruß hin und setzte sich in Bewegung, trabte in Richtung Tor.

VIII

Mittwoch, 4. Dezember

Drei Tage hatte Markus benötigt, um sich durchzuringen, Hauptkommissar Edel aufzusuchen. Drei lange Tage, an denen er sich auf Jonathans Anwesen herumtrieb und es nicht wagte, Emma unter die Augen zu treten. Froh über die Ablenkung durch die Landschaftsgärtner und den Schwimmbadtechniker.

Als Emma ihn mit der Frage konfrontierte, ob er sie mit Barbara betrogen hatte, leugnete er. Er wollte sie nicht zusätzlich mit dieser uralten Angelegenheit belasten, es genügte, ihr sein Wissen über Jonathans leiblichen Vater vorenthalten zu haben.

Emmas Fassungslosigkeit über sein jahrelanges Schweigen trieben ihn schließlich dazu, zumindest Edel über alles, was er wusste, aufzuklären, immerhin würde er damit Jonathan helfen. Das war ihm erst richtig klar geworden, als Anton vor ihm gestanden hatte.

***

Hauptkommissar Edel hatte ein volles Programm zu bewältigen. Nach der Beichte von Falkner senior und einem Gespräch mit Dr. Holstein erwartete er drei Informanten, die sich auf die Phantombild-Veröffentlichung hin gemeldet hatten.

Josepha Manns, Besitzerin des Hotels *Tiergartenblick,* den Autohändler Roland Meyer und die Schulsekretärin des Goethe-Gymnasiums, Silke Bucher.

Selina brachte als erstes die Hotelbesitzerin ins Büro, eine ältere

Dame mit auftoupiertem Silberhaar in hellgrauem Kostüm, darüber ein dunkelblauer Wollmantel. Ihre dünnen Beine steckten in Stiefeln mit Leopardenmuster, ihre Handtasche passte dazu. Sie setzte sich dankend auf den ihr zugewiesenen Stuhl, auf dem schon so viele Menschen ihre Geschichten an Edel gebracht hatten, mehr oder weniger der Wahrheit entsprechend, mit oder ohne Gefühlsausbrüchen jeglicher Art.

Nach der Begrüßung zeigte sie sich erpicht darauf, ihre Geschichte loszuwerden, denn sie wartete nicht, bis Edel ihr eine Frage stellte.

»Wissen Sie, Herr Kommissar, ich hab mir gleich gedacht, dass mit diesem Herrn etwas nicht stimmt. Gleich nachdem er bei mir eingezogen war. Das war am 10. August. Ein Samstag. Ich habe extra nochmals nachgeschaut. Wer richtet sich schon für mehrere Monate in einem Hotel ein? Aber bezahlt hat er immer pünktlich. Alle zwei Wochen.«

»Nun, Frau Manns, keiner unterstellt, dass mit Ihrem Gast etwas nicht stimmt. Wir suchen nach ihm, weil wir ihn als wichtigen Zeugen benötigen. Er wohnt also bei Ihnen im Hotel, seit August, wie Sie sagten?«

»Hat gewohnt. Ganz plötzlich, letzte Woche, ist er einfach ausgezogen. Von jetzt auf nachher. Gesagt hat er aber nicht, warum.«

Ein stiller Vorwurf schwang mit, als hätte sie ein Recht darauf, nach einer gewissen Zeit in die Pläne ihrer Gäste eingeweiht zu werden.

»Sie wissen nicht zufällig, wohin er gegangen ist?«

»Er hat nichts verraten. War sogar ziemlich brummig, als er mir die Schlüssel hingeworfen hat. Das hat man nun davon, wenn man immer nur das Beste für seine Gäste tut. Ich habe ihn stets verwöhnt.« Sie beugte sich leicht vor. »Ich habe diesem Mann sogar meine Küche überlassen und ihm ein bisschen geholfen, als er sich eigene Plätzchen gebacken hat.« Die Frau zog eine Schnute, unterstrich damit ihr Beleidigtsein.

Edel überging das. »Konnten Sie sich ein Bild über seine Aktivitäten machen? Hatten Sie den Eindruck, er sei einfacher Tourist, oder wollte er Verwandte besuchen?«

»Er hat kaum darüber gesprochen, was er tut. Er hat sich vermutlich gut in der Stadt ausgekannt, denn erkundigt hat er sich nie nach irgendetwas. Nur ganz am Anfang, als ich ihn danach gefragt hatte – ich frage jeden Gast mal, was ihn so in unsere Stadt treibt –, sagte er, er hätte geschäftliche Dinge zu erledigen. Mehr nicht. Aber«, sie beugte sich leicht vor und zwinkerte mit ihren schwarzbraunen Knopfaugen, als würde sie einen Pakt mit Edel schließen wollen, »schließlich bin ich ja jede Woche einmal ins Zimmer, um zu putzen. Wissen Sie, ich kann mir zurzeit keine Angestellten leisten, das mache alles ich.«

Sie legte eine Pause ein, vielleicht, um ihm die Möglichkeit zu geben, ihre Agilität zu bewundern. Edel hingegen wartete geduldig, bis sie weitersprach.

»Nun, und dabei sieht man ja öfter mal persönliche Dinge herumliegen. Meist schaue ich geflissentlich darüber hinweg, tue so, als ob sie unsichtbar wären. Dennoch bleibt einem manchmal etwas in der Erinnerung hängen.«

Sie fegte mit der Hand eine silberne Strähne aus dem Gesicht, die heruntergefallen war.

»Zum Beispiel?«, hakte jetzt Edel nach, um sie voranzutreiben. Immerhin warteten noch zwei weitere Zeugen auf ihn. Er hatte beschlossen, alle drei selbst zu vernehmen.

»Einen dicken Schreibblock, ziemlich vollgekritzelt. Die Schrift konnte ich beim besten Willen nicht entziffern. Einen Stadtplan, sehr durchgearbeitet, mit vielen Kreuzen und Notizen. Einige alte Zeitungsberichte – und im Nachhinein ist mir bewusst geworden, dass sich die Berichte meist mit diesem reichen jungen Mann beschäftigten, den Sie kürzlich verhaftet haben.«

»Das haben Sie gut gemacht, Frau Manns. Sie haben uns sehr geholfen.«

Edel wollte aufstehen, die Zeugin war jedoch keineswegs fertig.

»Und Fotos lagen auch herum. Viele Fotos!«

Sie zeigte ein zufriedenes Lächeln, genoss sichtlich ihre Rolle.

»Fotos? Von wem?«

»Auf ein paar davon war der, den Sie verhaftet haben. Hübscher Knabe übrigens.« Sie kicherte und zupfte an ihrem Haar, rutschte auf ihrem Stuhl herum und seufzte einmal tief durch. »Schade um ihn.«

Dann schaute sie Edel scharf an. »Aber auf den anderen Fotos waren hauptsächlich zwei junge Frauen, überaus gut aussehend. Und beide blond.«

Edel zuckte zusammen, versuchte gleichzeitig, sich möglichst nichts anmerken zu lassen.

Roland Meyer war dreiundfünfzig, bestimmt einsneunzig groß, sonnengebräunter Teint, dunkelgrauer Anzug, hellgelbes Hemd. Wollte anscheinend einen guten Eindruck hinterlassen. Und sicher nicht nur heute vor Edel, sondern garantiert täglich auch vor seinen Kunden. Er besaß einen florierenden Autohandel in der Karlsruher Innenstadt und war noch nie auffällig in Erscheinung getreten.

Meyer sagte aus, er erinnere sich noch gut an den überreifen Sonnyboy, der nach sehr langen Überlegungen heraus sich endlich für einen dunkelblauen Volvo Kombi entschied, obwohl er gewettet hätte, jener Kunde wäre eher ein Mercedes-Typ. Jedoch bezahlte der Mann in bar, ohne verhandeln zu wollen, was ja auch nicht zu verachten sei.

»Und letzte Woche stand er wieder auf meinem Gelände und verlangte von mir, den Wagen zurückzukaufen.«

»Und?«, fragte Edel, augenblicklich interessiert.

»Ja, hab ich gemacht, mit Abschlag halt. Er hat sich zufrieden gegeben und ist abgedampft.«

»Können wir den Wagen zwecks einer Untersuchung bekommen?«

»Gerne, aber ich habe ihn bereits reinigen lassen. Außerdem war er ziemlich sauber bei der Übergabe.«

»Die Kollegen von der Spurensicherung finden immer etwas Verwertbares.«

Silke Bucher, Mitte vierzig, schwarzer Pagenhaarschnitt, leger in Jeans und Karobluse gekleidet, nahm Platz. Über den Arm hatte sie ihren schwarzen Wollblazer gelegt, diesen hängte sie jetzt über die Lehne. Ihre schwarze Beuteltasche stellte sie neben sich ab und sah Edel erwartungsvoll in die Augen.

»Ich war noch nie bei einer Vernehmung«, sagte sie und lächelte unsicher.

»Nun, das ist keine Vernehmung. Nur eine Zeugenbefragung«, klärte Edel sie auf.

Sie atmete durch, als hätte er sie soeben von einem schweren Bündel Last befreit.

»Frau Bucher, Sie haben sich gemeldet, weil Sie den Mann auf unserem Phantombild erkennen?«

»Ja, er sagte, er sei freier Journalist und schreibe einen Artikel über Jonathan. Ich habe mir nichts dabei gedacht. Es hätte ja durchaus sein können. Oder?«

»Natürlich. Hat er Ihnen einen Ausweis diesbezüglich vorgelegt?«

»Ja. Seinen Personalausweis. War aus dem Ausland, sah aber ziemlich echt aus, soweit ich das beurteilen kann. Leider habe ich nicht daran gedacht, nach einem Presseausweis zu fragen. Er hat einen ziemlich seriösen Eindruck gemacht.«

»Was wollte er konkret von Ihnen?«

Sie presste ihre Lippen aufeinander, verzagtes Missbehagen legte sich auf ihr Gesicht.

»Ich könnte mich ärgern, ihm alles preisgegeben zu haben.«

»Sagen Sie mir bitte, was er genau wissen wollte und worüber Sie mit ihm gesprochen haben.«

»Er ließ sich Fotos zeigen, Klassenfotos von Jonathans Abschlussklasse und von den Jahren zuvor. Er schaute sich die Jahrbücher an, schrieb sich Namen und Adressen auf, zwecks Interviews, wie er sagte. Ich weiß, ich hätte das nicht zulassen dürfen. Aber dann habe ich mir gesagt, Adressen kann heutzutage ohnehin jeder von überall herbekommen.«

Sie schluckte, zögerte kurz, bevor sie weitersprach. »Dummerweise habe ich mich zu einer unüberlegten Bemerkung hinreißen lassen.«

»Ja?«

Sie zögerte wieder.

»Ich habe, als die Sprache auf die Ludmilla Janković kam, sie einen gefallenen Engel genannt, der jetzt wohl die Herren der ganzen Stadt beglückt. Ich hätte mir hinterher die Zunge abbeißen können, es war aber schon zu spät. Als ich ihn bat, nichts darüber zu schreiben, beruhigte er mich, er wolle ja keinen Negativbericht über irgendwelche Mitschülerinnen des Millionärs erstellen. Dann wollte er auch noch wissen, was es mit der Wette zwischen Jonathan und Robert auf sich gehabt hatte, aber dabei konnte ich ihm nicht wirklich helfen.« Sie zuckte mit den Schultern. »Er hat mich auch gefragt, was ich persönlich von dem Jungen hielt. Selbstverständlich habe ich nichts Schlechtes gesagt, es gab ja auch nichts. Dann wollte er Termine bei ehemaligen Lehrern von Jonathan haben, aber da habe ich doch abgeblockt. Er war zwar leicht eingeschnappt, dennoch hat er sich relativ höflich verabschiedet. Das war's eigentlich. Konnte ich Ihnen helfen?«

Edel erhob sich. »Sehr sogar, Frau Bucher. Vielen Dank. Bitte halten Sie sich bereit, falls wir Sie noch einmal benötigen.«

Nicht nur die Sekretärin zeigte sichtliche Erleichterung, als sie das Büro verließ, auch Edel seufzte auf, als hätte er zehn Kilo auf einmal verloren, nachdem sich endlich bestätigte, dass Anton

Romberg hier in Deutschland war und seine Aktivitäten, im Speziellen auf dem Anwesen von Falkner junior, genauestens geplant hatte.

Einer Entlassung von Jonathan Falkner stand nun nichts mehr im Wege. Das letzte Wort darüber besaß natürlich der Richter. Und dem würde Falkner in zwei Tagen nochmals vorgeführt werden.

***

Er saß am mickrigen Tisch und las in der Tageszeitung. Sie hatten ihm eine gebracht, auf Veranlassung Dr. Holsteins.

Irgendetwas hatte Jonathan gebraucht, sonst wäre vermutlich sein Gehirn geplatzt. Und wenn dies nicht der Fall gewesen wäre, hätte er sich den Schädel gegen die Mauern gerammt. Das Nichtstun war die schlimmste Strafe, zu der sie ihn verdonnert hatten.

Sogar schlimmer als das Nicht-Bescheid-Wissen.

Nach den ständigen Verhören der letzten Woche hatten sie ihn in den vergangenen Tagen merkwürdigerweise ziemlich in Ruhe gelassen. Er kam weder mit den anderen Untersuchungshäftlingen in Kontakt noch hatte der Seelenverdreher um eine Audienz bei ihm verlangt. Es war, als hätten sie ihn vergessen. Vermutlich eine Folge von Dr. Holsteins Eingreifen.

Der einzige Mensch, mit dem er geredet hatte, war sein Anwalt. Und dieser war jetzt ebenfalls vollständig über die Ereignisse in Kenntnis gesetzt. Nun mussten sie alle ermitteln und die Fakten zusammenklauben. Hoffentlich brauchten sie dazu nicht mehr allzu lang.

Er hatte nun wenigstens die Möglichkeit, den Aktienmarkt zu studieren. Sie hatten versprochen, ihn mit weiteren Zeitungen zu versorgen. Hoffentlich war auf seine Börsenheinis Verlass, die schon seit Tagen auf sich allein gestellt seine Depots zu verwalten hatten. Ansonsten gab die Zeitung nicht mehr viel her. Von ihm und den Morden stand lediglich ein kurzer Vermerk darin, dass bisher keine weiteren Hinweise über das Verbrechen bekannt gegeben worden seien.

Donnerstag, 5. Dezember

Als sie ihn dann doch wieder in diesen beschissenen Raum brachten, saß dort schon jemand. Ausgerechnet der arrogante Behrens.

Während sie ihn auf den leeren Stuhl nötigten, warf er dem Kriminalbeamten einen bitterbösen Blick zu.

»Na, Herr Falkner, wie geht's?«, fragte der Mistkerl von oben herab, und Jonathan brachte es nur mit sehr viel Mühe fertig, ihm nicht an die Gurgel zu springen.

Eine Antwort erwartete der Bulle offensichtlich nicht.

»Es gibt noch eine kleine Ungereimtheit, die wir dringend aufklären sollten«, sagte er, lehnte sich zurück und schlug die Beine übereinander, als säßen sie zu einer banalen Plauderei beisammen. »Ihr Anwalt ist übrigens informiert und mit der Befragung einverstanden.«

Er hielt inne, ließ anmaßende Blicke über Jonathan gleiten.

»Herr Falkner, wer hat am 29. Oktober gegen siebzehn Uhr dreißig Ihren Porsche beim Autohaus Vollmer abgeholt?«

»Ich. Das sagte ich bereits.«

»Sie hatten doch ein nettes Rendezvous, oder nicht?«

»Ja, danach.«

»Das kann nicht sein. Wir haben die Uhrzeiten nachgeprüft und können auch sämtliche Begebenheiten nachvollziehbar belegen. Nur leider nicht, wer am besagten Dienstag Ihren Porsche bei Thomas Anger *abgeholt* hat.«

»Hat er das nicht protokolliert?«

Jonathan wurde es unangenehm heiß. Vermutlich hieß es jetzt, Toni so richtig in die Pfanne zu hauen. War selber schuld, er hätte sich aber auch wirklich mal melden können.

»Anger hat immer alles protokolliert«, bekräftigte er trotzig.

»Das wissen wir.« Behrens stellte beide Beine auf den Boden, beugte sich vor, bohrte seinen Blick in Jonathans Augen. »Und wäre er an besagtem Abend hierzu in der Lage gewesen, säße ich jetzt nicht hier und müsste Eure Hoheit mit dieser Frage belästigen. Also, wer hat die Schlüssel Ihres Porsches beim Abholen entgegengenommen und den Leihwagen zurückgegeben?«

Jonathan bekam kaum noch Luft. Der Bulle machte ihn krank. Aber so schnell würde er nicht klein beigeben.

Wäre die Situation nicht so ernst gewesen, hätte er laut losgelacht. Da saß der gescheite Superbulle, wusste angeblich alles, benötigte aber von ihm noch dieses letzte Detail, um das rekonstruieren zu können, was er ohnehin bereits vermutete.

»Ich gehe davon aus, dass Sie mich augenblicklich in Kenntnis setzen, Herr Falkner. Sonst sehe ich schwarz für morgen.«

Ja, morgen war ein wichtiger Termin, der wichtigste überhaupt, seit er in diesem Verlies schmorte. Das bedeutete Einsicht üben, Ehrlichkeit walten lassen, keine Möglichkeit mehr bieten, sich in die Breitseite fahren zu lassen.

»Also gut. Nachtrag fürs Protokoll: Ich hatte den Porsche an jenem Tag meinem Gärtner geliehen. Er brachte ihn in die Werkstatt, holte ihn wieder, und ich gab ihm die Erlaubnis, den Wagen auch an den folgenden zwei Tagen benutzen zu dürfen. Zufrieden?« Sein Herz pumpte, als hätte er irgendwelche Aufputschmittel eingeschmissen. Dabei hatte er schon lange keine Medikamente mehr eingenommen. Das einzig Gute am Knastleben.

»Geht doch!«, schnappte Behrens und grinste schief.

Dann erhob er sich, packte den Aktenordner und schritt um den Tisch herum, an Jonathan vorbei.

Blieb knapp vor der Tür stehen, wandte sich um. »Ach übrigens, Herr Falkner«, sagte er leise und beugte sich herunter. »Heute Nachmittag kriegen Sie Ihre Fahrzeuge wieder.«

Er richtete sich auf, machte eine kurze Pause. Verlieh ihr keinen guten Beigeschmack. Schon kam der erwartete Schlag.

»Den Jeep fährt Ihr Vater. Und ich fahre Ihren Porsche.«

Ruhig bleiben, nicht provozieren lassen, hämmerte sich Jonathan ein. Er schaute nicht auf.

Der Scheißbulle tätschelte ihm die Schulter, machte einen Schritt zur Tür hin, öffnete sie, wandte sich nochmals um.

»Ach ja, kleiner Tipp: Lassen Sie sich nicht so gehen, tut Ihrem durchlauchtigem Outfit nicht gut. Schließlich residieren Sie in einem ordentlich geführten Untersuchungsgefängnis und nicht in irgendeinem Burgverlies.«

Behrens verließ blitzartig den Raum, knallte die Tür zu.

Gerade noch rechtzeitig, denn Jonathan schnellte empor.

Im selben Moment ging die Tür wieder auf, und er prallte in zwei Wachbeamte, die ihn auffingen wie eine schützende Wand.

Er war ihnen sogar dankbar.

Freitag, 6. Dezember, 10 Uhr

Die Verhandlung überrollte ihn wie die Sintflut.

Diesmal war er voll bei Sinnen, wusste im Ungefähren, was ihn erwartete, und dennoch konnte er kaum folgen, wie innerhalb weniger Minuten Fakten abgehandelt, Fragen geklärt wurden, wie in Windeseile sein Leben offengelegt und abgekanzelt wurde.

Der Auftritt seines Anwalts übertraf bei Weitem seine Erwartungen. Jonathan hörte die hammerharten Vorwürfe gegen die Exekutive. Er musste sich schwer darauf konzentrieren, ihren Wortlaut vollständig zu erfassen.

Dr. Holstein hätte er schon bei seiner ersten Vorführung an der

Seite haben sollen. Vielleicht wäre dann manches anders gelaufen.

Aber am wichtigsten war, heute schien der Richter zu begreifen: Jonathan fehlten schlichtweg die Motive für die Taten. Und ebenso mangelte es eindeutig an Beweisen, die ihn als Täter überführen könnten.

Dann ging alles in wieselflinkem Tempo, die Verdachtspunkte wurden durchgeknetet, gewrungen wie nasse Wäsche, was übrig blieb, taugte lediglich für ein bizarres Juristengerangel, ein Tauziehen, von dem er kaum die Hälfte verstand.

Und schlussendlich die Worte der Erlösung.

»Gegen Herrn Jonathan Falkner liegt kein begründeter Verdacht mehr vor, Thomas Anger, Ludmilla Janković und Ecrin Yildiz unter Einwirkung von Gewalt selbsttätig zu Tode gebracht zu haben oder an einem gemeinschaftlichen Vorgehen beteiligt gewesen zu sein. Die Hafteinweisung vom 23.11.2013 erfolgte aufgrund stark belastender Indizien, die eine Inhaftierung unumgänglich machten. Herr Falkner wird wegen unzureichender Beweislage vorläufig aus der Untersuchungshaft entlassen. Er ist unmittelbar nach dieser Verhandlung auf freien Fuß zu setzen, hat sich jedoch für weitere Vorladungen jederzeit bereitzuhalten.«

Ein Schlag mit dem Hammer schreckte ihn auf, erlöste ihn von dem Albtraum, der ihn schon zwei Wochen gefangen hielt.

Der Richter war noch nicht fertig. »Aufgrund des begründeten Verdachts, dass Herr Anton Romberg, geboren am 27.11.1953 in Karlsruhe, derzeitiger Aufenthaltsort unbekannt, mutmaßlich für den Tod der drei vorgenannten Opfer verantwortlich ist, spreche ich hiermit den Haftbefehl gegen ihn aus. Die Fahndung wird unverzüglich nach Verhandlungsschluss eingeleitet.«

Sein Vater, den er zuvor nur unterbewusst wahrgenommen hatte, kam auf ihn zugestürmt, umarmte ihn, drückte ihn, als hätte er ihn Jahre nicht gesehen.

Irgendwo im Hintergrund blitzte es auf.

Seine Mutter quetschte sich dazu. Er ließ es geschehen, obwohl er sich all der überbrodelnden Emotionen beinahe schämte.

Onkel Bert tauchte auf. War er auch dabei gewesen? Erst schüttelte er Dr. Holstein die Hand, schlug ihm auf die Schulter, legte eine freundschaftliche Kollegialität an den Tag, als ob sie sich schon ewig kannten, dann drängte er Jonathans Eltern beiseite, um ebenfalls seine Freude bekunden zu können.

Jonathan ließ alles über sich ergehen, als hätte ihn ein göttlicher Blitz getroffen und ihn zur Salzsäule erstarren lassen. Obwohl er sich seit dem ersten Moment seiner Verhaftung diesen Augenblick herbeigesehnt hatte, war er dennoch wie vor den Kopf gestoßen.

Er durfte gehen. Er war frei. Nach all den unerträglichen, unendlich langen Tagen des Weggesperrtseins.

Das Allerwichtigste war, jetzt auch Lisa an seinem Glück teilhaben zu lassen. Lisa, die, wie Dr. Holstein ihn informiert hatte, bereits aus München unterwegs war, und die er bald in die Arme schließen durfte.

12 Uhr

Exakt um zwölf Uhr fiel die letzte der vielen Türen ins Schloss. Ein paar Schritte noch, und sie standen am Bürgersteig der Riefstahlstraße.

Autos fuhren vorbei, Fußgänger eilten zu ihren Zielen, ein paar Leute standen herum. Wind fegte Blätter in den Rinnstein, wirbelte sie auf. Die Bäume waren kahl geworden in den zwei Wochen, die wie zwei Jahre anmuteten. Es fing zu schneien an.

Er fühlte die Kälte um sich herum, reckte sein Gesicht gen Himmel. Schloss die Augen, um möglichst vielen Flocken die Gelegenheit zu geben, sein Gesicht zu benetzen, seine Haut zu streicheln. Zurück im Leben, er war zurück.

»Komm, dort drüben steht das Auto. Mutter und Lisa warten schon«, sagte sein Vater, und wieder fühlte Jonathan dessen führende Hand energisch in seinem Rücken. Er lenkte ihn vorbei an ein paar Typen mit Fotoapparaten, gab ihnen keine Chance für ihre Fragen.

Vermutlich glaubte inzwischen jeder, er habe seine Handlungsfähigkeit verloren. Aber er sah es seinem Vater nach. Denn er fühlte sich in der Tat noch ziemlich verloren in dieser Welt, die sie ihm lediglich dreizehn Tage lang gestohlen hatten.

13:20 Uhr

Die Mittagspause war schon lange vorbei. Hauptkommissar Edel wippte mit der Lehne seines Bürostuhls vor und zurück. Den Kopf zurückgelehnt, sondierte er die neue Lage.

»Zwei Wochen waren wir auf dem Holzweg. Zwei lange Wochen, die dem wahren Mörder Vorschub leisten.«

»Wir haben uns blenden lassen«, sagte Gundula.

»Was mit Sicherheit geplant war«, warf Sven ein. »Oder inszeniert.«

»Von Romberg«, folgerte Gundula.

»Oder von dem Intelligenzbolzen. Schließlich ist er ja jetzt frei, trotz der Indizien«, meinte Sven.

Edels Gedanken gingen ganz andere Wege.

»Was mir Sorge bereitet, ist die Tatsache, dass Romberg Fotos von Falkners beiden Freundinnen besaß. Und weil die eine bereits tot ist, hege ich die Befürchtung, auch Lisa Baumgart könnte in Gefahr sein.«

Die Tür zum Besprechungsraum wurde aufgerissen, Selina stürmte ins Büro.

»Der Bericht von der KTU über den Volvo«, rief sie fröhlich, als hätte sie ihn persönlich verfasst.

»Danke!« Edel nickte ihr lächelnd zu und las. Warf wenige Minuten später die Blätter auf den Tisch, stützte die Ellbogen auf und legte sein Gesicht in die Hände, schottete die Augen für einen Moment ab. Gab somit seinen Kollegen die Gelegenheit, die neuen Erkenntnisse, die längst keine mehr waren, selbst in Augenschein zu nehmen.

Dann richtete er sich wieder auf. »Jetzt haben wir es schwarz auf weiß, dass Anger nicht nur im Porsche, sondern auch in Rombergs Volvo gelegen haben muss.«

Wieder ein Puzzleteil mehr.

14:30 Uhr

Jonathan wusste nicht, wie ihm geschah. Gerade noch bei seinen Eltern, sie hatten zusammen gegessen, viel geredet und reichlich Sekt getrunken, saß er schon in Lisas altem Polo. Er hatte noch nie in ihrem Polo gesessen.

Der röhrte, ruckelte und spuckte ganz schön übel. Er hätte dem Karren mit Sicherheit kein Vertrauen mehr geschenkt. Dazu auch noch auf solch einer gewaltigen Strecke wie der nach München.

Während der Fahrt betrachtete er heimlich ihr Profil. Und jede ihrer Bewegungen. Sah ihre Mundwinkel zucken, ihre Augen sich zusammenpressen und wieder entspannen. Sah, wie ihre Mundwinkel sich zu einem Grinsen aufbäumten.

»Sag mal, beobachtest du mich?«

Gespielt verschämt schaute er schnell zum Fenster hinaus. Dann musste er lachen.

Bald darauf standen sie an der Kreuzung zwischen Wolfartsweier und Durlach, bogen nach links in die B 3 ein und nach wenigen Metern rechts in seine Einfahrt.

Er stieg aus, verweilte, ließ seinen Blick durch die Gitter des Tors die Auffahrt hinaufgleiten, alles sah eigentlich aus wie immer. Bis auf das zarte Weiß, das im Begriff war, seine Welt zu erobern. Heute würde es vielleicht nicht mehr aufhören zu schneien.

»Was ist? Die Schlüssel vergessen?«, rief Lisa und streckte den Kopf aus dem geöffneten Autofenster.

Er sah ihr neckisches Lächeln und schüttelte den Kopf. Schob die Karte ins Lesegerät, tippte den Code ein.

Das Tor glitt zur Seite.

»Lisa, vor den Garagen kannst du parken. Ich möchte gerne die paar Meter laufen.«

Sie fuhr an ihm vorbei, und er schritt den Weg hinauf, langsam entlang der Rabatten. Er ließ seine Augen schweifen, seine Nase atmen. Geduldig, bis die Abgase verflogen waren. Bis es gut roch. Unbeschreiblich gut.

Nicht nach infamen Unterstellungen, nicht nach Mord. Sondern nach gereinigter Erde und nassem Gras. Dazu dieses friedvolle Schweigen.

Er wusste nicht, ob er imstande war, mehr als diese eine Nacht in seiner Villa zu bleiben, er wusste ja nicht, welche Träume ihm diese Nacht bescheren würde. Aber nach einem Traum, so bitterböse er auch sein mochte, kam immer das Erwachen, und mit dem Erwachen ein neuer Tag. Und erst dann wollte er Entscheidungen treffen, Entscheidungen über sein künftiges Leben.

Heute würde er sich treiben lassen, treiben in dem guten Gefühl der Freiheit, der wiedergewonnenen.

14:35 Uhr

»Kennen wir den momentanen Aufenthaltsort von Frau Baumgart?«

Edel hatte sein Team noch immer um sich geschart. Das Gefühl, ein wichtiges Detail übersehen zu haben, ließ ihm keine Ruhe.

»Im Gerichtssaal war sie nicht«, sagte Sven.

Gundula legte ihre Stirn in Falten. »Du wähnst sie tatsächlich in Gefahr?«

»Sven«, delegierte Edel hastig, »setz dich bitte mit dem Polizeirevier Durlach in Verbindung. Sie sollen verstärkt Streife im Gebiet um Falkners Anwesen fahren und nach außergewöhnlichen Gegebenheiten Ausschau halten.«

15:30 Uhr

»Komm, ich zeig dir den Park, ehe es dunkel wird und alles zugeschneit ist«, schlug er ihr vor, bevor sie das Haus betraten.

Lisas Augen leuchteten.

»Es ist so schön hier. Wie in einem Wintermärchen.« Sie zupfte ihn am Ärmel. »Heute ist Nikolaustag und ich hab gar nicht dran gedacht ...«

»Komm«, sagte er nur und nahm ihre Hand.

Ungeachtet des dichter werdenden Schneefalls führte er sie über die vielen Wege in sämtliche lauschige Winkel und versteckte Ecken, erklärte ihr, wo welche Blumen zu einer besseren Jahreszeit blühten und wie die verschiedenen Sträucher und Bäume hießen. Lisa wirkte ziemlich beeindruckt.

Das wiederum machte ihn stolz. Er legte den Arm um sie.

Wohlweislich auch deshalb, weil sie sich der Stelle näherten, die nun für immer ein grässliches Fanal auf seinem Anwesen gesetzt hatte. Obwohl die Landschaftsgärtner großes Geschick bewiesen hatten und nicht einfach nur etwas Unangenehmes unter einem Stück Rollrasen verschwinden ließen, sondern auf Anweisung seiner Eltern mittels unterschiedlicher Buchsbäumchen, Thujas und Heidekrautstauden eine kleine Oase des Gedenkens errichtet hatten.

Jonathan fröstelte.

Na ja, er brauchte sich das alles hier womöglich nicht mehr oft ansehen, vielleicht verkaufte er die Villa, trennte sich von den schlimmsten Stunden, mit denen er dieses Stück Erde zukünftig unweigerlich verknüpfen würde.

Auch Lisa machte nun einen äußerst bedrückten Eindruck. Ihr Blick schien im Erdboden festzustecken. Was ihn dazu veranlasste, etwas zu sagen, das er niemals hatte laut aussprechen wollen.

»Ich hätte sie nicht so stehen lassen dürfen. Allein. Im Dunkeln.«

»Jonie, du trägst keine Schuld.«

»Mussten diese Menschen wegen mir sterben?«

Lisa ergriff seine Hand, und sie flüchteten rasch ins Haus.

16:30 Uhr

Es war erst halb fünf und schon stockdunkel. Die Schneeflocken stürmten vom Himmel wie eine gewaltige Armada winziger Invasoren, die es sich zur Aufgabe gemacht hatten, die ganze Welt zu erobern. Als gäbe es kein Morgen.

Der Asphalt lag binnen weniger Augenblicke unter einer schmierigen Decke, die sekündlich höher wuchs. Dann, von einem Moment auf den anderen, kam der Regen, klatschte mit harten Tropfen auf die weiße Pracht, kämpfte verbissen um sein Vorrecht. Und musste aufgeben. Die weißen Abgesandten des drohenden Winters verstärkten ihren Einsatz.

Verlierer dieses Naturspektakels waren die Autofahrer auf der A 8 zwischen Pforzheim und Karlsruhe.

Der Vierzigtonner aus der Hansestadt Hamburg auf dem Weg in die Heimat machte den Anfang und stellte sich quer. Die nachfolgenden Fahrzeuge erhielten keine Chance. Ungebremst prallten sie aufeinander. Metall barst, Glas splitterte, Airbags blähten sich auf.

Alles gedämmt im wilden Schneetreiben. Dem Chaos konnte kein Einhalt mehr geboten werden.

Und dann – Stille. Bis die ersten Schreie aufgellten.

16:45 Uhr

Diesen Augenblick hatte Jonathan herbeigesehnt, seit der erste Stein für dieses Haus gelegt worden war, der erste Baggerbiss die Bauarbeiten vorbereitet hatte, der erste Bleistiftstrich skizzenhaft in seinem Gehirn aufgetaucht war.

Nachdem er ihr das Erdgeschoss gezeigt hatte und sie sich in der Küche mit Kaffee aufgewärmt hatten, ging er mit ihr in die Tiefe. Im Schwimmbad war noch kein Wasser eingelassen worden, was der Faszination der Halle jedoch keinen Abbruch tat.

»Wie in einer anderen Welt«, schwärmte Lisa. Ihre Augen glänzten.

Ja, die Wandgemälde täuschten in der Tat detailgetreu einen offenen Säulengang vor und dazu die Illusion, als gäbe es eine zweite Halle.

»Ich kann morgen die Ventile öffnen, dann ist übermorgen alles wieder bereit.«

»Und ich bringe den Badeanzug mit.« Sie grinste.

»Kann doch keiner reinschauen«, konterte er und zwinkerte ihr zu.

Er nahm sie an der Hand, sie ließ es zu, und er führte sie nach hinten zur Sauna. Er zeigte sie ihr und ging mit ihr vor zum Aufenthaltsraum, wo er eine Stereoanlage stehen hatte und wo sich auch der Umkleideraum befand. Die Tür war verschlossen.

Verdutzt zuckte er die Schultern, er würde sich später darum kümmern.

Sie stiegen die Treppen empor, warfen einen Blick in die Kellergeschosse, dann weiter durch die oberen Geschosse bis ganz hinauf. Der Rundumblick beeindruckte Lisa. Und die famose Aussicht weit über das Land, bis hin zur beleuchteten Stadt, heute nahezu verborgen im schneegeschwängerten Grau.

Er labte sich an ihren staunenden Blicken. Bis sie die Bücher entdeckte. Er kannte ihr Faible für betagte Folianten, meist für solche aus der alten badischen Zeit und vor allem, wenn sie eine uralte Rechtsprechung betrafen. Sie war keine Romanleserin, aber sie brütete gerne über historischen Sach- und Fachbüchern von Physikern, Mathematikern oder Rechtsgelehrten.

Er führte sie vor das Regal, in dem einige wertvolle Stücke dieser Gattung standen.

Ihre schlanken Finger glitten über die Bücherrücken hinweg, und ihm war, als glitten sie über sein Rückgrat.

»Eine wirklich bemerkenswerte Sammlung.«

»Psst!« Er legte seinen Zeigefinger auf ihre Lippen.

Ihre Augen sprangen herum, und er fing ihren Blick auf. Presste seine Lippen auf ihren leicht geöffneten Mund. Sie schlang ihre Arme um ihn.

So bewegten sie sich zum Fahrstuhl hin, fuhren einen Stock tiefer, und er bugsierte sie ins Schlafzimmer.

»Wollen wir duschen?«, schlug er vor.

Er sehnte sich danach, wollte die schäbige Knastausdünstung loswerden.

»In deiner Luxusdusche? Aber gern doch.« Verschmitzt lächelte sie ihn an.

Gegen 17 Uhr

Das Gedudel der Martinshörner schallte durch die ganze Stadt. Edel schloss das Fenster. Eigentlich wäre jetzt Feierabend angesagt. Aber daran brauchte er nicht zu denken.

Gundula stand vor ihm, hielt ein Blatt Papier in den Händen.

»Schon wieder eine Vermisstenanzeige«, murmelte sie.

Edel glaubte, sich verhört zu haben.

»Kaum ist Falkner draußen –«

»Nein, Fred, er kann damit nichts zu tun haben. Es handelt sich um Dr. Axel Melcher.«

»Wollte der nicht zum Alkoholentzug?«

»Ja, und kam nie in der Klinik an. Sein Vorgesetzter, ein Herr Dr. Söllnitz, hat ihn heute Morgen offiziell als vermisst gemeldet. Die Suche ist bereits eingeleitet.«

Stille hatte sich in den Büros breitgemacht, die Kollegen waren gegangen. Edel hörte das leise Ticken der Wanduhr, die Sekunden trieben einander voran.

»Melcher hatte Romberg das Morphin besorgt«, überlegte er laut. »Sein Beitrag, um dem Menschen zu schaden, den er für den Suizid seines Sohnes verantwortlich macht.«

Er sah Gundula an.

»Was ist dem Arzt wohl zugestoßen?«

16 bis 17 Uhr

Dr. Gunter Söllnitz, seit einem halben Jahr leitender Oberarzt der Urologie, hatte seinen Wochenenddienst angetreten. Dieser begann immer freitags gegen sechzehn Uhr und endete montagmorgens. Inbegriffen war diesmal auch seine Bereitschaft für die Notaufnahme, denn dort herrschte zurzeit akuter Ärztemangel.

Sein Dienst begann ruhig, deshalb arbeitete er an dem Aktenberg weiter, den Dr. Melcher hinterlassen hatte. Das Labor gehörte ebenfalls in seinen Zuständigkeitsbereich und so prüfte er auch sämtliche Dokumente, Anträge und Auswertungen durch, die der unzuverlässige Kollege in seinem Schreibtisch und den Schränken gestapelt hatte.

Die Akte, die vor ihm lag, handelte von einer DNA-Analyse,

einem Vaterschaftstest. Das Ergebnis lag bereits dabei und es hätte eigentlich keinen Grund gegeben, diese Akte nicht als abgeschlossen zu deklarieren. Dennoch war der Auftraggeber dieses Tests noch nicht benachrichtigt worden. Weshalb?

Dr. Söllnitz kratzte sich an der Stirn, blätterte die Papiere durch und entdeckte Dr. Melchers Vermerk: »Wird persönlich abgeholt. Meldet sich.«

Was bedeutete das? Die Ergebnisse wurden stets per Post versandt, die Akten hernach ins Archiv gebracht.

Dieser Bericht hingegen lag bereits etliche Wochen herum. Das war höchst ungewöhnlich, denn in der Regel wurden derartige Auswertungen ziemlich ungeduldig erwartet.

Dr. Söllnitz las das Antragsformular genauer durch. In Auftrag gegeben von einem Anton Romberg. Betreffend die Gen-Analyse eines Jonathan Falkner. Dieser Name war ihm erst kürzlich zu Ohren gekommen.

Weiterer Überlegungen wurde er enthoben, sein Pager schrillte. Es war siebzehn Uhr und die Notaufnahme brauchte dringend seine Unterstützung.

17:30 Uhr

Das heiße Wasser plätscherte auf sie herab und Jonathan war nicht mehr in der Lage, seine Gefühle zu beherrschen. Lisa erging es offensichtlich nicht anders.

Sie seiften einander ein, küssten sich, bis sich endlich ihr lustvoller Rausch entlud und sie eine erste Entspannung aufatmen ließ.

Er stellte das Wasser ab, die Luftdüsen schalteten sich ein. Umhüllten sie mit warmem Wind. Seine Augen klebten auf ihr, als in ihre klatschnassen Haare Bewegung kam. Sie schüttelte den Kopf, reckte neckisch ihr Kinn, verschränkte die Arme hinter ihrem Genick und hob das Haar vor die Düsen, um es zu trocknen. Er konnte sich nicht von ihr abwenden, gefesselt von ihrem Liebreiz.

Sie lächelte ihn an, und ihn überkam erneut das gierige Verlangen, ihr seine Lippen auf den Mund zu pressen. Er ließ seine Hände über ihren Körper gleiten und zog sie an sich.

Sie wand sich aus seinem Griff.

»Entschuldige«, sagte er, was er jedoch nicht so meinte.

»Komm, machen wir es uns in deinem tollen Bett gemütlich.«

Jetzt war sie es, die ihn an die Hand nahm.

18 Uhr

Was für ein irrer Tag war das gewesen. Es war so viel passiert, dass es Lisa beinah schwindlig wurde.

Jonies Entlassung, das Essen bei seinen Eltern, das erste Mal mit ihm. Diesen Nikolaustag würde sie niemals vergessen.

Sie saßen in der Küche und tranken frisch gebrühten Kaffee. Sie drängte sich dicht an seinen Körper, er hatte seinen Arm um sie gelegt. Sie spürte seine Wärme, spürte ihr Herz vor Glück schlagen und lachte auf. Konnte es nicht zurückhalten.

»Was ist?«, fragte er, während er die Tasse absetzte, aus der er gerade getrunken hatte.

Er schaute auf sie herab, streichelte mit seinem Daumen ihre Wange und lächelte sein einnehmendes Lächeln, das sie seit jeher um den Verstand gebracht hatte. Dazu sein verwegenes Aussehen, weit entfernt von dem jungenhaften Jonathan, der er vor kurzem noch gewesen war.

Sie drückte ihm einen Kuss auf die Lippen.

»Komm«, sagte er plötzlich und nahm sie mit nach oben.

Aber anstatt des Schlafzimmers peilte er sein Büro an, ließ die Computer der Überwachungsanlage hochfahren.

Sie unterdrückte ihre Enttäuschung, die sie für einen Moment überfiel. Schaute ihm einfach nur zu.

Er gab mehrere Passwörter ein. »Muss ich dringend ändern. Sämtliche Codes.«

Sie nickte zustimmend und beobachtete, wie sich Leben auf den Bildschirmen aufbaute. Der düsterweiße Park aus unterschiedlichen Perspektiven sowie vorbeischleichende Lichter auf der Straße vorm Tor.

Dann wandte er sich ihr zu. Sein Blick war viel zu ernst.

»Bist du mir böse, wenn ich heute Nacht allein sein will?«

Für einen Moment verschlug es ihr die Sprache, aber böse – nein, böse konnte sie ihm nicht sein. Als Beweis gab sie ihm einen weiteren Kuss auf den Mund.

»Ich liebe dich. Und du schläfst dich mal so richtig aus. Morgen komme ich wieder.«

18:25 Uhr

Er begleitete sie zum Auto und wartete, bis sie die Auffahrt hinunterrollte. Dann erst ging er ins Haus zurück, verschloss sorgfältig die Haustür, warf kurz einen prüfenden Blick in die Garage und auf seine Autos, die dastanden, als seien sie nie weg gewesen. Den geliehenen BMW hatten seine Eltern zurück ins Autohaus gebracht.

Zügigen Schrittes ging er hinauf in sein Büro. Stellte sich vor seine Bildschirme.

Er sah den Polo stehen, sah die qualmigen Abgase aus dem löchrigen Auspuff quellen, tippte den Befehl ein, damit das Tor sich öffnete, und wartete, bis Lisa vorne an der Straße angekommen war, den Blinker nach links gesetzt.

Einerseits war es ihm gar nicht wohl bei dem Gedanken, sie fortzuschicken, hinaus in die ungemütliche stürmische Dunkelheit, auf die schneenassen Straßen, doch andererseits brauchte er dringender als je zuvor die Nacht für sich, für seine Überlegungen, für ein Abwägen seiner weiteren Pläne. Und für einen guten Schlaf in seinem eigenen Bett.

Er ließ das Tor zugleiten. Wartete nicht mehr ab, bis sie in die Straße einbog, denn er hatte plötzlich das Gefühl, schnellstens alle Alarm- und Überwachungsgeräte scharfschalten zu müssen, den Schutzschirm zu öffnen, über sich und sein Eigentum. Er lenkte sein Augenmerk auf die anderen Bildschirme, überprüfte sämtliche Einstellungen, was einige Zeit in Anspruch nahm, er wusste ja nicht, in welchem Zustand die Polizeitechniker die Anlage abgeschaltet hatten.

Dann überprüfte er die Telefonanlage, die mobilen Anschlüsse schienen alle in den Ladestationen zu stecken. Er stellte den Anrufbeantworter auf Bereitschaft, heute würde er kein Gespräch mehr annehmen. Nicht, dass es den Bullen wieder einfiel, ihn zu bedrängen.

Jetzt würde er sich ins Bett legen, endlich wieder in sein Bett, und den Schlaf der Gerechten antreten. Der war längst überfällig.

19 Uhr

Nach einem Blick auf die Uhr wartete Edel, bis Gundula den Hörer aufgelegt hatte.

»Meldet sich nur der AB.« Sie schüttelte den Kopf.

»Sollten wir ihm nicht eine Nachricht draufsprechen?«

»Zum Beispiel: Wir suchen Ihre Freundin, schläft sie bei Ihnen?« Gundula legte den Kopf schief, zog die Stirn kraus.

»Also, schenken wir den Falkners mal Glauben und gehen davon aus, dass die beiden in der Villa sind. Dann sind sie jedenfalls so gut aufgehoben als wären sie in Fort Knox.«

»Wir könnten Feierabend machen, Fred.«

»Ja, könnten wir … Aber nein, ich bleibe noch. Mein Bauchgefühl …«

»Dann bleibe ich auch«, erklärte sich Gundula solidarisch.

20:30 bis 21:30 Uhr

Er wälzte sich aufs Neue auf die andere Seite. Sah hinüber zum Fenster, von dem aus er einen wunderbaren Blick in die Natur gehabt hätte, wenn es denn Tag gewesen wäre. Aber es war stockdunkel im Zimmer, lediglich fahles Licht drängte herein durch die schmalen Schlitze der Rollläden. Es stammte von den LED-Lampen, die er jede Nacht zur Sicherheit ums Haus herum brennen ließ.

Er presste die Augenlider zusammen, versuchte zu entspannen, machte sich klar, bereits zwei Wochen ohne Valium ausgekommen zu sein, er wollte keinesfalls mehr damit anfangen. Er richtete seine Gedanken auf Lisa, auf seine endlich erfüllte Liebe, rollte sich tiefer in seine Zudecke, fühlte sich zufrieden, fühlte sich gut, spürte, wie die Müdigkeit ihn mitriss. Doch kurz vorm Hinübergleiten zuckte er zusammen, schreckte auf.

Verdammt, hatte er etwas gehört?

Er lauschte ins Dunkel hinein. Vernahm lediglich die friedliche Stille des Hauses, das leise Brummen der Klimaanlage, wenn sie die Temperatur anpasste.

Du bist echt paranoid, dachte er. Im Gefängnis schlafen wie ein Toter, zu Hause unter Verfolgungswahn leiden. Nichts da. Jetzt wird geschlafen.

Er drehte sich nach rechts, schloss die Augen, sackte hinweg – und ein Gedankenblitz, bitterböse aus dem Hinterhalt, ließ Ludmilla auferstehen. Neben seinem Bett.

Im Zwielicht zwischen Traum und Realität lächelt sie ihm zu. Er reißt ihr die Kleider vom Leib, schmeißt sich auf sie, stürzt mit ihr in die

Tiefe. Fühlt ein Knacken, mehr als dass er es hört. Sie versinken im flockig weißen Teppich. Er will sie nehmen, doch sie liegt steif und kalt, und ihre Augen zeigen pures Weiß. Er fährt zurück, steht über ihr und der blütenweiße Teppich ist nicht mehr so, wie er einmal war.

Unter ihrem Körper färbt er sich rot, dunkelrot, und sämtliche Wollfasern lechzen nach der kochenden Farbe, saugen sich voll, bis kein Weiß mehr übrig bleibt. Ihn graust es bei dem Anblick, er will den leblosen Körper verbergen, packt ein Eck des Teppichs, greift in heißes Rot, die Fasern lösen sich auf und zurück bleibt ein blutiger See, in dem ihr Körper versinkt. Tief, tiefer.

Ruckartig warf er sich in die Höhe. War mit einem Schlag hellwach und der Schweiß floss ihm aus allen Poren.

Er schaltete das Licht an, verflucht, noch nicht mal neun Uhr, stieg aus dem Bett, vergewisserte sich, was er im Unterbewusstsein längst wusste: Der Teppich lag nicht mehr hier, der hatte seinen Platz in der Asservatenkammer der Karlsruher Polizei gefunden, vermutlich für immer und ewig. Dort sollte er verrotten mit all dem mörderischen Wissen, das in jeder einzelnen Faser saß. Er wollte ihn jedenfalls nie mehr zu Gesicht bekommen.

Er legte sich zurück, dimmte das Licht, so dunkel es ging. Zum Ausschalten war er nicht in der Lage. Beruhigend redete er auf sich ein, leitete ein autogenes Verfahren ein, um sich wieder in den Schlaf zu bringen. Fühlte die Stille um sich, fühlte seinen Körper entspannen, da hörte er etwas, was nicht sein konnte, nicht sein durfte. Er war schließlich allein im Haus.

Er hatte ein kurzes, gurgelndes Rauschen gehört, als wenn eine Toilettenspülung in Gang gesetzt wurde, als wenn der Kasten das Wasser freigab, um sich danach wieder zu füllen. Gewiss, es war alles gut gedämmt und das Füllen hörte er nicht, aber das kurze unverkennbare Rauschen, heraufgeleitet durch die Rohre in den Wänden, das war unweigerlich von etwas verursacht worden.

Grabesstille legte sich wieder auf ihn, allmählich glaubte er, tatsächlich einer Täuschung aufgesessen zu sein. Er lauschte angestrengt, ob noch irgendwelche verräterischen Laute zu ihm hindurchdrangen, Laute, die auf eine fehlerhaft laufende Technik hinwiesen oder gar auf – nein, daran brauchte er gar nicht zu denken. Es war niemand im Haus außer ihm. Wann hätte auch jemand hereinkommen sollen?

Dass ihn die Einsamkeit in seinen eigenen vier Wänden einmal einen derartigen Streich spielen würde, hätte er nicht gedacht. Er schloss die Augen, atmete tief in den Bauch und wieder aus, die Anspannung löste sich allmählich.

Natürlich könnte er Lisa anrufen, sie unverfänglich fragen, ob sie gut nach Hause gekommen war, ihrer Stimme lauschen, die bösen Geister verscheuchen. Es ging gerade mal auf halb zehn zu, also noch nicht zu spät – nein, er beschloss, es bleiben zu lassen.

Dies war sein Haus, und sein Haus war nicht sein Feind. Er könnte natürlich auch einen Rundgang machen, sich vergewissern, dass nichts hier war, das nicht auch hierher gehörte. Könnte zusätzlich das Kontrollprogramm seiner Überwachungsanlage ablaufen lassen, einen Sicherheitscheck durchführen. Könnte er. Wenn er wollte. Aber er wollte sein Bett nicht verlassen, sehnte sich einfach nur nach Schlaf.

Er merkte kaum, wie er hinübersank.

21:30 Uhr

Die Krankenwagen und Helis waren ununterbrochen im Einsatz, verteilten ihre Fracht auf sämtliche umliegenden Krankenhäuser. Es galt, die vielen, teilweise schwer Verletzten schnellstmöglich zu versorgen.

Dr. Söllnitz agierte mit seinen Kollegen routiniert im Gang der Notaufnahme. Zwischendurch ließ er seinen Blick über die aufgereihten Betten gleiten, zwischen denen Krankenschwestern,

Sanitäter und Ärzte herumwuselten, und versuchte, dem Chaos eine Ordnung aufzuerlegen.

»Tote?«, fragte er.

»Bis jetzt nicht«, antwortete der Sani, der ihm an nächsten stand und soeben ein weiteres Opfer des Horrorunfalls hereingeschoben hatte. »Ein wahres Wunder. Bei über fünfzig Autos!«

Ein junger Stationsarzt beugte sich über den blutverschmierten bewusstlosen Mann, unterwarf ihn einer knappen Visitation, beäugte die bereits angebrachten Bandagen. »Ich bringe ihn zum Röntgen«, schlug er vor.

Dr. Söllnitz nickte. »Unsere Konserven nehmen rasch ab«, sagte er. »Wir brauchen dringend Nachschub – vor allem von den seltenen. Fordern Sie bitte welche an, im Zentrallabor.«

»Nun, wir werden nicht die einzigen sein«, gab der Stationsarzt zu bedenken, während er samt der Liege mit dem Unfallopfer im Aufzug verschwand.

»Wir haben nur noch einen Beutel mit Erythrozytenkonzentrat Null negativ!«, rief ihm Dr. Söllnitz hinterher.

22:15 Uhr

Jonathan schreckte auf. Schon wieder.

Glaubte, das Telefon gehört zu haben. Aber es war schallend laute Musik, die dröhnte.

Jedes Zimmer besaß Lautsprecher. Wenn er Musik laufen ließ, waren immer alle Lautsprecher angestellt, selbstverständlich in einer wesentlich angenehmeren Lautstärke. Die Regler befanden sich bei den Lichtschaltern und es gab Fernsteuerungen dafür. Wer weiß, wo die lagen.

Die instrumentale Musik, die ihn soeben aus dem Bett geworfen hatte, stammte von der CD, die er zuletzt in den CD-Player unten im Bad eingelegt hatte.

Folglich kam von dieser Anlage auch die Beschallung.

Irritiert rappelte er sich auf, drehte die Lautstärke leiser, ging hinaus und stand starr. Die Musik dröhnte von überall her. Schnell hastete er in sein Medienzimmer, warf einen prüfenden Blick auf die dortige Anlage. Sie verharrte in völligem Dunkel. Lediglich die blinkenden Kontrollleuchten zeigten, dass das Zwillingsgerät in der untersten Etage lief. Nun, das war auch nicht zu überhören.

Ob ein technischer Defekt die Anlage aktiviert hatte? Oder ob die Bullen damit herumgespielt und versehentlich die Zeitschaltuhr aktiviert hatten? Ihm blieb nichts anderes übrig, als nach unten zu gehen und nachzusehen.

Als er zurück ins Schlafzimmer kam, um sich das Pyjamaoberteil überzuziehen, bemerkte er das blinkende Telefon. Jemand musste angerufen und auf den AB gesprochen haben. Verdammt, er hatte es gar nicht läuten gehört. Hatte er so tief geschlafen? Die Musik nervte gehörig, er ließ Telefon Telefon sein und machte sich auf den Weg nach unten.

Gerade als er am Absatz der obersten Treppenstufe stand, brüllte es los: »*Hallooo. Hööörst duuu miiich?*«

Fast hätte ihn der Schlag getroffen, fast wäre er ins Leere gelaufen.

»*Willkooommen zu Hause, Joniiielein. Treffpunkt Küche, sofort!*«

Die Stimme brüllte nicht nur unbändig laut durch die Räume, sondern klang abartig verzerrt. Die Anlage besaß ein Mikrofon, dieses hatte der Techniker damals mitinstalliert, »falls mal eine heiße Poolparty veranstaltet würde, so tief unter der Erde«. Es wurde noch nie benutzt, wozu auch. Bis jetzt. Und unüberhörbar von Toni.

Es folgte ein Knacken in den Lautsprechern. Dann Stille.

Absolute Stille.

22:15 Uhr

Um sich selbst zu beruhigen, rief Edel bei den Kollegen im Revier Durlach an. Gundula harrte erwartungsvoll neben ihm aus, vermutlich würde sie erst gehen, wenn auch er das Licht löschte.

Ein diensthabender Polizeihauptmeister meldete sich und Edel erfuhr, dass die letzte Streife soeben zurückgekommen war. Auf dem Gelände der Villa und in der Umgebung war alles ruhig.

»Das Einzige, was den Kollegen aufgefallen war«, sagte der Polizeihauptmeister, »ist ein Polo älteren Baujahrs, den jemand am Straßenrand abgestellt hatte, so ziemlich komplett auf dem Gehsteig, stellt also keine Gefahr für den Verkehr dar.«

»Farbe?«, brüllte Edel aufgebracht in den Hörer. Ihm brach der Schweiß aus.

»Moment«, entgegnete der Durlacher Kollege. Es folgte Stille in der Hörmuschel. Nur kurz. »Der Polo ist rot, das Kennzeichen haben die Kollegen nicht aufgeschrieben.«

»Dann sollen sie es tun!«, befahl Edel zornig. »Innerhalb einer Stunde sind wir vor Ort, dann will ich den Eigentümer wissen. Und die Kollegen der Streife sollen in der Nähe des Grundstücks bleiben.«

Gundulas Blicke folgten seiner Hand, als er den Hörer in die Auflegemulde des Telefonapparats knallte.

»Das gibt's doch nicht!«, schnaubte er zornig und fuhr sich nervös über die Stirn. »Sie haben einen alten Polo gefunden. Und nicht mal das Kennzeichen notiert.«

»Die Kollegen wussten ja nicht, worauf sie bei ihrer Kontrollfahrt achten sollten.«

»Ich auch nicht. Deshalb ist alles, was den Rahmen der Normalität verlässt, aufs Äußerste verdächtig. Die kleinste Kleinigkeit, eben alles. Komm, wir fahren. Ich muss mich vergewissern, ob alles okay ist.«

22:30 Uhr

Synthetisch sphärische Klänge setzten ein, wurden jedoch gleich begraben unter schwerem Schlagzeug. Die CD war ausgewechselt worden.

Jonathan schob die Tür zur Küche auf. Zuckte zusammen.

Du schenkst mir dein kleines Leben, tobte es mit einem Mal aus allen Wänden.

Er stellte das Licht an, die Küche war leer. Ein verlassener Ort.

Deine Liebe macht mich kalt!

Einsam und surreal unter dem Sound, der es fertigbrachte, sämtliche Sinne bersten zu lassen.

Legst mir dein zuckend' Herz zu Füßen.

Die verstörenden Worte hämmerten gegen seine Ohren.

Schenk dir dafür den Todesschmerz!

Das ganze Haus vibrierte unter dem harten Dröhnen.

Dein Leid ist meine Lust – mein Jauchzen dir kein Trost.

Romberg hatte Ramcor eingelegt.

Die Tod verheißenden Töne dröhnten mit brachialer Härte durchs Haus, durchschlugen Jonathans Gehör mit einer Gewalt, die normalerweise nur auf das Konto von Till Lindemann und seiner Band geschrieben werden konnte. In diesem Fall jedoch handelte es sich um den Song einer hiesigen Jugendband, denen er kürzlich in der Uni die CD *Blutfanal* abgekauft hatte. Er mochte Industrial Metal, vor allem Lindemanns tiefen teutonenhaften Gesang, weshalb er nicht nur sämtliche CDs von Rammstein besaß, sondern auch zugegriffen hatte, um zu hören, was der Bandleader dieser aufstrebenden Hardcore-Band versprochen hatte.

Es beschlich ihn das Gefühl, dass Romberg diese Musik nicht willkürlich gewählt hatte. Wollte er ihm drohen?

Die Reise geht zu Ende, schleck mir die blut'gen Hände.

Der Song klang aus, die letzten Töne verabschiedeten sich ins Nichts, eine klamme Endzeitstimmung hinterlassend.

»Hey, Söhnchen! Wo hast du das denn aufgegabelt? *Neue deutsche Härte* – ja, davon fehlt dir leider ein wenig.«

Jonathan drang der Schweiß aus den Poren.

»Was soll das?«, schrie er, aber Toni würde ihn nicht hören.

»Hab's mir anders überlegt, Jonielein!«, schallte es aus den Lautsprechern. »Lass uns eine Runde schwimmen. Haaha!«

Nach der abartigen Lache setzte unvermittelt die rohe Musik wieder ein, ein neuer Song, ebenfalls eingeleitet durch irreführende sanfte Töne, sogleich ins Brachiale überschwappend.

Der Blutmond treibt die Gier empor …

Laut und schaurig. Jonathan spürte Feuer durch seine Adern lodern, seine schwelenden Innereien schienen zu platzen. Er fuhr sich durchs Haar, fühlte kalte Feuchtigkeit auf der Stirn, im Genick und überall. Fühlte sein klebriges Shirt.

… hetzt mich hinfort. – Lechzende Lust drängt mich zum Schlachten, lässt mich morden und dich sterben.

Ramcors Sänger brüllte mit zorniger Stimme alles Böse dieser Welt aus sich heraus, und Jonathan war zu keiner Reaktion mehr fähig.

Hörte zu. Versank in sich.

Bekam kaum mit, wie das Lied ausklang, wie für kurze Zeit ein Schweigen über ihm lag, wie es gleich wieder weiterging. Instrumental, synthetisch, hämmernd.

Der Technosound hieb wie Peitschenschläge auf ihn ein. Er kam zu sich und riss die Tür zum Wohnsalon auf, rannte die Treppe abwärts in den ersten Keller.

Der Bewegungsmelder ließ das Licht angehen, Jonathan schaute sich kurz um, sprang weiter, tiefer, in den zweiten Keller. Auch hier, zuerst das Licht, dann ein Umschauen. Und die Feststellung, dass niemand da war.

Er wagte kaum, zu atmen.

Langsam tastete er sich die letzten Stufen hinab. Die harte, donnernde Musik begleitete jeden seiner Schritte.

Unten angekommen warf er seinen Blick geradeaus, sah durch die gläserne Wand hindurch auf einen Teil des Beckens, urlaubsblau und wasserleer. Den Beckenboden erreichte sein Blick nicht.

Nicht von hier aus.

Etwas bewegte sich drüben an der Treppenleiter, die unter normalen Umständen tief im Wasser lag.

Was trieb Toni im leeren Schwimmbad?

War das überhaupt Toni?

Jonathan erblickte einen goldgelben Wuschel, der aussah, als handele es sich um eine flauschige Mütze oder – um Haare? Er wagte nicht, seine Gedanken zu Ende zu bringen, wusste nur, dass nicht Toni sich im Schwimmbecken befand, sondern eine Person mit blondem Haar. Ein neues Opfer?

Er warf einen Blick nach links, sah die offenstehende Tür. Die Tür, die heute Nachmittag verriegelt gewesen war. Die Tür, die zu den Umkleidekabinen führte. Und zu ihrem Vorraum, in dem die Musikanlage stand. Und in dem Dunkelheit herrschte.

In seinem Kopf pochte es höllisch, er konnte kaum noch klar denken, er musste die Musik abstellen.

Er trat durch den Türrahmen, tastete nach dem Lichtschalter. Bevor er ihn berührte, vernahm er einen Atemstoß, dann zerbarst sein Gehirn.

Der Bruchteil der Sekunde, der ihm verblieb, bis eine tiefe, innere Finsternis ihn von dem Schmerz befreite, dehnte sich wie Gummi.

Verdammt, was war das gewesen? Ein Brett, ein Stein?

IX

Freitag, 6. Dezember, 23 Uhr

Er fühlte Hitze. Unsägliche Hitze. Und rauchige Wärme, die sich sengend auf seine Lungenflügel legte. Atemzug um Atemzug. Er hustete, verkrampfte sich, hustete und spürte ein bohrendes Stechen in seiner Schädeldecke. Wie lange war er bewusstlos gewesen? Er registrierte den harten Boden unter sich und öffnete seine Augen einen Spalt, erkannte, dass er etwa in der Mitte des oberen Kellers lag. Hinter ihm befanden sich die stählernen Regalwände mit den Bildern, Skulpturen, Uhren.

Und die Hitze kam von dort. Prasselnd, lauter werdend.

Ein stöhnender Wehlaut, herausgepresst durch seine eigene Kehle und doch so fremdklingend, begleitete ihn, als er versuchte, sich aufzurichten. Er stützte sich mit dem linken Arm ab und fuhr sich mit der rechten Hand über die Augen, die so fürchterlich schmerzten.

Bevor er in der Lage war, sich ein Bild davon zu machen, was da passierte, bevor ihm richtig klar wurde, dass eigentlich die Sprinkleranlage ihren Dienst hätte verrichten sollen, baute sich eine Gestalt neben ihm auf.

»Na, Kleiner, wie geht's denn so in der neu gewonnenen Freiheit?«

Jonathan quälte sich auf die Knie, wollte aufstehen. Bemerkte seine Bloßfüßigkeit, die Schlappen waren ihm wohl abhandengekommen, als Toni ihn hierher geschleppt hatte.

Ein Tritt gegen die Brust kapitulierte ihn wieder rücklings zu Boden. Er schlug mit dem Hinterkopf auf, war kurz davor, die Besinnung zu verlieren. Das durfte er nicht zulassen. Musste sich zusammenreißen, sich dem Mann entgegenstellen, der allem Anschein nach den Verstand verloren hatte.

Er beeilte sich, auf die Beine zu kommen, unterdrückte die Schmerzen.

»Warum tust du das?«, fragte er in seiner Verzweiflung.

»Weil es mir Spaß macht?« Toni lachte.

»Spaß?«

Ein heftiges Poltern ließ Jonathan zusammenfahren, eines der Regale brach zusammen.

Er wandte sich um, wagte nur einen Moment, Toni aus den Augen zu lassen, um endlich nach dem Feuer zu sehen, das in seinem Keller wütete.

»Ist ohnehin lauter unnützes Gerümpel«, sagte Toni, während er ihn am Arm packte und wegzerrte, als wolle er ihn vor dem nächsten Regal retten, das in sich einzustürzen drohte.

»Hast du das Feuer gelegt?«

Toni lachte wieder, lachte laut und gehässig.

»Wenn ich das Haus übernehme, muss der Saustall rigoros beseitigt sein, Jungchen!«

»Das Haus – übernehmen?«

Jonathan begriff nichts, begriff die Worte nicht, die doch so klar und deutlich im Raum standen. Spürte nur den Hieb ins Gesicht und wie ihm die Beine wegsackten.

23:05 Uhr

Das Ausmaß des Grundstücks wurde Edel erst jetzt bewusst, als er mit Gundula den Weg entlang der schnurgeraden Grenzhecke den Berg hinaufstapfte. Der Schnee lag bereits zwanzig Zentimeter hoch und es schneite, was das Zeug hielt.

Er zog die Kapuze seiner Winterjacke über den Kopf. Gundula tat es ihm nach.

Vor gar nicht so langer Zeit, erinnerte er sich, hatte es hier eine Menge einzelner Grundstücke gegeben. Naturbelassene Wiesen, Obstbäume, Wochenendhäuschen. Unten, drüben an der Kreuzung, hatte ein größeres Gebäude gestanden, vermutlich der Überrest einer ehemaligen Gärtnerei. Bis Falkner diesen kompletten Bereich und, wie es schien, auch einen Teil des Waldes aufgekauft und völlig nach seinen Vorstellungen umgestalten lassen hatte.

Nicht unbedingt zum Negativen, nein, durchaus nicht, wenn man bedachte, dass kaum einen Kilometer entfernt, hinter etlichen Obstbaumwiesen, die Villensiedlung Durlachs begann. Edel hatte die Großbaustelle gut in Erinnerung, sah noch die vielen Bagger und Raupen vor sich, die in präziser Schwerstarbeit aufgeschüttet, abgegraben und so die riesige Unebene auf einen harmonischen Nenner gebracht und zu einem weitläufigen Park zusammengeschweißt hatten. Keiner hatte sich damals auch nur annähernd vorstellen können, wohin die Plackerei führen sollte.

Endlich erreichten Edel und Gundula das obere Ende des Wegs und standen jetzt exakt am östlichen Eckpunkt des Anwesens. Hier teilte sich der Weg nach links, in Richtung Durlach, und schräg nach rechts und ziemlich verwachsen, hinein in den Wald.

Gundula leuchtete mit der Taschenlampe hinter die nach rechts weiterführende Begrenzungshecke von Falkners Grundstück. Zwischen Wald und Hecke befand sich ein etwa zwei Meter breiter Grünstreifen, jetzt natürlich unterm kalten Weiß, der sich zusammen mit der Heckengrenze als ein gewaltiges Quadrat um das ganze Anwesen zog.

»Perfekt, wie alles«, sagte Gundula leise, wohl mehr zu sich.

Edel nickte zustimmend, drehte sich um, richtete seinen Blick hinab in die Ebene, sah weit hinten die Lichter der Stadt schwach durch den Schneeschleier drängen, der Blick in Richtung Durlach war von dieser Stelle aus verwehrt.

»Sollen wir weitergehen?«, fragte Gundula.

Immerhin war es ihr beider Ziel, einen Blick auf die Villa zu werfen, um nach Licht Ausschau zu halten oder nach sonst einem Hinweis, der ihr Eingreifen erforderlich machen würde. Und von hier aus sahen sie das Haus jedenfalls nicht.

»Oder zurück und es weiter unten nochmals versuchen?«, schlug sie alternativ vor.

»Wenn wir uns schon auf diesen Spaziergang eingelassen haben, dann laufen wir auch weiter, versuchen es drüben von der Südwestseite her, wenn wir wieder näher am Haus sind.«

Edel setzte den ersten Schritt an, stockte.

Gundula, dicht hinter ihm, prallte auf. »Was ist? Wieder 'ne Leiche?«, scherzte sie.

Edel machte einen Schritt zur Seite, näher an die Hecke heran, damit Gundula neben ihm aufschließen konnte.

»Um Himmels willen! Nein. Mir ist gerade in den Sinn gekommen, etwas Wichtiges aus den Augen verloren zu haben.«

»Was denn? Mensch, mach's nicht so spannend!«

»Wir haben nie mehr weiterverfolgt, wem die noch unbekannten DNA-Spuren zuzuordnen sind. Die Spuren, die wir eigentlich Anton Romberg zugewiesen hatten, was ja sichtlich nicht sein kann, weil Romberg Jonathan Falkners Vater ist. Und die KTU hat festgestellt, dass die mysteriöse DNA nicht mit Jonathans DNA identisch ist. Also muss es noch eine dritte Person geben.«

»Ja, verflucht!« Gundula richtete das Licht ihrer Lampe auf Edel. »Hattest du nicht auch den Adoptivvater in Betracht gezogen?«

»Der kommt als Mr. X definitiv nicht in Betracht. Hat Alibis für sämtliche Zeiten. Folglich lag kein begründeter Verdacht vor, um einen DNA-Abgleich zu rechtfertigen. Deshalb hatte ich es ad acta gelegt.«

»Ich glaube, jetzt sollten wir uns darauf konzentrieren, herauszufinden, wo sich Lisa Baumgart aufhält.«

Geblendet schaute Edel zur Seite, konzentrierte sich wieder auf den Lichtkegel vor seinen Füßen.

»Fordern wir sicherheitshalber Verstärkung an.«

Gundula nickte zustimmend. »Ich frage beim Polizeirevier Durlach nach, die wären am schnellsten vor Ort.«

23:20 Uhr

Erneut spürte er die Hitze über sich hinwegfegen. Die stobende Feuerwalze war im Begriff, den ganzen Keller zu erobern, ihr erstickender Qualm betäubte seine Sinne, raubte ihm die Luft zum Atmen. Mit flachen Zügen saugte er den letzten Rest Sauerstoff in seine Lunge. Er keuchte und hustete.

Er kroch in Richtung Treppe, fühlte eine klägliche Wehmut in sich hochkommen, als er an all die Kostbarkeiten und seine Schätze dachte, an all die Stunden, die er investiert hatte, an all die Erinnerungen. Alles bald ein Raub der Flammen. Warum nur zeigte die Sprinkleranlage keine Wirkung? Das komplette Haus war gegen sämtliche Eventualitäten abgesichert, das Feuer hätte sich auf keinen Fall so ausbreiten dürfen. Und es durfte unter keinen Umständen die oberen Etagen erreichen.

Von Panik getrieben kroch er hastig weiter, zog sich am Endstück des Treppengeländers empor und schlug mit dem Ellbogen das kleine Glasfenster ein, das den Schalter zum manuellen Verschließen der Brandschutztür freilegte, die eigentlich bereits hätte geschlossen sein müssen. Er betätigte den Schalter, und der schwere Stahl teilte das Haus in zwei Hälften.

Das Feuer hatte diese Kelleretage bereits in seiner Gewalt, und Jonathan musste mit ansehen, wie es sich in die mehr oder weniger wertvollen Möbel hineinfraß. Er warf einen Blick hinüber zur Waschküche. Diese Tür war geschlossen und ebenfalls aus Stahl.

Der Rauch trieb ihn unbarmherzig weiter. Ob Toni einen Brandbeschleuniger verwendet hatte? So wütend, wie sich das Feuer durch seine Antiquitäten fraß?

Jonathan schleppte sich in den Arbeitsbereich neben der Treppe, in den Bereich, wo er bisher in liebevoller Kleinarbeit seine Restaurierungen durchgeführt hatte, dort gab es auch ein Telefon. Zumindest hätte es da sein müssen. Die Ladestation prangte ihm leer entgegen. Sowie auch die Halterung für den Feuerlöscher, der hier eigentlich hätte hängen sollen.

Er musste in die tiefer gelegene Etage gelangen, in den Technikraum. Dort gab es ein Nottelefon. Dort würde er auch überprüfen können, warum die Sprinkler nicht funktionierten, warum sich die Brandschutztür nicht automatisch geschlossen hatte.

Plötzlich wurde er von hinten gepackt, gewürgt, mitgeschleift.

»Du elender Bastard, du hast einfach zu viel von ihr abgekriegt. Leider sind meine Gene kaum zum Zug gekommen.«

Jonathan wollte keinen Gedanken an diese verächtlichen Worte verschwenden, sondern stieß seinen Ellbogen in Tonis Leib. Jedoch nicht hart genug. Denn er konnte den Tritt in seine Kniekehlen nicht verhindern, der ihn die Treppe hinunterbeförderte.

Ein bestialisches Lachen folgte seinem Flug in die Tiefe und die Worte: »Hat sich zu Tode gestürzt, der kleine Millionär – ach wie traurig!«

Die letzten Worte, bevor die Dunkelheit ihn erneut zu sich holte.

23:25 Uhr

»Die Kollegen sind schon auf dem Weg«, sagte Gundula und steigerte ihr Tempo. »Wir sollten uns beeilen. Das zieht sich ja unendlich.«

Edel gab ihr insgeheim Recht.

Sie hatten etwa die Hälfte der oberen Begrenzung erreicht, als Gundula einen leisen Schrei ausstieß.

»Fred, schau mal!«

Das Licht ihrer Taschenlampe zielte weit zwischen die teilweise lichten Bäume des Wäldchens hinein, blieb auf etwas Hellem hängen.

»Ist das nicht ein Auto?«

»Führt dort ein Weg entlang?«, fragte Edel zurück. So genau kannte er sich hier auch nicht aus.

»Ich schau nach«, beschloss Gundula und schlug sich durch das niedere Gestrüpp.

Edel wartete, ließ ihr lediglich seinen Lichtkegel folgen.

»Ein VW-Bus, Baujahr vermutlich in den Achtzigern«, rief sie und teilte ihm das Kennzeichen mit. Kam aus dem Stuttgarter Kreis.

Sogleich stand sie wieder neben ihm, klopfte sich die Kleidung aus, während er den Durlacher Kollegen das Kennzeichen zur Überprüfung durchgab.

»In dem Auto sieht es aus, als ob sich jemand häuslich eingerichtet hätte.«

Edel überlegte nicht lang. »Anton Romberg?«

»Möglich.« Gundula nickte.

Edels Handy vibrierte, er nahm das Gespräch an. Die Polizeistreife war unten am Tor angelangt und meldete sich zum Einsatz.

»Fordern Sie eine SEK-Einheit an!«, befahl er. Ein ungutes Gefühl beschlich ihn.

Gundula sah ihn an. »Sicher?«

»Ja«, sagte er nur und schnaubte hart. »Machen wir einen Schritt schneller.«

Sie marschierten weiter, bis Edel schätzte, die höchste Stelle des Grundstücks erreicht zu haben. Hier musste der innere Grenzring ganz nah sein, fast die äußere Begrenzung touchieren.

Er schüttelte über diesen Perfektionismus den Kopf, dann schlug er sich kurzerhand durch die Sträucherwand, Gundula kam ohne Zögern hinterher.

»Vielleicht erhaschen wir von hier aus einen Blick aufs Haus.

Es müsste pfeilgerade nach unten in Richtung Bundesstraße liegen«, überlegte er laut.

Auf der anderen Seite der Hecke fügte sich eine unbepflanzte Fläche in den Bereich zwischen äußerem Quadrat und innerem Ring ein. Edel stapfte los, und mit Gundula an seiner Seite überquerte er das leere Weiß, bis sie nach wenigen Schritten vor der Thujahecke standen, die den Stahlzaun dahinter geschickt verbarg.

Edel schob die Zweige zur Seite, drängte durchs schmiegsame weiche Geäst, bis er schließlich die nicht überwindbaren, engmaschigen Stahlquadrate vor seinen Augen hatte.

»Pass auf, Fred, damit du keinen Schlag kriegst.«

»Nein, das stromführende Kabel liegt, soviel ich weiß, oben, um ein Übersteigen zu verhindern.«

Kaum hatte er die Worte gesagt, kaum hatte seine Nasenspitze die Eisenmaschen berührt, tauchte ein Scheinwerfer alles um sie herum in gleißend weißes Licht. Er konnte den zugehörigen Masten ausmachen, der links von ihm geschätzte acht Meter hoch aus dem Stahlzaun herausragte.

»Ich glaube«, sagte Gundula, »dort oben hängt auch eine Kamera.«

»Na klasse«, schimpfte Edel geblendet. »Wir spielen jetzt auf irgendeinem Monitor die Hauptrolle und sehen kann ich gar nichts mehr.«

23:40 Uhr

Der Schmerz raubte ihm jeglichen klaren Gedanken, und seine Lebensgeister waren mit dem letzten brutalen Angriff nahezu außer Gefecht gesetzt worden.

Er spürte warme Feuchtigkeit unter seiner rechten Schläfe, spürte, wie sich die Lache vergrößerte.

Den Sturz zu überleben grenzte an ein Wunder. Hatte er vermutlich seinem jahrelangen Kampftraining zu verdanken, Falltechniken mit eingeschlossen, automatisch abrufbar wie Fahrradfahren.

Nur mit übermenschlicher Anstrengung gelang es ihm, seine Augen zu öffnen, er war überrascht, als er sich vor dem Treppenbereich des untersten Geschosses wiederfand, und nicht, wie erwartet, einen Stock darüber.

Weshalb hatte Toni ihn hierher geschleppt?

Und wohin hatte der Scheißkerl sich jetzt verkrochen? Was hatte er inzwischen noch alles angerichtet?

Was war nur in ihn gefahren, so auszuflippen, so sein Vertrauen zu missbrauchen, ihm so zu schaden?

Ein lautes Schreien bremste seine marternden Fragen aus.

»Jonie! *Joniiie!* Rühr dich!«

Fantasierte er? War er dem Tod schon so nahe, dass er glaubte, Lisas Stimme zu hören?

»Joniiie!«

»Lisa?« Seine Stimme, ein heiseres Röcheln, die Stimmbänder brannten höllisch. Aber er befand sich ja auch in der Hölle. Sein eigenes Haus war zu einer Verdammnis geworden, die nach ihm greifen und ihn in den Abgrund zerren wollte.

»Jonie, bitte, sag etwas!« Lisas flehende Stimme wurde schwächer, leiser.

Er hörte sie husten.

Der Rauch hatte bereits begonnen, sich auch hier unten sein Revier zu erobern, denn ein Abziehen nach oben war ihm ja verwehrt und auf die Lüftungsanlage war im Moment kein Verlass.

Lisa hustete wieder! Hustete tatsächlich.

»Ich komme«, krächzte Jonathan. Nicht nur seine Stimmbänder, auch die Augen fühlten sich komplett verätzt an.

»Wo bist du?«, presste er heraus.

»Im Becken … Nein! Aufhören, bitte nicht …«

»Lisa?«

Jonathan schob die Hände unter seinen Körper, stemmte sich empor, kam auf die Knie. Schwindel suchte ihn heim.

»Bleib, wo du bist!«, dröhnte Tonis Stimme hohl durch die Schwimmhalle. »Wage dich ja nicht näher. Sonst ist sie tot.«

Tot? Jonathan wischte sich über die Augen, blickte entsetzt auf den blutigen Handrücken. Er wagte nicht, sich aufzurichten, robbte nach links.

Die Tür zu den Umkleideräumen stand weit offen. Er kroch in den noch rauchfreien Raum, sah empor und ahnte bereits, dass das, was er suchte, nicht da war. Die Ladeschale war auch hier leer. Toni hatte ganze Arbeit geleistet.

Ein Hustenreiz wollte wieder aufkommen, er unterdrückte ihn, um zu vermeiden, dass der verrückt gewordene Gärtner seine Aktivitäten bemerkte. Er schob die Tür zu. Sie ging leise wie alle im Haus. Ein Verschließen war unmöglich, der Schlüssel fehlte.

Tief atmete Jonathan die klimatisierte, frische Luft ein. Hier funktionierte die Anlage. Aber warum, zum Teufel, lösten die Rauchmelder die Sprinkleranlage nicht aus? Hatte Romberg die Technik manipuliert, kannte er sich doch so gut aus, dass er sie abgestellt hatte? Aber von wo aus?

Jonathan mühte sich auf, seine Beine fühlten sich wie Gummi an. Er schleppte sich die Wand entlang zum Waschbecken, sein Blick fiel auf sein Spiegelbild. Er erschrak.

Seine Haare, seine Stirn waren blutverschmiert, oberhalb der rechten Schläfe war die Haut aufgeplatzt. Er öffnete den Wasserhahn, füllte seine Hände mit dem kühlen Nass und badete sein Gesicht darin. Immer wieder. Ignorierte das fürchterliche Brennen und das blutgetränkte Wasser, das im Abfluss verschwand.

Gleichzeitig sammelte er seine Gedanken. Er musste die Feuerwehr rufen, wer weiß, ob der automatische Notruf funktionierte. Er musste in den Technikraum kommen.

Das Gesicht ins Wasser getaucht, hörte er das Aufreißen der

Tür nicht. Er spürte nur einen schwachen Luftdruck, der sich neben ihm entlud, dem er jedoch zu wenig Beachtung schenkte.

Ein Fehler.

Toni stürzte sich schwer auf ihn. Hart fielen sie auf den Granitboden. Jonathan spürte nicht nur seine rechte Schulter seltsam knacken, als er aufschlug, sondern auch einen heftigen Stich unterhalb des linken Schulterbereichs.

Der übergeschnappte Toni musste ein Messer benutzt haben. Und das riss er aus Jonathans Körper wieder heraus, während er blitzschnell emporsprang. Der Schmerz übertraf alles bisher Dagewesene.

Jonathan schrie auf, krümmte sich.

Toni stach erneut zu, hektisch, und traf den linken Oberarm.

Jonathan mühte sich unter qualvollen Anstrengungen ab, sich aus Tonis Wirkungsbereich herauszuwinden, immer darauf bedacht, dessen Handgelenke abzublocken, damit seine Hände nicht von der herumwirbelnden Klinge getroffen wurden. Das Messer war nicht allzu groß, vielleicht ein Klappmesser.

Er sammelte seine noch verbliebenen Kräfte, drehte sich vollends auf den Rücken, ungeachtet des Schmerzes, und zog die Beine an.

Trat nach seinem Ex-Gärtner, trat jedoch in die Luft.

Sein Widersacher lachte rau auf, setzte zu einem weiteren Angriff an, und Jonathan trat zu, so fest es ging. Traf dessen Schienbein.

Toni knickte zurück, taumelte, fand mit seiner linken Hand Halt am Waschbecken, fing sich auf und humpelte aus dem Raum.

»Warte, Bürschchen«, brüllte er dabei, »dich krieg' ich weich.«

»Warum?«, rief Jonathan mit brechender Stimme nach. »Warum?«

Er rappelte sich auf. Kam auf die Füße. Wusste überhaupt nicht mehr, wo er die Schmerzen am stärksten spürte.

Er schleppte sich hinaus auf den Gang, entdeckte seine Schlappen, warf einen Blick durch die Glasscheibe, hinein in die Halle.

Das rechtwinklige Becken war im linken Bereich mit einer Brücke überspannt, die vor der hinteren Wand endete. Durch die optisch täuschende Malerei wirkte es, als stünde Toni vor einer lichtdurchfluteten Säulenhalle. Das kleine, heimtückische Messer in der Hand.

Er grinste, schien auf Jonathans nächsten Schritt zu warten.

»Jonie«, schrillte Lisas Stimme mit einem Mal durch die Halle. »Hau ab, hol Hilfe!«

Und sie einfach zurücklassen? Nein, das durfte er nicht tun.

Also schleppte er sich weiter, durch den stählernen Rahmen der Glastür hindurch, hinein in die Schwimmhalle. Schlurfte bis an den Beckenrand, sah hinab, sah mit Entsetzen, in welcher Gefahr Lisa schwebte.

Er hatte die ganze Zeit das Rauschen vernommen, es jedoch nicht einordnen können, es eher einem Täuschungsmanöver seines malträtierten Schädels zugeschrieben, jenes Rauschen, das einlaufendes Wasser verursacht. Alle Düsen liefen dem Anschein nach auf höchster Stufe und würden erst automatisch abschalten, wenn das Becken randvoll sein würde.

Lisa war an die unterste Stufe der Pooltreppe gekettet.

»Da staunst du, lieber Junge, was dein alter Herr so auf dem Kasten hat, nicht wahr? Lernt man alles, wenn man die Swimmingpools feiner Herrschaften bewirtschaftet. Ja, ja, man muss flexibel sein.«

Er lachte laut und höhnisch, machte ein paar Schritte, bis hin zur Leiter, an die Lisa gekettet war. Dann beugte er sich hinab, langte nach ihr, stieß sie brutal zur Seite, und sie schlug mit dem Kopf ins Wasser.

Ihr Prusten riss Jonathan aus der schockartigen Benommenheit, die ihn ergriffen hatte.

Er setzte an, um an die linke Wand zu gelangen, dorthin, wo

der Metallkasten mit der Notfalltechnik eingebaut war. Er musste den Zulauf abstellen.

Toni schien seine Gedanken erraten haben. Er rannte um das Becken herum, versperrte ihm den Weg.

»Nein, nein, mein Junge. Zuerst erfüllst du meine Bedingungen. Dann darfst du deiner kleinen Freundin helfen.«

»Bedingungen?«, fauchte Jonathan. »Welche Bedingungen? Was willst du?«

»Langsam, eins nach dem anderen, mein Junge.«

»Ich bin nicht dein Junge«, brüllte Jonathan.

Alles in ihm brüllte auf. Vor Verzweiflung über die ausweglose Situation und seinen geschundenen Körper. Blut rann über seine rechte Wange, Blut floss aus seiner linken Schulter, aus dem Oberarm. Sein Herz pumpte hammerhart.

»Pass auf, was du sagst. Solche Bemerkungen würde ich mir an deiner Stelle gut überlegen. Mein Junge!« Mit hämisch überlegenem Grinsen warf Toni einen Blick auf Lisa.

Jetzt erkannte Jonathan eine gute Gelegenheit. Er nahm sich zusammen, entsann sich seiner tiefgefrorenen Taekwondo-Künste, stemmte sich mit einem Bein ab und trat mit dem anderen in Richtung Tonis Unterleib.

Aber der hatte sich schon weggedreht und Jonathan stampfte ins Leere, verlor das Gleichgewicht, stürzte nach vorne und blieb am Beckenrand liegen.

Mit aller Macht unterdrückte er jegliche lautstarke Regung. Der einzige Schrei, der durch die Gemäuer hallte, war der Lisas.

Diesem folgte augenblicklich eine widerliche Lache.

»Man soll Vater und Mutter ehren und so weiter und nicht nach ihnen schlagen, mein Junge. Ich hoffe, das war dir eine Lehre!« Er baute sich über Jonathan auf. »Ja, ja, auch ich betreibe fleißig Sport.«

Dann stieß er ihm mit der Schuhspitze hart in die Seite. Jonathan krümmte sich.

Toni packte ihn und stieß ihn ins Becken. Jonathans Blick fiel in Lisas weit aufgerissene Augen.

»Meine Güte«, gab Toni gehässig von sich, »stellst du dich an. Von einem durchtrainierten jungen Mann habe ich härtere Gegenwehr erwartet! Den Schwarzgurt willst du haben? Dass ich nicht lache! Und so etwas ist mein eigen Fleisch und Blut. Schämen muss man sich.«

23:55 Uhr

»Gundula, schau! Ich sehe Licht durchschimmern.«

Edel hatte sich auf der Suche nach einer Stelle mit Blick auf die Villa zum wiederholten Mal durch die jungen Thujabäume gezwängt und mehrere Alarmscheinwerfer ausgelöst. Jetzt, auf dem abschüssigen Weg hinunter in Richtung Kreuzung, endlich von Erfolg gekrönt.

Gundula trat neben ihn, und er reichte ihr das Fernglas. Sie schaute suchend ins Dunkel.

Die Villa war durch den Schneeschleier schwer auszumachen, es war noch schwieriger, Licht hinter ihren spezialverglasten Fenstern zu entdecken. Nachtsichtgeräte wären durchaus von Vorteil gewesen.

Edel hatte sein Handy bereits in der Hand, rief Falkners Nummer auf, drückte die Wahltaste. Wartete.

Gundula sah ihn erwartungsvoll an. »Tut sich nichts?«

Edel zuckte mit den Schultern. »Nur der AB. – Hallo, Herr Falkner, ich bin es, Hauptkommissar Edel. Bitte rufen Sie mich unverzüglich zurück.«

Dann gab er die Handynummer zur Sicherheit nochmals durch. Drückte die Trenntaste.

»Mist«, schimpfte Gundula. »Da drinnen geht etwas ab. Das spüre ich geradezu.«

Edel nickte, warf einen Blick aufs Handgelenk und marschierte los. Es war kurz vor zwölf, höchste Zeit, zu handeln.

Samstag, 7. Dezember, 0:00 Uhr

Der Mann, der viele Wochen lang sein Gärtner gewesen war, jener Mann, der sich hartnäckig sein Vertrauen, seine Zuneigung erschlichen hatte, ging in die Hocke, stützte sich mit beiden Händen ab, kam mit dem Gesicht ziemlich nah und flüsterte gefährlich sanft:

»Tja, mein lieber Junge, dein leibhaftiger Vater steht vor dir. Hat es dein supergescheiter Verstand endlich geschnallt?«

Er hatte es tatsächlich ausgesprochen. Das bisher nur Angedeutete, Vermutete, war ausgesprochen.

Sein leiblicher Vater.

Welch starke Worte. Worte, die Jonathan sich herbeigesehnt hatte seit jener erschreckend zerstörerischen Minute, in der er über seine Adoption aufgeklärt worden war.

Hoffnungsfroh hatte er auf diesen Moment gewartet. Den Moment, in dem ein Mensch, ein gütiger Mensch, ihm mitteilen würde, sein Vater zu sein. Und ständig hatte er nach einer plausiblen Erklärung gesucht, warum jener Mensch so lange gewartet haben mochte, sich zu offenbaren.

Wie oft hatte er sich in den vergangenen Wochen vorgestellt, sein Vater müsste dem schelmisch aufgeweckten, allzeit fleißigen Toni Romberg gleichen, oder besser, Toni selbst würde sich als sein Vater outen. Und dann der schreckliche Verdacht, Toni könnte möglicherweise mit dem Tod seiner leiblichen Mutter zu tun haben. Und auch mit Millas Tod, Angers und Ecrins.

Was für einen teuflischen Plan verfolgte Toni? Warum offenbarte er sich erst jetzt und nach einem solch grausam inszenierten Theater?

»Jetzt bist du sprachlos, he? Und du kannst dir immer noch nicht denken, was ich will?« Toni richtete sich auf. Drohend.

Jonathan schwieg. Ahnte, was kommen würde.

»Dein Geld, du Dummkopf! Deine Moneten, Knete, Money, Money!«, stieß Toni laut aus und trat mit der Schuhsohle zornig auf Jonathans Hand, mit der er sich auf den Beckenrand stützte.

Lisa schrie auf.

»Mein Geld?«, presste Jonathan hervor.

»Ja!«, schrie Toni, freudige Erregung spielend. »Dem Himmel sei Dank, mein Sohn hat's kapiert! Was glaubst du, wie ich mich gefühlt habe, als ich von deinem plötzlichen Reichtum las? Nicht, dass ich dir das nicht gegönnt hätte.« Seine Mundwinkel verzogen sich zu einem spöttischen Grinsen. »Aber wenn ich mir vorgestellt habe, dass dieser Schlappschwanz Falkner der Nutznießer deines Geldsegens war, bin ich fast vor Zorn geplatzt. Da lege ich aus lauter Nächstenliebe dich Balg dem blöden Falkner mit seiner kindergeilen Tussi vor die Füße und dann werden die auch noch reich durch dich! Pah!«

Jonathan hatte seinem rasenden Vater nichts entgegenzusetzen.

»Nun glotz nicht so! Mann, war ich froh gewesen, als ich das ständig jammernde Weib, deine ach so liebesgeile Mutter, endlich los hatte, und dann auch noch dich schneller als erwartet untergebracht wusste und gedacht hatte, für alle Zeit meine Ruhe zu haben. Aber dem war leider nicht so! Pech – nicht nur für mich!«

Toni trat einen Schritt zurück. Ging weiter in Richtung der Leitertreppe, die Lisa gefangen hielt. Wollte gerade mit seinem Vortrag fortfahren.

Diesen Moment nutzte Jonathan.

Er schnellte hoch und schnappte nach Tonis Bein, riss mit einer unbändigen Wucht daran. Tonis ungläubiger Blick spuckte Gift und Galle, dann verlor er das Gleichgewicht, ruderte lächerlich mit den Armen, klatschte rücklings gegen die Wand, rutschte seitlich weg und schlug hart auf dem Fliesenboden auf.

Er rührte sich nicht mehr und Jonathan überlegte, ob er nun tot war oder lediglich besinnungslos.

»Schnell, Jonie«, drängte Lisa, »mach mich los!«

Mittlerweile war nicht nur das Wasser gestiegen, es quollen dazu dichte Rauchschwaden ins Schwimmbad herunter, was zur Folge hatte, dass sich plötzlich die Sprinkleranlage einschaltete. Hier funktionierte sie also, warum nicht in den Kellern? Unter Umständen hatte Toni gar nicht im Programm herumgewütet, sondern einfach nur die Sprinklerdüsen beschädigt. Und ebenso die manuellen Rauchmelder, die eigentlich ihr ohrentraktierendes Pfeifen von sich geben müssten.

Jonathan tastete nach Lisas Händen, sie waren von einer Eisenkette umwickelt. Die Kette wurde von einem Vorhängeschloss zusammengehalten. Ohne Hilfsmittel war eine Befreiung nicht möglich.

»Lisa, ich muss nach oben, eine Eisensäge holen.«

»Romberg hat den Schlüssel bei sich«, heulte sie, das Wasser stand ihr bereits bis zum Hals.

Darauf hätte er auch selbst kommen können. Er kletterte aus dem Becken, raus aus dem Wasser, das von einem Rostbraun durchzogen war. Hatte er so viel Blut verloren? Ihm wurde schwindelig.

»Jonie, los jetzt! Such den Schlüssel!«, trieb Lisa ihn an.

Er kroch zu Toni, kniete neben dem reglosen Mann, unter dessen Hinterkopf es rötlich schimmerte. Er schluckte, überwand nur schwer seinen Ekel, und griff in dessen Hosentaschen.

Hektisch.

Die Zeit hingegen wirkte wie ausgebremst.

»Beeil dich!«, rief Lisa und hustete.

Mit dem Schlüsselbund in der Hand kroch er zum Beckenrand zurück, ließ sich hinabgleiten, suchte nach dem passenden Schlüssel und kniete sich dicht neben Lisa ins Wasser. Konzentriert tasteten seine Hände nach der kleinen Öffnung.

Wäre das Wasser klar gewesen, so wie es hätte sein sollen, wäre das möglicherweise zu keinem Problem geworden. Doch seine Wunden bluteten wieder, beförderten unerbittlich den Lebenssaft aus seinem Fleisch, trübten seine Sicht.

Mit Mühe fummelte er den Schlüssel in die kleine Öffnung, aber er passte nicht. Er zerrte ihn heraus und schaute auf.

Schaute Lisa in die roten Augen, auf ihren blauen Mund.

Er holte tief Luft und tauchte mit dem nächsten Schlüssel hinab, bis seine Augen dicht vor dem Schloss waren, steckte den Schlüssel hinein, drehte – und das Schloss schnappte auf. Schnell löste er die Kette, wickelte sie ab. Tauchte auf und keuchte nach Sauerstoff.

Hörte Lisas Schrei und spürte einen harten Stoß gegen seinen Kopf.

Vermutlich hatte Toni nicht genügend Kraft einbringen können, denn Jonathan verlor nicht das Bewusstsein. Er stieß sich von der Beckenwand ab. Lisa fest im Griff, watete er mit ihr zur vorderen Stufenleiter. Im Augenwinkel erkannte er Toni eingekrümmt am Boden sitzen.

Schnell half er Lisa aus dem Wasser. Kletterte ihr nach.

»Ich muss unbedingt in den Technikraum. Und du musst nach oben, damit du Hilfe holen kannst.«

»Hast du hier nirgends ein Handy? Oder ein normales Telefon?« Lisa schaute ihn verzagt an.

»Hier unten gehen die Handys nicht. Und ich weiß nicht, wohin der Irre die Telefone versteckt hat.«

»Du bist gut«, jammerte sie. »Wir sind hier doch hilflos eingeschlossen.«

Ihr nasses Haar hing ihr ins Gesicht, lag schwer und dunkel auf ihren Schultern. Keine Spur mehr vom glänzenden Gold ihrer Locken. Und sie war komplett angekleidet, Jeans, Pulli, stabile Winterschuhe. Alles vollgesogen mit Wasser. Ihre Brille hatte sie nicht auf, wer weiß, wo ihr diese abhandengekommen war.

»Du musst dir auch was anderes anziehen«, bestimmte er und nahm sie an der Hand, zog sie mit hinaus in den Vorraum.

»Aber die Treppe ist voller Rauch, die können wir nicht benutzen«, protestierte sie, während er schnell seine Schlappen einsammelte und sie die Gelegenheit nutzte, ihre Schuhe auszuziehen.

»Werden wir auch nicht.«

Jonathan zog Lisa zurück in die Halle, am Lift vorbei.

»Ich gehe in keinen Fahrstuhl, wenn es brennt«, jammerte sie weiter.

»Ich auch nicht«, sagte er und schleppte sie weiter, in Richtung Sauna.

»Aber …«

Er zerrte Lisa in den kleinen Raum, verriegelte die Tür.

»Ach fein! Und jetzt? Wollen wir uns jetzt ein wenig aufwärmen?« Sie lächelte schwach, ihre Kiefer klapperten aufeinander.

Er hätte sie am liebsten an sich reißen, umarmen, küssen mögen. So lange, bis ihre blauen Lippen wieder von heißglutigem Rot gefüllt waren.

Aber diese Gedanken waren absolut fehl am Platz, und er ließ ihre Hand los.

Ihre Augen schweifen umher. Ratlos. Müde. Sie zog sich den triefnassen Pulli aus. Warf ihn achtlos auf den Boden.

»Also, ich sehe hier weder ein Fenster noch einen rettenden Lüftungsschacht. In einem vernünftigen Film gibt es immer einen Lüftungsschacht«, lästerte sie, ihre Beklommenheit ließ ihr wohl keine andere Wahl.

»Hier gibt es keinen Lüftungsschacht, nur eine Klimaanlage, und die funktioniert wenigstens«, sagte er und begann, die Holzbank rechts und links mit gezielten Griffen loszuschrauben.

»Bist du jetzt übergeschnappt?«

Er ließ sich nicht beirren. Hob die Bank aus ihrer Verankerung, samt der Lehne. Dahinter kam ein schwarzer Griff zum Vorschein, und er schob die Tür zum Geheimgang zur Seite.

Lisa schüttelte ungläubig den Kopf. »Du bist unverbesserlich!«

»Geh!«, forderte er sie auf und streifte sich seine Schlappen über. »Hiervon weiß Romberg nichts.«

Er schob Lisa auf die eng gewundene Treppe, drängte nach, verschloss die Tür, verriegelte sie von innen. Gleichzeitig flammten unzählige Wandstrahler auf.

»Wow«, gab Lisa von sich und stand stocksteif.

»Bitte, geh! Wir haben keine Garantie, dass er uns nicht folgt.«

Kaum hatten sie die Tür zum nächsthöheren Geschoss erreicht, befahl Jonathan: »Gehe zwei Etagen weiter, die Türen sehen überall gleich aus. Dann den Knauf nach links drehen und aufschieben. Du kommst in der Küche raus. Dort ist ein Telefon. Wenn du keines findest, dann ist im Schlafzimmer in jedem Fall mein Handy. Keine Angst, das Feuer kann dir nicht folgen.«

Die letzten Worte stieß er nur noch mühsam hervor. Er hatte das Gefühl, als pumpe sein Herz mit jedem Schlag literweise Blut aus seinen Adern, aus jeder Pore.

»Gehst du nicht mit?«

Er schüttelte den Kopf.

»Bitte, komm mit. Um das Haus kann sich die Feuerwehr kümmern.«

Ihr Flehen konnte ihn nicht erweichen.

»Ich muss in den Technikraum, das Notfallprogramm für das Überwachungssystem aktivieren und prüfen, ob ein Alarm ausgelöst wurde. Falls mein Herr Vater diese Programme überhaupt manipuliert hat.«

Jonathan starrte auf die Tür, die ins zweite Untergeschoss führte, als ob er durch sie hindurch erkannte, wie stark das Feuer hier wütete.

Lisa hauchte ihm einen Kuss auf die Wange. »Bis dann«, flüsterte sie und verschwand nach oben.

Seine rechte Hand lag auf dem kühlen Knauf, ein gutes Zeichen, und er war bereit, zu öffnen. Dieses Geschoss und das

Dachgeschoss waren die einzigen Etagen, in denen die Geheimtüren in den offenen Raum führten. In allen anderen lagen sie verborgen in Zimmern.

Er atmete ein, spannte seine Muskeln an und ließ die Tür zur Seite gleiten.

Die Hitze schlug ihm in voller Intensität entgegen.

0:10 Uhr

Edel kam schnaufend am Tor an und warf den beiden Streifenbeamten einen Gruß hin.

Im selben Moment hielten mehrere Fahrzeuge. Das SEK – schneller als erwartet.

Edel atmete erleichtert durch, als er den Einsatzleiter auf sich zukommen sah.

»Sollen wir gleich rein?«, erkundigte sich der Beamte.

»Halten Sie sich bereit!«, entgegnete Edel.

Ein dunkler 3er-BMW hielt rutschend am Seitenrand der Bundesstraße. Sven stieg aus, stapfte schnellen Schritts in ihre Richtung.

»Das SEK? Ist die Lage inzwischen eskaliert?«

»Was treibt dich hierher?«, fragte Edel zurück.

»Hab den Funk mitgehört. Das lasse ich mir doch nicht entgehen.«

Gundulas Handy ertönte aufdringlich. Sie nahm das Gespräch entgegen, lauschte angespannt, bis sie es beendete.

»Stellt euch vor, der VW-Bus ist nicht registriert.«

»Hab ich's doch geahnt«, stöhnte Edel, als nun sein Handy schrillte. Die Rettungsleitstelle meldete sich. Und was er hörte, jagte seinen Adrenalinspiegel weit in den Himmel hinauf.

»Was ist los?«, fragte Sven.

Gundula schaute erwartungsvoll.

»Soeben ist ein Notruf von Lisa Baumgart eingegangen. Aus diesem Haus!«

Er wandte sich dem Einsatzleiter zu.

»Gefahr im Verzug! Öffnen Sie sofort das Tor!«

0:15 Uhr

Die Flammen waren längst nicht so heftig, wie er erwartet hatte. Sie glimmten eher vor sich hin. Vermutlich hatten sie alles Brennbare bereits vernichtet und die Wände waren ja nahezu feuerfest. Aber der Rauch, der war das größere Problem.

Jonathan hielt sich nicht länger mit Überlegungen auf, die Tür zum Geheimgang musste schnellstens geschlossen werden.

Also riss er kurz entschlossen sein nasses Pyjama-Shirt vom Leib, fetzte es in zwei Teile, umwickelte sich die Hände. Die eine presste er sich vor Nase und Mund, stieß mit der anderen die Tür ins Schloss zurück.

Beherzt wankte er in das beißende Inferno hinein. Der glühheiße Qualm drückte ihn mit voller Wucht zu Boden. Auf die Knie und eine Hand gestützt kroch er in Richtung der rechts liegenden Technikraumtür, immer bemüht, den feuchten Stoff gegen sein Gesicht zu pressen.

Gott sei Dank war in dieser Etage nur dieser Quadrant mit altem Spielzeug belagert, die restliche Fläche war völlig leer. So hatte das Feuer hier kaum Nahrung gefunden, weshalb Toni es hier separat gelegt haben musste, denn über die Treppe hätte es nicht springen können, nicht in dem Ausmaß.

Es war nicht einfach, über das glimmende und lodernde Gerümpel hinwegzusteigen. Seine Schlappen begannen zu schmoren. Aber besser die Schlappen als seine Haut.

Nichts befand sich mehr an seinem Platz. Die Regale waren umgestürzt, und er konnte kaum erkennen, was ihm den Weg versperrte, was er unsanft zur Seite stieß oder über was er stieg. Tränen brannten in seinen Augen. Ob verursacht durch die Wehmut oder den Rauch, er durfte keinen Gedanken darüber verlieren.

Endlich entdeckte er das Notlicht über der Techniktür, richtete sich auf, drückte den Griff, und wie bereits geahnt, war die Tür verschlossen. Den Zentralschlüssel hatte er natürlich nicht bei sich, wie denn auch.

Wieder einmal hoffte er, dass seine Sicherheitstechnik nicht vollends versagte, als er das Schaltkästchen neben der Tür öffnete und den Code eingab.

Die Tür glitt auf und Jonathan ließ einen Satz in den rauchfreien, kühlen Raum. Er holte tief Luft und tippte auf die Sensortaste zum Schließen der Tür, die sich sogleich in Bewegung setzte. Rasch warf er die nutzlos gewordenen Stofffetzen ins Eck und ließ den Computer hochfahren. Seine Augen hingen auf dem Hauptbildschirm, verfolgten gebannt die Ladevorgänge. Nur im Augenwinkel nahm er wahr, wie sich weiterhin Rauch einen Weg in den Raum bahnte. Sofort wurde ihm bewusst, dass die Tür noch einen Spalt geöffnet war.

Blockiert?, schoss es ihm blitzartig durch den Kopf, und seine Augen zuckten zwischen dem Bildschirm und der Tür hin und her. Er zögerte kurz, dann gab er seine Codes ein, um die Programme aufzurufen. Wieder schielte er flüchtig zur Tür, der Computer piepte und wartete auf weitere Befehle.

Jonathan ignorierte den blinkenden Cursor im Eingabefeld, weil er jetzt erkannte, was die Tür am Schließen hinderte: Die Schuhspitze Tonis!

0:16 Uhr

Gerade als der Sprengmeister des SEK nach einer dumpfen Detonation das Tor mit lautem Geschepper geöffnet hatte, hörte Edel das Geheul von Martinshörnern.

»Die Feuerwehr?«, fragte er in die Runde und runzelte die Stirn.

Einer der Durlacher Kollegen kam näher. »Ja, wir wurden soeben informiert, dass ein Feueralarm rausgegangen ist, ein paar Minuten vor dem Notruf. Ausgelöst durch eine Brandschutztür, die sich geschlossen haben muss. Auf der Leitstelle kann das genau nachvollzogen werden.«

»Gut, dann ist ja das komplette Aufgebot vor Ort.« Edel war erleichtert und gab dem SEK-Einsatzleiter ein Zeichen.

Die Männer des Trupps erstürmten das Anwesen, rannten die Auffahrt hinauf. Edel hinterher. Und Gundula und Sven. Und natürlich die Kollegen aus Durlach.

0:17 Uhr

Finger schoben sich durch den Spalt wie Monsterklauen, klammerten sich fest, zogen und drückten, um das Türblatt aufzuwuchten.

»Du Wahnsinniger«, zischte Jonathan, »du tötest jeden, der dir in den Weg kommt, nur um an meinen Besitz zu gelangen? Wie kannst du so vermessen sein und glauben, dass dir etwas zusteht?«

Natürlich ließ Toni sich davon nicht beeindrucken.

»Mein liebes Söhnchen«, geiferte er, »du hast auch deine Leiche im Keller liegen! Tu also bitte nicht so scheinheilig. Wir können uns sicher einigen.«

Jonathan zuckte zusammen. Toni besaß Kenntnis von Robert Melcher? Verwirrung wollte ihn lähmen, er schüttelte sie ab.

Wandte sich wieder dem Computer zu und knipste alle störenden Elemente aus: die lähmenden Schmerzen, den rasenden

Romberg. Tippte die noch fehlenden Codes ein, hustete, denn der Qualm breitete sich auch hier drinnen aus, öffnete schließlich das Sicherheitscheck-Programm.

»Du Bastard«, schimpfte Toni unterdessen. Heiser und gefährlich nahe. »Du verfluchter kleiner Bastard! Gleich hab ich dich!«

Jonathan ließ ihn toben, normalerweise konnte er die Tür nicht weiter aufschieben, solange die Elektronik sie blockierte. Aber was lief heute schon normal?

Endlich zeigte sich auf dem Bildschirm die endlos scheinende Datenbank der Feuersicherung. Rasch tippte Jonathan die nötigen Kommandos ein und vor ihm erschienen die Befehlszeilen für die Sprinkleranlagen im Keller. Nun zahlte sich das Jahr wenigstens aus, in dem er selbst Programme erstellt und verkauft hatte. Sein geübter Adlerblick ließ ihn sofort den Fehler erkennen. Und siehe da, Toni hatte nicht einmal die Finger im Spiel gehabt – abgesehen davon, dass er vermutlich etliche Sprinklerdüsen zerschlagen hatte –, denn da gab es tatsächlich diesen kleinen, jedoch schwerwiegenden Programmierfehler des Softwareherstellers. Na, der konnte sich auf eine saftige Klage gefasst machen!

Jonathan hielt inne, schielte zur Tür.

»Stell dir vor, die Feuermeldung für die Keller hat nicht funktioniert.«

Toni stöhnte, ächzte, schnaubte, spie ein teuflisches Lachen aus. »Da hat dein alter Herr wohl in den Glückstopf greifen dürfen.«

»Und wenn der Alarm rausgegangen wär?«

»Lieber Sohn, dann hättest du einen Fehlalarm melden müssen. Mit deiner hübschen Kleinen als Geisel …?« Seine Lache drückte blanken Irrsinn aus.

Jonathan tippte beharrlich korrigierende Buchstaben und Ziffern in das Programm und speicherte sie ab. Die Alarmanlage schrillte los, und nicht nur auf dem Hauptbildschirm wechselten die Bilder, sondern auch auf den anderen Bildschirmen regte sich Leben. Mehrere Oberflächen flackerten nacheinander auf, bis der Sicherheits-Check-up erschien.

Die dreidimensionale Skizze seines Hauses stellte dar, wie die Sprinkleranlagen in den Kellergeschossen zu sprühen begannen. Gleichzeitig vermittelte eine Grafik den ausgehenden Alarm zur Feuerwehr.

Hoffentlich geschieht dies auch in der Realität, dachte Jonathan und wandte sich seinem Erzeuger zu.

Inzwischen

Sie war im äußeren Raumeck herausgekommen, hinter dem Bett. Jetzt wusste sie auch, warum zwischen Bett und rückwärtigem Fenster ein Gang belassen war.

Rasch schloss Lisa die Tür, suchte nach einem Telefon, fand die Ladeschale neben der Zimmertür leer vor.

Sie schaute sich um, irgendwo musste Jonies Handy sein. Da sah sie im Bad, quer über dem kleinen Hocker seine benutzte Jeans liegen.

Ihr erster suchender Griff hatte Erfolg, sie spürte sein Smartphone. Mit zitternden Fingern holte sie es heraus, tippte die 112 ein, wartete, war erleichtert, als sie eine ruhige, sonore Männerstimme hörte.

Nachdem der Mann sie gebeten hatte, sofort das Gebäude zu verlassen, riss sie sich die restlichen nassen Klamotten vom Leib, duldete nicht mal den leichten Slip, warf alles aufs Bett und drängte in Jonies begehbaren Kleiderschrank. Hastig klaubte sie sich eine Jeans, ein T-Shirt und ein paar Tennissocken zusammen, zog sich alles über. Natürlich war alles ein wenig zu groß, aber trocken und warm.

Dann rannte sie hinab ins Erdgeschoss, hinaus in den Gang,

nach links hinüber zur Garderobe. Öffnete die Schranktür, riss eine Jacke vom Bügel, zog sie an. Und Schuhe? Sie öffnete das untere Schrankteil, packte einfache Sportschuhe, schlüpfte hinein, band die Schnürsenkel. Alles geschah automatisch, ohne dass sie darüber nachdachte. Sie wunderte sich ohnehin über sich selbst, über ihre scheinbare Besonnenheit.

Dann stand sie an der Haustür. Sollte sie tatsächlich gehen? Jonie sich selbst überlassen?

Ja, und zwar schleunigst. Die Polizei würde bald kommen. Sie musste sie hereinlassen. Das Tor öffnen. Jonie hatte ihr gezeigt, wie das mechanische Öffnen ging.

Sie riss die Haustür auf, ließ sie sperrangelweit geöffnet, atmete die kühle feuchte Luft ein, sie roch gut, so gereinigt und nach frischem Schnee. Wind fegte am Haus vorbei.

Schnell legte sie den Fußabstreifer quer, nicht, dass die Tür zufallen und sie aussperren würde.

Als sich ihre Augen ans Dunkel angepasst hatten, bemerkte sie das blaue Flackern von unten, von der Straße her. Sie waren da.

Ihr Herz klopfte, ungewohnt heftig, zerriss ihr beinahe den Brustkorb, und sie rannte los. Hinunter zum Tor, den Helfern entgegen. Der kalte Wind zerrte an ihrem nassen Haar, sie zog die Kapuze über.

Ein dumpfes, heftiges Wummern bremste sie aus, drückte sie beinahe zu Boden. Eine Detonation? Sie fing sich und ihr wurde schnell klar, das Tor war gerade aufgesprengt worden.

Schon kam ein schwarzer Trupp soldatengleicher Männer die Einfahrt heraufgerannt, schwärmte aus. Hinter ihnen tauchten drei zivilgekleidete Personen auf, gefolgt von mehreren Polizisten in Uniform, und Lisa erahnte den Hauptkommissar und sein Team mehr als sie diese Leute erkannte. So ohne Brille.

Mit einem Mal, von einer Sekunde zu anderen, mitten in die gespenstische Szenerie hinein, kreischte die akustische Alarmanlage los.

Lisa schloss für einen Augenblick die Augen und lächelte. Jonie hatte es geschafft.

0:20 Uhr

Mit seinem Eingriff in die Sicherheitseinstellungen löste sich auch die Blockierung der Tür, und von einem Moment auf den anderen ließ sie sich mit Leichtigkeit aufschieben.

Ein überraschter Blick blitzte in Tonis Augen auf, als ihn das eigene Gewicht zur Seite schleuderte, er über irgendetwas stolperte und nach hinten stürzte.

Mit schärfster Konzentration sicherte Jonathan die Einstellungen am Computer, stellte das Schrillen des Alarms ab. Dann hetzte er aus dem Technikraum, berührte die Sensortaste und die Tür glitt sanft ins Schloss.

Rieselndes Wasser von oben – offenbar waren noch einige Sprinkler funktionsfähig –, das zischend in der Glut verbrühte, und stechender Qualm von unten hüllten ihn ein. Vermutlich hatte das Feuer ohnehin keine Nahrung mehr gefunden, das Wasser gab ihm nur den Rest.

Er unterdrückte einen Brechreiz, hustete. Spürte gleichzeitig einen Stoß in seine linke Seite, strauchelte.

Toni stürzte sich auf ihn und trieb ihm sein Messer in den rechten Oberschenkel. Beide verloren ihr Gleichgewicht, schlugen zu Boden, mitten in rauchenden Schutt und matschige Asche.

Jonathan langte nach dem Messer, zog es mit sonderbarer Leichtigkeit aus seinem Fleisch, begleitet von unvorstellbarem Schmerz. Mit einem Aufstöhnen warf er das Messer fort. Mobilisierte wutentbrannt seine allerletzten Kräfte. Drängte Tonis aufmüpfigen Körper nach unten, gewann Oberhand, setzte sich auf dessen Brustkorb, hielt ihn an den Handgelenken fest, drückte sie zu Boden.

»Warum, Toni?«, presste er heraus. »Warum die Toten?«

»Ha!«, spie Toni aus. »Deine Nutte war zu blöd, um sich auf ihren Stelzen zu halten, deine kleine Verehrerin war im Begriff, sich in etwas einzumischen, was sie überhaupt nichts anging, und der Dämlack von der Werkstatt – ja, das ist eine alte Geschichte.«

»Was für eine Geschichte, Toni! *Was für eine Geschichte!*«

Toni versuchte, sich Erleichterung zu verschaffen. Aber Jonathan hielt ihn eisern im Griff.

»Anger hat mir mal einen Gefallen getan. Wollte mich damit erpressen.«

»Was hat er getan? *Was?*«

Jonathan konnte seine Wut kaum noch zügeln.

Tonis Blick wurde bettelnder. »Nicht so brutal, Junge«, schnaufte er hart. »Ich hatte Anger gebeten, dich in Falkners Bus auszusetzen. Und stell dir vor: Er hat's getan. Für zweihundert Mark. Und jetzt hat er geglaubt, weiter absahnen zu können. Aber da hat er sich getäuscht.«

Damit hatte Jonathan nicht gerechnet. Anger, *sein* Thomas Anger, Tommy, hatte geholfen, ihn auszusetzen?

Er bemerkte nicht, wie sich sein Griff lockerte. Dies wurde ihm erst bewusst, als er das bösartige Flackern in den Augen seines Vaters erkannte.

Zu spät.

0:30 Uhr

»Dort steht jemand!«, rief Sven, und noch bevor Gundula reagierte, wusste Edel auch schon, wer.

»Frau Baumgart!«, schrie Gundula. »Bleiben Sie, wo Sie sind, wir kommen!«

Schnell setzte Edel das Funkgerät an seine Lippen.

»Achtung, die Person ist das vermutliche Opfer. Auf weitere Anweisungen bitte warten.«

Die Beamten des SEK vereinnahmten mittlerweile in voller Präsenz den Platz vor Garage und Haustür. Dort verharrten sie schweigend, ihre Waffen im Anschlag.

0:35 Uhr

Wieder zu genügend Beinfreiheit gekommen, zog Toni die Knie an, drosch sie Jonathan hart in den Rücken und nutzte seine Atemlosigkeit, um die Hände aus der Umklammerung herauszuwinden.

Er war kaum der Lage, sich zu wehren, als ihm Toni seine geballten Fäuste in den Leib hieb. Wie eine wildgewordene Maschine kämpfte der drahtige Gärtner sich aus seiner unterlegenen Position heraus, schüttelte Jonathan ab, warf sich auf ihn, begrub ihn.

Jonathans Körper war zwar jünger und durchtrainierter, jedoch um einiges blutleerer und stark geschwächt. Aber auch Toni schwanden wohl die Kräfte, denn seine Attacken ließen nach.

»Ich – werde – dir – zeigen, wer zu gehorchen hat – und wer hier die Befehle erteilt!«, schnaubte er in Jonathans Ohr.

Der große Körper lag bleiern auf ihm. Der Mann, der sein biologischer Vater sein wollte, drückte den Unterarm gegen seine Kehle. Stinkend heißer Atem schlug ihm ins Gesicht. Ein Gestank nach Blut, Fäulnis und Erbrochenem.

Jonathan konnte seinen Würgreflex kaum noch bändigen, die Luft ging ihm aus.

Ruhe bewahren – die absolute Ruhe.

Einatmen – ausatmen.

Sich auf eine gezielte Abwehr konzentrieren.

Alles auf eine Karte setzen – die allerletzte.

0:45 Uhr

Edel ging voraus. Dicht hinter ihm Gundula und vier Männer vom SEK, dann Sven und Lisa Baumgart, die sich geweigert hatte, vom Rettungsdienst weggebracht zu werden.

Die Männer der Feuerwehr bereiteten ihren Einsatz vor, legten Schläuche, trampelten in scheinbarer Ratlosigkeit im Erdgeschoss herum. Von einem Feuer merkte man hier überhaupt nichts.

»Dort unten muss eine Feuerschutztür sein«, sagte Lisa Baumgart laut in die Runde, vermutlich auch, um einem verfrühten Wassereinsatz vorzubeugen.

»Okay«, rief Edel zurück, zeigte, sie verstanden zu haben, ging voraus in den Wohnsalon, die Treppe hinab, gefolgt von dem Trupp.

Dann wurden sie gestoppt. Von einer Tür aus Stahl mit einer Speziallegierung, die einer Atombombe hätte trotzen können.

»Wie kriegen wir die auf?«, fragte Gundula und ihre Augen suchten die glatte Fläche ab, während Edel an der Wand nach einer Öffnungsmöglichkeit suchte.

»Bitte nicht sprengen«, kam es flehend von Lisa Baumgart.

»Wir brauchen einen Techniker«, brüllte Edel nach oben, und einer der beiden Feuerwehrmänner machte kehrt, stürmte wieder hinauf.

Edel hoffte, dass der Feuerwehr oder irgendeinem Notfalltechniker aussagekräftige Pläne zur Öffnung dieser Barriere vorlagen. Die Zeit drängte, doch kapitulieren würde er nicht. Nicht vor solch einer dämlichen Stahltür.

Ein bebrillter Lockenkopf zwängte sich die Treppe herunter, einen Laptop über den Kopf tragend.

»Frau Baumgart«, sagte Edel, »gleich haben wir's.«

Der IT-Techniker tippte in die Tasten. »Wenn das nicht klappt, gehe ich über das Hauptsystem, das steht ja unbeschadet oben. Man hätte halt einmal einen Probealarm laufen lassen sollen.«

Jetzt! Er konzentrierte sich auf diesen einen Augenblick und stieß zu, so heftig es ihm möglich war, setzte gleichzeitig Hände, Beine und Füße ein.

Toni katapultierte es nicht nur nach oben, sondern auch nach hinten. Sein überraschter Blick streifte Jonathan.

»Du elender Bastard!«, keuchte er, taumelte und schwankte, fing sich stützend für eine Sekunde mit dem linken Fuß auf. »Du verfluchter …« Er setzte suchend den rechten Fuß zur Seite, der rutschte ihm weg. »Bastaaa – aah!«

Sein Fluchen ging in ein Schreien über, während er hinterrücks stolperte und in das eiserne Regal stürzte. Ein dumpfes Krachen und Scheppern folgte, als das durch die Hitze brüchig gewordene Eisengerüst in sich zusammensackte.

Danach Stille. Oder beinahe Stille.

Wasser tropfte, verdampfte knisternd im Schutt, von irgendwoher kam ein leises Pochen.

Jonathan stemmte sich empor, bemüht, auf die Beine zu kommen, aber sie versagten. Auf Händen und Knien kroch er in Richtung des Mannes, der sich sein Erzeuger nannte. Sah im trüben Licht der Notlampen ein schwarzglänzendes Schimmern, sah, nicht ohne eine gewisse Faszination, wie es sich immer weiter auf dessen Brustkorb ausbreitete.

Jedoch nicht nur Toni, auch Jonathan musste aussehen wie ein Zombie, direkt auferstanden aus dem Moor.

»Mein Sohn …« Toni stöhnte, hatte anscheinend noch genug Leben in sich, um sich aufrichten zu wollen, aber etwas bannte ihn erbarmungslos auf den Boden.

Endlich war Jonathan nahe genug, um zu erkennen, was das Nass auf dessen Brust verursachte. Blut. Pulsierend strömte es aus seinem zerrissenen Herzen. Aufgespießt von einer Eisenstange des Regals. Grauenerregend ragte sie aus dem sterbenden

Körper heraus. Sie war nicht mal sonderlich lang, dennoch hatte sie diesen Wahnsinnigen aufgefangen, ihn schachmatt gesetzt.

Jonathan schloss für einen Moment erleichtert die Augen.

Besser, das Schicksal hatte die Wahl getroffen, als sie ihm zu überlassen. Wer weiß, wie er entschieden hätte. Für das Leben oder den Tod.

Ein Aufstöhnen lenkte seinen Blick zurück auf den bebenden Körper.

»Bitte, Sohn – hilf – mir!« Tonis rechte Hand zuckte, als wolle er sie anheben. Es gelang ihm nicht.

»Bin nicht dein Sohn, du irrer Killer!«, flüsterte Jonathan.

Er war sich nicht einmal sicher, ob Anton Romberg ihn überhaupt verstand. Es war ihm gleichgültig.

Rombergs Lider flatterten. Hoffentlich krepierte er bald.

Jonathan rutschte hinüber zur Wand, lehnte sich zurück.

Atmete flach.

Müde. Einfach nur müde.

Wollte schlafen, wollte in Ruhe gelassen werden.

Übelkeit zog von seiner Leibesmitte aus und bemächtigte sich seines ganzen Körpers.

Er erbrach sich. Alles wollte raus.

Der ganze Ekel, der Schmerz, die Verzweiflung stürzten geballt aus seinem tiefsten Innern hervor, und er merkte nicht mehr, ob sein Erbrochenes oder er selbst zuerst auf dem verschlammten Kellerboden landete.

Gnädige Schwärze schenkte ihm endlich Ruhe.

1:00 Uhr

Die Tür schob sich zur Seite. Leise brummelnd gab sie den Weg frei.

Edel war bestürzt. Es war nicht mehr dieselbe Welt, die er vor nicht allzu langer Zeit durchschritten hatte. Vor ihm eröffnete sich ein Anblick wie nach einem Bombenanschlag.

»Hey! Das waren aber nicht die Spurensicherer!«, gab Sven sichtlich schockiert von sich.

Edel stand unbewegt, ließ die beiden Feuerwehrleute vorausgehen, wartete, bis sie den Weg freigaben.

Sie zückten ihre Taschenlampen, die kräftigen Lichtkegel glitten über die Reste völliger Zerstörung bis in die hintersten Ecken.

Sven, gefolgt von einem SEK-Beamten, stapfte hinüber zur Waschküchentür, öffnete sie, lugte hinein, gab Entwarnung.

Edel schaute nach Lisa. Sie stand zwischen einem Sanitäter und einem zivil gekleideten Mann mit Tasche, das musste der Notarzt sein. Ein Wunder, dass heute überhaupt noch einer aufzutreiben war.

»Frau Baumgart«, winkte Edel Falkners Freundin herbei. Er sah sie zusammenfahren, bevor sie sich in Bewegung setzte. »Nein«, beruhigte er sie, »hier ist niemand. Wir gehen jetzt einen Stock tiefer.« Sie nickte.

Edel gab Gundula ein Zeichen, sich an Lisa Baumgarts Seite zu begeben, dann winkte er Sven zu sich. Sie stiegen die nächste Treppe hinab.

Die Feuerwehrleute waren bereits nach unten verschwunden. Zusammen mit den Beamten vom SEK.

»Herr Hauptkommissar«, schallte ihnen eine Stimme entgegen. »Schnell, kommen Sie!«

Edel sprang die letzten Stufen hinab, Sven ebenso. Der Anblick war hier nicht weniger schlimm. Alles verkohlt, verschlammt.

Die Baumgart schrie auf, rannte urplötzlich mitten hinein ins nicht überblickbare Durcheinander. Blieb erst stehen, als sie den SEK-Beamten erreicht hatte, der neben einem Körper hockte. Schon kamen der Sanitäter und der Arzt heruntergestürmt.

Edel verschaffte sich rasch Klarheit über die Lage, sprach mit den SEK-Beamten, die von ganz unten zurückkamen, gab ihnen zu verstehen, das komplette Haus zu durchsuchen, und dass ihr Einsatz, falls sie nichts Weiteres mehr fänden, als beendet galt. Dann ging er zu dem Notarzt, der schüttelte nur den Kopf.

Edel beugte sich hinab, sah in das Gesicht, das er bisher bloß als Phantombild gekannt hatte.

»Anton Romberg«, sagte er nur. »Todesursache?«

Ehe der Arzt zu seinem Kurzrapport ansetzte, erkannte Edel auch so, was diesem Mann das Leben entrissen hatte. Da war nichts mehr zu machen.

Er hörte ein Aufschluchzen.

Lisa Baumgart kniete auf dem Boden. Neben ihr der Sanitäter.

Nein! Nicht auch noch der Junge!

Gundula und Sven standen aufrecht hinter Falkners Freundin.

Der Arzt schloss seine Begutachtung an Rombergs Leichnam ab, ging schnell hinüber, kam dem Sanitäter zur Hilfe.

Edel folgte ihm, langsam, um die womöglich schlimme Nachricht hinauszuzögern. Er sah, wie Arzt und Sanitäter sich unterhielten, sah, wie sie am leblosen Falkner herumhantierten, Kanülen legten, Flaschen anschlossen.

Bestand noch Hoffnung?

»Geht der Aufzug?«, fragte der Arzt unvermittelt an den Feuerwehrmann gewandt, der von unten heraufkam.

»Ja, den kann man wieder anstellen, kein Problem. Feuer gibt's nicht mehr, der Zug kann abrücken. Wir lassen allerdings eine Brandwache da.«

Zwei weitere Sanitäter brachten eine Trage herbei.

Edel ging zum Arzt, der sich soeben aufrichtete. »Wie steht's um den jungen Mann?«

»Hat viel Blut verloren. Vermutlich Messerstiche. Dazu Prellungen, Platzwunden und womöglich innere Blutungen. Näheres kann erst nach den Untersuchungen gesagt werden.«

Abrupt wandte er sich an seine Begleiter: »Ab mit ihm in die Klinik!«

1:45 Uhr

Es war die reinste Hölle gewesen.

OPs am laufenden Band, das Schreien und Wimmern der Unfallopfer, das Klagen der herbeigeeilten Angehörigen, dazwischen Fragen stellende Polizeibeamte.

Mittlerweile wusste Dr. Söllnitz, dass insgesamt zwölf LKWs und siebenunddreißig PKWs ineinander gerauscht waren. Hilflos der Schmiere auf den Fahrbahnen beider Richtungen ausgeliefert.

Vor wenigen Minuten war etwas Ruhe eingekehrt und er gönnte sich eine Pause auf seiner Liege im Büro, schloss die Augen.

Schon ging der Pieper erneut los.

Auf seine Rückfrage hin wurde er informiert, dass zu allem Übel schon wieder eine Notoperation anstand. Der Patient war ein junger Mann, der bei einer Polizeiaktion lebensgefährlich verletzt aufgefunden worden war.

Ruckzuck war Dr. Söllnitz auf den Beinen, machte sich Gesicht und Hände frisch, zog den Kittel über und rannte los, hinunter in den OP.

Lebensgefährlich verletzt konnte in diesem Fall alles heißen. Anders als nach einem Unfall wusste man in diesen Fällen vorher kaum, was einen erwartete.

Am besten, er bereitete sich auf das Schlimmste vor.

X

Samstag, 7. Dezember

Der Vater ein Mörder, die Mutter eine Schlampe – das Leben ist so ungerecht. Dieses niederschmetternde Wissen raubt ihm alle Kraft.

Er will damit nicht leben, will sterben.

Alles tut so weh.

Gesichter erscheinen vor seinen Augen, verbreiten Hektik, verschwimmen, verschwinden.

Die Schmerzen versiegen, er kann sich entspannen, sich erfreuen. Am vielen Geld – die Entschädigung für eine schicksalhafte Ungerechtigkeit. Das Geld, mit dem er sich alles kaufen kann, nur nicht seine Herkunft.

Stimmen wollen Zugang finden, zu ihm, zu seinen Gedanken. Wollen ihn herausholen aus seinem Kokon. Er lässt es nicht zu.

Er will heim, sein Haus wartet auf ihn.

Einsam, verwaist, so wie er.

Er braucht seine Höhle, wo er sich verkriechen kann, wo er sein kann, wie er ist.

Da steht jemand vor dem Tor, grinst, lehnt lässig am Heck eines roten Mustangs, raucht.

»Was willst du?«, schreit er den Eindringling an.

»Mit dir reden«, sagt der. Als wolle er um die verlorene Freundschaft buhlen, ihm Geld abluchsen.

Nicht mit ihm, nicht jetzt, zu spät.

»Komm rein«, sagt er dann. Es ist an der Zeit zu zeigen, was dem anderen niemals gehören wird.

Gier begleitet sie auf ihrem Rundgang. Eine unsägliche Gier.

Am Ende jagt er ihn fort, weidet sich an der Enttäuschung, der Bitterkeit, ja dem Hass im Gesicht des anderen.

Er ist berauscht von dem Wissen: Der wird niemals über diese Niederlage hinwegkommen.

Ihm egal.

Er will schlafen.

Nur noch schlafen.

Die Dunkelheit fängt ihn wieder ein.

*

Es stand knapp um den jungen Millionär.

Dr. Söllnitz kämpfte hart. Operierte mit voller Konzentration. Leider war das größte Problem der hohe Blutverlust. Der raubte dem Körper Sauerstoff und führte zum sicheren Tod. Sauerstoff, den die Infusionen nicht lieferten; sie erhöhten zwar das Flüssigkeitsvolumen, aber den lebensnotwendigen Sauerstoff enthielten nur die roten Blutkörperchen.

Die letzte Konserve war bereits angehängt. Die letzte der Blutgruppe Null negativ. Sehr selten und zu allem Übel mit keiner anderen kompatibel.

Der wenige Vorrat war verbraucht oder in eine andere Klinik abgegeben worden. Mit Nachschub war so schnell nicht zu rechnen.

Ausgerechnet heute – es kam immer alles zusammen.

Und ausgerechnet dieser junge Patient war adoptiert. Verwandtschaft mit derselben Blutgruppe konnte er abhaken.

Aber er brauchte dringend mehr Blut, um ihn zu stabilisieren, bis der Nachschub kam.

Und Glück, am besten eine Riesenportion davon, denn trotz alldem würde er bei den Adoptiveltern nachfragen müssen.

***

Markus waren nicht nur die Füße, sondern auch der Hintern eingeschlafen, so lange schon saß er reglos auf diesem Stuhl im Warteraum vor den OP-Sälen. Ein Blick auf die Armbanduhr bestätigte seine Vermutung, dass es draußen längst hell sein musste. Hier gab es kein Fenster.

Emma hingegen lief ständig auf und ab, hinaus in den Gang, zur Toilette und wieder zurück, saß für ein paar Minuten, um dann wieder von vorne zu beginnen.

Sie machte ihn ganz nervös, aber er sagte nichts. Beide sagten nichts. War vielleicht falsch, dennoch, worüber hätte er reden sollen?

Eigentlich hätten sie beide am Frühstückstisch sitzen müssen, mit frischen Brötchen und duftendem Kaffee. Hätten sich unterhalten und den Samstag geplant, hätten Jonie und Lisa für den morgigen zweiten Adventssonntag eingeladen.

Ja, eigentlich.

Lisa schlief in einem Klinikbett, und Jonathan – hoffentlich überlebte er.

Markus hörte Stimmen auf dem Gang, die gläserne Tür ging auf und Dr. Söllnitz trat herein.

»Und?«, überfiel er den Arzt. Lauter als gewollt.

Das freundliche Gesicht des Arztes wirkte grau und übermüdet. Ein kurzes, kaum vernehmliches Lächeln huschte über seine Lippen.

»Er kommt durch. Er ist jung, stark und hat eine gute Kondition. Und jetzt auch ausreichend Blut. Denn mit Hilfe Ihres Blutes, das außergewöhnlich gut passt, gibt es vermutlich keine Schwierigkeiten mehr. Und jede Minute erwarten wir frische Konserven.«

Dr. Söllnitz legte eine Pause ein, als denke er über etwas nach.

Dann sagte er: »Es grenzt wirklich an ein Wunder, dass Sie die gleiche Blutgruppe wie Ihr Adoptivsohn besitzen.«

Markus kniff die Augen zusammen, wollte nachhaken.

»Gott sei Dank!«, rief Emma dazwischen. »Dürfen wir zu ihm?«

»Ja, aber nur ganz kurz. Reden können Sie nicht mit ihm, ich habe ihn in ein künstliches Koma gelegt.«

»Was?«, entfuhr es Markus.

»Das ist zu seinem Schutz.«

Der Arzt wandte sich Emma zu. »Gehen Sie ruhig schon vor. Ich muss mit Ihrem Mann noch eine Kleinigkeit klären.«

Emmas skeptischer Blick sprach Bände, als sie sich zögerlich abwandte, um der Schwester zu folgen.

Sie war kaum verschwunden, schaute Dr. Söllnitz ihm fest in die Augen.

»Also, Herr Falkner, es geht um Ihr Blut. Wir mussten es natürlich vor der Transfusion untersuchen. Denn davon abgesehen, dass Sie zufällig ebenfalls diese seltene Blutgruppe besitzen, habe ich noch eine Kreuzprobe vorgenommen, um jeglichen Komplikationen vorzubeugen. Das verstehen Sie doch?«

Markus überkam ein Frösteln. »Ist es nicht in Ordnung?«

»Doch, doch, in dieser Hinsicht kann ich Sie beruhigen.«

»Aber?«

»Nun, Herr Falkner, es geht um Jonathan. Er war ein Findelkind und Sie haben ihn adoptiert. Das ist doch richtig, oder?«

»Ja.« Worauf wollte der Arzt hinaus?

»Also, um es kurz zu machen«, der Arzt räusperte sich. »Kennen Sie seine biologischen Eltern?«

Markus wurde es beinah schwarz vor den Augen. Was sollte er dem Arzt sagen?

»Na ja«, druckste er herum, »wir wissen, wer seine leibliche Mutter war.«

»Und sein Vater?«

Der intensive Blick des Arztes durchbohrte Markus nahezu.

»Sein Vater war doch der Tote, dieser Romberg.«

Dr. Söllnitz zog seine Stirn kraus. »Nun, dann haben wir ein

Problem, Herr Falkner. Anton Romberg ist definitiv nicht Jonathans Vater.«

»Ist er nicht?« Markus zitterte.

»Ich habe die Akten von einem Kollegen aus dem Labor übernommen und dort die Auswertung eines illegal eingereichten Vaterschaftstests entdeckt. Leider wird dieser Kollege nicht mehr kommen und kann somit auch nicht zur Rechenschaft gezogen werden. Im Nachhinein darf ich Ihnen sagen, dies war Dr. Melcher.«

Markus war verwirrt. Was hatte sein Blut mit Jonathans Blut und mit Anton und dem anderen Arzt zu tun?

»Hatte Dr. Melcher nicht einen Sohn, der Selbstmord verübt hat? Es war schon schlimm damals.« Markus stockte.

»Nun, Herr Falkner, da Sie es ohnehin morgen aus der Zeitung erfahren werden, kann ich es Ihnen auch gleich sagen. Dr. Melcher wurde tot aufgefunden. Hat sich vermutlich erhängt. Mitten im Stadtwald nördlich des Schlosses.«

Und so schließt sich der Kreis, dachte Markus.

»Grausig«, sagte er nur. »Aber was hat das jetzt mit meinem Blut zu tun?«

»Anton Romberg hatte einen Vaterschaftstest in die Wege geleitet.«

»Das erwähnten Sie bereits.«

»Und der hat ergeben, dass er nicht der Vater war.«

»Das sagten Sie auch schon.«

»Aufgrund der Transfusion habe ich eine Kreuzprobe vorgenommen.«

»Ja, ja – und?«

Dieser befremdliche Blick in den Augen des Arztes, auf was wollte er hinaus?

»Ich fand es höchst auffällig, dass Sie beide die seltene Blutgruppe Null negativ besitzen. Als ich dazu feststellte, dass Sie der ideale Spender schlechthin sind, habe ich ein weiteres Laborergebnis eingesehen. Dieses hat ergeben, sowohl Jonathans Blut als auch Ihres weist zusätzlich das seltene Blutgruppenmerkmal Kell positiv auf.«

Markus fühlte, wie Eis durch seine Adern rann. »Das bedeutet?«

»Ihr Blut ist nahezu identisch mit Jonathans Blut. Das bedeutet eine nahe verwandtschaftliche Beziehung.«

Entsetzt starrte Markus den Arzt an. »Wie ist das möglich?«

Der Arzt versuchte vergeblich, sich ein Grinsen zu verkneifen. »Möchten Sie eine DNA-Analyse durchführen lassen?«

Dienstag, 10. Dezember

Der Tag der Wahrheit. Und er hatte sich entschieden, Emma neben sich zu haben, ihr aber vorher nichts zu sagen. Um nicht unnötig schlafende Hunde zu wecken.

Sie warteten im Büro von Dr. Söllnitz, die Minuten verrannen. Der Arzt war zu einem Notfall gerufen worden, hatte die Sekretärin gesagt und ihnen beiden eine Flasche stilles Wasser und zwei Gläser gebracht.

Also würde es noch dauern. Er könnte die Zeit nutzen und alles beichten. Rigoros alles schon fast Vergessene. Die Wahrheit ließ sich niemals für ewig begraben. Irgendwann fand sie ihren Weg in die Freiheit.

Markus war aufgewühlt. Was würde sich ändern, falls der Arzt Recht behielt?

Emmas verwirrter Blick schwankte fragend zwischen ihm und dem leeren Stuhl hinter dem Schreibtisch hin und her. Vermutlich begriff sie gar nichts mehr.

Markus wandte sich ab, mochte ihren Blick nicht mehr ertragen, starrte zum Fenster hinaus, starrte in die schwer beladenen Wolken, die unheildrohend über den Himmel getrieben wurden.

Zusammen mit seinen Gedanken, die ihn mitrissen, bis weit in die Vergangenheit.

Er lehnt an der Bar, Babs steht dahinter, poliert ein Glas. Dann beugt sie sich vor, und er sieht ihre rotumrandeten Augen. Selbst mit Make-up hat sie ihr Leid nicht verstecken können. Sie flüstert ihm zu, sie muss ihn unbedingt sprechen, gleich nach Arbeitsschluss. Und er ist geblieben. Der Streit mit Emma hat ihn zermürbt, so hat er keinen Grund gesehen, nach Hause zu gehen. Es ist immer der gleiche Zirkus. Sie will ein Kind, irgendein Kind adoptieren, will ihn zu suspekten Einrichtungen mitschleifen, will ihn zwingen, das Balg eines fremden Mannes als sein eigen Fleisch und Blut zu akzeptieren. Das kann er nicht. Also ist er in die Bar gegangen, um sich mit seinem Freund zu treffen. Um sich von Mann zu Mann zu unterhalten. Aber der kommt nicht.

Deshalb hört er sich Babsis Sorgen an. Es sind ja nicht seine Sorgen, deshalb kann er mit denen besser umgehen.

Zu seiner Überraschung nimmt sie ihn mit in ihre Wohnung. Schön hat sie's hier, so gemütlich und sauber. Hat er irgendwie nicht erwartet. Sie schenkt ihm einen Whisky ein, und als er den ersten Schluck hinunterlaufen lässt, laufen ihr die Tränen aus den Augen.

Ihr Mundwerk läuft auch über, die Worte sprudeln heraus. Er kann ihr fast nicht glauben. Doch weshalb sollte sie lügen?

Er will sich die Ohren zuhalten, nichts über schmutzige Dinge hören, die sein Freund begangen haben soll, aber Satz für Satz tut sie ihm mehr leid. Die Farbe um ihre Augen ist schwarz verwischt, die Nase läuft ihr und sie schnäuzt sich. Ein Häufchen Elend sitzt vor ihm, und er nimmt sie in die Arme.

Sie bebt und klammert sich an ihn.

Er gibt ihr den Rat zu einer Anzeige, fährt ihr durchs Haar und küsst sie auf die Stirn, während sie ihm sagt, dass ihre Periode ausgeblieben ist und sie jetzt Angst hat.

Sie trinkt mehr als nur einen Whisky mit ihm und ihm wird heiß. Sie verschwindet ins Bad, sieht anschließend frisch und rosig aus, gar nicht mehr traurig und verzagt.

Das gibt ihm Mut zu mehr Vertraulichkeit und Aufdringlichkeit, er kann seine gierige Leidenschaft kaum zügeln. Und obwohl ihr sein Eindringen nichts auszumachen scheint, obwohl sie keine Abwehr zeigt, sondern durch ihre Bereitschaft ihn noch anzufachen versucht, schämt er sich hinterher. Doch geschehen ist geschehen.

Markus schüttelte rasch die erdrückenden Gedanken ab, denn der Arzt trat herein.

Nach der Begrüßung kam er auch gleich zur Sache, wohl davon ausgehend, dass Markus seine Frau bereits vorbereitet hatte, auf das, was nun unweigerlich kommen würde.

»Das Ergebnis bestätigt meine Vermutung, Herr Falkner«, begann Dr. Söllnitz schonungslos, und Markus bemerkte, wie Emma kreidebleich wurde.

»Jonathan ist Ihr Sohn«, sagte der Arzt leise und freundlich lächelnd.

Emma Augen begannen zu flattern. Ihre Atemzüge wurden schneller.

»Jonathan ist dein richtiger Sohn?«, presste sie heraus, kaum mehr als ein Flüstern. Dann schlug sie sich die Hände vor den Mund, als sei ihr etwas höchst Peinliches über die Lippen gerutscht.

Spätestens jetzt musste der Arzt kapiert haben, dass Markus seine Frau noch nicht eingeweiht hatte. Aber er hielt sich zurück, nur seine Augen wanderten zwischen ihnen hin und her.

Markus suchte nach einer Rechtfertigung.

»Ich glaube, ich habe es schon immer geahnt. Aber es hatte einfach nicht sein können. Er war Antons Sohn, vom ersten Augenblick an. Da hatte nichts anderes zur Debatte gestanden. Sie war doch schon schwanger –«

»Wie bitte?«, fauchte Emma. Zu Recht.

»Gut, Jonathan ist also mein leiblicher Sohn. Aber er ist nicht nur mein Sohn. Er ist *unser* Sohn.«

Besser eine schwache Verteidigung als gar keine.

Jetzt kippte Emma zur Seite, Markus langte nach ihr und hielt sie fest, bis der Arzt herumgeschnellt war, sie packte und auf den Boden legte. Er lagerte ihre Beine höher, fühlte ihren Puls, tätschelte ihre Wangen und kniff sie in den Oberarm. Sie kam gleich wieder zu sich.

»Geht es wieder?«, fragte Dr. Söllnitz.

Sie nickte und richtete sich auf. Markus und der Arzt halfen ihr zurück auf den Stuhl.

»Tut mir leid«, nuschelte sie.

»Ist doch nichts passiert«, sagte Dr. Söllnitz gütig, fühlte nochmals nach ihrem Puls und machte Platz für Markus.

»Emma-Schatz«, würgte er hervor, »bitte verzeih mir, vergib mir, dass ich niemals mit dir darüber gesprochen habe. Ich bin so ein Feigling.«

»Ja.«

Schweigen breitete sich aus. Und unendliche Verlegenheit. Markus schämte sich zutiefst. Insgeheim allerdings war er stolz auf sich. Und stolz auf seinen Sohn, den er heute zum zweiten Mal geschenkt bekommen hatte.

Meine Güte, nicht Anton, sondern er war der Vater von Babsis Jungen. Nicht nur Babsi und Anton, auch er war dem fürchterlichen Irrtum unterlegen gewesen – die ganze Zeit, all die Jahre. Dieser fatale Irrtum hatte Babsis Tod verursacht, sie hatte Romberg auf Alimente verklagen, ihn damit erpressen wollen, ihn unter Druck gesetzt. Bis die Bombe geplatzt war, bis alles in einem wütenden Chaos endete. All diese Menschen hätten nicht sterben müssen.

Und das Schlimmste, Markus hatte Babsi damals zur Anzeige bestärkt. War alles seine Schuld? Hätten sie nicht alles auf sich beruhen lassen, Romberg ziehen lassen können?

Dreiundzwanzig Jahre hatte er seinen leiblichen Sohn großgezogen, im Glauben, Rombergs Sohn vor sich zu haben, und immer mit dem Gefühl, Babsi einen Gefallen zu tun, ihr den letzten Dienst zu erweisen und ihrem Kind ein Heim zu geben, denn das konnte ja nichts dafür. Warum er es derart lieb gewonnen und schon bald als sein eigenes betrachtet hatte, verstand er erst jetzt. Dafür war das Band zwischen ihnen verantwortlich, das Band zwischen Vater und Sohn, geboren aus dem Blut, das in ihnen floss.

»Ich lasse Sie beide allein«, sagte Dr. Söllnitz und verließ das Büro, nicht ohne Markus aufmunternd auf die Schulter geklopft zu haben.

Freitag, 13. Dezember

Es wurde heller um ihn herum.

Er hörte leises Piepen. Gleichmäßig, kontinuierlich.

Und er hörte eine Stimme.

Die Stimme wurde lauter. Nicht aufdringlich.

»Herr Falkner? Hören Sie mich? Sie können Ihre Augen jetzt öffnen.« Eine sanfte Männerstimme. Fremd.

Der hatte leicht reden. Die Augen klebten, als hätte jemand Pattex hineingekippt. Er spürte kühlende Feuchtigkeit, ein sanftes Wischen. Er wollte sich aufstemmen, jemand hielt ihn davon ab. Behutsam. Beharrlich.

»Bitte, bleiben Sie liegen. Öffnen Sie nur Ihre Augen.«

Was würde ihn erwarten? Was war übrig von ihm, von seinem geschundenen Körper?

Was war mit …?

»Lisa?«, sagte er, aber er hörte seine Stimme nur als heiseres Raunen.

Der Mann in seiner Nähe schien ihn verstanden zu haben.

»Sie ist auf dem Weg hierher. Auch Ihre Eltern.«

Jonathan fühlte, wie sich die Lider lösten, sich allmählich aufschoben und Licht in die Pupillen ließen.

Bis sie ganz geöffnet waren und er sich in einem abgedunkelten Raum wiederfand.

Rechts stand ein Mann, der Arzt, jünger als vermutet, und links eine Krankenschwester, etwa im Alter seiner Mutter.

Sein Bett war anscheinend das einzige in diesem Raum.

»Ich bin Dr. Söllnitz. Willkommen zurück, Herr Falkner.«

Er strich mit seiner Hand über Jonathans Unterarm und nickte zuversichtlich. Dann begannen der Arzt und die Schwester, fürchterlich an ihm herumzuwerkeln.

Jonathan ließ sie gewähren. Was blieb ihm anderes übrig?

Bald darauf stand *sie* am Fuße seines Betts und lächelte. Irgendetwas war anders an ihr. Nicht ihr offenes Haar, nicht der blaue Fleck auf der Stirn, nicht ihr blasses Gesicht. Etwas fehlte.

»Hi, Lisa.« Er bemühte sich, seiner Stimme einen festen, gesunden Klang zu geben.

»Wie geht's?«, fragte sie leise, zeigte ziemlichen Respekt vor all dem Gerät, das ihn einkesselte.

Jonathan ließ seine Blicke schweifen über die wichtig aussehenden Apparaturen an seiner linken Seite, lauschte dem rhythmischen Piepen. Über ihm baumelten Flaschen und in seinem Körper steckten Schläuche und Infusionsnadeln. Außerdem hatte er starken Durst und fühlte sich einfach beschissen.

»Gut«, sagte er und versuchte, ihr ein aufmunterndes Lächeln zukommen zu lassen.

Sie stellte einen Stuhl auf die rechte Bettseite, setzte sich.

Er konnte seine Augen nicht von ihr abwenden. »Du siehst so – anders aus.« Ein wirklich dämliches Kompliment.

»Ja, eine schöne Zierde auf der Stirn.«

»Nein, das meine ich nicht.« Da wusste er es. »Wo ist deine Brille?«

»Die habe ich verloren, als der Mistkerl mich aus dem Auto gerissen und mitgeschleppt hatte. Die Leute von der Spurensicherung haben sie kaputt gefunden. Ich habe sie ihnen gelassen – für ihre Asservatenkammer!« Sie grinste schelmisch.

»Und jetzt?«

»Jetzt trage ich Kontaktlinsen. Die verlier ich nicht so schnell, falls mal wieder einer über mich herfällt.«

»Hey! Red nicht so.«

Ihm zog sich alles zusammen. Sein Herz schmerzte, wenn er an Rombergs Attacke dachte. »Es tut mir alles so leid, Lisa. Hat der Scheißkerl dich sehr verletzt?«

»Nur ein bisschen – kaum der Rede wert. Die Angst war schlimmer.«

Er fühlte sich so schuldig. »Oh, Lisa, ich hätte mir niemals verziehen, wenn er dir etwas angetan hätte. Ich hoffe, er ist tot.«

Keiner hatte ihn bisher aufgeklärt, was mit Romberg war. Überhaupt gar nichts hatten sie ihm gesagt. Nur, dass er selbst nahezu eine Woche im Koma gelegen hatte, um sich zu regenerieren. Und als sie ihm aufzählten, welche Verletzungen er davongetragen hatte, war ihm fast übel geworden.

»Hat man dich noch nicht informiert?« Sie kniff ihre Brauen zusammen.

»Worüber? Nun sag schon.«

»Ja, er ist tot. Aber bitte rede nicht so über ihn. Er war dein Vater. Wie verbittert muss er gewesen sein, wenn er sich zu solchen Handlungen hinreißen ließ.«

»Verbittert? Ein feiger, geldgeiler Mörder war er. Und so etwas ist mein Erzeuger.« Sein Selbstmitleid zerriss ihn schier, seine Augen brannten. »Meine Mutter eine Hure, mein Vater ein Mörder.«

Lisas Hand legte sich sanft auf seinen Unterarm. »Das spielt keine Rolle. Diese Eltern stehen höchstens auf irgendeinem Papier. Deine richtigen Eltern hingegen stehen draußen und haben um dein Leben gebangt. Sie lieben dich. Wie ich.«

Jonathan versank in ihrem gütigen warmen Blick, ganz ohne ausbremsendes Glas davor. Daran musste er sich noch gewöhnen.

Er hob seine Arme leicht an, ein Gefühl, als wären sie Bleiklumpen, und Lisa rutschte herüber auf die Bettkante, stützte ihre Arme ab und ließ ihren Kopf sanft auf seine Schulter gleiten.

Es war zwar die mit dem gebrochenen Schlüsselbein, aber er ließ sie gewähren, hörte sich flüstern: »Lisa, ich liebe dich, ich liebe dich.«

War jetzt ein Traum wahr geworden?

Die Tür öffnete sich, beinahe zu leise, beinahe hätte er nicht bemerkt, wie seine Eltern ins Zimmer traten.

»Wir stören hoffentlich nicht?«, sagte sein Vater mit fröhlich lauter Stimme.

Lisa erhob sich, machte seinen Eltern Platz. Von beiden Seiten stürmten sie auf ihn ein.

»Wir haben gerade mit deinem Arzt gesprochen«, plapperte seine Mutter los. »Er ist sehr zufrieden mit dir. Wird dich noch ein paar Tage aufpäppeln lassen, dann könntest du sogar an Heiligabend zu Hause sein.«

»Schön.« Er schluckte.

Schaute seiner Mutter zu, wie sie einen gewaltigen Blumenstrauß in eine Vase steckte, wie sie ihn auf den Nachttisch drapierte, wie sie sich auf den Stuhl setzte.

»Blumen – für mich?« Es war schon sonderbar.

»Warum nicht? Es ist mir ein Bedürfnis, dir ein wenig buntes Leben ins Zimmer zu stellen.«

»Danke.«

Jonathans Vater stand schweigend auf der linken Seite. Hatte er etwas auf dem Herzen?

»Was ist?«, fragte Jonathan und versuchte, sich aufzurichten. Was misslang.

Sein Vater langte nach dem Steuergerät, das weit über dem Bett baumelte, zog es herunter.

»Hier, mein Sohn. Hier drücken. Rauf oder runter. Mein Sohn.«

»Danke«, sagte Jonathan, nun doch einigermaßen misstrauisch.

Er ließ das Kopfteil ein bisschen nach oben steigen. Was seinem Körper gar nicht guttat. Aber er unterdrückte den Schmerz.

Sein Vater wollte etwas loswerden. Das prangte ihm förmlich auf der Stirn.

»Mein Blut fließt in dir«, begann er auch sogleich.

Jonathan überlegte. »Hast du mir welches gespendet? Und das ging so ohne Weiteres?«

»Ich habe geholfen, dir zum zweiten Mal das Leben zu retten.«

»Okay, danke.«

Was war mit seinem Vater los?

»Du bist mein Sohn.«

»Ich weiß.«

»Nein, weißt du nicht. Du bist mein *Sohn*!«

Jonathan zögerte. »Ja.«

»Ich bin dein *Vater*!«

»Ja. – Ich weiß«, sagte Jonathan gedehnt.

»Eben nicht. Nichts weißt du, mein Sohn.«

Sein Vater legte eine Pause ein. Das Schweigen war zum Ersticken.

Dann räusperte er sich.

Und endlich: »Ich bin dein leiblicher Vater. Du entstammst aus einem – heute würde man sagen – One-Night-Stand mit einer sehr liebenswürdigen, sehr hübschen und damals sehr verzweifelten jungen Frau.«

Er sah auf ihn herab. Erwartungsvoll.

Es war, als hätte eine göttliche Macht einen Reset-Knopf gedrückt. Als hätte er sein Leben ein zweites Mal durchlaufen, blitzgeschwind in Nanobruchteilen von Sekunden. Als hätte sich alles neu aufgerollt und alles Böse und Falsche war verschlungen, verjagt, getilgt. Mit einem Schlag hatte sich die Welt verändert.

Warum erschreckte ihn das nicht? Warum nahm er das so gefasst hin und fühlte sich so – erleichtert? Er konnte nicht mehr an sich halten, so grotesk empfand er die Situation.

»Na, dann war dein One-Night-Stand ja erfolgreicher als gedacht. Papa!«

Seinem Vater standen Tränen in den Augen. »Danke«, sagte er und strich ihm über die Stirn.

Jonathan sah zu seiner Mutter hin. Was war mit ihr? Was hielt sie von der neuen Lage?

Als hätte sein Blick sie motiviert, lachte sie auf. »Tja, Jonie, es gibt sicher nicht viele betrogene Ehefrauen, die vom Seitensprung ihres Mannes derart profitieren wie ich.«

***

Es war kurz vor Feierabend, als Sven vom Chef ins Büro gerufen wurde. Gundula stand an dessen Schreibtisch, in der Hand eine Flasche verpackt in Geschenkpapier.

»Das Krankenhaus hat uns informiert, dass Falkner aufgeweckt wurde«, erklärte sie. »Er hat allem Anschein nach die Tortur ganz gut weggesteckt.«

»Toll, und jetzt wollt ihr ihn besuchen?«

Seine Kollegen blickten sich an, als ob sie etwas ausheckten. Gefiel ihm überhaupt nicht.

»Nein«, sagte Frederik, »wir dachten da an dich. Wir meinen, du bist ihm etwas schuldig.«

»Ihr macht einen Scherz.«

Gundula drückte Sven die Flasche in die Hände und grinste. »Richte Falkner einen herzlichen Gruß von uns aus.«

Mit einem mulmigen Gefühl im Bauch betrat Sven das Krankenzimmer.

Dämmriges Licht, Monitore, auf denen suspekte Aufzeichnungen liefen, und ein schlafender Patient förderten nicht gerade einen forschen Krankenbesuch.

»Hallo, Herr Falkner«, sagte er, nur um etwas gesagt zu haben. Falls der Knabe es nicht hörte, war es gerade recht.

Aber Falkner schlug die Augen auf, blinzelte, musterte ihn schweigend. Bis das Erkennen einsetzte, bis er die Augen zusammenkniff.

Sven hätte sich am liebsten wieder rücklings zur Tür hinaus verdrückt. So einfach ging das allerdings nicht. Also trat er ein paar Schritte näher an das Bett heran und noch einen bis vor den Beistelltisch, genauestens verfolgt von überaus skeptischen Blicken.

»Habe was zur Stärkung mitgebracht. Und einen Gruß von Hauptkommissar Edel und Hauptkommissarin Siebert.«

Falkner schwieg weiterhin. War fast schon beklemmend.

Sven stellte die Flasche auf die Ablage. Hatte kaum Platz.

»Ist ein guter Fruchtsaft. Viel Vitamine. Hat meine Kollegin extra im Reformhaus geholt. Tut Ihnen garantiert gut.«

Endlich kam Regung in den geschundenen Körper, der jetzt erheblich schmaler wirkte, als er ihn in Erinnerung hatte. Na ja, er hatte auch einiges durchgemacht.

»Danke!«, sagte Falkner leise und griff nach der über ihm baumelnden Schaltung, erhöhte sein Kopfteil.

Sven bemerkte das leicht verzerrte Gesicht. »Sie haben ganz schöne Blessuren davongetragen. Tut es arg weh?«

Wieder der abweisende skeptische Blick. Also, wenn der Herr nicht wollte, er konnte auf der Stelle verschwinden.

»Es geht. Kriege einen Haufen Medikamente. Aber kein Morphium, hab extra gefragt.« Ein schwaches Grinsen überzog Falkners Gesicht.

Svens Anspannung löste sich, er lehnte sich ans Fußteil des Betts. »Das will ich auch geraten haben. Damit ich nicht wieder auf falsche Fährten gelenkt werde.«

»Ich streng mich an.«

»Ihre Autos sind jedenfalls ungeschoren davongekommen.

Trotz der rapiaten Behandlung durch die KTU. Hab den Porsche sorgfältig abgestellt«, sagte Sven zur Hebung der Stimmung.

Falkners Blick lockerte sich, er nickte wissend. »Die Autos verkaufe ich. Ich kann sie nicht mehr fahren.«

Sven erschrak. »Sie werden doch wieder gesund?«

Falkner lächelte. Ein verbittertes Lächeln.

»Möchten Sie den Porsche?«

Sven gab sich ein, zwei Sekunden, bevor er antwortete. »So verlockend das Angebot auch ist, aber dazu muss ich erst mal im Lotto gewinnen.«

Er setzte ein freundliches Grinsen auf, hoffentlich missverstand ihn Falkner nicht. »Ich spiel übrigens schon fleißig Lotto! Könnten Sie mir nicht einen Tipp geben?«

Sven sah, wie es in Falkner arbeitete. Aber er wirkte in keiner Weise persönlich angegriffen oder beleidigt.

»Nein, das ist reines Glück.«

»Ich dachte, Lottospielen sei berechenbar? War das nicht einmal Ihre Theorie?«

Da lachte Falkner auf. »Das Glück ist nicht berechenbar.«

»Schade.«

Nun war eine günstige Gelegenheit, das loszuwerden, weswegen er ja letztlich hierher geschickt worden war.

»Ähm, Herr Falkner«, begann er und fühlte sich durch und durch unwohl, »ich möchte Sie um Entschuldigung bitten. Wegen meines ungehörigen Benehmens. Das hätte mir nicht passieren dürfen.«

Falkners Augen schmälten sich erneut zu Schlitzen, die Lippen presste er aufeinander. Was für ein fürchterlich misstrauischer Kerl. Traute er nicht mal einer aufrechten Abbitte?

»Jeder macht Fehler.« Falkners Mimik entkrampfte sich wieder, ein Schmunzeln umspielte seinen Mund.

Sven lächelte dankbar zurück. Falkner war zwar auf seine Art und Weise ein Freak, aber durchaus okay.

Weihnachtswoche

Es war mild, die Sonne schien, und er durfte nach Hause. Einen Tag vor Heiligabend. Er tat sich schwer in seinen Bewegungen, aber er hatte darauf bestanden.

Die Feiertage verliefen nach dem gleichen Schema wie früher. Mit dem Unterschied, dass Lisa täglich zugegen war, und das Zusageschreiben des Genfer Forschungszentrums CERN unterm Tannenbaum lag.

Er ließ sich treiben, behüten, verwöhnen.

Fokussierte seine Anstrengungen darauf, wieder gesund zu werden, seine Kräfte zurückzuerlangen, konzentrierte sich auf das Jetzt, auf die schön dekorierte Wohnung, auf das gute Essen, auf das neu geschenkte Leben.

Nahm gerne väterliche Bevormundung und übermütterliche Zärtlichkeiten in Kauf, nur damit er das ausblenden konnte, mit dem er sich unweigerlich aufs Neue auseinandersetzen musste.

Sein Haus, sein Park, sein geliebtes Anwesen.

Er plante genau den Tag, an dem er seinen Grund und Boden wieder betreten würde.

Nichts durfte dem Zufall überlassen oder von bösen Überraschungen heimgesucht werden.

Silvester

Am späten Nachmittag des 31. Dezembers stand er vor dem Tor, dem provisorisch errichteten.

Alleine. Im dämmrigen Zwielicht zwischen kurzem Tag und langer Nacht.

Das Taxi war bereits verschwunden.

Das Tor konnte er mit einem normalen Schlüssel öffnen, sein Vater hatte ihm einen gegeben.

Er schloss es hinter sich ab, sog die wunderbare Luft in seine Lungenflügel, die beinah frühlingshafte, und ging die Auffahrt hinauf.

Langsam. Sehr langsam.

Nicht nur wegen der körperlichen Handicaps und der vermaledeiten Krücke, die schmerzhaft in seine linke Achsel drückte.

Nein, es gab noch etwas anderes, das ihn ausbremste. Vielleicht war es doch keine so gute Idee, in sein Haus zu gehen und so zu tun, als ob ihn nur ein böser Traum heimgesucht hätte.

Aber nein, er tat das alles ja nicht als einen bösen Traum ab, er stellte sich der grausamen Wahrheit. Er wollte sein Haus ein letztes Mal erleben, bevor er es aufgab.

Es würde einige Kosten verursachen, die Schäden beseitigen zu lassen. Dennoch würde niemals der Horror verschwinden, der von nun an in diesem Gemäuer, auf diesem Grund und Boden hauste.

Nur diese Nacht noch, zum Abschied, nur einmal noch. Dem neuen Jahr entgegentreten, die herrliche Aussicht vom genialen Dachgeschoss aus genießen, inmitten seiner Familie, inmitten der Menschen, die ihn liebten, die er liebte. Seine Freundin, seine Mutter und seinen Vater. So lange hierbleiben, so lange in guten und schlechten Erinnerungen schwelgen, bis der letzte Tropfen Champagner getilgt war.

Dann würde er in sein altes Zimmer zurückkehren, in den nächsten Tagen einen Porsche Cayenne kaufen, die Prüfungen durchziehen, danach den Job in der Schweiz antreten.

Vielleicht mit Lisa zusammen nach einer Bleibe in München suchen. Oder in der Schweiz.

Die Zeit heilt alle Wunden, heißt es.

Vielleicht auch seine.

OUTRO

Gstad am Chiemsee, über zwei Jahre später

Das Kind schlief tief und fest.

Eingekuschelt in eine hellgrüne Decke, bedruckt mit gelben Entchen, ein weißes Mützchen über das Köpfchen gezogen.

Es wog schwerer in seinen Armen als gedacht. Ein strammer Wonneproppen.

Sie saßen auf der Terrasse mit Blick zum See. Ein schönes Häuschen hatten die jungen Leute da ergattert.

Es war der 1. April, und die Sonne brannte vom Himmel, als hätte sie sich in der Jahreszeit geirrt.

Vielleicht war sie auch nur neugierig.

Kam einfach zur Begrüßung, zeigte sich von ihrer freundlichsten Seite.

Für den kleinen Erdenbürger, der ein bisschen zu voreilig das Licht der Welt erblicken wollte.

Zusammen mit seiner Schwester, die ihre großen hellwachen Augen auf Emma gerichtet hielt.

Marc und Melina, gerade drei Wochen alt, hatten der Familienplanung ihrer Eltern gehörig eingeheizt.

Und Markus hatte geglaubt, intelligenten Menschen passiere das heutzutage nicht mehr.

Tja, manchmal hatte der liebe Gott doch noch ein Wörtchen mitzureden.

Und das war auch gut so.

Karlsruhe, im August, weitere zwei Jahre später

Sie sitzen gemütlich unterm Kastanienbaum. Jonathan hat neue Gartenmöbel besorgt, Lisa und seine Mutter die Küche frisch ausgestattet, sein Vater hat sich währenddessen um die Zwillinge gekümmert. Schweißgebadet. Ohne zu murren.

Ja, Jonathan ist wieder eingezogen. Samt seiner Familie.

Warum sollen seine Kinder nicht die Pracht des Parks kennenlernen, darin herumtoben dürfen? Nichts spricht dagegen. Die Wunden sind vernarbt, der Schmerz ausgeblendet. Das Leben zerrt einen weiter.

Es ist nicht nur reichlich Arbeit gewesen, es hat auch viel Spaß gemacht, das Haus neu herzurichten, es den geänderten Bedürfnissen anzupassen.

Dazu gehörte auch, den Glaspavillon abtragen zu lassen, ihn nach Süden zu verlegen und eine Tür von der Küche aus einzubauen. Ein Kraftakt mit viel Überwindung, der sich rentiert hat. Jetzt besitzen sie einen herrlichen Wintergarten.

Und Lisa, der frischgebackenen Anwältin Dr. jur. Baumgart, hat er seinen ehemaligen Fitnessraum abgetreten für ihre eigene kleine Kanzlei. Mit einer herrlichen Terrasse davor.

Im oberen Kellergeschoss haben Lisa und er einen Raum als Aktenarchiv abgetrennt, den Kindern eine Spielecke und sich allen einen Partyraum. Ja, diese irre Idee entsprang Lisas Planungswut.

Das Medienzimmer wurde zum großzügigen Kinderzimmer umfunktioniert und das Gästezimmer erhält endlich eine Daseinsberechtigung.

Jonathans Rückzugsgebiet befindet sich im Dachgeschoss. Und jeder aus seiner Familie darf sich zu ihm gesellen, ist immer willkommen.

Seine Risikobereitschaft hat sich geschmälert, sein Vermögen ist nun weitgehend in sicheren Mietimmobilien sowie zugänglichen Gold- und Währungskonten investiert.

Einen Job hat er auch erhalten. Im Forschungszentrum in Leopoldshafen. Rechnen, Tüfteln, Experimentieren ohne Unterlass. So lange er Lust dazu hat.

Jetzt ruhen sie im Schatten des uralten Baumes aus, ein stummer Zeuge schweren Leids und friedlichen Glücks, der stete Behüter dieses kleinen Stücks Garten Eden.

Die Kohle im Grill verglimmt, die Nachmittagshitze versetzt sie alle in einen schläfrig sanften Dämmerzustand, die Kinder eingeschlossen.

Sogar Natalie ist mit von der Partie, ihre Liege steht zwischen der von seiner Mutter und Lisas. Natalie gehört mittlerweile zur Familie – als Lisas Trauzeugin und Melinas Taufpatin. Er sieht sie heute mit anderen Augen – wie so vieles.

Da weckt ihn ein lautes: »Papa, komm mal!«

Er öffnet die Augen, sieht Marc weiter hinten stehen, vor den drei kleinen Holzkreuzen ohne Namen. Die hat Jonathan anbringen lassen. Ein Akt der Vergangenheitsbewältigung.

Um die anderen nicht zu stören, geht er hin, kniet sich neben seinen Sohn.

»Ich will auch einen Hund«, fordert Marc geradeheraus. Bei ihm muss man immer auf der Hut sein.

»Einen Hund?«, vergewissert sich Jonathan überrascht.

»Du hast doch auch welche gehabt.«

»Nein, ich hatte keine Tiere.«

»Aber da liegen sie doch.«

Jonathan zieht es das Herz zusammen, als er begreift. Seine Gedanken arbeiten. Wie erklärt man einem Zweieinhalbjährigen die grausame Tat eines irregeleiteten Menschen?

Er legt seinen Arm um die kleinen, schmalen Schultern.

»Diese drei Kreuze bilden ein Fanal. Ein Zeichen für Veränderung, Zuversicht, Liebe. Und wenn du groß bist, werde ich dir die Geschichte dazu erzählen, mein Sohn.«

DANKE

Danke, liebe Leserin, lieber Leser, fürs Mitleiden, Mitbangen und einem hoffentlich wehmütigen Abschied aus dieser Geschichte.

Ja, aller Abschied tut weh – aber bringt er nicht auch Sehnsucht nach einer Wiederbegegnung? Vielleicht in einem anderen Roman? Inmitten eines gänzlich anderen fiktiven Geschehens?

Ich würde mich freuen.

»Nicht weil es schwer ist, wagen wir es nicht, sondern weil wir es nicht wagen, ist es schwer.«

Dieser Satz von Lucius Annaeus Seneca, einem römischen Philosophen und Schriftsteller, der vor zwei Jahrtausenden lebte, half mir vor vielen Jahren, eine hohe Barriere zu überwinden. Die Barriere niederzureißen, die mich zu lange daran hinderte, mich dem zu stellen, was seit meiner Kindheit in mir gezehrt und mich zu unzähligen schlaflosen Nächten getrieben hatte. Dieser Satz gewährte mir den Einstieg in einen neuen Lebensabschnitt, in eine neue Welt.

Ich fand mein neues Ziel und schrieb diesen Roman, der 2015 als mein Debüt in einem Karlsruher Verlag erschien. Der steinige Weg dorthin ließ mich oftmals an meinem Vorhaben zweifeln. Aber mit Ausdauer und Hartnäckigkeit stieß ich einen Stein nach dem anderen zur Seite, und gleichzeitig meine Bedenken.

Und immer noch stehe ich inmitten eines gewaltigen Feldes voller Steinbrocken, jeder eröffnet mir sein Geheimnis, bestärkt meine Liebe zum geschriebenen Wort und die quälende Ungeduld, nach Menschen und Schicksalen zu suchen, ihr Leben in Worte zu formen und niederzuschreiben.

Ein unermessliches Dankeschön geht an meine Familie, die mir anfänglich eher skeptisch als aufmunternd gegenübergestanden hatte, jedoch ihre Ansicht revidierte und mich schließlich unterstützte, als sie die Ernsthaftigkeit meines Vorhabens erkannt hatte.

Mein weiterer Dank gilt meiner Freundin Dr. jur. Annette Jasmin Baldes, die mir mit ihrer Erfahrung und Kritik zur Seite stand. Außerdem danke ich Sigurd Gundalin, der mich über polizeiliche und haftrichterliche Vorgehensweisen aufklärte, Gabi und Rolf Kühner für ihre sachkundigen Hinweise bezüglich der Aktivitäten eines Mathefreaks und schließlich auch Dr. med. Gregor Fröhlich für seine versierten Informationen über Bluttransfusionen und Blutgruppenbestimmungen.

Ein Hinweis: Rick Roloff und seine Band Ramcor sind meiner Fantasie entsprungen. Ebenso der Album-Titel »Blutfanal«.

Und nun, zehn Jahre später, gibt es den Karlsruher Verlag, der diesen Roman herausgebracht hat, nicht mehr, und ich musste eine Entscheidung treffen. Diese fiel nach gründlichem Abwägen zugunsten dieser Selbstpublikation aus.

Jetzt freue ich mich umso mehr, dass dieser Psychothriller weiterhin erhältlich sein wird. Bestärkt durch die aufmunternde Rückmeldung meiner Autorenfreundin Manuela Kusterer, die selbst Krimis schreibt, handelnd in unserer Heimatregion. Lieben Dank, Manuela, für das unterstützende Werbetrommelrühren!

Nach Layout-Fertigstellung erklärte sich mein Schwiegersohn, Simon Fik, bereit, eine letzte Durchsicht vorzunehmen und meine Ideen fürs Cover visuell umzusetzen. Auch ihm danke ich ganz herzlich!

Und wer sich wundert, weshalb das Titelbild nicht vollkommen der Hausbeschreibung entspricht, dem sei gesagt: Noch ist die KI nicht so klug, wie sie scheint, und kann einen guten Grafiker nicht ersetzen. Haben Sie alle Mängel entdeckt?

COMMENTS

Wir Autoren recherchieren gewissenhaft und viel, aber allwissend werden wir dadurch nicht. Deshalb sind Lesermeinungen wichtig, denn nur so können Schwachstellen aufgedeckt und Fehler in Neuauflagen ausgebessert werden.

Doch auch Lob ist vonnöten und natürlich Weiterempfehlungen. Dadurch werden Autoren unterstützt und ermuntert, weiterhin Geschichten zu erschaffen. Denn verlören Schriftsteller die Freude am Schreiben, gäbe es keine fiktiven Erlebnisse mehr zum Eintauchen in ein gemütsstärkendes Vergnügen.

Die Erstauflage von *Gier ist dicker als Blut* erhielt viel Lob. Das ist auch mit ein Grund, weshalb ich beschlossen habe, unter Beachtung der kritisierten Punkte die Geschichte zu überarbeiten und neu zu veröffentlichen.

Nachfolgend ein paar Zitate von Rezensenten, denen ich hiermit meinen Dank aussprechen möchte:

»Spannung von Anfang bis Ende. Ich habe mit Jonathan mitgelitten, gefiebert und war sehr gespannt, wie die Geschichte ausgeht. Der Schreibstil der Autorin gefällt mir sehr gut. Für dieses Buch gebe ich eine absolute Leseempfehlung für alle, die Spannung und Nervenkitzel lieben.« (»Manuela«, Amazon 05/2025)

»[…] Dass Jonathan in diese bedrohliche Lage kommt, um die es in der Geschichte geht, hat mit seiner Adoption zu tun. Und damit, dass, so empfindet es die berichterstattende Leserin, er über Seiten nicht das Naheliegende tut. Auch andere Personen verhalten sich eher ungewöhnlich. […] Und doch: Die Leserin wird in die Geschichte gezogen, um Antworten auf verschiedene Fragen, die der Text aufwirft, zu bekommen. […]« (Auszug aus Buchbesprechung des Wochenmagazins für Durlach vom 29.10.2021 | Autorin: rist; vollständiger Artikel siehe Homepage www.uschi-gassler.de)

»Der Schreibstil der Autorin (übrigens ihr Debüt-Roman) ist primär ausgezeichnet. Protagonisten und Orte werden ausgezeichnet beschrieben; der Spannungsbogen des Buches ist sehr hoch, obwohl man den Täter ja eigentlich kennt. Mir fiel es leider etwas schwer, die Zeit zwischen den Kapiteln einzuschätzen, hier hätte ich mir jeweils ein Datum als Überschrift gewünscht. Und es gibt einen deutlichen Unterschied zwischen Psychologen, Psychotherapeuten und Psychiatern. […] Nichtsdestotrotz konnte mich das Buch überzeugen. […] Auch positiv fand ich, dass hier die psychologische Seite in diesem Krimi im Vordergrund stand. Fazit: Ungewöhnlicher, spannender Krimi, der nicht immer ganz logisch ist, aber trotzdem überzeugen kann.« (»Heidi+SaintGermain«, Amazon u. a. 05/2018)

»[…] Die Geschichte wurde spannend geschildert und hat mich total gefesselt. Schlag auf Schlag geschah Ungeheuerliches, und es wurde nicht langweilig. Das Geschehen könnte tatsächlich so passiert sein. Das Ende war ein packendes Finale mit gutem Ausgang. Alles wurde aufgeklärt, und es blieben keine Fragen offen.« (»Nicole K./Tuppi«, Amazon, u. a. 02/2017)

»Die psychologische Entwicklung der Charaktere und ihr Eigenleben verleihen dem Roman eine Tiefe und auch Geschwindigkeit, die ich selten in einem Roman gelesen und erlebt habe. Gerade das ist das Besondere an diesem sehr zu empfehlenden Roman.« (»Athene100776«, Lovelybooks, nichtohnebuch, u. a., 02/2016)

»Dieses Buch lebt von der Spannung, die durch die beiden Sichtweisen erzeugt werden. Einmal der Blickwinkel mit den perfiden Schachzügen des Gärtners, zum anderen die naive Arglosigkeit Jonathans, die eigentlich nicht vereinbar ist mit seinem messerscharfen Verstand. Das Ende ist fulminant: Trick- und temporeich, grausam, spannend bis ins Letzte. Ja, der Mörder ist mal wieder der Gärtner, aber trotzdem ist es nicht das normale Klischee eines betulichen Krimis, denn hier paart sich Wahnsinn mit Habgier und sorgt für atemlose Spannung.« (»fredhel«, Lovelybooks, Amazon, u. a. 02/2016)

»Dieses Buch ist absolut lesenswert. Ich finde, es ist ein sehr spannender Thriller, den man sich als Fan dieses Genres nicht entgehen lassen sollte. Jonathan ist ein sehr interessanter Protagonist, bei dem es sich wirklich lohnt, ihn ein Stück seines Weges zu begleiten.« (»FlipFlopLady007«, Lovelybooks u. a., 01/2016)

»Dramatische Momente und wendungsreiche Szenen wechseln sich ab und münden in einem nervenaufreibenden Finale.« (»maria61«, Lovelybooks u. a., 01/2016)

»Mehr Thriller als Roman. Aber da steh ich ja total drauf. Vor allem, wenn es so ohne Vorankündigung kommt. Die Autorin hat hier ein super Buch geschrieben. Der Schreibstil sowie der Handlungsverlauf [...] lassen ziemlich weit in den Abgrund dieser Geschichte abtauchen. Ich habe als Leser zu keiner Zeit gewusst, wo es genau hingehen sollte, und so muss es meiner Meinung nach auch sein.« (»Steph86«, Lovelybooks u. a., 01/2016)

»*Gier ist dicker als Blut* ist ein psychologisch ausgefeilter Roman, der im Verlaufe der Handlung zum Thriller mutiert und einen stetig wachsenden Spannungsbogen verspricht.« (»Krimine«, Lovelybooks u. a., 01/2016)

»Die Geschichte ist spannend und die Charaktere sind ungewöhnlich. Im Gegensatz zu anderen Krimis weiß man als Leser von Anfang an, wer der ›Böse‹ ist und was er im Schilde führt und kann die Auslebung seiner Gier verfolgen. Besonders gefallen haben mir die Darstellungen der Psyche der Figuren, von denen die meisten sehr speziell sind.« (»irismaria«, Lovelybooks u. a., 01/2016)

»Wenn ich von einem Buch so gefangen bin, habe ich immer die Befürchtung, dass mich das Ende nicht packen kann und mich enttäuscht, denn das kann die Meinung über ein Buch gänzlich verändern. Aber das Ende dieses Romans ist einfach TOP! Ich bin wirklich komplett begeistert und überzeugt von diesem Krimi und kann nur jeden dazu raten, dieses grandiose und besondere Werk der Autorin zu lesen. Ich freue mich schon jetzt auf ihren nächsten Roman.« (»Julia2610«, Lovelybooks u. a., 01/2016)

»Mit diesem Roman ist der Autorin Uschi Gassler ein hervorragendes Debüt geglückt. Die Handlung ist ungewöhnlich raffiniert gestrickt und der Spannungsbogen wird noch psychodramatisch untermauert. Der Mut, einen Krimi nicht nach Schema F zu gestalten, hat sich hier voll ausgezeichnet. [...] Das furiose Finale ist nochmal ein Highlight. Es wird eine unglaublich dichte Atmosphäre geschaffen, die Gänsehaut erzeugt. [...] Ein raffiniert gestrickter Krimi, der aus der breiten Masse heraussticht. [...] Für Krimifans, die auf der Suche nach etwas Besonderem sind, ein Muss!« (»louella2209«, Lovelybooks, u. a. 01/2016)

»Habe diesen sehr spannenden Krimi in einem Rutsch gelesen. Mir haben die nicht unbedingt vorhersehbaren, aber doch logischen Wendungen gefallen. Die Autorin hat offensichtlich gute Kenntnisse auf den vielen im Roman berührten Sachgebieten, die für die Leser verständlich beschrieben werden. Ich habe den Krimi inzwischen viermal im Bekannten- und Freundeskreis verschenkt. Die Bewertungen decken sich mit meiner: Durchgängig spannend und sehr lesenswert.« (H.-J. Sperl, Thalia, 01/2016)

»Der Roman um den angenehmerweise nicht stereotyp gestalteten Protagonisten Jonathan hat einen interessanten Plot mit unerwarteten Wendungen, und die Geschichte wird durch Perspektivenwechsel spannend gehalten, eingebettet in etwas Karlsruher Lokalkolorit. Ebenso ansprechend ist die ausdrucksstarke, prägnante Sprache. [...] Fazit: Ein interessanter Protagonist und ein Plot mit einigen unerwarteten Wendungen münden in eine spannende Geschichte mit ein wenig badischem Lokalkolorit.« (»Minerva«, Amazon, 06/2015)

DIE AUTORIN

Uschi Gassler, 1957 in Kronach/Oberfranken geboren, lebt mit ihrer Familie im badischen Königsbach. Nach 40 Jahren Angestelltendasein bei der Pforzheimer Sparkasse vollzog die gelernte Industriekauffrau 2018 den Schritt in die Eigenständigkeit, um sich vorrangig der Schriftstellerei zu widmen.

Seit frühester Jugend dem Geschichtenerfinden verfallen, absolvierte sie ab 2003 diverse Fernstudiengänge in kreativem Schreiben. Ihre erste Publikation, ein Kurzkrimi, erfolgte 2009, seither wurden mehrere ihrer Kurzkrimis in Verlagsanthologien veröffentlicht.

Der 2015 erschienene Psychothriller ***Gier ist dicker als Blut*** war ihr Debütroman, veröffentlicht beim Lauinger Verlag (ehemals Der Kleine Buch Verlag), Karlsruhe.

Diesem folgten 2019 ***Biographie des Tötens (DeLorca-Thriller 1),*** 2021 ***Den Tod verfehlt (DeLorca-Thriller 2),*** 2022 ***In letzter Mission (DeLorca-Thriller 3),*** jeweils beim J. S. Klotz Verlagshaus, Neulingen, sowie 2022 der Karlsruher Psychothriller ***Ausmanövriert*** beim Ruhrkrimi-Verlag, Mülheim/Ruhr.

2025 erfolgt nun die Neuausgabe von ***Gier ist dicker als Blut.***

Und wie geht es weiter? Das erfahren Sie über den Hinweis auf der nächsten Seite.

Sie wollen mehr von mir lesen?
Stöbern Sie auf meiner Homepage
www.uschi-gassler.de.